抗日战争中的
西北国际大通道

刘亚洲

国防大学政委刘亚洲上将为本书题词

抗战之国家记忆

抗日战争中的

西北国际

大通道

纪念中国人民抗日战争
暨世界反法西斯战争胜利70周年重点出版物

刘志兵／邵志勇／著

未来出版社

图书在版编目（CIP）数据

西北国际大通道／刘志兵，邵志勇著. —西安：
未来出版社，2015.9

ISBN 978 - 7 - 5417 - 5795 - 2

Ⅰ. ①西… Ⅱ. ①刘… ②邵… Ⅲ. ①纪实文学 - 中
国 - 当代 Ⅳ. ①I25

中国版本图书馆 CIP 数据核字（2015）第 219430 号

西北国际大通道

丛书策划	尹秉礼　高　安
执行主编	刘　波
责任编辑	高　安　贾文泓
封面设计	许　歌
技术监制	宇小玲
出版发行	未来出版社
	地址：西安市丰庆路 91 号　邮编：710082
经　销	全国新华书店
印　刷	西安建科印务有限责任公司
开　本	890mm×1240mm　1/32
印　张	12.75
字　数	300 千字
版　次	2015 年 9 月第 1 版
印　次	2015 年 9 月第 1 次印刷
书　号	ISBN 978 - 7 - 5417 - 5795 - 2
定　价	38.00 元

如有印装质量问题，请与印厂联系调换。

抗战历史观与抗战之国家记忆（序）

在纪念抗战胜利 70 周年之际，打开电视和网络，我们不时会看到一些令人惊诧的抗战"神剧"和历史虚无主义的帖子。那些抗战"神剧"，把敌人描绘得过于弱智无能，这不仅是对历史的歪曲，更是对曾浴血奋战、保家卫国的先辈们的亵渎。至于那些历史虚无主义的帖子，几乎是泾渭分明的两派观点：一派认为，国民党的正面战场几乎没打啥像样的仗，就是"一触即溃、一溃千里"，只有共产党领导的敌后战场才是真正在打鬼子；另一派则认为，敌后战场无非就是地雷战、地道战之类的小打小闹，甚或是"游而不击"，国民党的正面战场才是抗击日寇的绝对主力。

我们有必要思考一下：我们的抗战记忆究竟怎么啦？也许有人会说，因为传统的历史书过于笼统、简单，抽象，没有讲明白抗战的细节，信息严重不足，有些编剧和导演只好靠拍脑门儿瞎编一气；发帖子的"果粉"们也许也会说，电视上、网络上不都是表现国民党军在抗日吗？只说敌后战场好的网友也许会说，我们从小到大看到的历史教科书不都是大说敌后战场如何神通吗？透过以上的现象，如果我们究其深层的原因，恐怕就是一些错误的历史观在作祟。那么，我们应该树立怎样的抗战史观，怎么来正确认知真实的抗战历史呢?

敌后战场功高卓著,绝非"游而不击"

由于种种原因,今天的许多人恐怕无法真切地认识到,在当时敌强我弱的形势下,主要由中共领导的敌后抗日游击战不仅是切实可行的,也是弱国对抗强敌的行之有效的军事创新。在毛泽东眼中,抗日游击战争是一个战略问题,"从战术范围跑了出来向战略敲门,要求把游击战争的问题放在战略的观点上加以考察。这是达到保存和发展自己、消灭和驱逐敌人,争取最后胜利的必由途径。"在朱德眼中,抗日游击战争是发动军民一起"滴水穿石"的伟大力量,是典型的经济仗。"无数游击队的不断的动作,却是非常伟大的力量,像连续的滴水可以蚀穿石头,使敌人的交通迟滞、阻塞,企图暴露,军心动摇,汉奸政权也不稳固,兵力不敷分配,给养断绝,经济资源被破坏,有生力量被削弱。"

从具体的战法上说,我们过去所熟知的地道战、地雷战、麻雀战等战术固然是抗日游击战争的一部分,属于群众性的游击战争,但人民军队派出正规军执行的游击作战,就远不是这么简单了。

从战果上说,八路军挺进敌后打了许多精彩的胜仗,全面抗战战略防御阶段就有:平型关战斗、雁门关战斗、阳明堡战斗、长生口战斗、黄崖底战斗、广阳战斗、神头岭伏击战、响堂铺伏击战等等,都是正规部队集中优势兵力打的游击战,带有运动战的性质。正如毛泽东在《抗日游击战争的战略问题》一文中谈到的,"现在许多地方的游击战争,例如五台山等处,是由正规军派出强大的支队去发展的。那里的作战虽然一般是游击战,但开始即包含了运动战的成分。"

由此,便也不难理解为何毛泽东在 1938 年 5 月发表的《论持久战》中,提纲挈领地总结道:"八路军的方针是'基本的是游击战,但不放松有利条件下的运动战。'""抗日战争的作战形式中,主要的是运动战,其次就要算游击战了。我们说,整个战争中,运动战是主要的,游击战是辅助的,说的是解决战争的命运,主要是依靠正规战,尤其是其中的运动战,游击战不能担负这种解决战争命运的主要的责任。"

由此可见,中共武装主张的游击战争理论,并非简单地追求游击战,之所以打游击战,是出于敌强我弱的态势所迫。但一有条件就向运动战发展,坚决打运动战,打大仗、打硬仗。

网上曾有人炮制了一组据说是来自日本战史的数据,说敌后战场歼灭日军才800多人。这个数据是真的么?试想,八路军新四军仅仅是俘虏的日军就有6200多人,[1]其中的1000多人经改造后成了"日本八路"、"日本新四军"。这就让所谓的"抗战八年中共武装消灭日军不到1000人"的说法不攻自破。再对照日本防卫厅写的战史书,如《华北治安战》《中国事变陆军作战史》《大本营陆军部》《昭和二十年的中国派遣军》等,就不难发现那个所谓日本战史的数据是别有用心的人造的假。

中共领导的敌后战场其实打了不少的大仗恶仗硬仗,除著名的平型关战役、百团大战外,还有不少好仗不为大众所知。比如,仅不太著名的长乐村战斗八路军就消灭日军2200人。翻开中国抗战史,中共武装歼灭日军上千人的战例便有数十次。敌后战场对抗日伪军1万人至7万人的大规模"扫荡"的反"扫荡"战役就有59次。[2]

抗战进入战略防御阶段的后期,随着八路军、新四军力量的壮大,敌后战场的作战便不仅限于小规模的游击战,更多地向进攻运动战发展。从1943年7—8月开始,以卫南战役和林南战役、山东军区的几次进攻性战役为标志,揭开了敌后战场反攻的序幕,成为局部反攻的前奏曲。到1945年8月进入战略反攻前,中共武装进行的一系列进攻性战役,已是气势如虹,动辄消灭日伪军3000人至10000人,如:道清战役和豫北战役,毙伤日伪军7900余人;南乐战役,毙伤日伪军3400余人;玩底、蒙阴战役,歼灭伪军1.1万余人;东平、安阳、阳谷等战役,歼灭日伪军1.3万人;雁北、察南、热辽等战役,歼灭日伪军9000余人……

据有关资料统计,中共领导的敌后战场,在抗战期间歼灭日伪军共170万(其中日军52万,伪军118万),建立了不朽的功勋,如此骄人的成绩单,说明坚持敌后战场的抗战军民,同正面战场一样,都是打败日寇的主力军。

正面战场胜战不少,并非都是"一触即溃"

有人说,正面战场的国民党军作战很差,常常是"一触即溃、一溃千里"。这种说法,同样太偏颇。

抗战时期,正面战场的确有两次"一触即溃、一溃千里"的情况,第一次主要发生在抗战初期,华北是在太原会战失利,华东是在淞沪会战失利后。尤其是淞沪会战失利后,导致了南京失守,侵占南京的日军大肆屠城,制造了令人发指的人间惨剧——南京大屠杀。第二次是1944年的豫湘桂大溃败,导致了50多万军人伤亡、20多万平方公里国土的沦陷,严重损害了中国的国际形象。

但纵观抗日战争史,国民党领导的正面战场,面对日本军队的凶猛进攻,勇于以弱对强,坚持抗战到底。一面积极争取国际援助,增强抗战力量;一面不断调集部队,采取"以空间换时间"的策略,节节抵抗。整个八年抗战期间,正面战场先后进行了淞沪会战、太原会战、徐州会战、三次长沙会战、湘西会战等大战役22次,以及两次赴缅作战，重要战斗 1117 次，小战斗 3.89 万余次，毙伤日军 85.9 万余人。

正面战场进行的 20 多场会战，除去一些败仗外，胜仗其实也不少，至少是胜败参半，远不只是过去人们印象中的只有台儿庄大捷。如：万家岭大捷、三次长沙会战、上高大捷、昆仑关大捷、滇西攻势、缅北作战、湘西会战等都是胜仗。特别是 1945 年春的湘西会战打得最好，消灭日军 2.6 万，可以说是中国抗战军人的巅峰之作，日军也被打得口服心服，此仗后，正面战场便转入了反攻。

按照过去国人写的抗战史，歼敌超过 1 万人的战役，至少有 20 多个。当然不排除其中有当初国民党军为宣传需要而虚报的成分。日本方面的战史对一些战役的中方战绩不予承认。尽管如此，翻开日本防卫厅编写的《中国事变陆军作战史》《大本营陆军部》等战史可知，日本战史的统计数字再缩水，承认被歼灭超过 1 万人的战役其实也是不少的[3]。虽然对战损的统计大加掩饰，但也不得不承认自己遭到了重大的打击。

正面战场的 20 多个会战，也极大地支援了抗日敌后战场。毛泽东曾在 1939 年 1 月《八路军军政杂志》发刊词中指出："没有正面主力军的英勇抗战，便无从顺利地开展敌人后方的游击战争！没有同处于敌人后方的友军之配合，也不能得到这样大的成绩。"

抗战胜利不单靠哪个战场，而是两个战场团结合作的结果

我们只要客观公正地重温抗战的历史，就不难得出一个结论：抗战胜利既不是正面战场、也不是敌后战场单独的胜利，而是正面战场与敌后战场团结合作、共同奋战的伟大成果。

抗战的历史证明国共"合则两利、分则两伤"。中国作为一个贫弱的国家，能够打败日本侵略者，靠的就是以国共合作为核心的全民族抗日统一战线的力量。抗日战争的胜利，是两个战场军民艰苦奋战的结果。两个战场同时存在，分散了敌人的力量，使其顾此失彼，从而由强变弱，由主动变被动。

敌后战场虽然初期力量薄弱，却也尽最大的努力，去策应正面战场的行动。敌后战场和正面战场在战略上始终遥相呼应，多层次多角度地开展团结合作。除战场合作外，还在战地动员、敌后游击作战、军事教育训练、军队政训工作等诸多层面开展了合作。

如 1940 年下半年，八路军发动百团大战，不仅取得了歼敌数万的骄人战果，鼓舞了中国军民的抗战斗志和必胜信心，而且还减轻了国民党正面战场的压力。蒋介石对百团大战通令嘉奖，并令其他各战区向当面之敌展开进攻，配合八路军作战。

在战略反攻阶段，八路军、新四军从敌后发起大反攻，解放了大片国土，把日军压迫在点、线上，紧密配合正面战场的反攻，加速了日军的土崩瓦解，成为加速日本投降的一大关键因素。

抗战期间，国民党军一些顽固分子坚持反共立场，制造了一系列流血冲突、摩擦事件，特别是制造了皖南事变，给敌后战场军民造成了重大损失，使国共两党关系几至破裂。中共以抗战的大局为重，采取"又团结又斗争，以斗争求团结"的政策，斗而不破。皖南事变以后，仍不计前嫌，多次协助国民党军作战。如 1942 年 12 月至 1943 年 1 月，新四军 5 师李先念等部协助国民党军保卫大别山，迫使日军从大别山根据地撤退。以蒋介石为首的国民党也能从抗战大局出发，也没有继续扩大与八路军、新四军的摩擦冲突。在国共两党的努力下，整个抗战期间两个战场之间的关系，总的来看，分裂与摩擦只是支流，团结合作才是主流。

两个战场正如一个硬币的正反面，谁也离不开谁。国民党方面，蒋介石及其高级将领陈诚、李宗仁、卫立煌等，曾多次赞扬八路军的浴血奋战。历史已证明，两个战场同时存在，分散了日军的力量，使其顾此失彼，注定了日军必然地由强变弱、由主动变被动的命运。

整个抗战期间，日军有一百多万人被消灭在中国，其中既有正面战场的战果，也有敌后战场的战果，两个战场同样功不可没！今天如果仍一味地坚持说敌后战场"游而不击"，或者正面战场"一触即溃"，那么这150万日军到底是谁消灭的？所以，我们今天回顾抗战史，只有以科学的方法、客观的态度、全局的视野，全面审视和分析各种史料，才能破除历史的迷雾，逼近历史的真实。

打败日本法西斯，是中美苏英等同盟国团结抗战的胜利

二战中，日本军国主义的最终失败，从国内看，是中华民族团结抗战的胜利；从国际上看，又是国际反法西斯阵营团结合作的胜利。

一方面，中国的抗战支援了世界反法西斯战争。在二战爆发前，中国就已经独立对抗着日本军国主义，尽管当时的中国由于积贫积弱的原因，打得十分艰难，但还是以"一寸山河一寸血"的悲壮决心与日本侵略者浴血奋战、顽强不屈。

第二次世界大战期间，德、意、日法西斯有着东西对进，把欧洲战场同亚洲战场直接联系起来的战略企图。对于日本来说，无论是"北进"还是"南进"，中国抗战都处于战略枢纽的地位。然而，中国大地上如火如荼的抗战将日本侵略者的大部兵力钉在了中国战场上，这就割裂了法西斯轴心国家之间的战略联系。而且，中国的抗战正像一条铁锁链一样，捆住了日本法西斯，使其难以及时在战略上呼应德、意法西斯的行动。英国首相丘吉尔认为，如果"中国崩溃，至少使日军15个师团，也许会有20个师团腾出手来"。

中国尽管贫弱,却还是派出最精锐的部队支援美英盟军的东南亚战场。1942年春和1943年,中国派出最精锐的部队组成远征军,两度入缅作为主力在英美盟军配合下作战,向世界显示出了中国军队不俗的作战能力和战斗精神。

另一方面,国际反法西斯力量也支援了中国的抗战。中国的抗战主要是靠中华民族以血肉凝成钢铁长城取得的胜利,但国际的援助无疑也极大地促进了中国抗战胜利的进程。

在全面抗战前半期,苏联援助了中国。从1937年10月至1941年6月,中国用苏联提供的2.5亿美元低息贷款从苏联购买了飞机997架、坦克82辆、火炮1000余门、机枪5000余挺、汽车1000余辆[4]。苏联还向中国派出了志愿航空队2000多人,以及军事顾问和专家3600余人。苏联的援助对于坚定中国军民的抗战信心,起了重大作用。蒋介石曾对此评价道:"我国对日战争已逾两年,由于苏联各族人民对中国的深切同情支持,予以物质及道义的援助,使有可能进行长期的解决战争。"苏联援华志愿航空队在中国的空战中战功卓著,为削弱日军空中优势做出了巨大贡献。苏联发起的远东战役达成了盟军对日本本土的合围,是迫使日本迅速投降的一大重要因素。

在全面抗战后半期,美国援助了中国。1942年6月,赫尔利与宋子文签订了8.7亿美元的中美租借协定。抗战时期美国共援助中国政府约8.4亿美元的物资。以飞机为例,抗战中,中国对外购机总数为2351架,其中来自美国的占59%,来自苏联的占37.6%。[5]美国还派出第14航空队,与中国军队并肩作战,帮助中国夺取制空权。美国援华,从物质上壮大了中国的抗战力量;从道义上鼓舞了中国人民的民心士气,对于蒋介石政府坚持抗战,起到了良好的作用。滇西、缅北战役、湘西会战等的胜利,是与美国空军的直接协同作战以及大规模的美式装备和训练分不开的。再有，美军在太平洋战场上的军事行动，扭转了同盟国对日作战的不利局面，从战略上策应了中国的抗日战争。

伟大的中国抗战，不但是中国的事，东方的事，也是世界的事。所以，中国在二战反法西斯战争中的牺牲和贡献不容忽视，更不能"被遗忘"。中国抗战中所获的外援主要体现出国际主义的协作精神，是世界反法西斯战争同盟国之间的相互支援。二战的历史观，应当高扬国际反法西斯统一战线"团结致胜"的观点。抗日战争的胜利，是中国、美国、苏联、英国等同盟国团结合作的成果。

从以上的抗战史观出发，研究、传播抗战史，我们有必要从多个视角来解析抗战，既有敌后战场的视角，也有正面战场的视角，既有国内团结抗战的大视野，也有国际团结抗战的大视野，既有宽广的历史大广角，也有生动微观的大特写。如此一来，抗战的历史内容便显得丰富多彩、充满魅力，也更利于我们以史为鉴，吸取历史的营养剂。

面对长达14年之久宏大的抗战历史，我们会发现，抗战的国家记忆中，还蕴藏着丰富的宝藏，仍有大量的富矿，值得我们去发掘、研究和传播。因此，我们特邀请一批从事历史研究与教学的学者，以专题史的形式，撰写多卷本丛书《抗战之国家记忆》，希望与广大读者一起警钟长鸣、居安思危。

历史是最好的清醒剂、营养剂。我们梳理抗战时期的国家记忆，并不是为了猎奇，更不是为了否定正面战场或敌后战场的功绩，目的是为了学习抗战精神，发挥抗战史资政育人的功能。

让我们走进历史的深处，感悟一下中国抗战不同凡响的国家记忆，感受抗战历史跨越时空的巨大魅力，体会中国人民"天下兴亡、匹夫有责的爱国情怀，视死如归、宁死不屈的民族气节，不畏强暴、血战到底的英雄气概，百折不挠、坚忍不拔的必胜信念"，铭记伟大的抗战精神，化为强国梦强军梦的强大精神动力！

编　者

2015 年 9 月

---

［1］据《中国人民解放军全史》第八卷《中国人民解放军战役战斗总览》（下）》附录统计，自 1937 年 9 月八路军 686 团参谋长陈士榘捉住第一名日军俘虏后，至 1945 年 10 月，八路军、新四军共俘虏日军 6213 人。

［2］中国人民解放军历史资料丛书编审委员会：《八路军·表册》，解放军出版社 1994 年版。

［3］如，武汉会战，日军承认伤亡 3.5 万；浙赣会战，日本战史承认伤亡 28955 人；长衡会战，日本战史承认伤亡达 6 万多人；湘西会战，日本战史承认伤亡总数为 26516 人。

［4］军事科学院军事历史部著：《中国抗日战争史》（中），解放军出版社 1994 年 4 月版，第 329 页。

［5］军事科学院军事历史部著：《中国抗日战争史》（下），解放军出版社 1994 年 4 月版，第 32 页。

目　录

前　言

　　中国的抗战,是中国的事,也是东方的事、世界的事。积贫积弱的中国,要取得抗战胜利,离不开国际援助。要获得援助,就要有国际战略通道。在整个抗日战争时期,中国先后开辟了多条战略通道,如海上通道、西北通道、中缅通道、中越通道、驼峰航线、中印公路等。由于种种原因,今天,当我们谈到抗战时期的国际援助,人们可能会只想到驼峰航线、滇缅公路、陈纳德飞虎队,但地处西北联接中苏的国际大通道却不为太多的人所深入了解。事实上,从1937年到1941年间,中国得到的国际援助主要来自于苏联。正是通过新疆、甘肃的西北国际大通道,苏联援助的飞机、坦克、大炮、机枪等大批军用物资,才能源源不断地为中国的抗战输血。

　　西北国际大通道的开通,是国际反法西斯大国苏联与中国抗击日本军国主义侵略的一切爱国力量,特别是西北各族人民共同努力的结果。中国共产党最早做出打通西北国际大通道的实际尝试,中国国民政府与苏联政府签订的《中苏互不侵犯条约》和三个对华信用借款条约提供了苏联援华抗日的政治基础和经济依据,为西北国际大通道的开通奠定了现实基础。实事求是地讲,“新疆王”盛世才与苏联的准军事同盟关系和张学良的支持也是开通西北国际大通道的重要保障。新疆、兰州的人民群众是建设大通道的生力军。苏联一大批援华人员奋斗在西北国际大通道上，还有大量工作人员在苏联境内为大通道的运行进行具体组织筹划以及培训中方人员。小棋盘连着大棋局，西北国际大通道的开辟与运行，对于世界反法西斯战争的胜利、中国抗日战争的胜利，以及确立中国在世界上的大国地位，开辟中华民族伟大复兴的光明前景，都做出了重要贡献，发挥了不可忽视的历史作用。

中华民族是重情重义的民族，我们不可以忘记曾经为中国抗战事业提供巨大帮助的苏联人民，不可以忘记把鲜血洒在中国抗日战场上的苏联援华官兵，不可以忘记这条给中国抗战输血的国际大动脉。在纪念中国抗日战争胜利暨世界反法西斯战争胜利70周年之际，让我们一起来回首这一段尘封的往事，铭记历史、开拓未来，让西北国际大通道在"一带一路"的国家战略中发挥出新的历史作用。

第一章
中国共产党打通大通道的尝试

　　中国共产党最早采取了打通西北国际大通道的实际行动。中国工农红军长征最终落脚西北的战略选择，是与打通西北国际大通道、接受苏联援助紧密相关的。瓦窑堡会议确定把打通苏联的任务摆在第一位。西路军打通国际路线，是党中央、毛泽东过草地之前就决定了的。西路军余部到达新疆，一定意义上表明中国共产党最早打通了西北国际大通道。

　　大西北,中国的战略腹地。两千年前,从这里通往西域的丝绸之路,成就了一段中外交流史的佳话,留下了许多美丽的传说和无限的遐思,丝绸西去、佛法东来的历史魅力,曾经吸引无数的考古学家、历史学者、文化名人在这片已经凋敝的漫漫黄沙路上孤行、追索、沉思。那想象中的楼兰古国、神秘的敦煌壁画、逝去的胡笳声和夕阳下的驼影,把历史与现实穿越时空般的交织在一起,引发人们对华夏民族和欧亚大陆无限的思索,留给后人绵绵的文化、源源的智慧和悠悠的情思。谁也没有想到,两千年后的 20 世纪上半叶,它再次担起中华民族的重大使命。和上次所不同的是,那时繁荣强大的东方古国首次展示对世界的责任和影响,而这时积贫积弱的旧中国需要世界上正义力量的援助。历史就是这样无情又有情。

　　打通苏联援助通道,是中国共产党及其领导的红军的重要战略选择。

最初,中国共产党是在共产国际指导下建立起来的,是共产国际的一个支部。早期的中国共产党,不仅指导思想、政治主张、战略方针受共产国际的规定,就连活动经费都是共产国际按月提供的。在当时的中国共产党人眼中,苏联就是社会主义的中心,共产国际的意见就是一切政治行动的指针。自然,取得苏联的支持,也是中国共产党人在做出战略选择时必须要考虑的重要问题。

第一次国共合作破裂后,苏联认为,大革命失败是中国革命遭受的暂时挫折,中国革命的成功即将到来。为此,他们支持中国共产党组织武装暴动,并亲自参与到暴动的策划和组织中。在广州起义中,苏联驻广州领事馆人员开着领事馆的车,插着暴动的旗子,在大街上驰过,公开支援中共。结果,广州起义失败,一些苏联外交人员也因此与起义者一起被杀害。这进一步促使苏联转向支援中国共产党的革命。1929年中东路事件发生后,苏联与国民党政府全面绝交。

苏联对中共的援助,首先是帮助培养革命力量。早在1921年,苏联就开始从中共党员和共青团员中物色人选到苏联留学。到大革命失败,前前后后已有2000多名中国人到苏联留学,其绝大多数是共产党员和共青团员,这其中就有刘少奇、任弼时、朱德、王若飞、邓小平、王明、博古、张闻天、王稼祥等。大革命失败后,为了保护共产党人,中共又把一批领导骨干送到苏联学习。如此多的中国留学生,也为苏共和共产国际为中国革命挑选他们所谓的"百分之百布尔什维克化"的领导人作了干部准备。1928年,苏共和共产国际还把上百名中共代表秘密送到苏联,召开了中共历史上唯一一次在国外召开的党的代表大会。

苏联还派出人员直接指导和领导中国的苏维埃革命。1931年

11月7日，中华苏维埃共和国在瑞京（今江西瑞金）正式成立。蒋介石调集百万大军对苏区进行围剿。为打破蒋介石军队的围剿，苏联派出了军事顾问弗雷德将军和奥托·布莱恩（李德）。考虑到弗雷德作为苏联红军将军的特殊身份，为避免引起外交事件，莫斯科要求他只能留在上海秘密指挥，而由李德进入苏区作为军事顾问指导红军对国民党军队作战（实际上李德完全取得了对红军的指挥权）。由于国民党军实力的强大和李德等人在指挥上的失误，红军没有能够打破敌人的第五次围剿，被迫进行战略转移。

1928年6月18日至7月11日，中国共产党第六次全国代表大会在莫斯科近郊兹维尼果罗德镇"银色别墅"秘密召开。

党中央在苏区反围剿作战失利时，曾经收到共产国际的电报，提出中国共产党和中国红军在不得已时，可以战略转移到甘肃、宁夏地区，打通苏联援助的大通道，建立背倚蒙古的苏区。后由于电台原因，在长征战略转移的一年多时间里，中共中央与共产国际失去联系。但在靠近苏联边界的地方建立根据地，以取得共产国际和苏联的援助，解决红军的生存发展和中国革命的战略依托问题，一直是中共中央思考的一个重大问题。

1935年6月16日，中革军委电示红四方面军领导人："今后我一、四方面军总的战略方针应是占领陕甘川，建立三省苏维埃政权，并于适当时期以一部组织远征军占领新疆。"1935年6月26日，中央红军和四方面军会合后的第13天，中共中央政治局在川西北夹金山下的两河口举行了红军会师后的第一次会议，讨论红

一、四方面军会师后的战略方针问题。出席这次会议的政治局委员和候补委员有张闻天、毛泽东、周恩来、朱德、博古、王稼祥、张国焘、刘少奇、邓发、凯丰。列席会议的有刘伯承、李富春、林彪、聂荣臻、彭德怀、林伯渠等。主持会议的是当时的党中央负责人张闻天。

此前,在战略方针上,一、四方面军是有分歧的。中共中央和中革军委原计划要在川西北建立根据地,但红军过了大渡河后,发现川西北地区少数民族聚居,地广人稀,山荒岭野,贫瘠粮缺,给养困难,不利于红军的生存发展,不适宜建立根据地。于是,中共中央和中革军委考虑放弃在川西北建立根据地的设想,集中力量向东、向北发展,去川陕甘一带开辟新的根据地。

6月16日,中共中央和中革军委领导人朱德、毛泽东、周恩来、张闻天致电四方面军领导人张国焘、徐向前、陈昌浩,谈到两军会师后的战略方针时指出:"为着把苏维埃运动之发展放在更巩固更有力的基础之上,今后我一、四方面军总的方针应是占领川、陕、甘三省,建立三省苏维埃政权,并于适当时期以一部组织远征军占领新疆;目前计划两方面军宜在岷江以东,对于即将到来的敌人新的大举进攻给以坚决的打破,向着岷、嘉两江之间发展。至发展受限制时,则以陕、甘各一部为战略机动地区。因此,坚决地巩固茂县、北川、威州在我手中,并击破胡宗南之南进是这一计划的枢纽。"

同时还指出:"以懋功为中心之地区纵横千余里,均深山穷谷,人口稀少,给养困难。大渡河西岸,直至峨眉山附近情形略同。至于西康,情形更差。敌如封锁岷江上游(敌正进行此计划),则北出机动极感困难。因此,邛崃山脉区域,只能使用小部队活动,主力出此似非长策。"[1]

但是,四方面军的主要领导人张国焘、陈昌浩,却是另有想法。

6月17日，他们复电中共中央，强调向北、向东发展的困难，称北川一带水深流急，敌已有准备，不易过；地形给养均不利于大部队行动；向岷江以东发展条件不具备，沿岷江北打松潘，地形、粮食绝无；提出红军沿大金川北进占领阿坝，组织远征军，占领青海、新疆，或暂时向南进攻。这是一个与中共中央不一样的战略方针。

政治局会议开始后，首先由周恩来代表中共中央和中革军委做报告，着重就战略方针、战略行动和战争指挥等问题进行阐述。关于战略方针问题，周恩来指出，在什么地方建立新苏区，首先是要考虑有利于红军作战。在地区选择上，应力求做到：一、地域宽广，便于机动。松潘、理番、懋功这一带，地域虽大，但多狭路，不易反攻。二、群众基础好，以人口较多的汉族地区为好，利于扩红。松潘、理番、懋功、温川、抚边等8个地区，人口总共只有20万，且为少数民族占多数。三、经济条件好一些。松潘、理番、懋功这一带，多是草原和游牧地，粮食少。因此，部队向东、向南和向西北都不可能得到发展；松潘、理番、懋功这一带，不利于建立根据地，必须迅速前进，去川陕甘地区建立根据地，以实现"背靠西北，面向东南"的发展战略。

周恩来报告后，会议进行了讨论。张国焘首先发言。他在发言中没有直接对周恩来讲述的中央政治局提出的关于会师后红军北进川陕甘建立根据地的方针提出不同意见。但他强调，向东打，受地势限制；向西要过草地，长途行军会大减员；松潘以北的情况还不清楚，向甘南发展于我有利，但一定要打下胡宗南几个团，才能立稳。否则，还要移动地区，还要减员。他认为，西康边有800万人口，如能以松潘、理番、懋功、西康为后方发展根据地，消灭胡敌当更有把握。如果向南、向成都方向发展，打那些川军是不成问题的。

张国焘接着说,今后的发展方向可有三个计划:一是以现在所占领的地区为起点,向川北、甘南到汉中一带发展后方,此为"川甘康计划";二是转移到陕甘北部行动,夺取宁夏并以其为后方,以外蒙为靠背,即"北进计划";三是转移到兰州以西的河西走廊地带,以新疆为后方,即"西进计划"。但张国焘主张第一个计划。他的理由是:

> 实行西进计划,先要做一番准备工作。从这里到河西走廊去,要渡过黄河,还要与回族的骑兵纠缠。所以,我们最好先执行第一个计划,暂时在川康地区稳定下来,以便有时间整理我们的部队,训练对骑兵作战的战术。如果我们经过实验,能够实现川康计划,那又何必北进或西进;如果事实证明我们不能在川康立足,然后再行北进或西进仍未迟。即使那时北进路线被敌封锁,仍可西进,因为西进路线是敌人所不易封锁的。[2]

毛泽东的发言同意周恩来的报告,并提出了五点意见:一、中央红军要用全力到新的地区发展根据地。在川陕甘建立新根据地,可以把创造苏区运动放在更加巩固的基础上,这是向前的方针,要对四方面军同志作解释,他们是要打成都的。一、四方面军会合后,有实现向北发展的可能。二、战争性质不是决战防御,不是跑,而是进攻。根据地是依靠进攻发展起来的。我们过山战胜胡宗南,占取甘南,迅速向北发展,以建立新的根据地。三、应看到哪些地方是蒋介石制我命的,应先打破它。我须高度机动,这就有走路的问题,要选好向北发展的路线,先机夺人。四、集中兵力于主攻方面,如攻松潘。胡宗南如与我打野战,我有 20 个团以上,是够的;如不与我打野战,守堡垒,就一定要打破驻点,牵制敌人。现在就是迅速打破胡敌向前夺取松潘。今天决定,明天即须行动。

五、责成常委、军委解决统一指挥问题。

朱德、彭德怀、林彪、博古、王稼祥、邓发、刘伯承、聂荣臻、凯丰、刘少奇等发言,也都同意周恩来提出的北上方针。

张闻天作总结发言,指出:中央提出的北上的战略方针,是前进的、唯一正确的。那种避免战争的想法,有退却逃跑倾向,应尽力克服困难去创造川陕甘苏区。最后,周恩来作结论讲话,同意毛泽东提出的意见。会议一致通过了周恩来的报告,并委托张闻天起草《中共中央政治局决定——关于一、四方面军会合后的战略方针》。《决定》强调:我们的战略方针是集中主力向北进攻,在运动中大量消灭敌人,首先取得甘肃南部,以创造川陕甘苏区根据地,使中国苏维埃运动放在更巩固、更广大的基础上,以争取中国西北各省以至全中国的胜利。

两河口会议确定的北上战略方针,是充分考虑了国际、国内形势和当时敌情因素,经过充分讨论后形成的。根据两河口会议所确定的战略方针,中革军委于 6 月 29 日制定了《松潘战役计划》,决心集中两支红军主力,"迅速、机动、坚决地消灭松潘地区的胡敌,并控制松潘以北及东北各道路,以利向北作战和发展"。张国焘在两河口会议上虽然同意了北上的战略方针,但还是想南下四川、西康。他借口"统一指挥"和"组织问题"没有解决,延宕红四方面军主力北上,使红军丧失了消灭胡敌、攻占松潘的有利战机。中共中央、中革军委遂决定放弃松潘战役计划,改经自然条件恶劣的草地北上甘南,在夏河至洮河流域建立苏区根据地。

6 月 29 日这一天,毛泽东还给彭德怀发出了《红军接近苏联的道路和时机问题》的电报,进一步强调:从战略上看,无论站在红军的观点,还是站在红军与其他友军联合成立国防政府的观点上,打通连接苏联的线路解决技术条件是今年必须完成的任务。

　　8月4日至6日，中共中央政治局在毛儿盖召开扩大会议，会议重申了两河口会议创建川陕甘苏区的决定，指出西北几省反动统治薄弱，又接近苏联、蒙古，对我条件有利。会后，张国焘再次提出要西出阿坝，占领青海、甘肃边远地区，而不是经阿坝北进东出。8月20日，中央政治局做出《关于目前战略方针之补充决定》，要求主力部队迅速占取以岷州为中心之洮河流域（主要是洮河东岸）地区，向东进攻，以便取得陕甘之广大地区。针对张国焘要红军主力西进的主张，明确指出：政治局认为在目前将我们的主力西渡黄河，深入青宁新僻地，是不适当的，是极不利的（但政治局并不拒绝并认为必须派遣一个支队到这个地区去活动）。

　　针对张国焘在阿坝按兵不动的问题，8月24日，中央政治局致电张国焘通报《关于目前战略方针之补充决定》，要求依据以岷州为中心之洮河流域地区，大胆向东进攻，以便取得陕甘之广大地区，为中国苏维埃运动的有力根据地；若不如此，而以主力向洮河以西，令敌沿洮河封锁则我被迫向黄河以西，然后敌沿黄河东岸向我封锁，则我将处于地形上、经济上、居民条件上比较大不利之地位；而新疆之地，宜以支队，不应以主力前往。

　　就在中央机关和徐向前指挥的右路军渡过草地，打开进军甘南的门户之时，张国焘突然变卦，命令部队南下。在这种情况下，中共中央决定率领红一、红三军和军委纵队先行北上。

　　9月11日，中共中央率领红一方面军主力到达甘南迭部县高吉村。12日，中央政治局在高吉村藏民居住的一个简陋棚屋内召开扩大会议。当年，红军根据藏语读音将高吉翻译为俄界。因此，党史上将这次中共中央政治局扩大会议称为俄界会议。会议作出《关于张国焘同志的错误的决定》。鉴于红一、四方面军已经分开，只有红一、三军的8000多人随中央北上，会议决定改变建立陕甘根据地的计划,指出,当前的基本方针,是要经过游击战争,打通同国际的联系,整顿和休养兵力,扩大红军队伍,首先在与苏联接近的地方创造一个根据地,将来向东发展。

根据俄界会议决定,红一方面军红一、三军和军委纵队改编为中国工农红军陕甘支队,彭德怀任司令员,毛泽东任政治委员。中共中央一边继续争取南下部队,一边率领红军坚持北上。

1935 年 10 月 19 日,红一方面军到达陕甘根据地的吴起镇,胜利结束长征。11 月 18 日,中共驻共产国际代表团成员、中华全国总工会驻赤色职工国际代表张浩(林育英),受共产国际派遣回国传达共产国际七大精神,辗转来到了瓦窑堡,找到了同共产国际失去电讯联系的中共中央。张浩传达了共产国际七大关于建立反法西斯统一战线和人民阵线的精神,以及由中共驻共产国际代表团起草,以中华苏维埃共和国中央政府、中共中央名义发表的《为抗日救国告全体同胞书》(《八一宣言》)的内容。同时还传达了斯大林和共产国际关于不反对中国红军向北发展靠近苏蒙边界以便取得技术援助的意见。这些意见和建议对于处在困难中的中国共产党和中国工农红军是非常有吸引力,受到中共中央的高度重视。但是,如何靠近苏蒙边界,当时有三种选择:一是向西,经宁夏、甘肃,进入新疆;二是向北,经宁夏、绥远,出蒙古;三是向东,经山西向北转绥远,出蒙古。

第一种方案,路途遥远,困难重重,感觉不可行。第二种方案,张闻天曾经提出北打宁夏,夺取五原、包头,向蒙古靠近。但毛泽东认为,向北发展,有使红军脱离中国本土、脱离日益高涨的抗日救亡运动的危险,提出了向东发展的方针,主张在陕西的南北两线给进犯之敌以打击,巩固和发展陕北苏区,而后集中红军主力渡黄河东征,在发展中求得苏区的巩固。毛泽东认为,"东讨之利益是很大的",可以进一步向北转进绥远,或东进河北,开进抗日前线,争取对日直接作战,把国内革命战争同抗日民族战争结合起来,推动华北乃至全国抗日运动走向新的高潮;可以避免同有抗日要求的东北军、十七路军作战,有利于同他们建立抗日民族统一战线;进攻山西,威胁阎锡山的老巢,可以把入陕的晋绥军调回山西,缓解陕北苏区的军事威胁;山西人口稠密,物产丰富,便于兵员补充、筹款和征集给养等作战物资。

12 月 17 日至 25 日,中共中央在陕北瓦窑堡召开政治局扩大会议,确定建立抗日民族统一战线的总政策,研究红军向何方发展的问题。23 日,毛泽东在会议上作了关于军事战略问题的报告,阐述了他的想法。会议在充分讨论的基础上,接受了毛泽东的主张,通过了《中央关于军事战略问题的决议》,提出:红一方面军行动部署之基础,应确定地放在"打通苏联"和"巩固扩大苏区"两项任务上,并把打通苏联作为中心任务,把红军行动与苏区发展的主要方向,放在东边的山西和北边的绥远等省,并分三个步骤完成上述任务。第一步,在陕西的南北两线给进犯之敌以打击,巩固和发展陕北苏区,从政治上、军事上和组织上做好东征的准备。第二步,东

毛泽东在瓦窑堡党的活动分子会议上作《论反对日本帝国主义的侵略》的报告,传达瓦窑堡会议精神。

渡黄河到山西作战,击破阎锡山的晋绥军主力,开辟山西西部(靠黄河一带)五县以上地区,使之成为初期的苏区,扩充红军队伍,调动入陕的晋绥军退回山西,沟通与苏联和红二、六军团的通讯联络。第三步,根据日军对绥远进攻的形势,由山西转向绥远,靠近外蒙和抗日前线。总的方针是与苏联取得联系。

1936年6月16日,中共中央恢复了同共产国际的电讯联系。8月10日,中共中央政治局在保安(今陕西志丹县)召开扩大会议,根据日益高涨的抗日形势和共产国际的意见,制定了"逼蒋抗日"的方针,决心乘蒋介石忙于解决两广事变、暂时无力北顾和红军主力集中西北的有利时机,联合东北军,发展西北抗日局面,打通苏联,出兵绥远,以推动蒋介石政府走向抗日,推动全国抗日局面的实现。为此,张闻天、周恩来、博古、毛泽东于8月9日联名致信张学良:"根据二、四方面军北上、西南事变(指两广事变)发展、日本对绥蒙进攻等情况,我们认为兄部须立即准备配合红军选定九、十月间有利时机,决心发动抗日局面,而以占领兰州,打通苏联,巩固内部,出兵绥远为基本战略方针。"[3]

中共中央经同张学良秘密协商,于8月12日提出了夺取宁夏的战役计划,具体部署分两步走:第一步,配合东北军进据甘西、打通苏联。在9月底前,红二、四方面军尽可能夺取岷县,以甘南为临时根据地,分别以有力一部攻击陇西和河州(临夏),威胁兰州、青海,相机消灭毛炳文部和调动马步芳部东援,以支援东北军于学忠部3个师集中兰州这个战略枢纽,进而控制河西走廊凉州、甘州、肃州三州,接通新疆。第二步,红军三个方面军合力夺取宁夏。10月或11月,红军一、二、四方面军在甘肃北部会师,完成进攻宁夏的准备。12月起,以一个方面军保卫陕甘宁苏区,并配合东北军对付蒋介石军队的进攻,以两个方面军乘结冰期渡过黄河,消灭坚持反共的马鸿逵部，占领宁夏，完成从背面打通苏联的任务。宁夏占领后，红军与东北军首先巩固内部，然后各出一部组成抗日联军先锋军，向绥西出动，直接抵抗日军和伪蒙军的进攻，以此将全国抗日运动推向更高的阶段。

1936 年 9 月，蒋介石解决了两广事变，着手调集兵力对付红军。这时，共产国际先后致电中共中央，同意关于占领宁夏及甘肃西部的计划，"在中国红军攻占宁夏地区后提供1.5万至 2 万支步枪、8 门火炮、12 门迫击炮和相应数量的外国制式的弹药。武器将于 1936 年 12 月集中在蒙古人民共和国南部边境，将通过知名的乌拉圭洋行售出，为运进宁夏做准备"；不能允许红军再向新疆方向前进；援助的 550 吨至 600 吨物资用 150 辆汽车分两次送到指定地点，中国红军必须派"足够数量的武装部队到外蒙边境来接受货物和担负沿途保护的责任"。

根据敌情变化和共产国际的电报，中共中央决定对占领宁夏的部署做调整，提出"准备在两个月后占领宁夏"，"全力准备宁夏工作"，"重点在宁夏，不在甘西"，"至于占领甘肃西部，候宁夏占领取得国际帮助后，再分兵攻取之"。10 月 11 日，中共中央和中革军委联合正式下达宁夏战役计划（《十月份作战纲领》），并决定提前执行该计划。

为执行宁夏战役计划，10 月 24 日晚，红 30 军向西渡过黄河，至 30 日，四方面军之 30 军、9 军、5 军及总部直属队、教导团、妇女抗日先锋团、少年先锋团、骑兵师共 21800 余人全部渡河，控制了一条山、五佛山等战略要地，打开了北进宁夏的门户。

这时形势发生了重大变化。蒋介石调集重兵从东、西、南三面向会宁、静宁、通渭地区夹击，并占领了靖远、打拉池、中卫等地，河东红军与河西徐向前、陈昌浩指挥的 3 个军联络被隔断。这样，宁夏战役计划就无法实现了。此时,共产国际也改变了援助的方向。

11 月 3 日,共产国际致电中共:"一、在严寒和沙漠环境之下,你们派数千红军到外蒙边境护送运输是不可能的;二、日本飞机有对红军及汽车轰炸的可能;三、有引起日本与苏联严重冲突的可能。因此,现在已经决定目前不采用从外蒙提供援助的方法。如果我们将大约一千吨物资运到哈密,你们能不能占领甘肃西部前来接运?"

根据情况变化,11 月 8 日,中共中央决定放弃宁夏战役计划,提出《作战新计划》:以河东的红一方面军主力、红二方面军组成南路军,以红四方面军之 4 军、31 军组成北路军,分别经陇东进陕西,寻机再渡河入晋,做大规模战略转移;徐向前、陈昌浩指挥的河西 30 军、9 军、5 军组成西路军,在河西创立根据地,以直接打通苏联为任务,准备以一年完成之。11 月 11 日,中共中央和中革军委发布命令,批准过河部队称"西路军",领导机关称"西路军军政委员

西路军西进行动示意图

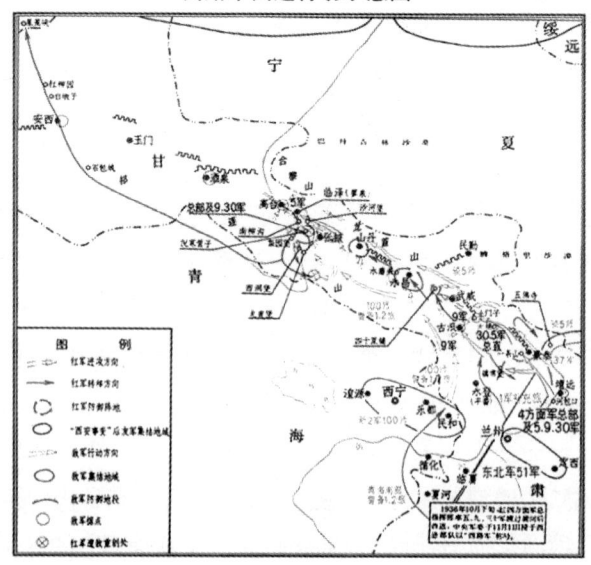

会"，陈昌浩任主席，徐向前任副主席，四方面军总指挥部改为西路军总指挥部，总指挥徐向前、总政委陈昌浩。同日，毛泽东等致电西路军，征求单独执行西进任务的意见。西路军复电，依据现时敌我力量，估计可以完成任务。

按照中共中央和中革军委的作战计划安排，西路军单独西进打通新疆，但在古浪一役中，损失惨重，伤亡 2000 余人。这时，蒋介石集重兵于陇西、天水一线，对红军展开猛攻。中共中央要求西路军停止西进，在永昌、甘州、凉州、民勤地区创立巩固的根据地，造成河东红军与西路军河西会合的假象，配合河东主力红军战略转移，"远方正讨论帮助，但坚决反对退入新疆"。西安事变爆发后，国民党讨伐军进逼西安，中共中央命令西路军应在现地区加紧休整，进行政治动员，一面争取凉州之补充旅和"二马"到抗日方面来，一面准备接通兰州，并准备一部适时占领安西地区。12 月 24 日又电示西路军东返，策应、配合河东红军和友军行动。12 月 27 日军委主席团电示徐向前、陈昌浩："西安事变和平解决，前途甚佳。西路军仍执行西进任务，占领甘、肃二州，一部占领安西。"西路军再次西进，抵达临泽、高台。

蒋介石返回南京后，态度变硬，调兵准备进攻西安。军委主席团电令徐向前、陈昌浩、李特及西路军军政委员会，"西路军即在高台、临泽地区集结，暂时勿再西进"，"集中全力，乘机向东打敌，尔后以一部西进。在这种条件下，应大大向东扩张甘北根据地"。

这时马家军重兵围攻，西路军在高台、临泽几仗，血流成河，损失惨重。2 月中旬，西安局势缓和，中共中央命令西路军放弃东进计划，就地独立坚持战斗，适时完成西进任务。在没有救兵、没有供给、弹尽粮绝的情况下，3 月 14 日，西路军军政委员会在石窝山召开最后一次扩大会议，做出徐向前、陈昌浩离队回陕北向中央汇报西征情况,成立西路军工作委员会,余部就地坚持游击的决定。4月7日军委主席团指示西路军工委:"你们可以向新疆去,已电彼方设法援接。"5月1日李卓然、李先念率西路军余部430余人沿祁连山抵达甘新交界地——星星峡,受到中共中央代表陈云、滕代远的迎接慰问。5月7日抵迪化,改称"中国工农红军西路军总支队",对外称"新兵营"。

西路军余部能够克服常人难以忍受的种种困难和考验最终抵达星星峡,与李先念等人的果断正确指挥分不开。徐向前后来回忆说:"李先念同志受命于危难时刻,处惊不变,为党保存了一批战斗骨干,这是很了不起的。"[4]

西路军在极端艰难的情况下,在同国民党军队进行殊死的搏斗中,创造了可歌可泣的不朽业绩,在战略上支援了河东红军主力的斗争,但也付出了巨大的牺牲。据统计,牺牲在战场上的有7000余人;被俘的有9200余人,其中5600余人被敌残害;流落在甘肃、青海、宁夏(包括被俘后逃跑出来的)或历尽艰辛回到鄂豫皖和四川老家的有4000余人;经党中央、兰州和西安八路军办事处以及当地群众营救(包括进抵新疆部分)回到陕甘宁边区的有4700余人。[5]

陈云是西路军事件的知情人。1982年陈云回忆说:"西路军是当年根据中央打通国际路线的决定而组织的。我在苏联时,曾负责同他们联系援助西路军武器弹药的事,而且在靠近新疆的边境上亲眼看到过这些装备。"[6]

李先念根据邓小平的批示和陈云的建议,组织干部查阅了大量历史档案,于1983年写出《关于西路军历史上几个问题的说明》,指出:"西路军执行的任务是中央决定的。西路军自始至终都在中央军委领导之下,重要军事行动也是中央军委指示或经中央军委同意的。"1983年1月5日,陈云看过《说明》及所附几十件电报后,再次指出:"西路军打通国际路线,是党中央、毛泽东过草地以前就决定的。当时,共产国际也愿意援助,二百门炮都准备好了,我亲眼看见的。"[7]

1965 年 8 月 3 日,毛泽东在会见法国戴高乐总统特使、文化事务国务部长安德烈·马尔罗时指出:当时向西北去的一个主要原因就是可能与苏联接上联系,打通苏联援助的通道,没有别的选择。

张国焘也回忆说:"不是张学良、杨虎城救了共产党,是苏联援华的西北国际大通道壮大了共产党,没有西安事变,西路军也会占领宁夏或者进入新疆,共产党也会在西北立足,形成武装割据的局面。"[8]

1936 年,针对有的人提出,一旦中国海岸被日本封锁,中国就不能继续作战的观点,毛泽东在同美国记者斯诺谈话时指出,日本就是把中国沿海封锁,但中国的西北、西南和西部,它是无法封锁的。

1937 年 7 月 7 日,日本发动了卢沟桥事变,全国抗战打响。中共中央于 8 日向全国发表号召抗战的宣言。17 日,蒋介石发表庐山谈话,确定了准备抗战的方针,指出:"如果战端一开,那就是地无分南北,年无分老幼,无论何人,皆有守土抗战之责,皆应抱定牺牲一切之决心。"

7 月 23 日,毛泽东完成《反对日本进攻的方针、办法和前途》。在抗战的办法中,他指出:立刻和苏联订立军事政治同盟,紧密地联合这个最可靠最有力量能够帮助中国抗日的国家。争取英、美、法同情我们抗日,在不丧失领土主权的条件下争取他们的援助。战胜日寇主要依靠自己的力量;但外援是不可少的,孤立政策是有利于敌人的。

9 月 22 日,国民党中央通讯社发表了《中国共产党为公布国共合作宣言》。23 日,蒋介石发表谈话,承认共产党的合法地位和国共两党合作抗日。至此,抗日民族统一战线正式形成。国共两党第二次合作和抗日民族统一战线的正式形成为西北国际交通线的建立创造了良好的环境和必不可少的先决条件。

1938年5月,在全面抗战爆发一周年即将来临之际,毛泽东到延安抗日战争研究会作《论持久战》的讲演,提出一个振奋人心又让人信服的观点:中国的抗日战争是持久战,最后的胜利是中国的。他列举了四个根据作为佐证:中国是一个军力、经济力和政治组织力比较弱的国家;正处于进步的时代,战争是正义的和进步的;有大国这个条件;得道多助,能够得到国际广大援助。他说:"今天全国人民有一种希望,认为国际力量必将逐渐增强地援助中国。这种希望不是空的,特别是苏联的存在,鼓舞了中国的抗战。"毛泽东的观点非常独到,《论持久战》鼓舞了中国人民抗日的信心,也坚定了世界反法西斯国家首脑的信心。罗斯福、丘吉尔、斯大林都把毛泽东的《论持久战》作为案头书。

---

[1]《朱德、毛泽东等关于在川陕甘三省建立苏维埃政权问题给张国焘等的电报》(1935年6月16日),《建党以来重要文献选编(1921—1949)》第12册,中央文献出版社2011年版,第212页。

[2]张国焘:《我的回忆》(第3册),现代史料编刊社1981年版,第230页。

[3]《中国工农红军第一方面军史》,解放军出版社1993年版,第666页。

[4]徐向前:《历史的回顾》,解放军出版社1988年版,第370页。

[5]中共甘肃省委党史资料征集研究委员会编:《悲壮的征程》(上册),甘肃人民出版社1991年版,第28页。

[6]兰州红西路军研究会:《中国工农红军西路军文献卷》(下),2004年,第226页。

[7]兰州红西路军研究会:《中国工农红军西路军文献卷》(下),2004年,第261页、226页。

[8]张百顺:《抗日战争中的"西北国际大通道"》,载《文史春秋》2005年第4期。

第二章
苏联意欲东方突围

　　苏联受到西方德国和东方日本的两线压力,为避免两线同时作战,支持中国抗击日本便成为苏联的外交选择。苏联援助中国,是两个力量体系博弈的结果,一个是中、日、苏三国博弈,一个是东、西两线博弈。就中国来说,还有一个力量博弈,就是西方列强对中国和日本援助的选择。中国在寻求西方大国援助无果的情况下,把目光转向苏联,希望签订中苏互助条约。最终,《中苏互不侵犯条约》的签订,开启了西北国际大通道的大门。

苏俄一成立,便遭受到欧美日等国的武装干涉和经济封锁。对此,苏俄采取了革命加外交的两手策略来应对。

由于苏俄在欧洲方向遭遇到西方反苏战线的强烈阻挡,于是决定从东方的亚洲方向打开突破口。当时,苏俄东方面临的主要敌人是日本,而苏俄感觉它此时还无力与入侵到远东地区的日军交战,因此需要用中国这个力量来制衡日本。更为现实的问题是,一批反共反苏的前沙皇势力逃到中国东北,进行反攻苏俄的破坏活动。这促使苏俄争取中国政府的支持,消灭逃亡到中国的反苏力量。

为了对付日本,苏俄走出了两步棋。第一步,"缓冲国"策略。以俄罗斯的外贝加尔地区、阿穆尔地区、滨海地区、库页岛、堪察加半岛和中国东北的中东路地区,成立远东共和国,公开对外宣称独立,脱离苏俄统治,使日本没有进攻苏俄远东的理由。第二步,与中国建立正常外交关系。此前，北京政府一直坚持与旧俄政府的外交关系，没有明确承认新的苏俄。为了争取中国政府的认可，苏俄成立后即宣布，实行和平外交政策，废除沙俄时期签订的一切对外不平等条约。1919年7月25日发布《俄罗斯苏维埃联邦社会主义共和国政府对中国人民和中国北南政府的宣言》，声称愿意"帮助中国人民"，苏维埃政府愿意把"沙皇政府独立从中国人民那里掠夺的或与日本人、协约国共同掠夺的一切交还中国人民"。这一外交行动，引发了中国人民对苏俄的好感。各民众团体纷纷致电苏俄政府表示感谢，不少人把目光从过去关注欧美转向苏俄。但由于苏俄政府出兵中国主权范围内的外蒙古地区打击白卫军事件，北京政府一直未与其建立正式外交关系。1920年9月27日，苏俄发布第二次对华宣言，即《俄罗斯苏维埃联邦社会主义共和国外交人民委员部致中国外交部照会》，重申遵守1919年7月25日发布的俄罗斯政府宣言的各项原则，明确放弃以前夺取中国的一切领土和中国境内的一切俄国租界等。北京政府不愿意就相互承认问题与苏俄马上进行谈判，只同意进行商务谈判。加之1921年11月5日，苏俄与它所扶植的蒙古人民革命党建立的蒙古人民革命政府签订了《俄蒙修好条约》，事实上承认了外蒙古独立。1922年第一次直奉战争奉系败北，直系完全掌握了北京政府，中俄谈判无果而终。

1922年8月，苏俄任命的驻北京全权代表、著名外交家越飞抵达北京，开始与北京政府进行正式谈判。因越飞生病，双方终未展开正式交涉。1922年12月30日，苏维埃社会主义共和国联盟成立（简称苏联，从此后苏俄成为历史名称）。1923年9月2日，苏联政府新任全权代表、前副外交人民委员、苏俄两次对华宣言的签署者加拉罕抵达北京。双方几经周折，于1924年5月31日，由中国外交总长顾维钧和苏联政府全权代表加拉罕在北京签订了《中苏解决悬案大纲协定》。《协定》规定：签字后两国恢复使领关系，中国与帝俄签订的一切条约、协定等概行废止，苏联承认外蒙古完全为中华民国之一部分并尊重在该领土内中国之主权，双方境内不得存在图谋以暴力反对对方政府的团体及行为，并就中东铁路问题达成协议，等等。但一些悬案并没有得到彻底解决，矛盾和猜忌依然重重。

在进行外交努力的同时，苏联还在谋求输出革命。苏联共产党认为，根据马克思列宁主义的理论，只有输出革命，苏联的社会主义政权才能更加巩固，共产主义才可能早日在全球实现。于是，他们也开始在中国寻找革命力量。

1919年，苏俄主导成立了共产党的国际组织——共产国际，来领导和推动世界革命。这年夏天，俄共（布）中央政治局任命威连斯基为外交人民委员部远东事务全权代表，加蓬为副代表。其任务是：一、加剧日美与中国的冲突；二、推动中国、蒙古、朝鲜反对外国压迫的解放运动；三、支持帮助这些国家的革命运动，并同它们的革命组织建立牢固联系；四、援助中朝游击队组织。威连斯基受命于1920年2月来到海参崴的俄共（布）远东局，成立了专门机构，并派出维经斯基（吴廷康）为全权代表，于是年4月前往中国，联系到陈独秀，发起召开"社会主义者同盟"成立大会，组织成立社会主义青年团，出版《共产党》《劳动界》等先进刊物，并相继在北京、上海、广州、武汉、长沙等地建立起传播共产主义思想的机构，我们一般称之为共产主义小组。1921年7月，中国共产党正式成立。

但对于当时的中国革命，苏俄认为，在中国这样一个落后的殖民地半殖民地国家，首要的任务是争取国家独立，成立民主主义共和国，而不是进行社会主义革命。因此，就当时中国各政治力量而言,最有能力完成此项任务的,是孙中山及其领导的中国国民党。于是,苏联将中国国民党作为主要争取对象。

实际上,孙中山提出的三民主义,确实在相当程度上反映了那个时代中国所面临的主要问题,即民族、民权、民生。孙中山在领导革命的过程中,屡败屡战,受尽磨难。他曾经努力争取外援,向日、英、法、美等国寻求帮助,但都没有成功。就在孙中山四处碰壁的时候,苏俄十月革命的成功,给他带来了希望。孙中山于1918年夏致电列宁和苏维埃政府,祝贺俄国革命的伟大胜利。

在这种情况下,维经斯基在与共产主义者联系的同时,也会见了孙中山。1920年夏天,俄国共产华员局(即中国共产党组织局)刚成立,便派出刘江专程到上海会见孙中山,同他讨论从新疆、蒙古和华南三路军事合击北京政府的设想。接着,孙中山派出担任过其警卫团团长和大元帅府参军的李章达到苏俄,向苏俄政府提议缔结一项军事合作协议,请求苏俄政府于1921年春,派出红军进兵新疆,经甘肃,接应并援助四川的革命党人,以推动中国的武装起义。1921年12月,孙中山在桂林会见了共产国际代表马林,讨论建立革命党和革命武装的问题。1922年6月,陈炯明发动叛乱,孙中山被迫离开广州赴上海。这时,他收到了苏俄全权外交代表越飞的来信,表示愿与他建立密切的关系。马林居中联络。1923年1月26日,《孙文越飞宣言》在上海达成。宣言中提出,孙中山可以得到苏联的援助。

1923年1月26日,《孙文越飞宣言》在上海达成。

孙中山希望从苏联得到的援助,分长远计划和应急计划。应急计划是指在短期内,苏联提供资金和运送武器到南方,帮助国民党重新夺回被陈炯明占领的广东,而长远计划则是希望苏联帮助建立更加有力的国民党的领导机构,借助联共(布)的经验加强国民党的思想政治工作,组织自己的军队,在西北建立军事基地。这是孙中山在屡次革命失败后得出的痛切经验和教训。3月8日,苏联正式同意帮助孙中山在中国西北地区建立一支武装力量,并向孙中山提供200万元卢布支援,派出军政人员当顾问。在组建军队上,越飞给孙中山电称,苏联暂时提供8000支日式步枪和15挺机枪,4门"奥里萨卡"炮和两辆装甲车,及相关的军事物资和教练人员。6月,苏联即派出了第一批军事顾问来到南方。8月,孙中山派出以蒋介石为团长的代表团赴莫斯科具体洽谈相关事宜。

按照孙中山的设想,希望在外蒙古的库伦和新疆的迪化(今乌鲁木齐)建立两个军事基地,由苏联帮助先在苏联境内建立军队,之后打回中国境内,直取迪化。这是苏联所不能接受的。对于库伦,当时苏联正试图推动外蒙古独立,当然不会同意孙中山在那里建立军事基地。而西部的迪化,苏联也不同意首先在其境内建立军队。最后谈判的结果,苏联只是同意派出政治军事顾问和专家到广州帮助国民党建立军事学校,组建军队,从海上运送装备给国民党人。

这样,1923年10月,苏联政治顾问鲍罗廷率顾问团来到广州,苏联与国民党正式开始了合作。早在1923年初,孙中山已经驱逐了陈炯明,在广州重建了大元帅府。根据苏联的意见,鲍罗廷到广州后的第一件事,就是建议孙中山全力以赴开展政治工作,建立一个革命的政党。孙中山采纳了苏联顾问的意见,任命鲍罗廷为国民党组织员,授权其组织起草相关文件,并依据苏联党的经验,推动改组国民党。随鲍罗廷同来的军事顾问,则在孙中山的授权下,帮助创办国民党的第一所军事学校——黄埔军官学校,首任校长就是蒋介石。

在苏联和共产国际的大力推动下,国共两党以"党内合作"的形式,即共产党员以个人身份加入国民党,开始了第一次国共合作。1924 年 1 月,中国国民党第一次全国代表大会在广州召开,孙中山主持了大会。大会通过新的党纲、党章,在实际上确立了联俄、联共、扶助农工的三大政策,选出了有中国共产党人参加的中央领导机构。孙中山对国共合作和共产党的作用高度重视,在国民党第一次代表大会上,总人数只占国民党在册党员2％的共产党员及青年团员,出

1924 年 1 月 30 日,孙中山步出中国国民党"一大"会场。

席大会的代表却占到了全体代表的 10％;大会产生的中央执行委员会,25 名中央执行委员中有 3 名中共党员(谭平山、李大钊、于树德),17 名候补委员中有 7 名中共党员(沈定一、林祖涵、毛泽东、于方舟、瞿秋白、韩麟符、张国焘),占总人数的近25％;在会后设立的国民党中央党部,3 名中央执行委员会常务委员中有一名是中共党员(谭平山),在八个部中(组织、宣传、工人、农民、青年、妇女、调查、军事部,后增设海外部)共产党员占据了两个部长职位、三个相当于副部长的秘书职位(组织部部长谭平山、秘书杨匏安;农民部部长林祖涵、秘书彭湃;工人部秘书冯菊坡)。

苏联从海上运到广州的 8000 支步枪和 400 万发子弹,不仅装备了第一支国民党的军队——只有 3 个连的黄埔军校学生,而且

还装备了广州市的警备部队和工人纠察队。到 1926 年 7 月北伐正式开始时,苏联先后支援国民党来复枪 18000 支,子弹 1200 万发;各种机枪 90 挺,各种炮 24 门。在经济援助上,除 1923 年 5 月莫斯科正式批准的 200 万卢布援助款外,还为建立黄埔军校出资 270 万中国元,为稳定广州财政,向孙中山于 1924 年 8 月在广州创设的中央银行提供贷款 1000 万中国元。在黄埔军校,苏联军事顾问担任军事教员,帮助国民党训练军事骨干,而苏联政治顾问则被分派到广州政府各部门工作。1924 年 8 月,由于军事总顾问巴甫洛夫溺亡,加伦(俄文名布柳赫尔)将军被派往广州担任军事总顾问。苏联军事顾问帮助国民党在黄埔军校及组建的国民革命军中,按照苏联红军的模式,建立了革命的政治工作,设立党代表和政治部,开展政治宣传和思想教育。同时,考察推荐了一批素质良好的军政人员到苏联军事院校深造学习。在苏联的援助下,国民党建立了自己的党军,取得了东征作战的胜利,在广州牢牢确立了统治。孙中

布柳赫尔元帅,曾担任国民革命军军事总顾问,参加过中国大革命和北伐,1938 年 11 月 9 日被迫害致死。

山发现,在多年来向列强求援失败后,终于找到了一个真正愿意帮助自己的国家,而这更进一步地坚定了他的联苏政策。

　　1924 年 10 月 23 日,冯玉祥联合张作霖等发动北京兵变,推翻了以曹锟为总统的直系军阀政权,电邀孙中山北上共商国是,并派马伯援为代表持他的亲笔信,前往广东迎接孙中山。兵变后,冯玉祥将所部改为国民军,宣布脱离直系军阀系统。1924 年 12 月 12 日又通电取消国民军的名称。次年,冯玉祥任西北边防督办,所部

驻扎北京、察哈尔及绥远地区,其第一军改称西北陆军,归西北边防督办公署直辖。因此,冯玉祥所属各部又被称为西北军。但是国民军这个名称仍然被沿用,与西北军并称。1926年5月,冯玉祥赴苏联考察。在莫斯科期间,冯玉祥经徐谦介绍,正式加入了中国国民党。国民党中央委员会任命冯玉祥为西北国民军党代表。9月17日,冯玉祥组建国民军联军,亲自出任总司令。在五原举行誓师典礼,宣布国民军联军完全脱离北洋军阀的系统,国民军联军全体加入国民党。

孙中山在鲍罗廷的推动下,接受北方政府邀请,立即停止北伐准备,于1924年11月13日离开广州北上,先抵上海,再绕道日本赴天津,12月底扶病到达北京。此时,冯玉祥却因张作霖和吴佩孚的联合压迫,已被迫离开北京。1925年3月12日,孙中山因患肝癌在北京逝世。在其生命的最后一刻,孙中山留下《国事遗嘱》《家事遗嘱》和《致苏联遗书》等遗嘱。这三份遗嘱,前两份由孙中山口授,汪精卫笔录,《致苏联遗书》由孙中山以英语

1924年11月30日,孙中山、宋庆龄与随行人员在"北岭丸"船上合影。

口授,鲍罗廷等笔录。他在《国事遗嘱》中,总结了自己40年来的革命经验,得出了这样的结论:"欲达此目的,必须唤起民众,及联合世界上以平等待我之民族,共同奋斗。"在《致苏联遗书》中,孙中山说道:

　　苏维埃社会主义共和国大联合中央执行委员会亲爱的同志：

　　我在此身患不治之症，我的心念此时转向于你们，转向于我党及我国的将来。

　　你们是自由的共和国大联合之首领。此自由的共和国大联合，是不朽的列宁遗与被压迫民族的世界之真遗产。帝国主义下的难民，将借此以保卫其自由，从以古代奴役战争偏私为基础之国际制度中谋解放。

　　我遗下的是国民党。我希望国民党在完成其由帝国主义制度解放中国及其他被侵略国之历史的工作中，与你们合力共作。命运使我必须放下我未竟之业，移交与彼谨守国民党主义与教训而组织我真正同志之人。故我已嘱咐国民党进行民族革命运动之工作，俾中国可免帝国主义加诸中国的半殖民地状况之羁缚。为达到此项目的起见，我已命国民党长此继续与你们提携。我深信，你们政府亦必继续前此予我国之援助。

　　亲爱的同志，当此与你们诀别之际，我愿表示我热烈的希望，希望不久即将破晓，斯时苏联以良友及盟国而欢迎强盛独立之中国，两国在争取世界被压迫民族自由之大战中，携手并进以取得胜利。

　　谨以兄弟之谊，祝你们平安！[1]

　　孙中山的遗书表达了与苏联长期合作、取得苏联支援的强烈愿望。

　　就在南方革命因为孙中山的突然去世而受到挫折的同时，北方的冯玉祥及其领导的国民军却在崛起。而冯玉祥的政治态度使苏联产生了援助其控制北京政府的强烈愿望。苏联的考虑是：苏联远东最现实、威胁最大的敌人是日本，加强与中国方面的联系就可以直接牵制日本对苏联的直接威胁。而在北洋军阀中,直系吴佩孚与日本的关系最差,但他同时也不愿意与苏联联系;奉系张作霖与日本关系密切,对苏联态度强硬;皖系段祺瑞倾日而对苏联不感兴趣。在这种情况下,冯玉祥发动的北京兵变,让苏联驻华大使加拉罕看到了联华抗日的希望。

经过做工作,冯玉祥同意与苏联联合,并接受其帮助。苏联即向冯玉祥部队派出军事顾问,并经外蒙古的库伦向驻张家口的国民军援助步枪18000支,机枪90挺,大炮24门,飞机10架,以及相当数量的弹药。苏共中央政治局甚至讨论要进一步向国民军提供价值2000万卢布的援助计划。1925年10月,苏联实际批准给予国民军的军火援助价值虽仅为这个计划的四分之一,但这已经远远超出了对南方国民革命军的援助额度了。1925年5月,第一批苏联军事顾问到达张家口,在国民军第一军工作。一个月后,第二批苏联军事顾问进入第二军。为了帮助国民军对奉作战,苏联甚至派出在国内战争中担任过西南战线司令员、战后任苏联红军总参谋长的叶戈罗夫担任驻华武官,就近协助冯玉祥。直到冯玉祥反奉失败,苏联仍然坚持对冯的援助。到1926年7月,苏联向国民军共支援步枪55857支,各种火炮60门,机枪230挺,迫击炮18门,子弹炮弹数千万发。北伐战争开始后的10个月里,苏联向国民军支援3500支步枪,1150万发子弹,3架飞机,10支火焰喷射器等,使国民军成为国民革命军在北伐战争中的一支重要配合力量。

就在苏联方面推动北方反奉的时候,南方的蒋介石正在极力推动北伐战争。一旦北伐战争打响,必然使参与反奉的江浙军阀孙传芳、直系军阀吴佩孚腹背受敌,影响反奉目的。这当然不是苏联所希望的。所以,蒋介石推动的北伐战争自然也就受到了苏联方面的反对。

　　这时,南方国民党和苏联顾问都发生了一些变化。在国民党方面,孙中山去世后群龙无首,右翼势力刺杀了左翼领袖廖仲恺,苏联顾问鲍罗廷借机排除了右翼实权派领袖许崇智和胡汉民,把汪精卫和蒋介石推向了政治军事领袖高位。汪、蒋二人此时在苏联顾问眼中,都是坚定的左派革命者。蒋介石继承孙中山遗愿,雄心勃勃准备北伐。在苏联顾问方面,1925 年 7 月,就在广州国民政府成立的同时,军事顾问加伦将军被调回国,1926 年 1 月,政治总顾问鲍罗廷也辞职回国,这两人都支持蒋介石北伐,特别是加伦将军建议和主持制定了北伐的计划。接替加伦和鲍罗廷工作的季山嘉刚愎自用,不把蒋介石看在眼里,出于支持北方反奉战争的目的,反对蒋介石的北伐。1926 年 3 月 20 日,蒋介石出于对中共力量的担心和对季山嘉、汪精卫的不信任,借机发动了排斥苏联顾问和共产党的三二〇事件(中山舰事件),一举夺取国民党军政大权。

　　由于蒋介石取得权力,苏联妥协,季山嘉回国。此时北方的反奉战争失败,张作霖重掌北京权柄,这些变化使得苏联对南方北伐的态度又积极起来,蒋介石得以再次启动北伐计划。1926 年 5 月,鲍罗廷和加伦先后又回到广州,1926 年 7 月 9 日北伐战争开始。北伐军严格执行加伦制定的作战计划,在军、师级都有苏联顾问协助指挥。加伦成立了一个全部由苏联军官和专业人员组成的参谋部,一个由苏联飞行人员组成的负责情报侦察和执行对敌空中轰炸任务的飞行小组。加伦作为军事总顾问,还亲自在一线指挥。在苏联顾问的帮助下,北伐战争取得胜利,8 个军 10 万人在 10 个月的时间内,打败了孙传芳、吴佩孚、张作霖的 70 万军队,占领了湖南、湖北、江西、福建、安徽等地区。在北伐中,加伦将军表现出了卓越的指挥才能。直到第一次国共合作破裂,蒋介石还想让加伦留下来作为其军事顾问。抗日战争爆发时,蒋介石几次向苏联方面提出希望加伦做他的军事顾问。

1927 年 6 月 20 日至 21 日，冯玉祥与蒋介石在徐州召开反共会议，参加会议的有冯玉祥、蒋介石、胡汉民、李宗仁、张静江、白崇禧等人。会议的核心是蒋、冯合作，确定了反共、反苏、宁汉合作的方针。1927 年 7 月 15 日，汪精卫在武汉发动反革命政变，导致大革命失败，国共合作破裂。1929 年，张学良在东北与苏联发生中东路事件，7 月 18 日，苏联宣布与中国绝交，支持中共反对国民党的斗争。

1931 年九一八事变后，由于张学良下令东北军"绝对不许抵抗"，导致短短几个月的时间，东北百万平方公里的大好河山便沦为日本的占领地。

以蒋介石为首的国民党中央和东北地方政府对日本的侵略实行"不抵抗"政策，把解决中日问题寄希望于国联，让国联出面仲裁，使日本尽快撤出中国。国联是西方大国的代言人，而英、法、美等西方大国在日本侵略中国的问题上，则采取绥靖政策，企图通过牺牲中国的利益来维护和巩固其既得利益。

日本对中国的国情研究得很透彻。在侵略中国之前，日本曾做了大量的功课，认为中国是一个落后的农业国家，经济力量、军事力量都很有限，如果没有国际援助，以日本先进的工业和强大的军事力量，只要出动 10—15 个师团，3 个月即可以拿下中国。所以，战争一开始，日本就死死抓住中国的这个致命弱点，使用一切战略和外交手段，迫使西方大国不能对中国进行援助，阻止一切战略物资进入中国战场。

在日本的外交和战略胁迫下，西方大国拒绝支持中国。美、英与日本进行密切的贸易往来，对日本进行大量物资出口。如美国 1937 年就比 1936 年对日出口增加 124%，其中飞机和备用零件增加 1.5 倍，原油和汽油增加 0.5 倍，钢铁增加 15.3 倍。[2] 而同时期，美国向中国提供的贷款,不仅数量少,而且明确为商业贷款性质,不能用于购买武器等军事物资。

在寻求西方大国援助无果的情况下,中国开始把目光再一次转向苏联。

而在苏联方面,日本侵略中国东北,也使苏联感觉到了来自东方的威胁。

这时苏联面临的国际安全环境是:在其西部,面临着德国法西斯侵略势力的威胁;而在东部,则面临日本军国主义势力的扩张威胁。为了避免两面受敌,苏联只能对日本采取守势。但仅靠退让,也不是从根本上解决东部安全的良策。这就促使苏联考虑扶植中国的抗日势力,从军事、经济上援助中国,一则能把日本的军事力量吸引在中国战场上,防止日本"北进"犯苏,避免过早与日本发生正面战争,出现两线作战;二则能避免其被日本迅速打败,使日本能够利用中国的巨大战略资源壮大自己,从而进攻苏联。还有一个原因就是,对正义的反侵略战争的支援。出于这些考虑,苏联确定了对华支援的政策。

在双方利益需求的驱动下,1932 年 12 月 12 日,中苏正式恢复中断多年的外交关系。两国关系恢复正常后,双方曾考虑过签订一个安全条约。但在这个问题上,中苏出现了分歧。苏联主张签订互不侵犯条约,而中国政府则希望直接签订互助条约,以促成苏联出兵对日作战。

1934 年,中央苏区被国民党军队夺取,蒋介石认为由苏联支持的红军已经不再对其构成威胁。于是,他派出蒋廷黻访问苏联,试探苏联对改善两国关系的态度,并得到了肯定的回答。蒋廷黻在与苏联副外交人民委员斯托莫尼亚科夫会谈时询问:蒋介石担任中国政府首脑会不会妨碍两国关系的改善。苏方正式申明,苏联政府在处理与其他国家的关系时,从来不受是否厌恶他国政府首脑的影响,同时,过去和现在都不认为社会经济的差异或好恶是国家间关系正常化的障碍。苏联的这个表态使蒋介石认为可以进一步改善中苏关系。

1935年,日本发动华北事变,试图将华北五省变成第二个伪满洲国。这促使蒋介石进一步发展与苏联的关系。

1935年10月18日,蒋介石秘密接见苏驻华大使鲍格莫洛夫,表示愿以"中国军队总司令身份",与苏联订立"有实质性的真正促进中苏亲密关系并能保障远东和平的协定。"[3]鲍格莫洛夫在向苏联政府汇报他同蒋介石谈话情况时提到,"他们在谈话中都希望签订贸易协定和互不侵犯条约,可同时他们又强调在目前中国受束缚的情况下,无论贸易协定还是互不侵犯条约都不能给中国带来任何东西,暗示希望签订互助条约"[4]。苏联方面的判断是:蒋介石打算拉强国同日本开战,而蒋自己全面抗日的信心不足,不排除他企图利用同苏联谈判这张牌与日本达成协议的可能。因此,同蒋介石缔结互助协定的时机还没有到来,但表示愿意就此展开具体讨论。这说明,此时苏联还没有与中国结成反日军事同盟的打算。所以,中苏谈判只停留在密切来往加深了解的阶段,一直没有达成具体协议。但苏联出于全盘战略考虑,想避免直接介入与日本的作战,这是苏联与中国政府谈判的一个基本立足点。

但蒋介石已经非常迫切了。在得到苏联愿意进一步讨论的答复后,1935年12月,蒋介石即要求苏联安排驻苏武官邓文仪与曾来中国帮助建立国民革命军和指导北伐战争的军事顾问加伦会见,希望与加伦再次合作。并派出陈立夫(化名李融清),以驻德大使程天放随员的身份为掩护,转道柏林前往莫斯科,商谈军事互助协定的问题。

　　这时,有一个问题摆在蒋介石的面前,就是担心一旦中苏合作达成,苏联会不会借机援助中国共产党。为了防止这一可能性发生,他提出苏联必须支持南京的国民政府,并由苏联出面阻止中共推翻国民政府的行动,服从中央统一指挥。为此,蒋介石安排先由邓文仪到莫斯科与中共代表团进行谈判,而让陈立夫留在柏林视谈判结果而行。1936年1月22日,苏联驻华大使鲍格莫洛夫与蒋介石会见,明确答复:中国国民党要与中国共产党达成统一战线,必须直接谈判;苏联可以为两党在莫斯科进行这样的谈判提供方便,但不会担任调停者的角色。蒋介石认为,这表明苏联并不愿意明确今后只援助国民政府,这就有可能为中苏互助条约埋下隐患,成为苏联支援中共的借口。在这种情况下,谈判不得不告终。

　　九一八事变后两天,中共临时中央政治局即发表宣言,明确表明中共抗日的态度。这时,中共的方针是抗日反蒋。而苏联当时的经济政治中心在欧洲,远东地区防御力量薄弱,为了维护其在远东的安全,不愿意与日本发生直接冲突,所以与中国国民政府建立了正式外交关系,以期共同牵制日本。

　　日本在远东对苏联形成的威胁,促使苏联加强与蒙古的关系。1936年3月12日,苏蒙两国在乌兰巴托签订了为期10年的《苏蒙互助议定书》。该议定书的第二款规定,当缔约的某一方遭受到第三方攻击时,另一方将给予包括军事援助在内的各种援助。这就从法律文件上表明,一旦日本有攻击蒙古的行为,苏联就会出兵援助蒙古,与日本直接对抗。就当时中国而言,这一议定书是对中国主权的侵犯,但在客观上防止了日本侵略蒙古、进而为入侵中国西部创造条件。如果日本侵入蒙古,就会在苏中之间构成一个巨大障碍,从蒙古方向"以深入的侧翼迂回并从后路包抄进攻中国军队,同时切断穿过新疆、连接苏中的交通干线,即当时一条重要的给养动脉"[5]。基于无法改变现状和进一步改善中苏关系的考虑，国民政府虽然向苏联提出了反对该议定书的照会，但采取了克服态度，没有继续抗议下去。

关于苏联对蒋介石政府的这些政策变化，由于长征中中共中央与共产国际失去联系，因此并不了解。1936年6月，中共中央才与共产国际恢复电台联系，在给中共代表团发的电报里，党中央报告了对国民党西北剿总代总司令张学良的统战情况，提出实施西北大联合的计划，在西北发动抗日反蒋运动，成立西北国防政府和抗日联军，请求共产国际批准并提供援助。这一计划与苏联希望的中国联合抗日目的不符，因而遭到斯大林的否定。1936年8月15日，共产国际总书记季米特洛夫发给中共中央的政治指示电，严肃批评了中共抗日反蒋的政策，明确提出在当时形势下应当主张建立统一的中华全国民主共和国。根据共产国际的指示精神，中共中央于1936年9月1日发出《中央关于逼蒋抗日的指示》，指出目前中国的主要敌人是日本，把日本与蒋介石同等看待是错误的，抗日反蒋的口号已经不合适了。这时，中共中央开始争取与国民党进行解决国共关系的谈判。

当时的中共中央和红军刚刚在陕甘落脚，斗争形势还极其严峻，物资给养困难，莫斯科方面为了使中共在谈判中获得有利地位，决定通过外蒙古向中国红军提供军事物资援助。为了配合接应莫斯科的这一援助行动，中共中央和中革军委于10月11日发布了《十月份作战纲领》即宁夏战役计划，准备西渡黄河、北上绥远，与苏联接上头。由于红军西渡黄河过程中受到国民党军队围攻，西路军行动受挫；加之绥远抗战爆发，莫斯科认为从中国北方向红军提供援助已经不可能了，于是决定将援助方向转移到新疆。

恰在此时，已经与中共形成良好统战关系的张学良，联合杨虎城的第十七路军发动了西安事变。莫斯科方面认为,西安事变有造成中国新的大规模内战的可能,这不符合他们关于中国全体共同抗日的意图,容易使日本腾出力量威胁苏联,要求中共中央和平化解这一危机。经过国共双方努力,西安事变最终得到妥善解决,中共逼蒋抗日的意图得以实现,国共两党再次走向合作。

蒋介石同意国共再次合作联合抗日,对苏联在西安事变中的表现感到满意,两国政府联系增多。注意到蒋介石和中国政府的积极态度,莫斯科方面也在两国签订互助条约谈判上变得缓和。1937年4月,苏联就实质性问题进行谈判通知中国政府,表示愿意向中国政府提供军事物资援助。1937年7月7日,卢沟桥事变发生,从而导致中国全面抗战爆发,这也促使蒋介石更加希望与苏联签订互助条约,让苏联政府直接出兵帮助中国抗日。而斯大林却提议签订互不侵犯条约!

1937年7月7日,卢沟桥事变爆发。

1936年11月,日本和德国在柏林签订了《反共产国际协定》。根据协定,两国在反对共产国际方面"交换情报","紧密合作"。这是日、德两个法西斯国家发动第二次世界大战的一个重要步骤。通过这个协定,日、德两国在反苏反共的旗帜下建立起公开的军事联盟,以联合起来实现其重新瓜分世界、称霸全球的野心。后来,加入这个协定的还有意大利、匈牙利、西班牙、保加利亚、芬兰、罗马尼亚、丹麦,以及斯洛伐克、克罗地亚等傀儡政权和中国的伪满、汪伪政权。

由于苏联面临的东西两条战线的威胁,斯大林希望采取集体安全策略,提出由中国出面召集太平洋地区各国会议,签订一个公约,保障太平洋地区的和平,以化解苏联东方威胁。即使这个公约不成,也可以签订中苏互助条约。这时斯大林的态度是积极的。但由于蒋介石没有当机立断、积极响应,旋即发生七七事变,中日战争全面爆发,斯大林的态度也随之发生了变化。

斯大林认为,一旦中苏签订互助条约,就意味着苏联必须立即对日宣战,苏联将面临两线作战的严峻局面。因此,除非是英美参战或国际联盟太平洋地区成员国参战,否则苏联不会单独参战。鲍格莫洛夫对蒋介石说,"苏联政府认为,当前关于互助条约的任何谈判都是不合时宜的"。[6]但是,如果苏联不出手帮助中国,一旦中国战败,日本必然强迫要求中国加入《反共产国际协定》,这将使苏联东方面临的安全威胁更加严峻。后来,伪满、汪伪政权的加入便证明这一判断是可能的。如果签订互不侵犯条约,一则可以把中国拉向苏联,以必要的援助和政治许诺,保证中国不会以苏联为敌,二则可以避免严重刺激日本,使苏日产生严重对立。

正是在这种情况下,中苏双方在谈判问题上都做出了让步,于1937年8月21日在南京签订了《中苏互不侵犯条约》。

该条约十分简洁,只有四款:

第一条

两缔约国重行郑重声明,两方斥责以战争为解决国际纠纷之方法,并否认在两国相互关系间以战争为实行国家政策之工具。并依照此项诺言,两方约定不得单独或联合其他一国或多数国对于彼此为任何侵略。

第二条

倘两缔约国之一方受一个或数个第三国侵略时,彼缔约国约定在冲突全部期间内对于该第三国不得直接或间接给予

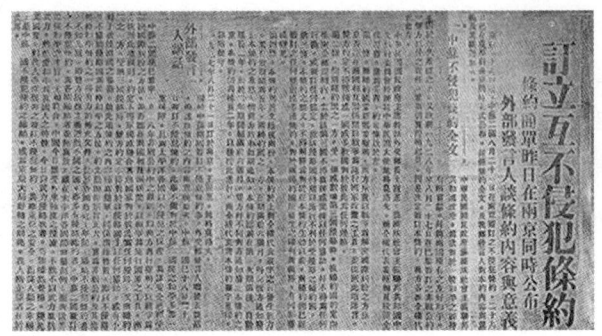

　　1937 年 8 月 21 日，中国外交部长王宠惠和苏联驻华大使鲍格莫洛夫分别代表本国政府签订了《中苏互不侵犯条约》。

任何协助，并不得为任何行动，或签订任何协定，致该侵略国得用以施行不利于受侵略之缔约国。

　　第三条

　　本条约之条款，不得解释为对于在本条约生效以前两缔约国已经签订之任何双面或多边条约对于两缔约国所发生之权利与义务有何影响或变更。

　　第四条

　　本条约用英文缮成两份，本条约于上列全权代表签字之日发生效力，其有效期间为五年，两缔约国之一方在期满前六个月得向彼方通知废止本条约之意思；倘两方均未如期通知，本条约认为在第一次期满后自动延长二年，如于二年期间届满前六个月双方并不向对方通知废止本条约之意，本条约应再延长二年，以后按此进行。[7]

　　这个条约的核心是一方遭受侵略和面临重大安全威胁的情况下，条约的另一方将予以必要的援助，这就从根本上解决了苏联政府援华抗日物资的法律地位问题，也为后来开通西北国际大通道奠定了政治基础。

条约签订的曲折过程引起了斯大林对鲍格莫洛夫的不满,认为是他曲解了斯大林的意思导致蒋介石提出互助条约的要求,因而在条约签订后不久,鲍格莫洛夫即被从中国召回和逮捕。1937年11月18日,斯大林在与中国代表团团长杨杰谈话时把鲍格莫洛夫称为"坏情报员"。斯大林说:"鲍格莫洛夫严重阻碍互不侵犯条约的签订。他要我们相信,蒋介石不想签订条约,他只想商谈恫吓日本的条约。于是在谈判签约过程中出现了令人不愉快的时刻。我们说,没有签约不能提供贷款。蒋介石很焦急,但我们不信任他。这是因为鲍格莫洛夫给我们提供了不正确的情报。我希望蒋介石知道,我们从鲍格莫洛夫那里得到了不正确的情报。鲍格莫洛夫还要我们相信,中国的整个防御毫无价值,上海连两个星期都坚持不了;整个中国抵抗的时间不会超过三个星期;蒋介石摇摆不定。但是,一个月快过去了,上海还在防守。我们召回了鲍格莫洛夫,问你是什么人,原来,他是托洛茨基分子。我们逮捕了他。"[8]

条约签订后,苏联很快断绝了同日本的贸易关系,严禁向日本出口军事战略物资。而此时,美、英等西方国家却仍然保持与日本的贸易关系。此时在国际上,真正站在中国一方,从道义、舆论和物资上支持中国抗日事业的大国,可以说,就是苏联了。

俄罗斯中国问题专家乌索夫在他的《20世纪30年代苏联情报机关在中国》一书中提到:为了充实条约的第二条,苏联和中国全权代表交换了绝密口头声明。根据所交换声明,苏联承担义务,在中国与日本的正常化关系正式恢复以前,不与日本签订任何条约;中国承担义务,在条约生效期间,不与第三国签订实际上反对苏联的联合反共条约。

《中苏互不侵犯条约》的签订,对中国,极大地鼓舞了中国政府和人民群众的抗战决心和斗志。人民群众对条约的签订普遍欢迎,并因此激发了抗战的热情。国民政府因为有了苏联的支持,抗战的决心和底气得到增加。时任中苏友好协会会长的孙科说,这一协定"有着十分重大的意义,一方面表明了苏联对我国的友好态度,对于我们在艰苦奋斗中的人民自是一种精神上的鼓励;另一方面无疑坦白地告诉日本侵略者,他们对这种不义的举动是绝不同情的"。[9]对日本,则是一个极大的打击。9月1日,日本外相广田弘毅对美国驻日大使格鲁表示,中苏在这个时刻签订这样的条约,"令人十分不满"。于苏联,也是一步巧棋。条约使苏联在不造成日苏直接公开冲突的情况下,又能够支持中国抗战,帮助提高中国的抗战能力,避免苏联过早在东方战场面临日本的压力,以间接手段阻止日本"北进"计划的实施。

《中苏互不侵犯条约》开启了西北国际大通道的大门。

---

[1] 中共中央党史研究室第一研究部:《联共(布)共产国际与中国国民革命运动》(1917—1925),北京图书馆出版社1997年版,第711页。

[2] [苏]《远东问题》,1987年第5期,第90页。转引自刘志青《恩怨历尽后的反思——中苏关系七十年》,黄河出版社1998年版,第244页。

[3] 《苏联外交文件》,转引自曹学恩、徐广文主编的《民国外交史》第375页。

[4] 《苏联外交文件》,转引自曹学恩、徐广文主编的《民国外交史》第376页。

[5] 杜宾斯基:《抗日战争时期苏联对中国的援助》,见《国外中国近代史研究》(第11辑),中国社会科学出版社1988年版,第361页。

[6] 《苏联外交文件》,转引自陶文钊等主编的《抗日战争时期对外关系》第71页。

[7] 《新华时事丛刊》:《中苏关系史料》,新华书店发行,1950年版,第24—25页。

[8] [俄]乌索夫著,赖铭传译:《20世纪30年代苏联情报机关在中国》,解放军出版社2013年版,第205页。

[9] 孙科:《中苏关系》,中华书局1946年版,第35页。

第三章
地方军阀向西看

　　蒋介石集团与地方军阀矛盾重重。开通西北国际大通道，必须取得西北地方军阀的支持。"新疆王"盛世才与苏联建立有准军事同盟关系，把自己看作是中国政治势力的重要一方，对蒋介石的话可以置之不理，但对苏联的意图却是全力迎合。张学良的东北军驻扎西北，一直想打回东北，以雪被日军撵入关内之耻。盛世才支持中共提出的抗日民族统一战线的主张和张学良联共抗日的行动，同意在政治、军事等方面配合，愿意为东北军与苏联方面的联系提供方便。西安事变的和平解决，也间接推动了西北国际大通道的开通。

　　开通西北国际大通道,绕不开盘踞在大通道上的地方势力:如盛世才和张学良等。当时,蒋介石虽然名义上统一了中国,但中央政府的权威尚未树立,地方军阀依然势力强大,蒋介石集团与地方军阀矛盾重重。开通西北国际大通道,没有地方军阀的支持,几乎是不可能的。

盛世才与苏联的准军事同盟关系

　　当时要开辟西北国际大通道,没有新疆军阀盛世才的支持和协助,那几乎是不可能的。而盛世才此时与苏联发展的准军事同盟关系,则为大通道的开辟提供了条件。

　　盛世才是一位左右逢源、翻云覆雨的政治投机客。他 1895 年出生于辽宁的一个小地主家庭,年轻时在日本早稻田大学和陆军大学中国学生队第四期学习,1927 年毕业后回国参加北伐军,先后任国民革命军总司令部上校参谋、行营参谋处第一科代理科长、参谋本部第一厅第三科上校作战科长。1930年，盛世才经新疆驻南京办事处代表鲁效祖介绍来到新疆，得到时任新疆省主席的金树仁赏识，被任命为新疆省边防督办公署上校参谋，继而升任参谋处长和参谋长、第一师

盛世才的骑兵部队

师长。1932年，盛世才调任东路"剿匪"总指挥部参谋长，很快又升为督署中将参谋长兼东路"剿匪"总指挥。在那个时代，这是一个掌握军权的实权位子。

　　1933年4月12日，新疆省府迪化督署参谋处处长陈中、迪化县长陶明樾、航空学校校长李笑天等人发动军事政变，赶走了省政府主席金树仁。由于政变发动者认为自己力量单薄，难以维持政局，于是他们想到请手握重兵的盛世才出来主持大局。盛世才便利用这样一个千载难逢的机会，轻易地登上了新疆临时边防督办的位子。而教育厅厅长刘文龙则被推举为新疆临时省主席，但实权却掌握在以盛世才为首的军阀手中。

　　为了消除异己，1933年6月，盛世才借开会之机以"谋叛"罪迅速逮捕并枪决了李笑天、陶明樾、陈中三人。此时新疆有影响力的军阀还有两股：占据北疆的马仲英（马步芳堂弟）和占据伊犁的张培元。9月，二人结盟从东西两个方向夹击盛世才。当时，从兵力上看，盛世才军主要驻在迪化，仅有6000人左右，且其中半数来自原东北军，还有1000多名士气低迷的归化军、2000多名老弱病残的当地军队，派系复杂，不易控制；而马仲英军10000人，张培元军亦8000人以上，且大多年轻力壮，补给充足。盛世才处于极其不

利的地位。

这时候,盛世才使出了其政治投机客的本事——争取强邻苏联的援助。早在这年 5 月,盛世才就派外交署长陈德立到苏联驻迪化领事馆拜见总领事孜拉肯,表示愿意在金树仁政府同苏联签订的《新苏临时通商协定》基础上,进一步加强双方友好关系。另外,盛世才在家设宴款待孜拉肯等人时,预先在书架上摆放了《共产党宣言》《资本论》等马列主义书籍,表示他早在学生时代就信仰马克思主义,认为中国只有走共产主义道路才有前途,所以,希望在新疆建立苏维埃政权。10 月,盛世才又派出特使陈德立和姚雄赴莫斯科直接求援。11 月,苏联方面改派阿布列索夫为新任总领事,对盛世才进一步考察。盛世才的投机本领,使其取得了阿布列索夫总领事的信任。同时,莫斯科方面考虑到新疆对于苏联国家安全的重要意义,出于其自身利益考虑,同意向盛世才提供援助。

1933 年底,苏联决定向盛世才提供飞机、装甲车、机枪、弹药等军火援助,而且决定,苏联红军将直接进入新疆。1934 年 1 月,苏联红军在中苏边境巴克图卡换上中国军服,对外宣称"阿尔泰军",名义上由盛世才任命的赵得寿总指挥领导,实际上完全由苏联指挥官指挥。由于苏联红军支援了盛世才,马仲英和张培元的军阀势力迅速土崩瓦解。这样,盛世才便完全控制了新疆全境,成了名副其实的"新疆王"。

盛世才傍紧苏联这棵大树,提出了"亲苏、反帝"的口号,开始了其新疆的独裁统治。

当时新疆的政治环境还是比较复杂的,英、日等国都想涉足这块土地。对日本来说,新疆既可以作为从南面和西南方向谋取蒙古的据点,又可以作为入侵苏联的理想基地。对英国来说,控制新疆,建立一个反苏的缓冲地带,可以防止苏联影响印度。

英国于 1933 年 11 月唆使沙比提大毛拉和穆罕默德·伊敏等

民族分裂分子在喀什建立所谓"东土耳其斯坦伊斯兰共和国",宣布该共和国为"永久民主共和国"。法国人在迪化开设洋行,英国人在迪化等城市设立天主教堂,德国的传教士在一些城市进行传教活动,瑞典人在英吉沙设立医院。这些国家以不同的名义为掩护进行间谍活动,寻找机会进行政治浸透和影响。有一些封建上层人士开始投入这些国家的怀抱,为其施加政治影响服务。一些西方国家的报刊在报道新疆出现的叛乱事件时,经常用"亲英的南方集团"、"亲日的北方集团"之类的语言进行表述。国民党在新疆设有党部,进行政治活动。新疆省政府的高级官员也是由国民政府任命的,国民政府还派出宣慰使到新疆协调各政治集团的矛盾,借助新疆各政治力量之间的矛盾搞平衡,以维护国民政府对新疆的影响。

盛世才执政后,把洋行和天主教堂一律关闭,不允许西方国家人员进行政治活动,一旦发现立即逮捕并驱逐出境。

1934年4月,盛世才在第一次全疆民众大会上,对苏联的援助表示"感谢"。这一年,盛世才提出了"八大宣言"施政方略:一、实行民族平等;二、保障宗教自由;三、实施农村救济;四、整理财政;五、澄清吏治;六、扩充教育;七、推行自治;八、改良司法。这些政策与新疆省政府成立时通过的"十大纲领"相比,取消了外交归中央、施行党化教育、财政与中央统一等内容。1935年4月12日,"四月革命"两周年纪念日,盛世才又提出了"九项任务":彻底厉行清廉;发展经济和提高文化;避免战争,维护和平;全省动员努力春耕;便利交通;保持新疆永远为中国领土;反帝反法西斯和永久维护中苏亲善政策;建设新新疆;绝对保护各族王公、阿訇、喇嘛等的地位和利益。[1]"九项任务"是"八大宣言"的补充和发展。

为了表达对苏联的亲密,取得苏联的进一步支援,盛世才还亲自编写《六大政策教程》,正式颁布实行"反帝、亲苏、民平(民族平等)、清廉、和平、建设"六大政策,打出六星旗旗帜,进行广泛宣传。

就当时形势看,应该说,"六大政策"顺应了抗日战争的形势发展,与中国共产党提出的抗日民族统一战线政策是相符合的,这也构成了盛世才与中国共产党建立抗日民族统一战线的政治基础。

盛世才的表现,让苏联很满意。随着新疆与苏联关系的进一步密切,苏联援助物资源源不断地流入新疆,苏联的影响力也逐渐扩大。1935 年 8 月,苏联向盛世才提供 500 万金卢布贷款;1937 年 1 月,苏联再次向盛世才提供 250 万金卢布贷款;苏联甚至还派出一个骑兵加强团(苏方的番号为"俄罗斯骑兵第八团",中方简称其为红八团)进驻哈密,帮助盛世才稳定东部疆土,严防马家军向新疆渗透。

在这种背景下,刚刚结束长征到达西北地区、与共产国际重新取得联系的中国共产党也很自然地与盛世才加强了联系合作。早在 1934 年,共产国际就指示中共中央提高对新疆工作的重视。1936 年 6 月,中共中央派遣政治局候补委员邓发,作为中央到达陕北后被派往共产国际的第一位代表,途经新疆前往莫斯科,邓到达迪化后与盛世才建立了联系。1937 年 4 月,从苏联回国的陈云、滕代远等人奉命赴新疆接应向西转移的西路军,盛世才派出专车到中苏边境迎接,5 月 1 日,盛世才又派出 1 个团的兵力和 40 辆汽车,满载军需物资,随陈云等人前往新疆东部门户星星峡,将历经磨难、仅存 400 余人的西路军余部接入新疆。10 月,盛世才与中共中央派出的八路军代表周小舟商谈在迪化建立八路军办事处事宜。1937 年 11 月,王明和康生由莫斯科途经新疆返回延安,在迪化受到了盛世才高规格的欢迎。盛世才还提出了两个要求,一是请中共中央派出更多的干部到新疆工作,二是要求加入中国共产党。应盛世才的邀请,中共中央派出包括中华苏维埃工农民主政府国民经济部部长、毛泽东的胞弟毛泽民在内的几十名干部到新疆工作。至于盛请求入党一事,虽然中央同意接收,但却遭到了共产国际的否决。令中共意想不到的是,1938 年 8 月,盛世才应斯大林邀请访问莫斯科时,却加入了苏联共产党。苏联意欲加强对盛世才控制的意图非常明确。在这次访问中,斯大林对盛世才说:"对日作战时期,新疆的地位是很重要的。在目前,新疆的使命,就是成为抗战的最内陆的基地。它将来的使命,就是保护这条国际交通线,使不受攻击。……新疆应当与蒋介石和毛泽东两人都维持密切的关系。"[2]

1937 年 7 月中国全面抗战爆发后,新疆作为抗战的内陆基地和国际交通线的战略意义更加凸显,苏新关系更加紧密。苏联不仅将大量援华抗日物资途经新疆输入中国内地,还向新疆派出大量专家、顾问和工作人员,建立情报机构。盛世才出于巩固自身地位的需要,放任苏联势力进入,并于 1940 年 11 月 26 日,秘密与苏联签订了《新苏租借条约》,给予苏联方面众多特权,也进一步加强了他在南京政府和中共内的影响力。

张学良希望打回东北去

就在新疆盛世才加强与苏联关系的时候,驻扎在西北的张学良也在考虑联共联苏抗日,以雪前耻打回东北。

1928 年 6 月 4 日,奉系军阀张作霖由于不肯满足日本帝国主义的无理要求(包括选择满洲独立,不要干涉关内事务,允许日本在东北开矿、设厂、移民和在葫芦岛筑港等),在皇姑屯被日本关东军炸死,子承父业的张学良没有屈服于日本人,果断实施"东北易帜"的行动,使蒋介石从形式上统一了中国。1929 年 7 月,张学良欲以武力强行收回当时为苏联掌握的中东铁路部分管理权,结果导致发生中东路事件,被迫与苏联签订城下之盟,恢复苏联在中东铁路的特权。1931 年 9 月 18 日,日本关东军发动震惊中外的九一八事变,开始谋取整个东三省。张学良出于自身利益考虑,采取不

1931 年 9 月 19 日凌晨,日军炮火轰击北大营 3 小时后,有准备的日军步兵冲进北大营。日军左胳膊系白布条为记号。

抵抗政策,而蒋介石为了贯彻他的"攘外必先安内"的政策,也要求"暂取逆来顺受态度,以待国际公理之判断"、"希望我全国军队,对日军避免冲突",默认张学良的不抵抗政策(也有观点认为,张学良是奉蒋介石不抵抗之密令),致使东北迅速沦陷,从此东北人民开始遭受日本长达 14 年的统治和掠夺。

张学良率东北军入关后,先被蒋介石要求辞职出国考察,归国后即被要求参加消灭共产党军队的"剿匪"行动。1934 年 2 月,张学良任豫鄂皖三省剿总副总司令、代行总司令职责。1935 年 3 月,任武昌行营主任,10 月,兼任西北剿总副总司令、代行总司令职责。红军长征到达陕北后,蒋介石严令张学良的东北军进剿红军,否则就要调东北军到华中进行改编。此时,日本全面侵华的意图越来越明显,而蒋介石政府却一味妥协。张学良既背着丢失东北三省的骂名,又遭到东北军将领的埋怨,还受到蒋介石的排斥,逐渐产生了联共抗日的想法。

1935 年 4 月,东北军将领、抗日名将马占山来到武汉。马占山在东北沦陷后坚持抗日,一时成为全国的抗日英雄,兵败后借道苏联返回国内。在这位老部下下榻的公寓内,张学良和马占山畅谈中国形势。马占山没有就东北军战败一事责难张学良,而是坦诚地指出了他不该犯的三个错误:一、不该在对蒋介石缺乏充分了解的情况下就轻易"易帜";二、不该在九一八事变后,放弃东北三省;三、不该听从蒋介石的调遣去"剿匪"、"剿共"。马占山说,放弃东北事,就是张大帅(张作霖)活着的话也不会允许的,蒋介石的势力不在东北,他当然无所谓,咱们可就不同。马占山问张学良:"共产党有什么不好,苏联不就是共产党领导的吗?这次官兵们(指抗日义勇军)战败,蒋介石不管,国民政府连个屁都不敢放,最后还不是人家苏联人帮了忙,让官兵们过去避难。"当马占山讲到抗日义勇军英勇顽强的事迹时,张学良眼睛湿润,深为自责,认为"我这一辈子恐怕是再也没有脸回去见东北民众了"。当马占山告诉他义勇军绝大部分官兵在苏联政府的帮助下,已安全回到了新疆时,张学良流露出对苏联的感激之情:"苏联人帮了我们东北军的忙啊!"[3]

黑龙江省代主席兼军事总指挥马占山于1931年11月领导的江桥抗战,使日本侵略者遭到入侵东北以来的第一次沉重打击。

张学良情系东北、渴望打回东北的感情溢于言表。而当时,怎么才能赶走日本、打回东北呢?蒋介石这时的思想是"攘外必先安内",不让张学良抗日,把东北军从抗战前线调回来与红军作战。在蒋介石这条道走不通的情况下,张学良把注意力转向了苏联和中国共产党,联苏成了他打回东北的重要一步棋。而要下出这一步棋,就当时国内情形看,加强与中国共产党的联系,保持与红军的接触合作,才能最有利于达成他联苏抗日的目的。

马占山也看出了张学良的心思,指出:要抗日就得联苏、联共,现在唯一能够给我们抗日帮上忙的只有苏联,"要打小鼻子(日本),没有大鼻子(苏联)支持怎么能行?北伐战争、冯玉祥五原誓师、新疆盛世才平定内乱,哪一个没有苏联人的帮助?!"[4]

1935年6月,红二十五军同陕北红军会合,红一方面军同红四方面军会师。这标志着红军长征后蒋介石"围歼红军军事计划"的破产。对张学良来说，最让他忐忑的是，红军主力来到了他的防区，他的军队已经处在了与红军作战的最前沿。几个回合打下来，张学良感觉到中国共产党和中国工农红军有抗日的要求、有人民的支持，蒋介石的军队不是对手。

从1931年10月到1933年初夏，以东北各阶层民众、部分东北军爱国官兵和山林队为基础，自发组织起了多种抗日武装力量，统称为东北义勇军。

1935年12月9日，北平爆发了一二·九抗日救亡运动，运动迅速向全国发展，形成了全国人民抗日救亡运动的新高潮。中国共产党坚决抗日的主张和全国炽热的抗日气氛，使张学良看到了出路和希望。

这时，张学良开始认真思考如何能取得苏联支持，联共抗日。

1935年底，被"剿共"搞得晕头转向、在蒋介石方面出力不讨好的张学良，在南京参加完国民党四届六中全会和五全大会后来到上海，问计于故旧杜重远和李杜。

杜重远，1898年生，辽宁开原人，早年留学日本。1929年，当选为奉天省（今辽宁省）总商会副会长，同年，兼任张学良东北边防军司令长官公署秘书，是东北工商界抗日知名人士。九一八事变后，因遭日本关东军通缉被迫移居关内，遂以记者、编辑身份积极宣传抗日救亡。杜重远始终认为，拯救东北民众于日寇的铁蹄之下，唯有开通苏联援华抗日的西北国际大通道不可。此时他正被国民党软禁在上海虹桥疗养院。杜重远告诉张学良，为了拯救东北三千万人民，为了东北军的前途，也为了张个人的荣誉，必须下定决心改变过去的错误做法,实行西北大联合共同抗日。杜重远认为,走联合抗日的道路有三个有利条件:第一,中国共产党在不久以前发表了"八一宣言",主张停止内战,一致抗日,组织国防政府和抗日联军,愿意同所有的抗日力量建立联合阵线,共同抗日。现在,红军就在陕北,张完全可以与红军联合起来,共同抗日。第二,杨虎城是有抗日进步思想的,可以合作。第三,盛世才是东北人,与苏联的关系密切,也可以联合起来。不久,国民党政府在舆论的压力下释放了杜重远,杜即于10月赴西安。

抗日民族统一战线形成以后,杜重远致力于两个问题:一是如何使全民族抗战成为"全国中心舆论问题";二是如何解决"西北交通问题"。他认为,必须使全民族抗战成为全国的中心舆论,这样才能动员全国军民投入抗日救国运动;而抗战的胜利还取决于中苏的联合,要想中苏联合,新疆又是关键。

1937年9月30日,杜重远同盛世才驻南京代表张元夫同行,离开上海前往新疆。盛世才是杜重远的东北同乡,二人在日本留学时相识。盛世才非常欣赏杜重远的学识,想借其影响力帮助自己加强在新疆的统治。杜重远认为"日寇进攻,蒋介石无抗日决心,武汉也很可能不久失守,中国的抗日基地看来必在西北角",于是把关注点放在西北。杜重远为了抗日事业,四越天山,被盛世才委任为新疆学院院长。但盛世才翻手为云,覆手为雨,当他背弃苏联投向蒋介石时,就对杜重远的革命宣传产生了极大的不满,为了向蒋介石表忠心,于1943年捏造罪名将杜杀害。

张学良又去见滞留在上海的东北抗日义勇军将领李杜。李杜1880年出生,辽宁义县人,奉军旧部,九一八事变后积极组织抗日,兵败后经苏联回国。见面时,李杜表示:停止内战、团结抗日、打回东北老家,必须与中国共产党联合,取得苏联的支持。目前情况下,争取苏联援助抗日是很重要的,苏联援助抗日的最佳路线选择只能是西北而不是东北,也不是华北。因为华北方向靠近前线,受日本威胁太大,无法保证安全,而且直接刺激日本,这是苏联方面所不愿接受的;东北已经在日军完全占领下;只有西北远离抗战一线,可以避免苏联与日本直接对抗。

这些意见都坚定了张学良争取苏联支持,与中国共产党合作抗日,收复东北失地的决心。

张学良从南京、上海回到西安,首先同驻守西安的十七路军将领杨虎城就停止内战、联合抗日的问题进行了磋商。此时杨虎城已经同中国共产党有了联系,双方自然不谋而合。

1936年1月,在洛川前线指挥所,张学良会见了洛川战役中被红军俘虏而后放回来的原东北军107师619团团长高福源。高素有抗日之志,于1935年10月22日在与红军交战中被俘,在中国共产党的教育下,更加拥护抗日,并秘密加入了中国共产党。从红军回到东北军后,他积极宣传共产党的抗日主张和抗日民族统一战线政策。张学良从高处进一步了解到了中共的抗日主张。是月6日,张学良秘密会见了潘汉年。3月3日,张学良秘密会见中共代表李克农,提到争取苏联支持中国抗日的问题:一是红军东征抗日势单力薄,为什么不争取同是共产党的苏联支持;二是如何尽快同苏联取得联系,打通苏联援助的通道。4月8日,张学良秘密飞往延安,同中共代表周恩来、李克农会谈,达成红军、东北军、西北军联合逼蒋抗日的协议,并计划双方共派代表赴苏联寻求支援,由东北军派代表赴新疆同盛世才协商苏联援助的通道问题。9月,中国共产党与东北军签订了《抗日救国协定》,双方正式结束敌对状态。

同中国共产党第二次会谈后不久,张学良即派出其高级幕僚"西北剿匪总部"上校秘书栗又文(盛世才的同乡好友)、东北军一〇五师的旅长董彦平(盛世才在日本陆军大学时的同学)赴新疆同盛世才筹划获取苏联援助的抗日通道问题,争取在获得苏联援助的基础上,将大西北建成团结抗日的基地。

栗又文和盛世才是同乡好友,九一八事变前任张学良办的辽宁省教育基金委员会主任干事,与张建立了密切联系。日军侵占东北后,栗在北平与中国共产党地下组织取得联系。1935 年冬奉中共北方局派遣到东北军做统战工作,任张学良的上校机要秘书,是中国共产党东北军工作委员会的委员。栗又文初到新疆时,因盛世才对张学良的抗日主张不相信,受到盛的监督。栗向盛世才详细介绍了内地的形势、东北军的情绪和张学良的抗日决心及团结抗日的配合行动措施,才取得了盛世才的信任,盛表示支持中共提出的抗日民族统一战线的主张和张学良联共抗日的行动,同意在政治、军事等方面相互配合,愿意为东北军与苏联方面的联系提供方便。栗又文在迪化受到苏联教官安德烈夫的接待。安德烈夫了解到栗来新疆的使命,便让栗写一份有关东北军的情况和全国抗日运动形势的报告。栗在报告中向苏联提出了要求援助的具体项目。安德烈夫后来对栗又文说:"你们的那篇形势报告已送给斯大林了。对于你们要求的援助没有问题,可以在平凉(甘肃省)建立一个兵工厂。"[5]

张学良直接与苏联方面取得联系,是由国民党参谋本部主管对苏情报的第二处处长焦绩华协助达成的。1936 年 7 月,焦在南京介绍苏联武官雷平中将会见张学良。8 月,焦在上海法租界公馆安排张学良会见苏联大使鲍格莫洛夫。接着,张学良到苏联驻沪总领事馆进行了回访。张学良在谈到中苏军事同盟问题时说:"中国自然非抗日不可,成败与苏联皆有关系,日本野心无穷,苏联终难免受其害。与其单独应付困难,莫如中苏订立军事同盟,共同对付日本。"鲍格莫洛夫答复:"如果中国能够团结起来,苏联政府一定会郑重考虑您的意见。"[6]

在日本侵略中国、苏联面临日本严重威胁的情况下,中国建立抗日民族统一战线共同对付日本的政策得到了苏联的支持。苏联方面做出支持张学良与中国共产党联合抗日的表示,给予了张学良实现西北大联合、逼蒋抗日以极大信心。中共及张学良都认为,中国共产党与张学良联合抗日一定会得到苏联的援助,而只要西北国际交通线打通,苏联援助便会源源不断而来。

1936年12月12日,张学良与杨虎城在西安临潼华清池扣押来西安督导西北剿共的蒋介石,对蒋实行"兵谏",逼蒋联共抗日,这就是震惊中外的西安事变。张学良原以为苏联会支持这一行动,但令张学良感到意外的是,这次事变不仅没有得到支持,反而受到苏联的反对。

斯大林不希望中国内战扩大,因为这不符合苏联的利益。苏联需要减少来自日本的威胁,一旦中国发生内战,就有可能使日本腾出精力进攻苏联。所以西安事变发生后,《真理报》接连发表文章,表达"要求和平解决冲突"的呼声。1936年12月15日,《真理报》发表题为《张学良发动叛乱正中日本下怀》的文章,指出"中国的内战只能对日本有利"。在日本驻华大使川越茂会见中国政府外长张群,反对政府当局接受张学良所提条件后,《真理报》12月20日在《日本挑动中国内战》的醒目标题下揭露说:"权威人士认为,日本此举是直接公开挑起中国内战,此种政策之目的在于排除和平解决危机的可能性。"12月24日,《真理报》刊载塔斯社从上海播发的一条消息说:"日本的计划在于,排除和平解决冲突的可能性,并通过派兵讨伐张学良挑动其对蒋介石下毒手。十分明显,日本试图挑起中国大规模内战,以便利用此机会肢解中国并夺占中国一系列省份。"苏联的这种态度是张学良所没有料到的。

1936年12月16日,共产国际执行委员会书记处致电中共中央:

我们建议采取以下立场:

1. 张学良的发动,无论其意图如何,客观上只会有害于中国人民的各种力量结成抗日统一战线,只会助长日本对中国的侵略。

2.既然发动已成事实和应当顾及事实,中国共产党要在下列条件基础上坚决主张和平解决这一冲突:

①通过吸收几名抗日运动的代表,即赞成中国领土完整和独立的分子参加政府的办法改组政府;

②保障中国人民的民主权利;

③停止实行消灭红军政策并与红军建立联合抗日关系;

④与同情中国人民反抗日本帝国主义进攻的国家建立合作关系。

此外,我们建议不提同苏联联合的口号。[7]

12月17日,时任中共驻东北军党代表刘鼎向已到达西安的周恩来汇报事变以来张的情况时说:"张学良原以为发动兵谏为抗日,可以取得苏联谅解,从此可以遂多年联苏的愿望。结果适得其反。张两次问我,'苏联广播为什么骂我受日本人指使?'表情是不满的,可能对我党也有怀疑。接你前一天,他还问我,'听见了吗?'(指苏联广播报纸社论)仍然是很愤懑的表情。应德田(张学良成立的抗日核心组织抗日同志会的书记)也对我说,'副司令对苏联

西安事变和平解决后,毛泽东在机场迎接周恩来等人。

态度很不满意。'"[8]12 月 17 日晚,周恩来与张学良见面,张又提出同样问题。

苏联对西安事变的态度,使张学良大失所望,他深感自己致力联苏抗日、取得国际支持的希望落了空,这也促使他改变对蒋的处理态度,做出释放蒋介石的决定。12 月 25 日下午,蒋介石乘飞机离开西安,张学良亲自陪同。离开西安前,张留下手令,把东北军交给杨虎城指挥。12 月 26 日,蒋介石抵达南京,西安事变和平解决。

西安事变的和平解决,促成了国共第二次合作,形成了全民族的抗日统一战线,避免了发生大规模内战。张学良的努力为后来西北国际大通道的开通做出了贡献。

---

[1] 王晓峰:《民国时期新疆地方宪政研究》,中国政法大学出版社 2013 年版,第 253 页。

[2] [美]艾伦·惠延:《盛世才与新疆: 抵押品》,密西根大学 1958 年版,第 203 页。

[3] 转引自张百顺《抗日战争中的"西北国际大通道"》,《文史春秋》2008 年第 4 期。

[4] 转引自张百顺《抗日战争中的"西北国际大通道"》,《文史春秋》2008 年第 4 期。

[5] 栗又文:《西安事变与张学良将军》,《西安事变资料》第 1 辑,人民出版社 1980 年版,第 83—84 页。

[6] 焦绩华:《张学良与苏使秘密会晤》,载吴福章编《西安事变亲历记》,中国文史出版社 1986 年版,第 9—11 页。

[7] 中共中央党史研究室第一研究部:《共产国际联共(布)与中国革命文献资料选辑(1931—1937)》(第 17 卷),中共党史出版社 2007 年版,第 361 页。

[8] 张魁堂:《刘鼎在张学良那里工作的时候》,《中共党史风云录》,人民出版社 1990 年版,第 246 页。

第四章
第一批援华武器
通过大通道

　　国民党军队在日军的强大攻势下一溃千里,急需得到武器援助。西方列强采取绥靖政策,不仅对中国的援助口惠而实不至,而且还大力向日本提供军事援助。蒋介石在《中苏互不侵犯条约》签订两天后的 8 月 23 日,即派出以杨杰为团长的武器采购团赴苏联商谈武器采购问题。杨杰不辱使命,仅用 1 个月时间就完成了首批武器的采购任务。苏联为了支援中国的抗战,打破国际惯例,在贷款协定和购买军火合同尚未签订的情况下,就提前向中国输送武器装备。

苏联是抗战初期唯一积极援助中国的一个大国。当时美英等国对日本采取绥靖政策,为稳住日本,不仅将许多重要战略物资卖给日本,而且对中国提出的援助需求采取推诿的态度。由于中苏日三国的特殊地缘关系,苏联出于对付共同的敌人和自身的战略利益,对中国进行了积极的援助。早在1935年10月9日,蒋介石就委托孔祥熙与苏联驻华大使鲍格莫洛夫进行了会晤,期望苏联能向中国提供军事装备。11月19日,国民政府得到苏联肯定回复。1936年12月,苏联外交人民委员李维诺夫通过中国新任驻苏大使蒋廷黻表示:"苏联同意缔结一项互不侵犯条约,根据这项条约,苏联将借款给中国,用以购买苏联的军事装备。"1937年初,鲍格莫洛夫通知国民政府,苏联同意提供5000万美元的信贷。七七事变发生不久后的8月14日,国民党中央执行委员会委员张冲即以蒋介石的名义向苏联驻华全权代表鲍格莫洛夫提交了一份军火供应合同草案,希望苏联能够提供350架飞机、200辆坦克、236门大炮,并将其中的 300 架飞机、全部的坦克、136 门大炮在合同签字后的一个月内提供给中方,同时请苏联向中国派出军事教官对中国军队进行训练。七七事变刚一爆发,还处在两国谈判阶段的南京政府即先行派出航空委员会参谋处处长沈德燮去莫斯科洽谈用苏联贷款购买苏联军火的问题。

就在《中苏互不侵犯条约》签订的当天,苏联驻华全权代表鲍格莫洛夫就向苏联外交人民委员部发了以下电报:

> 我今天 22 点签署了互不侵犯条约。我做了书面声明。我们商定 8 月 29 日交报界,以便使条约文字在 30 日晨揭载报端。

> 互不侵犯条约签字之前我会见了蒋介石。他同意我提出的一切建议,特别是关于军事供货协定将在莫斯科签署的建议。王叔铭小组近日乘飞机出境。然而无论蒋还是他的妻子都恳请不必等王叔铭一行抵达莫斯科,现在就把我们的飞机(歼击机)和教练员按订数空运来华。我认为最好能满足蒋的要求,如我请求过的,把 50 架我们的歼击机尽快空运前来。请尽快告知你们的决定。[1]

1937 年 8 月 27 日,陈立夫同鲍格莫洛夫就军火供应问题粗略达成协议:一、借款总额为 1 亿中国元;二、以英镑形式结算;三、借款从提供后第 2 年分 5 年偿还;四、供货中含 200 架飞机和 200 辆坦克;武器明细将由杨杰到莫斯科后具体商定。五、全部借款的 3/4 以金属偿还,1/4 可为茶叶或其他消费品;六、细约在莫斯科签订。[2]

《中苏互不侵犯条约》签订两天后的 8 月 23 日,国民政府军事委员会从各个军兵种紧急抽调 40 多人,组成抗日武器采购团赴苏联商谈武器采购问题。为保密起见,对外称"欧洲实业考察团",蒋介石任命陆军大学校长杨杰为团长、国民党中央执行委员会委员张冲为副团长、陆军少将黄光远为随团秘书,分空军、步兵、炮兵、坦克等几个主要小组。

杨杰（1889—1949），民国时期著名军学泰斗，和蒋百里、白崇禧、刘斐一起被外国人称为中国三个半参谋长。

考察团重点考虑两个问题：一是武器种类和数量。由几个小组分别考虑抗战的需要和国民党军队的实际，提出武器装备购买计划，呈报国民政府批准，并提请苏联方面征求意见。二是运输路线。根据当时日本侵略中国的实际，主要考虑了两条路线：一条是从苏联阿拉木图经过霍尔果斯口岸、伊犁、迪化、哈密到兰州。这一条路线是古丝绸之路的北线，沿途有一些小城镇，运输队可以获得食宿、补给保障，且距离日本威胁比较远，运输安全相对能够得到保证。另外一条是从苏联的伊尔库茨克经乌兰巴托到兰州。这条线沿途城镇少，不便于组织运输保障和接待，且距离日本占领区距离较近，受威胁大。最后确定采用由阿拉木图经伊犁、迪化、哈密到兰州的线路。实际上，也有少量空运货物是从伊尔库茨克空运过来的。一次，十余架轰炸机，从乌兰巴托飞往兰州。由于乌兰巴托机场条件不好，有一架飞机的起落架损坏，好在经过修复，飞机并无大碍。

考察团途经兰州、迪化时，杨杰即与当地国民党官员就交通线开通的有关问题进行了沟通。9月2日，考察团全体成员乘坐苏联政府的两架图波列夫飞机从迪化飞往莫斯科。9月8日，考察团到达莫斯科。此时中苏谈判是保密进行的。为保密起见，代表团被苏联方面安排在距离莫斯科30公里远的郊野别墅居住。

苏联方面对中方考察团的保密程度从一个小例子就可以体会得到。时任驻苏联赤塔领事的焦绩华，有一次租用一辆小汽车去见杨杰，到达别墅门口时，杨杰及许多随同人员出来迎接。过了一会，别墅的总管事对焦绩华说，送你来的汽车司机被扣留了。焦绩华感到迷惑。管事解释说,租用汽车到这里来的情况还是第一次,司机看到那么多的中国人住在这儿,万一以后日本人也租用这辆汽车,司机不慎吐露今天所见,就会影响大局。并表示,司机不能再在莫斯科开车了,得到其他城市去工作。

这个郊野别墅是苏联政府高级官员休养的场所,院内有树林、湖泊、游船、跑马场、各种球场(包括网球、排球、篮球、台球等)、射击场等设施,二三层高的别墅前有花坛、喷水池,楼房之间有柏油小路通往林区和湖泊等地,花香鸟语、曲径通幽、风景宜人,居住条件很好。大棚中种植着蔬菜和瓜果,即使冬天也能吃到鲜嫩的黄瓜。苏联方面对考察团的照顾可谓无微不至,考察团长杨杰晚上洗脚都有专门的苏联女佣负责。

苏方陪同的一位将军通知考察团,苏联最高统帅斯大林拟接见考察团一行,考察团需在最短时间内拿出初步方案,并对口协调苏方有关人员参与中方的工作。

任务紧张而又艰苦!

在谈判中,中方提出8月27日陈立夫同鲍格莫洛夫达成的协议中关于200架飞机的数量太少,应增加到350架,包括重型轰炸机100架、轻型轰炸机100架、驱逐机150架,另需聘苏联教官、技师70人。苏联同意立即从9月15日开始调运首批飞机共225架来华。同时同意派遣89名教练及技术人员,包括C-5重型轰炸机、И-15、И-16驱逐机的飞行教官、仪器教官、技师和总工程师等。对于谈判的顺利进行,杨杰表现得异常兴奋,他在日记中写道:"进行之顺利,实出意料之外,愉快非常,喜而不寐,直至夜二时半始解衣就寝。""重型轰炸机70架,驱逐机165架,于13日试验完竣后,即请苏方起飞输华。"[3]

关于火炮和坦克的谈判,代表团夏全铎、余人翰参观了火炮的战斗演示,对苏军火炮战术技术性能感到满意,双方很快就火炮和坦克问题达成协议,购高炮20门,附加照空灯、听音机及其他仪器全副,炮弹4000发,反坦克炮50门,炮弹7.5万发,战车82辆,外加修理车5辆,炮弹12.3万发,子弹369万发。对于这些兵器的使用,苏方同样同意派若干教官和修理技师对中国军人进行培训。

双方还讨论了军火物资的运输路线问题,考虑有两条:一条是西北通道。自阿拉木图,经伊犁、迪化、哈密、安西、肃州,到兰州。另一条是海路。由敖德萨、塞瓦斯托波尔起航,经达达尼尔海峡、苏伊士运河、红海、印度洋和南中国海运至香港、越南海防或缅甸仰光,经滇越铁路或滇缅公路运至中国腹地,航程约25天。但此条路线危险极大,因为考虑到意大利将加入反共产国际协定(实际上是1937年11月加入的),成为日本盟国,必定会从中阻拦,所以主要的运输线路还在西北。10月4日,双方就运输问题达成共识,谈判胜利结束。

尽管考察团在出发前就根据抗日战场情况拟定了急需的武器装备清单,但要在短时间内对照苏联能够提供的武器对采购方案进行调整细化,仍然是一个巨大的挑战。主要的问题有三个:一是苏方同意卖给中方的武器有限制,不是所有想要的武器装备都能买得到;二是出于国际影响考虑,特别是苏联顾虑日本方面的反应,除少量武器(主要是飞机)在苏联组装完整后直接运到中国,大部分武器都是以零部件形式运到国内进行组装,这在数量、运输、计价等方面对此方案带来非常大的麻烦;三是苏方要求中国对援助的各种武器制定出具体透明的分配和使用计划,这需要国民党政府最高层来确定。

时间紧迫,任务艰巨。杨杰领导考察团立即分工投入到制定方案的工作中。考察团的成员睡觉吃饭的时间都没有。经过紧张的工作和协调,终于在斯大林会见前把方案做了出来。

杨杰在受斯大林接见时,向斯大林介绍了中国国内的抗战情况,特别是中日双方武器装备方面的差距。他告诉斯大林,抗战爆发前中国军队有飞机近600架,两个月来被日军直接毁于地面的飞机达400多架,现在中国空军几乎丧失了作战能力,日军的飞机在中国上空如入无人之境,想飞到什么地方就到什么地

汉口大批房屋被日军炸成废墟

方,想轰炸什么目标就轰炸什么目标,想怎么轰炸就怎么轰炸,中方损失严重,战争进程堪忧。接着,杨杰向斯大林举了几个典型的日军轰炸中国目标的例子:7月10日,日军对北平进行4次轰炸,造成4000多人伤亡;7月13日,日军轰炸天津,3000多人伤亡;8月13日,日军轰炸上海,12000多人伤亡;8月中旬后,日军对南京实行连续轰炸,每天都有数百名平民死亡。

在这之前,中方人员对斯大林的脾气和专断已经有所了解,最终的方案必须斯大林拍板才能通过,他们极力想把战况报告得更具体一些,以取得斯大林的同意。

杨杰的报告产生了作用。斯大林认真地听取报告后说,只要国共两党真心合作抗日,只要中国人民团结一心,胜利一定属于你们;至于你们急需的作战物资,特别是作战飞机,苏方将尽力满足。斯大林还详细询问了苏方工作人员援华方案的情况,原计划不到半个小时的会见,持续了一个半小时。

日军飞机轰炸南京后的惨状

9月10日,斯大林办公桌上,放着苏联国防人民委员伏罗希洛夫关于苏联国防人民委员

部谈判小组与中国代表团会谈的内容、苏联国防人民委员部就落实对中国的军事援助和武器构成所提建议的秘密报告,以及苏联国防人民委员部谈判小组与中国代表团第一次会谈的记录:

......

2. 通知中国代表团,我们同意出售:

СБ(中型轰炸机)2 个大队——62 架;И – 15(歼击机)2 个大队——62 架;И – 16(歼击机)3 个大队——93 架;YTИ(教练歼击机)8 架;总计 225 架飞机。

3. 拒绝中国人关于出售重型火炮的请求——这种口径的火炮我们自己也很少。如遇中国人一再请求之极端情况,则向其出售不超过 50 门 122mm 榴弹炮。

4. 准许向中国代表团展示和提供以下武器的战术技术资料:СБ、И – 15、И – 16 飞机;带瞄准具的高射炮;45mm 反坦克炮;T – 26 坦克。

5. 就是否可能向我们购买汽油和其他油料给予中国人原则上肯定的答复。

6. 同意向中国派遣教练员,其数量和专业应在最后敲定所购武器品名后明确。[4]

当时作为苏联政府和斯大林的特邀贵宾的宋庆龄正在莫斯科。她先后 3 次同斯大林会见,力陈苏联援华抗日的理由。她还利用机会向苏联政府部门和人民宣传中国的抗战形势,争取苏联人民对中国抗战的同情、支持。这对坚定斯大林援华抗日的决心也起到了重大作用。为了表达对考察团人员的慰问,宋庆龄专门在中国驻苏联大使馆宴请了考察团领导和部分团员。中国驻苏大使蒋廷黻,大使馆武官、商务参赞、考察团

苏联元帅伏罗希洛夫

团长杨杰,副团长张冲,秘书黄光远,空军组长王叔铭和翻译刘唐领等人出席。宋庆龄在致辞中对考察团卓有成效的工作表示赞许,认为国共两党合作抗日,从苏联洽购抗日武器符合孙中山总理生前所倡导的联俄、联共、扶助农工三大政策和打倒帝国主义的遗愿,并衷心感谢苏联政府和人民的这种无私的援助,希望全国人民团结一致,把抗日进行到底。

根据斯大林的指示和苏联国防人民委员部的要求,中方代表团迅速将拟采购的武器装备清单递交苏联国防人民委员部。

战事不等人。在贷款协定和购买军火合同尚未签订的情况下,为了支援中国的抗战,苏联决定提前向中国援助武器装备,这打破了国际惯例。

为了早日把苏联援助的武器装备输送到中国的抗日战场,考察团从 9 月 10 日开始,按照任务分工到苏军指定的地点接受相关武器的专业培训。飞机是这次武器采购的重点,机组人员的培训任务自然也是最重的。由于时间紧张,理论课安排很少,主要是实际飞行训练。这次来苏的中国飞行员,已经在国内接受过严格系统的训练,都有近千小时的飞行经历,飞行素质好。他们认真的学习态度和出色的表现受到了苏联同行的敬佩和称赞。试飞中最危险的是单座飞机,苏联教官做完示范飞行后,即由中国飞行员驾机训练。后来担任国民政府空军总司令的王叔铭回忆,当时大家都很紧张,苏方这方面的成功率不到90%,但我方飞行员在 100 多次单座飞机试飞中都非常圆满地完成了任务,没有发生任何事故。

担任这次考察团空军组翻译的刘唐领在其回忆文章中说:

中国歼击机飞行员在抗日战争以前,已经受过长期严格训练,抗战开始后,又参加过空战,颇有飞行经验。在掌握苏联新飞机的操纵技术以后,他们艺高胆大,在第二次试飞时,就做了翻身飞行表演。苏联教官在地面上见状,大惊失色,以为飞机发生故障,赶紧用无线电话联系,问他们出了什么事故。飞行员回答说,一切正常。然而苏联教官却余怒未息,马上要他们降落,对他们进行了严肃的批评。从此,中国飞行员严谨地按照苏联教官的指示受训。[5]

从9月10日到9月20日,短短10天时间里,中方人员全部掌握了所采购武器的基本性能和使用方法。即使在战时,这种速度也是惊人的。随即,中苏双方一起对首批运往中国的武器进行清点、装载。10月1日,考察团全体人员聚集到了武器装备采购的最后集中地和交接地点阿拉木图。苏方航空器材的交接代表是空军少校萨罗费约夫。中国方面因国内战事紧张,派不出人员来供职,考察团指派翻译刘唐领代表军委会和航空委员会办理航空器材接运手续。第一批航空器材交接事务由空军组组长王叔铭办理,他带领第一批飞机回国后,就由张矩祖飞机师继续办理器材接收手续,张矩祖乘第二批飞机飞回国后,由刘唐领继续负责办理接收手续。

当时苏联飞机的各个部件,分别由一些各不相属的专业工厂制造,然后这些产品被集中到中央装配厂进行组装。有些小型飞机如歼击机等体积小、续航力弱,不便长途飞行,则把飞机的零部件用飞机、汽车、火车、轮船等运到使用地点附近再行组装。苏联政府援助中国的两款战斗机主力机型 И-15、И-16 型,就是首先从中央装配厂把零部件用火车运到阿拉木图再行组装。随这些零部件到达阿拉木图的,还有一批帮助中国抗战的军事顾问和飞行员及坦克兵驾驶员等。在阿拉木图机场,苏联空军机械师夜以继日地组装 И-15、И-16 歼击机,然后由王叔铭带领的中国空军飞行员和苏联志愿飞行队的飞行员进行试飞,试飞合格后,由王叔铭与萨罗费约夫分别代表中、苏两国政府办理飞机交接手续。

10月2日,空军组组长王叔铭带领部分中国飞行员和苏联飞行员驾驶亲自试飞过的轰炸机、歼击机从阿拉木图起飞,经过伊犁、迪化、哈密飞往兰州。第一批用汽车输送的援华物资则是10月17日从萨雷奥泽克起运的。[6]

由于王叔铭等飞行员相继离开阿拉木图回国,负责接收航空器材任务的就只有刘唐领一个人了。而他又不懂飞行,无法完成试飞任务,经与苏方萨罗费约夫少校协调,之后飞机的装配、试飞和运送任务,完全由苏联方面承担。

此时的阿拉木图,随着大通道的开通和援华物资的增多,一下子繁忙起来。欧亚航空线、土西铁路(土耳其斯坦—西伯利亚铁路)和通向中国霍尔果斯的公路在这里交会,苏联援助中国的军火大都从这里转运,相互来往的双方人员也多从这里乘飞机出发。中国在这里设有总领事馆,交通部和军事委员会也有派出机构。考虑到在阿拉木图交接货物任务繁重,1937年十月革命纪念日以后,苏方将萨罗费约夫空军少校调离阿拉木图,派出级别更高的苏联空军少将查列夫斯基接任。

为了运输这些飞机和汽车的零配件和燃料等,苏联应中国的要求,组织了庞大的汽车运输队,每队有50—60辆汽车(卡车和油罐车、修理车等)组成,将货物直送中国,最远送到兰州,后来有的货物送到迪化、哈密、星星峡,由新疆、甘肃和国民政府组织的运输队,用汽车或驿运送至兰州,再分发各战区。这些运输汽车,有的是向苏联借用的,运送货物到中国的交接地点后,返程接运中国偿还借款的矿产品和农产品,如此反复循环。另一部分汽车,是中国向苏联购买的吉斯型汽车。这些汽车装载着援华物资到中国后,一并交给中国使用。这些公路运输的援华物资,在距离阿拉木图100公里远的铁路站萨雷奥泽克集中,由中苏双方工作人员验收,办交接手续,尔后由苏方人员直接驶往中国。

考察团2天内完成武器装备采购的方案修订,10天内掌握所有武器操作使用,从9月2号离开中国到10月2号首批援华飞机抵达中国,仅用了1个月时间就完成了首批武器的采购任务。杨杰率领的中国武器采购团高效率的工作,受到了蒋介石的赞许,也引起了斯大林的兴趣,他要求部下"向中国抗日武器采购团成员看齐","学习中国军人的工作精神"。

苏联援华飞机最早于1937年10月2日飞抵中国,但直到1938年3月1日,中苏双方才商订了第一笔5000万美元的借款协定,而履行该笔借款的三个合同则分别是在3月3日、11日、22日签订的。

杨杰因卓有成效的工作得到了蒋介石的肯定,代表团使命完成后,杨杰奉命继续留在莫斯科商洽苏联援华事项。期间,杨杰与苏联国防人民委员伏罗希洛夫元帅洽谈了由苏方向中国提供20个师的武器及其他军火援助等事宜,促使苏联军火源源不断运往中国。凭着卓越的表现,杨杰于1937年12月加上将衔,1938年2月被委任为军令部次长,5月被委任为中国特命全权驻苏联大使,直至1940年4月回国,他为中国政府争取苏联援助做出了杰出的贡献。

1948年,杨杰已成为民革在西南地区的领导人,专心致力于策动云、贵、川、康地区实力派武装反蒋。他在回忆起赴苏采购武器的这段岁月时说,"社会主义不是'洪水猛兽',抗战初期唯一支援我们抗日的就是社会主义的苏联,未来的中国必定是共产党领导下的社会主义的中国,我对此坚信不疑。"1949年9月19日,这位为中国抗战事业立下不朽功勋的爱国将领,在香港被国民党特务杀害。

---

[1] 中国社会科学院近代史研究所:《中苏外交文件》选译(下),《近代史资料》总第80号,中国社会科学出版社1992年版,第214页。

[2] 中国社会科学院近代史研究所:《中苏外交文件》选译(下),《近代史资料》总第80号,中国社会科学出版社1992年版,第219页。

[3]《杨杰日记》,转引自李嘉谷著《合作与冲突——1937—1945年的中苏关系》,广西师范大学出版社1996年版,第83页。

[4] [俄]乌索夫著,赖铭传译:《20世纪30年代苏联情报机关在中国》,解放军出版社2013年版,第210—211页。

[5] 刘唐领:《赴苏采购抗日武器的回忆》,见《盟国军援与新疆——新疆文史资料第24辑》,新疆人民出版社1992年版,第9页。

[6] [俄]乌索夫著,赖铭传译:《20世纪30年代苏联情报机关在中国》,解放军出版社2013年版,第237页。

第五章
抗战初期唯一真诚援华的大国

　　苏联援华物资数额最大的是中国政府动用苏联信用借款购买的军火物资。三笔对华信用借款共提供了 2.5 亿美元的军事援助,但中方并没有用完。苏联对华借款完全是军事借款性质,援助中国的飞机、大炮、坦克、机枪等武器装备,均为苏联现役的主流装备。考虑到中国的运输困难,苏联还直接把援华物资送到中国抗日的大后方。另外,采取以货易货的形式对中国进行军事借款,解决了中国外汇紧缺的问题,也解决了苏联战略物资紧缺的问题。

苏联对华援助的政治依据是《中苏互不侵犯条约》，经济依据是三个对华信用借款条约。当时，苏联考虑到外交因素，对中国的军援是秘密进行的，在有关文件中均以"伊格列克行动"为代号。

三个对华信用借款条约的签订

杨杰率考察团在苏联采购武器之时，借款条约尚未签订。为了进一步密切中苏关系，争取更多的援助，1938年初，国民政府派立法院院长孙科为特使，率团访问莫斯科。孙科在国民党内是亲苏派，兼任1936年成立的中苏文化协会会长。孙科与苏联主要领导人斯大林、莫洛托夫和伏罗希洛夫等举行了会晤，特别是与斯大林的会谈，推心置腹，竟从午夜畅谈到凌晨5时。会见中，斯大林在答复孙科转达的蒋介石关于扩大军援的请求时，当着莫洛托夫和伏罗希洛夫的面,明确对客人说:"我们将以我们可以采取的一切形式帮助你们。"[1]正是此次会谈后,孙科与斯大林达成了中苏签订两笔各为 5000 万美元借款的协议。斯大林还允诺第二笔借款用完后再提供第三笔借款。根据协定,苏联对中国的借款援助,属易货借款援助。偿还办法是,中国政府每年向苏联提供苏联所需的矿产品和农产品。

第一个条约

第一笔借款条约《苏维埃社会主义共和国联盟政府与中华民国国民政府间关于实施五千万元美金信用借款条约》于 1938 年 3 月 1 日在莫斯科商定。条约第一条规定:"苏维埃社会主义共和国联盟政府给予中华民国政府贷款,总数为五千万美元(按 1937 年 10 月 31 日市价计算,一美元相等于 0.892455 克黄金),以供中华民国政府向苏维埃社会主义共和国联盟购买苏联生产之工业品及设备之用。"[2]这是自抗战爆发后,中国从苏联获得的第一笔援华易货贷款。当时苏联不愿意过分刺激日本,对华军火援助谈判和实施都是秘密进行,条约上是购买苏联的工业品及设备,实际上全部为中国抗战所急需的飞机、大炮、坦克、枪支等军火物资。

条约第二条规定:"第一条中所指苏维埃社会主义共和国联盟政府给予中华民国政府之贷款,利息三厘,自一九三七年十月三十一日起计算之,自一九三八年十月三十一日起,在五年期间,每年以同等数目即一千万元美元偿还之,偿还时还应一并交付已使用贷款之利息。"之所以向前推到 1937 年 10 月 31 日,是因为在这之间苏联已经开始了对华军火物资的援助,按照双方约定,这部分货物的偿还也以本次贷款结算。

条约第三条规定:"为使用苏维埃社会主义共和国联盟政府给予中华民国政府之贷款,双方政府特任命全权代表就苏维埃社会主义共和国联盟给予中华民国政府贷款之账目中,根据本协定之一般规定,签订不同种类工业品及设备供应之特别合同。"

条约第四条规定:"苏维埃社会主义共和国联盟政府供应中华民国政府之不同种类工业品及设备之一览表以及某些订货之完成日期,由双方政府之全权代表相互协议以每一具体供应之特别合同规定之。工业品及设备之价格以及货物运至苏维埃社会主义共和国联盟边境有关开支之偿付,由双方协议规定之。工业品及设备之价格由两国根据世界市场相同技术质量工业品及设备之价格规定之。"这就赋予全权代表每次运用借款订立合同的权力。虽然条约规定援华军火物资的价值,依据世界市场上出售之相当产品并具有同一品质者之价格规定,实际上确定的价值是很低的,平均为国际市场价格的40%。

条约第五条规定:"中华民国政府将以苏维埃社会主义共和国联盟所需之商品及原料偿还本协定第二条中所规定之贷款及其利息。中华民国政府为偿还贷款所交付之商品名称及数量在每一偿还年度年初根据苏维埃社会主义共和国联盟对外贸易人民委员会之指示依照本协定附件第一号货单规定之。中华民国政府为偿还贷款对苏维埃社会主义共和国联盟供应商品及各种原料在全年中实施之,但为偿还本年度债务而提供之全部商品及各种原料至迟应于十月三十一日前供应完毕。中华民国政府为偿还贷款供应苏维埃社会主义共和国联盟之商品及原料之价格,由双方根据世界市场相同技术质量之商品及原料之价格规定之。"条约附件提出的商品货单:一、茶叶;二、皮革;三、兽毛;四、锑;五、锡;六、锌;七、镍;八、钨;九、丝绸;十、棉花;十一、桐油;十二、药材;十三、红铜。这种易货借款模式,对于中国,可以解决外汇短缺问题;对于苏联,可以解决国内紧缺之矿产品和农产品。

条约其他条款还规定:苏维埃社会主义共和国联盟政府满足中华民国政府提出之请求,同意将供给之工业品及设备负责由苏维埃社会主义共和国联盟边境运至中华民国国境;工业品及设备由交付于中华民国政府代表之苏维埃社会主义共和国联盟边境交货站运至中华民国境内目的地之一切运输开支由中华民国政府担负之;中华民国政府提供之商品及原料在苏联边境交货,中华民国政府负责将上述商品及原料运至苏维埃社会主义共和国联盟边境,上述商品运至苏维埃社会主义共和国联盟边境之运输费由中华民国政府在偿还贷款之账目中开支。[3]

第二个条约

第二笔借款条约于 1938 年 7 月 1 日在莫斯科商定。这笔借款的金额、年息、使用、交货方式、交货地点、附录名单等,与第一次完全相同,甚至条约的文字除时间有变化外,其他也完全相同。条约规定,这次信用借款,自 1938 年 7 月 1 日起算,利息为年利 3 厘,自 1940 年 7 月 1 日起,5 年内偿还,每年偿付同额数目,即每年偿付 1000 万元美金,并同时付清已使用之信用借款之利息。

这两笔借款虽然双方商定并已经实施,但因为中方全权代表杨杰没有收到中方政府关于签订这两次借款的授权证书,所以当时并没有正式签字,直到 1937 年 8 月 11 日,两次信用借款条约才由中华民国政府全权代表杨杰和苏联政府全权代表耿精·赛苗·格利哥来维茨共同正式签字。

第三个条约

当第二笔苏联借款快要用完的时候,中华民国政府通过苏联驻华大使馆请求苏联签订第三笔借款,但迟迟没有结果。于是,蒋介石派孙科再次赴莫斯科求援。1939 年春,孙科再次访苏,苦等数月,于5月13日受到斯大林会见。在斯大林的支持下,中苏双方达成了苏联提供第三笔易货援华借款的协定,即《苏维埃社会主义共和国联盟政府与中华民国政府间关于实施一万万五千万元美金信用借款条约》。眼看第三笔借款条约就要签订,5月16日晚,莫洛托夫突然紧急召见孙科并告之:苏联援华借款事在外交团传开,西方国家反弹很大,苏联出于外交考虑,决定暂停条约签订,并请中方通过外交手段否认有此事。关键时刻,突发意外,中方紧急进行调查和协调。蒋介石一方面要求孙科和当时在法国的中国驻苏大使杨杰调查情况,一方面亲自给斯大林写信。后经孙科调查,英、法、美等驻苏使领馆人员均不知此事,报纸上也没有相关消息,可能是因为法国到苏联访问的人员在访问时问起过苏联援助中国的事情,苏联的情报司长是新手,比较紧张,担心此事外泄对苏联外交有影响,所以提出暂停借款条约。经向莫洛托夫解说,最终于1939年6月13日正式签字。这次中华民国国民政府全权代表是孙科,苏联政府全权代表是米高扬。

第三笔借款数额为1.5亿美元,借款的使用、年息、交货方式、交货地点,与前两笔借款相同,条约文字除时间有变动外,其他也相同。条约规定,这次信用借款自1939年7月1日起算,利息为年息3厘,自1942年7月1日起10年内偿还,每年偿付同额数目,即每年偿付1500万元美金,信用借款之利息自1942年起付,每年付清实际使用之信用借款实数之利息。

苏联对华援助明细

关于抗日战争时期苏联对华援助了多少军火,由于战时各方面的资料保存不完整,目前中外专家学者观点很多,经查阅相关原始资料,并参考各方面的观点及其考证,感觉可以分为以下几块:

一、中国政府动用苏联信用借款购买的军火物资；二、中国政府通过盛世才向苏联购买的物资；三、苏联秘密直接送给延安的物资；四、苏联通过盛世才送给延安的物资；五、苏联支援盛世才的物资；六、苏德战争爆发后卖给中国政府的汽油、机油。这六部分中，数额最大的是中国政府动用苏联信用借款购买的军火物资。这一部分因为有双方的交货收货签字，也比较容易统计。而其他的几部分，一是数量相对较少，二是资料不全，目前还没有权威的统计数字。这里，只对中国政府动用苏联信用借款购买的军火物资明细进行统计。[4]

苏联三次对华信用借款的签订数额为2.5亿美元，前两次信用借款共1亿美元，分5批动用，到1939年9月使用完毕；第三次信用借款，自1939年9月到1942年，动用了4批共计73175810.36美元。此后，由于苏德战争爆发，信用借款的动用就停止了。这样算来，抗战中，中国实际动用的苏联对华信用借款数为173175810.36美元。在1941年3月4日《中华民国政府行政院对外易货委员会关于动用苏联借款向苏购买军火武器的账略》中，开列有7批军火物资，分别如下：

第一个条约借款5000万美元，分三笔合同来实现。

苏联援华志愿飞行队的
СБ－2轰炸机

第一笔合同在1938年3月3日签订，自3月5日至6月10日履行。苏联提供军火总价值为29726631美元，加上器材组织费（各项器材组织使用费用，为总值的2%）594533美元，合计为30321164美元。

苏方向中方提供的军火物

资有:

飞机:СБ 式飞机[5] 62 架(单价 110000 美元,总价 6820000 美元);И – 16 式(伊 – 16)飞机 94 架(单价 40000 美元,总价 3760000 美元);И – 15 式飞机 62 架(单价 35000 美元,总价 2170000 美元);УТИ – 4 式教练机 8 架(单价 40000 美元,总价 320000 美元);ТБ – 3 式飞机 6 架(单价 240000 美元,总价 1440000 美元)。备用发动机、飞机及发动机之附件及零件, 653079 美元。汽车运输起动装

ТБ – 3 重型轰炸机

置器、汽油机器等,420742 美元。备用武器及飞机上战斗设备 40 套,6960437 美元。Т – 26 式坦克连同无线电设备,82 辆(单价 21302 美元,总价 1746764 美元)。预备发动机、零件及修理车共计 374076 美元;Т – 26 坦克牵引机及 3А、3ИИ 两种挂车共计 582387 美元(中方资料中有,苏方资料中没有)。高射炮及电引车及连接器材与各种高射仪器共计 374076 美元(中方资料中没有,苏方资料中有)。

76mm1931 式高射炮 20 门(单价 20000 美元,总价 400000 美

Т – 26 坦克

76mm1931 式高射炮

元）；备用炮膛 40 副（单价 1500 美元,总价 60000 美元）；45mm 反坦克炮 50 门（单价 7000 美元,总价 350000 美元）；反坦克炮弹药箱 100 个（单价 1425 美元,总价 142500 美元）；马具 182 副（单价 198 美元,总价 36036 美元）；军用仪器 311800 美元；炮兵及坦克车用之弹药 3178810 美元。

第二笔合同于 1938 年 3 月 11 日签订,自 3 月 15 日至 6 月 20 日履行。苏方提供军火总价值为 7976700 美元,加上上述军火的铁路运费 202892 美元、两只轮船装载费 40167 美元、组织费为军火总值的 2% 即 159534 美元,合计 8379293 美元。

苏方向中方提供的军火物资有:

马克沁机枪

马克沁 – 托卡列夫式机关枪[6]500 挺（单价 180 美元,总价 90000 美元）,马克沁 – 托卡列夫机枪（Maxim – Tokarev LMG）是一种马克沁结构的轻机枪,比标准的马克沁机枪便宜。马克沁机枪 300 挺（单价 600 美元,总价 180000 美元）；德克恰廖夫式机枪[7]1100 挺（分为两种,一种 500 挺,一种 600 挺,单价均为 225 美元,总价 247500 美元）；机关枪子弹 1000 万发（每千发 25 美元,计 250000 美元）；76mm 野炮 160 门（单价 6580 美元,总价 1052800 美元）；115mm 野战重炮（115mm 榴弹炮）80 门（单价 12000 美元,总价 960000 美元）；37mm 反坦克炮 80 门（单价 1330 美元,总价 106400 美元）；76mm 野炮炮弹 16 万发（苏方资料有误,称为 75mm,应为 76mm,单价 13 美元,总价 2080000 美元）；115mm 榴弹炮炮弹 8 万发（单价 30 美元,总价 2400000 美元）；37mm 反坦克炮炮弹 12 万发（单价 3 美元,总价

360000 美元）；步枪子弹 1000 万发（每千发 25 美元，计 250000 美元）。

第三笔合同于 1938 年 3 月 22 日签订，自 3 月 25 日至 6 月 27 日履行。苏方提供的军火总价值为 6287969 美元，细目如下：

И－15 式飞机 60 架（单价 35000 美元，总价 2100000 美元）；YT－1 式教练机 5 架（单价 19500 美元，总价 97500 美元）；飞机全副配件、备用发动机及各种零件共 3642469 美元；ЗИС－5 式（吉斯）汽车 400 辆（单价 1120 美元，总价 448000 美元）。

外加铁路运费、轮船装载费、包装费、修理工程队派遣费如下：

248 架飞机之航运费 953724 美元；232 架飞机整套武装设备、特种汽车运输工具与飞机及发动机附件等之铁路运输，共用货车 1198 辆，计 233247 美元；汽车运送 И－15 式飞机特种包装费，及由铁路运输其他飞机之包装费 749676 美元；И－15 式飞机 122 架与零件及 10 套飞机之武器设备用汽车运输之运费 1195489 美元；400 辆汽车开运费 10416 美元；129 节火车运送坦克车之运费 27967 美元；各种火炮由铁路运输，计 244 节车厢之运费 87932 美元；飞机武器设备 30 套、坦克车及炮类等各种装备之搬运费 40253 美元；修理队派遣费 54547 美元（这些费用包括前二笔借款的相当费用）；组织费（全部军火总价值的 2%）计 125759 美元；合计 9766979 美元。

第一期三笔合同款，中方实际用于购置军火的费用为 43991300 美元，运输费及行政费（组织费和派遣费）为 4566136 美元，共计 48557436 美元，剩余的 1442564 美元转入第二期合同动用。

以上是中方对三项费用的统计结果，苏方对军火本身的费用计算为 43293221 美元。但总体上差距不大。研究分析认为，苏方失误的可能性较大。原因是:一、苏方有漏项;二、苏方有数字错误;三、中方统计细致,苏方统计笼统。这一期借款,中方计划购买20个苏械师的装备,每师装备115mm 榴弹炮4门,76mm 野炮8门,37mm 反坦克炮4门,重机枪15 挺,轻机枪30 挺,但实际上的数量并没有达到。另外,中方要求的100 架重型轰炸机也没有到位,只给了6 架老式的ТБ－3 式轰炸机。以上武器实际上在签订协议之前已经运到了中国,是先给了武器,后签订的协议。

第二个条约借款5000 万美元,分两笔合同来实现。

第一笔合同于1938 年7 月3 日签订,履行日期为7 月5 日至9月28 日,总额为24860782 美元,苏方提供的军火如下:

СБ 式飞机80 架(单价110000 美元,总价8800000 美元);М－100 式备用发动机60 个(单价15150 美元,总价909000 美元);СБ式飞机整套零件8 套(单价25314 美元,总价273000 美元)(此项数量乘以单价与总价不符);ШКАС 机关枪(苏联著名轻机枪,译为舒卡司机枪)120 挺连同零部件(单价742 美元,总价89040 美元);战斗机各项零件、修理用具、装备材料及甲板等758823 美元;运输机各项备用零件、修理用具、装备材料1286755 美元;达阿式、派凡式及舒卡司式机关枪在飞机上使用之子弹连同子弹带1140867 美元;И－15 式飞机100 架(单价35000 美元,总价3500000 美元);И－15 式飞机附带装备10 套(单价14300 美元,总价143000 美元);И－15 式飞机零件158296 美元;М－15 式飞机发动机46 套(单价6500 美元,总价285200 美元)(此项数量乘以单价与总价不符,可能是原始资料记录有误);德克恰廖夫机枪1500 挺(单价225 美元,实价337500 美元);马克沁—托卡列夫机关枪500 挺(单价180 美元,总价90000 美元);37mm 反坦克炮,连同装备零件、修理器具及马匹套具等100 门(总价813400 美元);

37mm 罗真别各及各留真维尔克式炮,连同备用零件、修理工具及附件 4900 份,价格 200000 美元(此项数量有误);37mm 反坦克炮炮弹 490000 发(单价 3 美元,总价 1470000 美元);76mm 野炮炮弹 160000 发(单价 13 美元,总价 2170000 美元)(此项数量乘以单价与总价不符);115mm 榴弹炮炮弹 46861 发(单价 30 美元,总价 1405830 美元);步枪子弹 20360000 发(每千发 25 美元,总价 509000 美元);ЗИС - 5 式汽车 200 辆(单价 1175 美元,总价 235000 美元);ЗИС - 6 式汽车 100 辆(单价 1470 美元,总价 147000 美元);400 辆汽车基本修理所需要之零件及已经用过一年的 300 辆汽车修理所需零件,计 139071 美元。

上述明细中,苏联斯拉德科夫斯基提供的货单中,还有野炮 200 门,而中方资料无此项;И - 15 式飞机比中方货单多出了 20 架。[8]

其他各种费用如下:

铁路运输费用(含飞机及装备零件、修理工具、备用发动机、炮兵装备、汽车零件)506062 美元;汽车运送 И - 15 式飞机的包装费用 967742 美元;一只轮船的货物装载及运输费用 20140 美元;100 架 И - 15 式飞机装配工作费用及空中飞送费用、50 架 СБ 式飞机的空中飞送费用 192931 美元;运送志愿飞行员、工作人员、顾问等而经营航空线之费用 877768 美元;用汽车运送飞机及零件、运送 300 辆汽车及零件等费用 868180 美元;志愿者、顾问等派遣及服装费用 810395 美元;所有军火装备价值总额的 2% 的组织费用 497215 美元。

第二笔合同签订于 1939 年 6 月 20 日,履行期限为 6 月 25 日至 9 月 1 日,中方所得军火为:

ТБ3 - 2М87 飞机(轰炸机)24 架;ТБ3 - 2М87 飞机全套装备 3 套;СБ 飞机 36 架;СБ 飞机全套装备 4 套;И - 15БИС 飞机 30 架;

И-15БИС 飞机全套装备 3 套；И-16 飞机(带 4 挺机枪)20 架；И-16 飞机全套装备 2 套；И-16 飞机(带炮)10 架；И-16 飞机全套设备 1 套；飞机发动机 83 个；总费用共计 21841349 美元。

(以上军火明细,中方资料欠缺,这里采用了斯拉德科夫斯基的统计数据。)

第二期借款共动用 51442564 美元(其中 1442564 美元为第一期剩余转移)。

第三个条约借款 1.5 亿美元,分四笔合同来实现。

第一笔合同签订于 1939 年 6 月 20 日,履行日期为 6 月 25 日至 9 月 1 日。

苏联提供的高射机枪

此批货物明细中方资料欠缺,中央第二历史档案馆馆藏杨杰档案 301833 号揭示,苏方提供的军火如下:火炮 250 门、炮弹 50 多万发,机枪 4400 挺、子弹 1 亿发,步枪 50000 支,卡车 500 辆,航弹 16500 颗,合同未规定之货物价值 92411 美元,运输费用 3927050 美元,总计 18622024 美元。而据苏方资料,中方动用的经费为 12936885 美元(比中方数据少 5685139 美元,可能为运输费、组织费等),提供给中方的军火为:

各种型号和当量的飞机炸弹 15370 颗;高射炮弹 14400 发;飞机机关枪子弹 191 万发;37mm 反坦克炮 200 门;76mm 山炮 50门;马克沁机枪 1000 挺;手提机关枪 3000 挺;马克沁-托卡列夫机枪 400 挺;步枪 5 万支;各种口径和型号炮弹 50.2 万发;步枪子弹 1 亿发;ЗИС-6 汽车 100 辆;ЗИС-5 汽车 400 辆。[9]

第二笔合同在 1939 年下半年签订,中方资料统计动用了 3909725 美元,明细如下:

一、飞机类

YT－2、M－11 飞机(教练机)15 架(单价 39500 美元,总价 592500 美元);YT－2、M－11 飞机整套零件 2 套(单价 22350 美元,总价 44700 美元);И－15 飞机 8 架(单价 35000 美元,总价 280000 美元);YTИ－4 飞机 4 架(单价 40000 美元,总价 160000 美元);СБ 飞机 10 架(单价 110000 美元,总价 1100000 美元);СБ 飞机整套零件 1 套,总价 15214 美元;P－10 飞机(侦察机)8 架(单价 81700 美元,总价 653600 美元);P－10 飞机整套零件 1 套,总价 23350 美元;СБ 飞机学习用之舱位 2 个(单价 5000 美元,总价 10000 美元);И－16 飞机 8 架(单价 40000 美元,总价 320000 美元);M－103 飞机发动机 6 台(单价 15150 美元,总价 90900 美元);M－11 式发动机 5 台(单价 4350 美元,总价 21750 美元);БИШ－2 式飞机金属螺旋桨 2 套(单价 2100 美元,总价 4200 美元);M－25 式飞机金属螺旋桨 3 套(单价 925 美元,总价 2775 美元);YT－2 式飞机木质螺旋桨 5 套(单价 150 美元,总价 750 美元);БИШ－16 式飞机金属螺旋桨 3 套(单价 5000 美元,总价 15000 美元);飞机及发动机各种零件共 173600 美元;共计 3508339 美元。

二、汽车类

ГАЗ－АИ 载重汽车 8 辆(单价 1710 美元,总价 13680 美元);ЗИС－5 载重汽车 6 辆(单价 1175 美元,总价 7050 美元);M－1 小汽车 6 辆(单价 3060 美

苏联援助的汽车

元,总价 18360 美元);ГА3 - АИ 载客大汽车 2 辆(单价 4465 美元,总价 8930 美元);救护卫生车 4 辆(单价 4400 美元,总价 17600 美元);СТ3 牵引车 2 辆(单价 4190 美元,总价 8380 美元);ЦТ3 牵引车 2 辆(单价 6130 美元,总价 12260 美元);汽车用始动车 2 辆(单价 2800 美元,总价 5600 美元);共计 91860 美元。

三、其他各种物品

飞行员及技术人员服装费用 3246 美元;教室内教授用物品 160438 美元;共计 163684 美元。

四、上述各项输送费

铁路运输装载搬卸费 39869 美元;汽车牵引机及其他财产输送费 673 美元;飞机之飞送费 2098 美元;飞行教官之飞送费 27925 美元;共计 70565 美元。

另有一、二、三项军火物资 3763883 美元的 2% 的组织费 75277 美元。全部军火物资及各项费用共计 3909725 美元。

关于这一笔合同借款,斯拉德科夫斯基《苏中经贸关系史(1917—1974)》记载数额为 6860459 美元,比中方统计多 2950734 美元,主要是用来帮助中国在伊宁办航空学校,其中 3474459 美元用来购置军火物资,余下 3386000 美元用于伊宁航校房屋、设备、仪器、机场、射击场等建设费用。但中方资料未见此项记载。

第三笔合同借款,当时手续未办,先向中国提供了军火,货单和认偿债务书是 1944 年 1 月才由苏联政府交给中国政府的,而合同是在 1948 年 3 月 17 日补订的,价格按照合同签字时的价格计算,为 49520828.85 美元。这笔借款动用时间自 1940 年 11 月 25 日至 1941 年 6 月。中方资料未见明细,据斯拉德科夫斯基《苏中经贸关系史(1917—1974)》记载,明细如下:

勃郎乌格宁机枪 1300 挺;子弹 3700 万发;高射炮 250 门;高

射炮弹 30 万发;拖拉机(中方叫牵引车) 20 台;СБ 飞机 100 架;
И－153 飞机 76 架;И－16 飞机 65 架;И－15 飞机 9 架;飞机全
套装备 23 套;炸弹 14600 枚;炮弹 18000 枚;ЗИС－5 汽车 300
辆;石油产品 3313000 美元;总计 49520828.85 美元。

1941 年 1 月 16 日,苏联驻华军事总顾问崔可夫在重庆会见蒋
介石,提到一批援华军火物资已经在 1940 年 12 月运华,清单如下:

一、飞机:最新出品快速中型 СБ 式双发轰炸机 100 架,最新
И－16 式驱逐机 75 架,И－15 式驱逐机 75 架。以上三种飞机共
250 架,并附有 10 次作战用之装配,各种炸弹数量较少,只供 3 次
作战之用,因中国已能自制。

二、大炮:76mm 野炮 200 门,装甲炮拖 200 套,炮弹 20 万发,
高炮 50 门,其中 76mm 口径的 20 门,附炮弹 3 万发,37mm 口径的
30 门,附炮弹 7 万发。

三、机关枪:轻机枪 800 挺,重机枪 500 挺,子弹 1800 万发。

四、车辆油类:载重三吨之汽车 300 辆,汽油、机油若干,现尚
不能举出确数。

以上数据与斯拉德科夫斯基的资料基本一致。

第四笔合同情况也是因货单及认偿债务书迟送,手续当时未
办,而先提供军火,价值为 1123232.51 美元。该合同在 1945 年 3
月 17 日签订,价格亦按当时价格计算。这笔军火提供时间在 1941
年 6 月以前。

这笔合同亦未发现中方资料,据斯拉德科夫斯基《苏中经贸关
系史(1917—1974)》记载,明细如下:

ЎТ－2 飞机 2 架;ЎТИ－4 飞机 2 架;飞机发动机 21 台;机枪
子弹 16700 发;石油产品 107200 美元。

第三期借款的后二笔合同额共 50644061.36 美元,与中方统计

差距不大。经中方查明的货物总价格为 49946780.29 美元,未能查明的仅有 697281.07 美元。

根据以上数据,中方统计动用第三期借款总额为 73175810.36 美元,苏方统计数字为 70441405.36 美元,两者相差 2734405 美元。而斯拉德科夫斯基提供的实际动用借款总额为 73176000 美元,与中方统计的数字基本一致,与四次合同相加的数字有出入,可能是他在最后统计中把运输、组织等费用又加了进去。

1941 年 6 月 22 日,德国撕毁《德苏互不侵犯条约》,重兵突袭苏联,苏德战争爆发。从此,苏联集中精力于西线作战,对华易货借款中断。因此,1938 年至 1939 年间,苏联政府三笔援华易货借款虽然签订条约总额达 2.5 亿美元,但中方实际只使用了 173175810.36 美元,约占总额的三分之二(实际中国偿还借款数额,为这一数字加上每年 3% 的利息,总计 201779000 美元)。

综上,苏联援华军火物品:各类飞机 904 架,其中轻、重轰炸机 318 架,坦克 82 辆,汽车 1526 辆,牵引车 24 辆,各类大炮 1190 门,轻、重机关枪 9720 挺,步枪 5 万支,步枪子弹约 16700 万发,机枪子弹 1700 多万发,炸弹 31100 颗,炮弹约 187 万发,以及飞机发动机及全套备用零件、汽油等。

苏联斯拉德科夫斯基的统计数字为:飞机 904 架(其中中型和重型轰炸机 318 架,歼击机 542 架,教练机 44 架),坦克 82 辆,牵引车 602 辆,汽车 1516 辆,大炮 1140 门,轻、重机枪 9720 挺,步枪 5 万支,子弹 1.8 亿发,炸弹 31600 颗,炮弹约 200 万发,以及其他军火物资。这个数字除牵引车 602 辆外,与以上统计基本上一致。

据《抗日战争时期中国对外关系》一书统计:从 1937 年 9 月至 1941 年 6 月苏德战争爆发,苏联共向中国提供飞机 924 架(其中轰炸机 318 架,驱逐机 562 架,教练机 44 架),坦克 82 辆,牵引车 602 辆,汽车 1516 辆,大炮 1140 门,轻、重机枪 9720 挺,步枪 5 万支,子弹 1.8 亿发,炸弹 31600 枚,炮弹约 200 万发,以及其他一些军事物资。[10]

另有一组数据,根据苏联方面的统计,1937 年 10 月至 1940 年 10 月,经过西北国际大通道援华抗日的主要物资有:飞机 1235 架,坦克 82 辆,汽车 2050 辆,拖拉机 30 台,大炮 4317 门,机关枪 14025 挺,枪弹 16400 万发,炮弹 190 万发,炸弹 8.23 万颗(以上数字含 1940 年崔可夫来华担任蒋介石军事总顾问时,苏联又给的 250 架战机、500 辆汽车,3000 门大炮)。[11]

尽管上述统计数字有出入,但总体上的数字是相差不大的。而且,这些军火物资主要是从西北国际大通道进入中国的。

中国对苏偿还物资明细

中国政府对于苏联的三次信用借款是采用以货易货方式进行偿还的。这种方式是基于战时双方的需要决定的。就中方而言,战时外汇短缺,而矿产品和农产品相对丰富,可以支付得起。就苏方而言,由于受到两线压力,进行战争准备急需大量的战略矿产资源和军需物资,而这方面中国恰恰可以提供。因此这是一种互惠双赢的模式。

苏联西线面临德国的压力,东线有日本的威胁,从中国获得大量的矿产品是最好的选择。1937 年 8 月 21 日,苏联副外交人民委员斯托莫尼亚科夫致电苏驻华全权代表鲍格莫洛夫,要鲍格莫洛夫向中国政府提出以中国的战略矿产品偿还苏联援华飞机款项的要求。他在电文中说:"我们希望中国方面同意我们的要求,立即向我们提供几百吨锡和锑,因为我们急需这些金属。"电文要求鲍格莫洛夫"事先告诉他们,作为我们提供的武器的等价物,我们想得到相当贷款总额 3/4 的金属(锡、钨、锑、铵)和 1/4 的茶及其他中国货物,货物种类和数量应另签协定。最好立即得到中国政府能向我们提供的每种金属数量的资料。如果中国政府不能提供相当于总贷款额 3/4 的金属,那么我们也愿意收受美元或英镑的外币以补齐欠缺的部分。"[12] 鲍格莫洛夫向中国政府协商中提出,"坚持得到相当贷款额 3/4 的金属和相当于 1/4 的茶叶及其他日用品"[13]。

苏联方面甚至提出直接以现款购买中国的矿产品,以应工业生产急需。而中国方面确实在满足苏联要求上尽了最大的诚意和努力。1938 年 10 月 24 日,孔祥熙致电杨杰:

> 苏方需用矿产以现款向我购买,无论友谊及商务立场均当尽力协助,前由委座转到来电,已饬由资委会从长核议。顷据复称,已在积极进行中,并与此间苏联协会代表塔波罗尼洽办。苏方要求先购钨砂一千吨,已允先交三百吨,余数续议。至于锡矿则以桂省产量不多,须向滇省设法,容续告。[14]

1938 年 1 月 5 日,杨杰给蒋介石致电说,中国向苏联订购的 20 个师的武器,苏方开始要中方全部或一部分付现金,因中方外汇紧缺,后经反复协商,达成谅解,苏方请中方尽量供给锡、铅、钨、锑、镍、铜等金属原料,不足之数,以茶、生丝、棉花、羊毛、牛羊皮等补充之。杨杰建议,如中方能经常供给苏联上述各项原料,则此后向苏联续商接济军火,当较易办到。因为苏联军需工业对上项金属原料非常缺乏,如果能够补充他们所缺乏的这些原料,自然也就可以供给我们所需的物资了。

1938 年 2 月 25 日,杨杰又通过孙科向蒋介石提出建议:"俄方谅解我财力不足及矿产不丰,自不能要求我用现金、大量矿产交换军火,倘在可能范围内,常常运载若干矿产品,如铜、锡、锑、钨、铝等,及生丝、牛羊皮、棉花、茶等,亦可运来,如此,俄方认我十分诚意,当甚感动,则应我之供给更多。"[15]

由于战时中国的交通非常落后,而大量的矿产品主要出自广西、云南等地,运输起来非常困难。所以,中方代表在谈判中提出,减少偿还借款的矿产品,增加茶叶等农产品。但苏方则提出,苏联的军需工业亟须生锡等矿产品。1938年5月10日,斯大林、伏罗希洛夫致电蒋介石:"吾人对武器之偿价,并不要求中国付给现金及外币。然吾人愿得中国之商品,如茶、羊毛、生皮、锡、锑等等,吾人深知此类商品,中国能供给苏联,而对中国之国民经济与国防无若何妨害。因此,希望中国供给此类商品。"[16]1938年5月31日,蒋介石复电:"华货供给,前因所需交通种种关系,运输迟缓,甚觉疚心。现在余决亲自严饬办理,兹后必源源输送,照余所允者办到,以副贵国之望。"[17]

中国提供的农产品,对于苏联来说同样是十分需要的战略资源。苏德战争爆发后,苏联大片国土沦丧,后勤供应出现困难。中国输送苏联的大量农产品,起到了雪中送炭的作用,直接支援了苏联的卫国战争,增强了其战争潜力。

正因为双方利益互惠,信用借款条约才很快达成。根据条约规定,信用借款与利息,中华民国政府以苏维埃社会主义联邦共和国所需之物产品与原料品偿还之,其价格,双方依据世界市场上出售之相当物产品与原料品并具有同一技术品质者之价格而规定之。苏联方面考虑到中国交通的困难,在矿产品和农产品所占比例上也做出让步。双方商定,中国以农、矿产品各半的原则偿还苏联的信用借款,如果矿产品缺乏时,也可多交农产品如茶叶、羊毛、羊皮等。

在偿还货物的过程中,由于交通困难等原因,经常根据实际情况进行调整,偿还苏联的货物与借款条约有一些出入。比如,在农产品种类方面,茶叶、羊毛、桐油等比较多,条款中指定的棉花、树脂没有出口,而增加了条款中没有指定的肠衣、大黄等少量中药材和医药用品。在矿产品方面,条款中指定的镍、红铜实际上没有出口,而增加了条款中没有指定的汞、铋等。

自 1938—1939 年度至 1943—1944 年度,中国应偿本息113323695.46 美元,实际偿还产品总值 113754405.13 美元,其中,偿还借款的矿产品为 55590074.86 美元,农产品为 57854330.27 美元,农产品的总值略高于矿产品总值。剩余款项直到 1949 年双方还订有交货合同。具体如下。

中苏信用借款历年偿还数额表[18]

(单位:美元)

年度	应偿本息	已交产品总值		
		农产品	矿产品	合　计
1938—1939	13084972.36	7511070.16	7536703.93	15047774.09
1939—1940	6033333.33	8526276.31	7937089.74	16463366.05
1940—1941	23733777.81	11480716.21	11554269.85	23034986.06
1941—1942	23125952.47	6594978.59	10119181.34	16794159.93
1942—1943	24006627.37	＊14607771.00	＊12003314.00	＊26611085.00
1943—1944	13339032.12	＊9133518.00	＊6669516.00	＊15803034.00
合　计	113323695.46	57854330.27	55900074.86	113754405.13

＊系签约数值

1937—1947 年中国对苏输出矿产品:钨砂 38394.43 吨、锡锭12200.03 吨、锑 11038.60 吨、锌 700 吨、汞 609.94 吨、铋砂 40.45吨,总计 62983.45 吨。其中,以钨、锡、锑为多,这是因为中国钨、锡、锑的储量和产量在世界上都是靠前的,也正是苏联军事工业所急需的特种金属。具体如下。

1937—1947 年中国对苏输出矿产品统计表[19]

(单位:吨)

项目 年度	钨砂	锡锭	纯锑	锌块	汞	铋砂	合计
1937	200.00	358.00	304.80	500.00			1362.80
1938	3200.00	200.00	5239.20	200.00			8839.20
1939	5600.00	100.00	3253.20				8953.20
1940	400.00	1600.00	350.00		50.00		2400.00
1941	5579.35	3238.08	820.00		110.00		9747.43
1942	2490.28	1225.29	71.40		195.02	5.20	3987.19
1943	3689.90	3336.24			96.73		7122.96
1944	7080.26	173.32			88.19	18.25	7360.02
1945	2976.05	469.89			20.00		3565.94
小计	31215.93	10700.82	10038.60	700.00	559.94	23.45	53238.74
1946	3873.50	1102.36			50.00	12.00	5037.86
1947	3305.00	396.85	1000.00			5.00	4706.85
总 计	38394.43	12200.03	11038.60	700.00	609.94	40.45	62983.45

因为中苏之间以货易货的原因,抗战期间,中国向苏联出口的矿产品占中国矿产品总出口额的比例始终是很高的,平均为43%,但历年比例相差很大,其中最高的一个年份1939年,中国输苏矿产品数量占到了中国矿产品出口总额的66%;最低的一个年份是1937年,中国输苏矿产品数量仅占中国矿产品出口总额的2%。根据苏联第一次对华信用借款条约,信用借款是从1937年10月31日起算的,但偿还日期是从1938年10月31日算起的。中国历年

向苏联出口的矿产品占中国矿产品出口总额的比例具体如下表。[20]

年　份	中国输苏矿产品数额（千美元）	占中国矿产品总出口额的比例（％）	年　份	中国输苏矿产品数额（千美元）	占中国矿产品总出口额的比例（％）
1937	254	2	1942	5534	34
1938	4436	50	1943	8820	41.4
1939	3475	66	1944	8989	61.6
1940	1523	26	1945（1—8月）	5903	74.8
1941	9608	42	总　计	48542	43（平均）

抗战期间，中国向苏联出口的农产品的统计数字，中国学者目前没有全面的统计。苏联经济史专家斯拉德科夫斯基在《苏中经济关系概论》中，有如下统计。斯拉德科夫斯基的这个统计表中，关于矿产品的数据，可以与前面的表格进行对照研究。

苏联历年进口中国商品数值[21]

商品名	单位	1938年	1939年	1940年	1941年	1942年	1943年	1944年	1945年	总　计
钨砂	吨	3964	4600	1600	4500	3000	2900	6700	2200	29464
锡	吨	1085	1900	1400	3000	600	3800	500	400	12685
锑	吨	4075								4075
锌	吨	593								593
汞	吨			50	10	100	100	100	30	390
茶叶	吨	7993	7800	12700	1300			400	100	30293

续表

商品名	单位	1938年	1939年	1940年	1941年	1942年	1943年	1944年	1945年	总计
羊毛	吨		1700	4600	4200	2400	1200	200		14300
桐油	吨	568	1500	200	3600	700			500	8898
猪鬃	吨	57		50	209		123	316	130	885
生丝	吨		35	24	67	15	79	56	39	309
生皮革	千张	400	33	915	784			100		2232
毛皮	百万卢布		0.5	0.9	0.3	0.3		0.7		2.7
毛皮原料	百万卢布					1.5	0.6	1.3	0.2	3.6
总值	百万卢布	39	63.1	76.6	86.1	51.8	104.6	143.2	62.5	626.9

中国对苏联输出货物，除了国民政府与苏联政府间的贸易外，还有新疆地方政府与苏联政府间的货物往来。苏联通过这个渠道也获得了大批农牧产品。具体情况如下列表格所示。[22]

1937年—1941年新疆对苏出口商品量值

（因此表为不完全统计，故表中各单项数字之和小于总计）

品类	1937年		1938年		1939年		1940年		1941年	
	数量（吨）	价值（千卢布）	数量（吨）	价值（千卢布）	数量（吨）	价值（千卢布）	数量（吨）	价值（千卢布）	数量（吨）	价值（千卢布）
羊（千头）	253.6	3804	437.1	7445	478.1	8993	478.1	9233	563	10785

续表

品类	1937 年		1938 年		1939 年		1940 年		1941 年	
	数量（吨）	价值（千卢布）	数量（吨）	价值（千卢布）	数量（吨）	价值（千卢布）	数量（吨）	价值（千卢布）	数量（吨）	价值（千卢布）
牛（千头）	20.6	2250	17.8	2153	15.7	2042	22.3	2642	24.3	2528
马（千匹）	3.8	479	0.04	44	—	—	—	—	1.2	132
羊毛	3757	4869	5376	7806	3620	6756	4423	9685	4316	10430
驼毛	258	654	653	1543	437	1341	418	1338	399	1294
山羊绒	63	178	77	204	63	176	76	234	62	191
生牛皮（千张）	41.4	671	49.9	439	61	773	82	977	68	695
生羊皮（千张）	1435	3213	1793	3600	1674	3175	1865	3852	1935	4090
毛皮	—	1495	—	1203	—	2009	—	2312	—	2116
生毛皮	—	1936	—	1779	—	1581	—	1657	—	2326
棉花	1286	1489	1538	1749	2699	2612	2554	2166	1202	1210
生丝	61.2	1393	84.4	1532	86	1712	97	2173	92	1995
干果	187	225	312	289	277	208	386	274	414	248
肠衣（千束）	1910	—	2116	3515	1791	2870	1791	2459	1580	2361
油料种子	856	402	1609	484	1638	590	2371	726	1413	434
总计		25774		35197		41700		41700		43700

1942 年—1945 年新疆对苏出口主要商品数量统计

品　类	1942 年	1943 年	1944 年	1945 年
羊毛（吨）	4864	811	157	2089
牛（千头）	18.1	0.5	18.3	41.4
羊（千头）	481	2.5	469.4	315.4
马（千匹）	50.2	2.2	19	25.5
生牛皮（千张）	49.8	0.54	1.1	5.1
生羊皮（千张）	1548	12.7	7.3	118
毛皮（千卢布）	1319	31	33	386
生毛皮（千卢布）	1781	38.5	58.6	629
干果（吨）	228	14	1.3	1.1
生丝（吨）	82	13	—	0.2

1936 年—1941 年新疆对苏贸易统计

（单位:卢布）

年　份	对苏出口	由苏进口	贸易总额
1936	25671000	36145000	61816000
1937	25774000	34753000	60527000
1938	35197000	43381000	78578000
1939	41700000	33107000	74807000
1940	41700000	—	—
1941	43700000	47097000	90797000

[1]［俄］乌索夫著,赖铭传译:《20 世纪 30 年代苏联情报机关在中国》,解放军出版社,
2013 年版,第 212 页。

[2] 财政科学研究所、中国第二档案馆:《民国外债史料档案》第 11 卷,档案出版社 1991
年版,第 19 页。

[3] 财政科学研究所、中国第二档案馆:《民国外债史料档案》第11卷,档案出版社1991年版,第20—21页。

[4] 以下明细主要参考李嘉谷著《合作与冲突——1931—1945年的中苏关系》,广西师范大学出版社1996年版,并参考了相关的档案资料。

[5] СБ系俄文字母,英文字母为SB。苏联对飞机的命名原则:СБ是快速轰炸机,ТБ是重型轰炸机,ДБ是远程轰炸机。И是战斗机(驱逐机),英文字母是I。И-15、И-15bis、И-15ter(И-153)分别表示И-15系列的第一、二、三型。И-16、И-16-2、И-16-3分别表示И-16系列的第一、二、三型。

[6] 苏联枪械设计师托卡列夫以美国人马克沁发明的世界第一种重机枪为蓝本改制的轻机枪。托卡列夫(1871—1968),1891年开始在俄军哥萨克团任军械技工,1900年起任军械主任。1907年开始从事设计工作。1925年改制成功马克沁-托卡列夫重机枪。1927年研制出苏联第一支冲锋枪,此后陆续研制成功半自动手枪、半自动步枪和自动步枪。

[7] 著名枪械设计师德克恰廖夫研制的7.62毫米机枪。德克恰廖夫(1879—1949),苏联炮兵工程勤务少将(1940),1901年参军,1905年开始研制俄国第一支自动步枪。1912年研制成功。十月革命后领导自动枪械设计局。1924年开始研制德克恰廖夫机枪,1927年装备部队。在此基础上又研制成功航空机枪、坦克机枪、重机枪和多种型号的冲锋枪等。

[8] [苏]斯拉德科夫斯基:《苏中经贸关系史(1917—1974)》,莫斯科科学出版社1977年版,第130—131页。

[9] [苏]斯拉德科夫斯基:《苏中经贸关系史(1917—1974)》,莫斯科科学出版社1977年版,第135页。

[10] 陶文钊、杨奎松、王建明著:《抗日战争时期中国对外关系》,中国社会科学出版社2009年版,第82页。

[11] 张百顺:《抗日战争中的"西北国际大通道"》,《文史春秋》,2008年第4期。

[12] 中国社会科学院近代史研究所:《中苏外交文件》选译(下),《近代史资料》总第80号,中国社会科学出版社1992年版,第216页。

[13] 中国社会科学院近代史研究所:《中苏外交文件》选译(下),《近代史资料》总第80号,中国社会科学出版社1992年版,第219页。

[14] 中国第二历史档案馆藏档,3018-37。

［15］中共中央党史研究室第一研究部：《共产国际、联共(布)与中国革命文献资料选辑(1938—1943)》,中共党史出版社 2012 年版,第 124 页。

［16］《民国档案》1985 年第 1 期,第 47 页。

［17］中共中央党史研究室第一研究部：《共产国际、联共(布)与中国革命文献资料选辑(1938—1943)》,中共党史出版社 2012 年版,第 205 页。

［18］李嘉谷：《合作与冲突——1931—1945 年的中苏关系》,广西师范大学出版社 1996 年版,第 115 页。

［19］李嘉谷：《合作与冲突——1931—1945 年的中苏关系》,广西师范大学出版社 1996 年版,第 116 页。

［20］李嘉谷：《合作与冲突——1931—1945 年的中苏关系》,广西师范大学出版社 1996 年版,第 117 页。

［21］李嘉谷：《合作与冲突——1931—1945 年的中苏关系》,广西师范大学出版社 1996 年版,第 118 页。

［22］李嘉谷：《合作与冲突——1931—1945 年的中苏关系》,广西师范大学出版社 1996 年版,第 122 页。

第六章
大通道的商约保证

　　《中苏通商条约》的签订是抗日战争时期中苏易货贸易合法化的标志,为发展两国贸易关系提供了法律保障,保证了中国在其他几条交通线被切断的情况下维持必要的经济交往。条约基本上是平等互惠的,但由于当时中国的主权实际上并没有完全独立,一些西方列强在中国一些地方还享有治外法权,而且大量城市沦陷,使得中苏在实际上存在贸易不平衡、机构不对等的问题。这些也显示了条约的历史局限性。

　　尽管根据苏联对华信用借款条约,苏联援助中国抗战的军火物资已经源源不断地输送到中国境内,但中苏两国之间的商业往来问题,在1939年之前还没有政府间的正式条约,有的只是一些地方性商约,如1924年中苏建交前的中国东北与苏俄订有临时性商约,中国新疆与苏联订有《新苏临时通商协定》。东北地区局势恶化后,中苏之间的贸易基本上就集中在新疆地区了。

　　苏联处在东西两线资本主义国家的包围之中,对与中国签订通商条约的态度非常积极。1932年中苏邦交正常化以后,苏联提出缔结中苏商约的问题。1933年5月,苏联驻华大使鲍格莫洛夫到任伊始,就向中国政府提出缔结中苏商约。1935年秋,在与蒋介石会谈时,鲍格莫洛夫又一次提出,苏联政府希望与中国签订贸易协定。并且在这一年,双方互换了通商条约草案。但由于双方在条约内容上分歧较大,未能达成一致意见,具体谈判始终没有提上议事日程。中国全面抗战爆发,苏联大力援助中国,《中苏互不侵犯条约》及两次易货借款合同签订,两国间经贸往来频繁,迫切需要一个正式的国家间商业条约,以利经贸活动的深入开展。一度搁浅的《中苏通商条约》再次被提上议事日程。

1939 年春,孙科第二次访苏,与苏联洽谈第三笔信用借款时,随身带去了中国政府拟好的商约草案。孙科在会晤斯大林时,提出苏联向中国进行第三笔贷款问题,同时,谈到缔结中苏商约一事。斯大林非常赞同,当场要求苏联外交人民委员米高扬与孙科签订信用借款合同,并具体洽谈通商条约一事,表示希望商约谈判能早日成功。于是,孙科将中方早已拟好的商约草案交给了米高扬。几星期后,苏联方面提出了修正案。主要是:一、商约名称,苏方意为"中苏通商航海条约";二、苏联要求在中国首都设立商务代办处,在上海、汉口、天津、广州、兰州五地设立分处。[1]中方接受了苏方的修正意见。6 月 16 日,孙科和米高扬分别代表各自政府在条约上签字。第二天,孙科致电蒋介石,报告了签约情况:"科意我国抗战,苏联援助独多,缔结商约为表示中苏作进一步之提携。且苏联在重庆使馆内已设立商务代表处办理中苏易货事宜,并已在兰州设立分处,约中明白规定并亦系根据既成事实,于我国当不致有何不便,故即同意照办。"[2]

商约名称最后仍为《中苏通商条约》,共 15 条。条约主要规定双方货物进出口时,其关税、海关手续不得异于或劣于任何第三国的待遇,同样货物不得设立有异于任何第三国的任何禁令和限制,双方出入货物需经两国设有关卡的商埠或者地方,不得私运等。条约的附件《关于苏维埃社会主义共和国联盟驻中华民国商务代表处之法律地位》规定:"商务代表在中国的工作是在中国法院的管辖下,签订与中国的商业契约",其作为苏联大使馆职员享受外交人员所享受的一切权利与优惠待遇。条约有效期为 3 年,期满后若一国要求延期,则可自动延期 1 年,并依此类推。

中苏通商条约(全文)

中华民国、苏维埃社会主义共和国联盟为巩固并发展两国友谊及彼此商务关系,决定依平等相互暨互尊主权之原则,订立通商条约。为此简派全权代表如左:

中华民国国民政府主席特派全权特使孙科

苏维埃社会主义共和国联盟最高会议主席团特派人民对外贸易部部长米高扬

两全权代表将所奉全权证书互相交阅均属妥善,议定各条如左:

第一条:此缔约国所处之天产及制造之货物输入彼缔约国国境时,关于一切关税及一切通过海关之手续,彼缔约国不得令其享受异于或较劣于来自及运入自任何第三国同样之货物现在或将来所享受之待遇。同样,此缔约国出产并输出之天产及制造之货物其目的地为彼缔约国国境,关于一切关税及一切通过海关之手续,彼缔约国不得令其享受异于或较劣于来自及运入自任何第三国同样之货物现在或将来所享受之待遇。因此本条约所规定之现在或将来任何第三国所享受之最惠待遇,得特别适用于下列各项:

甲、关于关税或附加税及其他任何入口及出口之税捐;

乙、关于征收上列关税、附加税及其他方式税捐之方式;

丙、关于通关手续;

丁、关于使用海关货仓以存放货物及关于货物到达存积或运出于海关货仓及其他公用货仓之章程;

戊、关于检验及分析货物之方法,关于准许货物之输入或

关于实施依货物之成分、清洁及卫生、品质等而完纳关税之便利;

己、关于关税之分类及现行税率之解释。

第二条:此缔约国对于彼缔约国天产或制造之货物输入于其国境时,不得设立不适用于来自任何第三国同样货物之任何禁令或限制。此缔约国对于其天产或制造之货物向彼缔约国国境输出时,亦不得设立不适用于向任何第三国输出之同样货物之任何禁令或限制。但凡关系国家安全、社会安宁,维持公共卫生,保护动植物,保存美术上、古生物学上及历史上有价值之物品,保护国家专利,或在国家监督下专利之实业及统制关于白金、黄金、白银及由该金属做成之货币,及其他物品之贸易,两缔约国各保留随时设立关于输入及输出之禁令或限制之权。唯此种禁令或限制,以对于在同样情形下之任何第三国一律适用者为限。同样,此缔约国对于彼缔约国之天产及制造之货物,输入于其国境,或其天产及制造之货物输出于彼缔约国境,得设立关于两国现在或将来因共同履行国际义务必要之禁令或限制。

第三条:彼缔约国货物输入于此缔约国国境,或此缔约国之货物,其输出之目的地,为彼缔约国国境,均应经过该国设有关卡之商埠或地方。倘有违犯此项规定者应认为私运,并应照该国之法律及规章处理之。

第四条:彼缔约国出入此缔约国之货物所缴纳之关于某种货物之出产、制造、出卖、使用之一切地方税捐之征收,无论用何名义,此缔约国应给予适用于其本国同样货物现在或将来所享受之待遇,或现在或将来所给予任何第三国同样货物之最惠待遇,若此种最惠待遇对于彼缔约国较为有利。

第五条:凡依照中国法律及规章认为中国之船舶,同样凡依照苏维埃社会主义共和国联盟法律及规章认为苏维埃社会主义共和国联盟之船舶,则依照本条约之实施,应分别认为中华民国或苏维埃社会主义共和国联盟之船舶。

第六条:此缔约国船舶进入彼缔约国领水时,应严禁其悬挂本国以外之任何国国旗以顶冒国籍,违犯此项规定者,彼缔约国政府得将该船及其所载之货物没收之。

第七条:此缔约国应给予在其商港及其领水之彼缔约国船舶现在或将来给予任何第三国船舶之待遇。此种待遇应特别实施于关于在其商港或领水内驶入、停泊、驶出,充分利用各种航行之设备及便利之条件;关于船舶、货物、旅客及旅客行李之贸易行为;关于指定在码头装卸货物之地位及各种便利;关于缴纳各种以政府名义或以其他团体名义所征之一切费用及税捐。

第八条:凡悬有此缔约国国旗之船舶进入彼缔约国商港,其目的为装载货物或卸下原载货物之一部分者,如该船运载货物再往该国他埠或他国时,则其原装未卸部分之货物得按照所在国法律规章除缴纳检验费外,不得另付任何税捐或费用;且此项检验费不得高于任何第三国船舶在同样情形之下所缴纳者。

第九条:此缔约国船舶在彼缔约国沿海地方遇有触礁、遭风搁浅或其他类似之紧急情事,得自由暂时驶入彼缔约国最近之碇泊所、港口或海湾,以便庇护修理。当地官厅应即通知该遇难船舶所属国之附近领事馆,并依照国际惯例予以必须之助力。此项船舶,应准修理损坏,并购买必需粮食,其后应继续航程,得免纳入口税或港口捐。至关于救济费用,则应按照执行救济事物国之法律办理之。倘此项船舶不得已必须卸售所载货物时,则应依照所在国法律、规章完纳入口税及一切捐税。

第十条:此缔约国之人民经济机关及船舶不得经营彼缔约国之内河及沿海航行,两缔约国人民及经济机关得照两国政府所同意制定之规章,在两国共有之河流、湖泊暨公水内有行船及捕鱼之权。

第十一条:依照苏维埃社会主义共和国联盟之法律,对外贸易为政府专营之事业,此系苏联宪法所规定社会主义制度之根本原则之一,苏维埃社会主义共和国联盟政府得在中华民国设立商务代表处,该商务代表处为苏联大使馆之一部分,其法律地位在本条约附件内另定之,该附件视为本条约之一部分。

第十二条:中华民国商人、企业家、人民或中华民国法律所承认之法人,在苏维埃社会主义共和国联盟境内。依照苏联政府之法律经营经济事业,关于其身体、财产得享受不得异于任何第三国人民或法人分别所享受之待遇。凡享受法人权利之苏维埃社会主义共和国联盟之经济机关及其他依照苏维埃社会主义共和国联盟法律享受公权之法人,并苏维埃社会主义共和国联盟之公民,在中华民国境内按照中华民国法律经营经济事业,关于其身体、财产得享受不异于任何第三国人民或法人分别所享受之待遇。凡依照此缔约国法律规章所组织之商业公司、合作社及享受法人权利之政府经济机关,得依照彼缔约国法律法规在彼缔约国国境内设立分处,并经营经济事业。此缔约国之人民或法人有在彼缔约国法院内由其本人或其代表行使防卫其权利之权,并得向所在国法院自由申诉。关于此项事件,此缔约国之人民或法人,除彼缔约国之现行或将来实行之法律规章外，不受其他任何限制；并无论如何，得享受适用于任何第三国人民或法人分别所享受之待遇。

第十三条：本约以中文、俄文、英文三国文字合缮两份，如遇解释本约发生意见互异时，以英文文字为有效。关于本约之解释，或实行发生意见互异时，两缔约国同意将该问题提交调解委员会。该调解委员会应在相当时间内将其建议陈送于两缔约国。该调解委员会以委员六人组成之，两缔约国政府各派三人。

第十四条：本约应由两缔约国按照各本国法律之规定在最短时间内批准。批注文件应在重庆互换。

第十五条：本约应于互换批准书之日即时生效。本约有效期间为三年。在该三年期限届满三个月前，缔约国任何一方，得通知对方国不愿将本约展限之意。倘缔约国任何一方未曾按时通知对方国，则此约认为自限期届满后，自动展限一年。在该一年限期届满三个月前，缔约国任何一方未曾通知对方不愿再行展限之意，则此约仍继续有效一年。此后依次类推。

为此两国全权代表将本约署名盖章，以昭信守。

中华民国二十八年六月十六日
西历一九三九年六月十六日
订于莫斯科
孙科（印）　米高扬（印）

苏联政府对商约顺利签订非常重视，6月24日，苏联外交人民委员莫洛托夫还专门举行了一个招待会，庆祝这个商约的缔结，苏联党政首脑参加了这次招待会。斯大林心情大好，在招待会上与孙科就中苏同盟、共同维持东亚地区和平，以及国共团结抗战等问题进行了交谈。斯大林向孙科解释说,对于中方希望中苏两国缔结同盟,苏联是接受的,但此时签约,恐引起英、美等国猜忌误解,所以苏联主张,"暂待时机,俟英、美对远东积极动作抗战形势时,苏联必与中国实现同盟,共维东亚和平。"[3]《中苏通商条约》的签订是抗日战争时期中苏易货贸易合法化的标志,使中苏间经济关系得到改善,并进一步密切了两国的政治关系。

应该说,《中苏通商条约》的签订,为发展两国贸易关系提供了法律保障,保证了中国在其他几条交通线被切断的情况下能维持必要的经济交往,保证了苏联援华物资运输线的畅通。从条约的内容看,也是平等互惠的。但也有不足的地方。

一是,商约规定:"凡享受法人权利之苏维埃社会主义共和国联盟之经济机关及其他依照苏维埃社会主义共和国联盟法律享受公权之法人,并苏维埃社会主义共和国联盟之公民,在中华民国国境内,按照中华民国法律经营经济事业,关于其身体、财产,得享受不异于任何第三国人民或法人分别享受之待遇。"这一条带有治外法权的性质。因为当时各国在中国的领事裁判权、治外法权尚未取消。规定这一条,实际上是承认了苏联人在中国享受领事裁判权及治外法权。

二是,商约附件规定,苏联在中国的天津、上海、汉口、广州、兰州设立商务代表处分处。实际上,此时的天津、上海、广州、武汉早已相继失守,成为沦陷区,在日本帝国主义的控制下。这就有可能造成这种情况:苏联与沦陷区的伪政府通商。这有利于日本而不利于国民政府。

三是,附件中规定苏联驻中国商务代表处和分处的全部职员同商务代表处因职务关系而发生问题时,不受中方法院的法律约束。也就是说,无论是司法还是行政方面的纠纷,都不受中国法律约束。这是不公平的。

四是,这个通商条约,没有把新疆与苏联的通商情况考虑进去。在新疆,适用的依然是《新苏临时通商协定》,而这个协定带有很大的不对等性。

五是,贸易不平衡,机构不对等。苏联是社会主义国家,一切贸易都是国营,他们在中国的贸易,除了以货易货援助中国军火武器外,还可以进行其他的商业活动,进口其他的货物。而当时的中国实行的是资本主义制度,中国的私营公司与苏联进行的贸易活动,中国政府是无法统制的。国民政府与苏联的贸易,主要是进口军火武器。苏联在中国设有商务代表处及分处,而中国只是在驻苏联大使馆设立有商务参赞。这不符合互惠对等原则。

中国之所以在商约中做出巨大的利益让步,主要是为了能够得到苏联的军火援助,也有孙科对问题的认识还不够深刻的原因。如,孙科认为,中国主要是办理易货事务,只要在大使馆设立商务参赞就足够了,没有必要设立商务代表处,且欧美等国家也没有在苏联设立商务代表处。

---

[1] 黄纪莲:《中苏关系史话》,社会科学文献出版社2011年版,第103页。

[2] 王真:《动荡中的同盟——抗战时期的中苏关系》,广西师范大学出版社1993年版,第85页。

[3] 转引自中国人民抗日战争纪念馆:《抗战时期苏联援华史论》,社会科学文献出版社2013年版,第83页。

第七章
民族大团结
凿通"生命线"

　　在条件恶劣的西北地区,用一个月时间开通陆空并进的大通道,是一项难以想象的巨大工程。在总人口不足400万的新疆,紧急动员了各民族50多万建设大军,以近乎疯狂的状态掀起修路热潮,全力以赴保障通道如期建成。统治河西走廊的马家军受抗日大形势和各方面力量的制约和影响,也做出了有益的配合工作。修筑西北国际大通道,成为西北各民族民众团结抗日的典范,展示了中华民族不可战胜的意志和伟力。苏联派出的技术专家和筑路工人,也为中国打通西北国际大通道做出了贡献。

　　凿通大西北,建立内地与西域的联系,是中国自汉代以来的愿望。公元前138年,汉武帝派使节张骞出使西域,去寻求可以帮助汉朝免受匈奴劫掠威胁的盟友。他们听说有一个大月氏国,被匈奴打败,向西逃去。如果能联合大月氏,夹击匈奴,便可一举消灭之。历经艰险,张骞与助手堂邑父经匈奴、大宛、康居到达大月氏。这次张骞没有搬来大月氏的兵,却全面了解了西域的政治和地理情况。公元前116年,汉武帝又派张骞率领300多人的使团第二次出使西域。这次,张骞及使团的足迹到达了大宛、康居、大月氏、安息、身毒等国。这两次西行,使中国和中亚、南亚、西亚诸王国之间建立了直接的贸易往来关系,发现了一个外部世界的存在,掀起了一场文化上的革命。史学家司马迁把张骞通西域称为"凿空"(即凿通)之旅。

　　古丝绸之路串起了中西文化,留下了美好的传说。但那时的

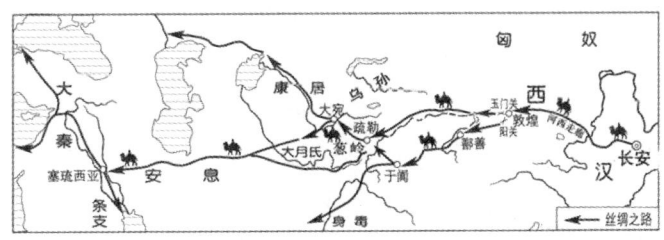

古丝绸之路

路,充其量是人员和牲畜可以通行的羊肠小道,物资运输主要依靠人力和畜力。但现代战争所需的武器物资运输,需要的却是公路、铁路和航运。在地理条件困难的大西北开辟这样一条立体交通线,对于处在战时、经济发展落后的中国来说,无疑是不可想象的。但国难当头,不可为也要为之。苏联帮助中国在很短时间内修建了一条从苏联萨雷奥泽克经迪化到兰州的公路,还开辟了从阿拉木图到兰州的空中航线。中国国民党、中国共产党、西北各族群众,为建设和保卫西北国际大通道,团结一心,付出了巨大的努力与牺牲。

早在 1937 年 8 月 28 日,杨杰率领的考察团乘机去莫斯科在兰州短暂停留期间,杨杰、张冲等即与西北战区最高军事长官朱绍良和正在兰州的马步青,就交通线建设和购进武器的运输接管问题进行了商讨,并达成四点协议:一、西北战区负责所有购进武器的接收和分发工作;二、少量急需的作战飞机由苏方或我方驾驶员驾驶经迪化—哈密—酒泉空中航线直飞兰州,再分配到其他战区;三、大量飞机、坦克先由苏方用车辆将部件运到哈密进行组装,组装后的飞机由哈密经酒泉飞往兰州,其他武器由西北战区派车辆接运到兰州,再分配到其他战区。四、国际援助交通线开通后,任何人不得从事与之相悖的活动。马步青虽表面上表示"倾其全力,保障河西沿线畅通",内心却明白,这最后一条是针对着自己来的。[1]

8月29日,考察团从安西起飞,经哈密到达迪化。杨杰向盛世才提出要做好苏联援助武器的转运工作。盛世才此时执行亲苏政策,对苏联援华持积极态度,当即表示:抗日是全民族的大事、大局,新疆再有困难,也是小事、小局,小事服从大事,小局服从大局,我们一定竭尽全力,保证大通道畅通。在等候接运考察团的苏联专机时,考察团还深入到新疆相关部门和民众中,了解和掌握有关开通国际通道的问题。杨杰感觉到,尽管新疆和整个西北地区交通运输基础设施落后,交通运输管理体制比较混乱,但新疆的局势相对全国来说还比较稳定,民众的抗日氛围浓厚,社会基础和群众基础比较好,开通国际援助通道应该能够做到,但要完成苏联援助物资的运输任务,必须设立专门的运输机构。考察团的这个建议上报到南京政府后,蒋介石非常重视,责成交通运输部门研究处理,要求行政院予以经费支持,并指示新疆、甘肃地方要全力做好通道开通工作,确保一旦援助方案签订,抗战物资在第一时间进入中国战场。

开通这条交通线,主要包括两个方面:一是公路线的开通,从萨雷奥泽克,经霍尔果斯、迪化、哈密,到兰州。二是空中航线的开通,从阿拉木图,经伊宁、迪化、哈密,到兰州。

公路方面。中国境内,从兰州到星星峡段(甘新公路),1165公里;从星星峡到霍尔果斯段,1530公里,全程共2695公里。甘新公路此时只是一条古驿道,沿途经武威、张掖、酒泉、玉门等地,穿越乌鞘岭、古浪峡山地、弱水、疏勒等90多条河流,一路戈壁、沼泽,主要靠人力和畜力运输物资。新疆境内困难更大,1935—1937年,在苏联的帮助下,新疆修筑了迪(化)伊(犁)、迪(化)哈(密)两条简易公路。开通西北国际大通道,就要把这条路向西延伸至霍尔果斯、向东延伸至星星峡,实现苏联中亚公路和中国西北公路的连接,并且根据运输军火物资的需要,对公路进行加宽、巩固、维修。境外,从霍尔果斯到苏联土耳其斯坦铁路(土西铁路)的萨雷奥泽克段,230 公里,由苏方负责。相对于抗战时期其他几条国际交通线,这一条线是"中国境内延伸距离最长、运行时间最长、也最安全的国际交通线,成了关系到中华民族生死存亡的生命线。"[2]

　　航空方面。中国原有的西北国际航线,是由中德合资的欧亚航空公司经营的,航线有渝哈线(重庆—哈密)、渝兰线(重庆—成都—南郑—兰州)等,使用的机场有迪化、哈密、安西、酒泉、武威、兰州等。但运力有限,机场不能满足苏联援华物资的需要,必须要改扩建和新建。

　　为了尽快从苏联获取援助,中国政府在与苏联谈判军事援助的同时,也开始着手组织道路开通问题。这是一项不比谈判容易的硬任务。

八分之一的新疆人参与到西北国际大通道的建设中

　　建设西北国际大通道,最艰险的一段是新疆境内的路段。这一路段穿过沙漠地带和天山山区,海拔比较高,有些路段建设在海拔 1500 米到 3000 米的高山上,施工技术要求高,难度大。根据运输需要,公路运输需要在新疆境内设立新二台、精河、乌苏、绥来、迪化、吐鲁番、鄯善、七角井、哈密、星星峡十个接待站,航空运输方面需要在新疆境内设立伊宁、乌苏、迪化、奇台、哈密五个航空站,以提供往来汽车、飞机和人员的接待保障。所有建设费用都由国民政府支付,新疆先行垫付。实际上这些费用国民政府最后并没有支付兑现。

为开通西北国际交通线,从 1935 年到 1937 年,在苏联援助下,新疆政府动员全社会力量,修建了迪化至伊犁和迪化至哈密两条公路。这项工程由国民政府投资,苏联负责设计和技术指导,新疆出劳力,于 1937 年 7 月 1 日全线修通。尽管标准不高,但工程量已经是不小了,共挖土石方 645.7 万余立方,炸硬石 12 万立方,修载重 25 吨的桥梁 2439 座,修公路站 91 处,修站房 1650 间,消耗钢铁 710 吨、炸药 160 吨、洋灰 1500 吨,花费人工 323 万人次。[3] 全国抗战爆发后,为适应接受苏联援助的需要,需要将这条公路向西延伸到中苏边境的霍尔果斯、向东延伸到新疆与甘肃交界的星星峡,分别与苏联中亚公路和中国西北公路相连接。

1937 年 9 月 3 日,也就是中国政府的考察团离开新疆的第二天,新疆的盛世才就组织起了自己亲自挂帅、各主要政府部门负责人参加的"转运抗战物资因应小组",在不到 3 天的时间里,拟定了 30 多个大项建设方案,在总人口不足 400 万的新疆,紧急动员了各民族 50 多万建设大军,以近乎"发疯"的状态掀起修路热潮,全力以赴保障通道如期建成。

1939 年 5 月 8 日,新疆召开全省公路会议,提出标本兼治、全民修路的决策,号召各地民众集资修筑地方公路,新疆公路建设再次掀起高潮,先后兴修了额敏—塔城、迪化—阿克苏—喀什,以及和田等地的公路,共修筑 2223 公里。

可以说,西北国际大通道是边修建边通车的,甚至有的地方是先通车后修路,困难之巨大可想而知,任务之紧急可想而知。当时修路全靠人工,不少修路群众都是自带干粮,全家出动义务劳动。尤其在难度比较大的路段上,参加修路大会战的群众更集中,如霍尔果斯到果子沟一线有 3 万多名修路人员,迪化—达坂城—吐鲁番沿线有 5 万多名,鄯善—哈密—星星峡一线有 5 万多名。这种场面不仅是新疆历史上，就是中国历史上也是以前没有过的。为了中华民族的存亡，各民族大团结的光荣传统在这里得到了充分展现和高度升华。

从霍尔果斯到古城惠远（今霍城县惠远镇，清代伊犁将军府驻地，伊犁九城之首，一度为新疆政治、军事中心）沿线，到处可以看到修路的锡伯族群众日夜奋战的身影。新疆锡伯族是东北锡伯族官兵西迁的后裔。锡伯族在历史上以好骑善射、剽悍骁勇著称，具有团结、爱国、勇敢的文化传统。1762 年清政府设置伊犁将军，统辖天山南北军政事务。为加强边疆防务，1764 年（清乾隆二十九年），清政府抽调锡伯族官兵 1020 名，连同家眷 3275 人从盛京（今沈阳）分两批长途跋涉，历经千辛万苦迁至伊犁驻防屯垦。清乾隆皇帝曾答应他们 70 年后准予回乡，然而清朝灭亡了，他们却依然在遥远的西部边疆繁衍生息。日本帝国主义侵占东三省的恶行，激发起了新疆锡伯族人民的反抗斗志，他们同全国各族人民同仇敌忾，希望早日打败日本侵略者。得知为了运输苏联援华抗日物资而修路的消息，他们表现出了高度的爱国热情，当地 1.3 万多人的族群，就有 7000 多人参加修路，不少家庭是全家出动、义务干活，只为了早日打败日本侵略者。锡伯族在世代戍边中凝聚起来的伟人爱国主义精神在中华民族的危难时刻得到了完美展现。

伊犁也是哈萨克族的主要聚居地之一。伊犁果子沟，这个号称"死亡之谷"的地方是大通道的必经之地，恶劣的气候为修路增加了困难。当时是 9 月份，山上堆满了雪。为

果子沟盘山公路曾是西北大通道的要道

了赶工期,当地哈萨克族人发挥反抗侵略的爱国主义传统,积极投入到修路中,有12000多名哈萨克族群众参加了这里的修路工作。他们以民族部落结构为组织方式,组成了6支修路大军,奋战在死亡之谷。为了争取到最难、最险的地段,部落首领们甚至采取"抽签"的方式来分配任务。在伊犁果子沟,哈萨克族群众成立了义务护路队,随时对道路进行护理和维修。1937年10月,苏联首批援华抗日物资进入我国境内的前一天,果子沟一带下了一整天的大雪,第二天当庞大的车队路过这里时,人们发现了13具义务护路的哈萨克族群众的尸体,他们都是在连夜清除积雪时冻死的。200多名苏方驾驶员为这些让他们感动的异国献身者举行了一个多小时的追悼仪式。

东北抗日义勇军在新疆支援抗战

除了当地群众外,还有一支战斗力极强的修路大军,这就是撤退到新疆的东北抗日义勇军。1931年九一八事变后,蒋介石政府寄希望于国联调停,采取不抵抗政策,致使东北沦陷。东北人民不甘心做亡国奴,组织起抗日义勇军同日寇进行了浴血奋战。由于兵力和武器装备悬殊,一些义勇军不得不进入关内休整,但是最北面的抗日义勇军却被逼到了中苏边境上。在这种情况下,经中苏两国谈判,苏联同意这部分义勇军经过苏联西伯利亚,辗转进入中国新疆,在苏联境内由苏联政府提供便利保障,为此,国民政府支付给苏联370万美元的转移费用。这部分义勇军出发时有4万多人,其中家属婴幼儿1万多人,经历千辛万苦,到达新疆后,官兵仅剩1万余人,算上家属孩子不足 2 万人。途中由于缺少粮食,曾经发生过"易食"现象。有一位营长劳累过度死亡,他的妻子带着三个年幼的孩子在战友的撮合下嫁给了一位连长。新婚之时,当着众多义勇军官兵的面,妻子跪在了连长的面前,感谢他收留一家四口不致饿死在异国他乡。在距离新疆国门不足 200 公里的最后一段路程中,一些官兵眼看就要回到祖国,却最终没能坚持下来,有 1 万多人就是倒在了这最后的一段路程上。历史在这里上演了中华民族悲壮惨烈的一幕。1932 年冬天,义勇军将士终于入境,受到新疆当局和人民群众的热烈欢迎,他们被欢迎的群众紧紧围住。新疆各族人民群众宁可自己不吃不用也把家里的衣物食品送给义勇军。特别是锡伯族群众,看到家乡的亲人从苏联转移过来,激动得热泪盈眶,双方紧紧拥抱在一起,泪流满面。根据蒋介石"不许入关,就地安置"的命令,义勇军在离故土万里之遥的新疆"安营扎寨",被改编为 9 个骑兵团和炮兵大队、战车大队、工

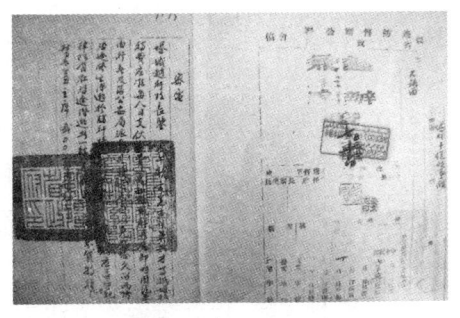

盛世才指示塔城区行政长官做好安置东北抗日义勇军吴兴才部的密电

兵队、通信队、教导团,分别驻守南、北、东疆广大地区;另外以东北抗日义勇军为骨干,组建了喀什、和田、阿勒泰、塔城 4 个边卡大队。得知要打通西北国际大通道,这些做梦都想打败日本鬼子、杀回东北去的义勇军将士激动得热泪盈眶,纷纷请缨参战,有的部队上至团长下到士兵,人人都写了血书。他们把回家的希望寄托在打通国际交通线上,主动承担最艰巨的修路任务。出迪化向东 30 多公里的干沟和达坂城一带是有名的"百里风区",由于作业条件

简陋,生活艰苦,不少官兵在这里献出了生命。仅为拓宽干沟一带的盘山公路,就有 35 人在爆破作业中被炸身亡。在玛纳斯、达坂城、哈密、星星峡等地段,最艰巨的任务都是由东北抗日义勇军官兵当主力打头阵。据史料记载,仅工兵队就有 150 多人倒在了修筑西北国际大通道的路上。一位义勇军军官写道:"义军西征尚未还,满洲儿子遍天山;筑成公路三千里,军援源源入玉关。"[4]

根据中国政府的邀请,苏联派出了大量技术人员和修路人员帮助中国开通陆空通道。当时苏联出于外交和国家安全利益考虑,对遭受侵略国家的支援采取秘密方式进行,对外派出的人员不以政府名义,而是以志愿者的身份。政府内部行文对这些援助行动也用代号表示。如,苏联对西班牙的援助在文件中被称为"X"战役,对中国的援助则被称为"Z"战役。苏联同意将经新疆的西北大通道作为援华物资输送的主要渠道,称为基本运送方案,并应中国请求派出援助人员,帮助开通道路并输送援华武器和技术兵器(苏联把武器和技术兵器分开,技术兵器是指飞机、大炮、坦克等)。为此,苏联国防人民委员会还专门成立了机构,向迪化和兰州派出工作站,通过新疆、甘肃两省地方政府,统一领导运输线的组织实施,包括对汽车运输的组织及住宿点、饮食站、道路维修处的构筑,同时还组建了以勘测队长和政委为首的勘察队司令部。苏联专家斯拉文上校、巴比奇少校领导的苏联筑路队参加了新疆公路的勘测设计与施工。1938 年,应中国方面的要求,苏联又派出工程技术人员帮助将这条通道延长到西安附近的咸阳。整个大通道从苏联的萨雷奥泽克到西安,公路全长 3750 公里。后来为适应战争需要,又陆续开通了由兰州、天水、凤县、汉中、广元到重庆,由汉中东行经白河到湖北老河口的交通线。苏联驻华军事总顾问捷列潘诺夫回忆说:"成千上万筑路工人以其英勇的劳动修筑了穿越新疆的公路,迄今似乎还没有一本历史书记载这条生命之路的建设者和经营者——司机们可歌可泣的功绩。"[5]

确保新疆国际交通运输线的畅通,成为中国共产党人和新疆抗日民族统一战线的一项极其重要的工作。在新疆的中国共产党党员积极参加到修路的相关工作中。毛泽民主持新疆财政厅工作期间,要求对涉及国民政府中央运输委员会的公文放在一切公文之先,随到随办,不分昼夜。为了动员各族群众筑路护路,在中国共产党人的倡导下,1939 年 5 月,新疆召开全省公路会议,张仲实在会上做报告阐述了新疆公路的重要性,茅盾为筑路工人写了《筑路歌》,发表在 1939 年 5 月 12 日出版的《新疆日报》上。

　　　　领:嗨呼杭育,

　　　　　　大家一齐用力。

　　　　合:不怕高的山,

　　　　　　不怕无边的戈壁,

　　　　　　不怕风霜雨雪,

　　　　　　我们——为了新新疆的建设,

　　　　　　嗨呼杭育,

　　　　　　大家一起用力。

通过《筑路歌》,似乎可以看到当时新疆各族人民唱着这首劳动号子建设西北国际大通道的场景。

航空站是空中运输的节点。根据运输要求,在新疆境内要新建和扩建伊宁、乌苏、奇台、迪化、哈密 5 个航空站(机场)。其中,按照中苏双方协议,伊宁、迪化、哈密三个大的航空站,由苏方技术人员依据苏联战斗机、轰炸机起降的技术性能要求提供建设方案,中方组织人员施工;乌苏、奇台,还有塔城航空站,依据前 3 个航空站建设标准要求进行,由中方全面负责。伊宁、迪化和哈密航空站在 9 月 5 日左右开工,到 9 月 28 日前投入使用;乌苏、奇台和塔城作为备用航空站,9 月 8 日左右开工,同样于 9 月 28 日前投入使用。在这么短的时间内同时完成 6 个航空站的建设任务,就是在今天看来,也是挑战极限的任务。战争把人的潜力挖掘到极限,新疆人民以坚忍不拔的精神,如期完成任务,创造了中国航空建设史上的奇迹。

哈密是空中航线哈阿线(哈密—阿拉木图)的起点,西北国际大通道上的一个重要中转站。它西连乌鲁木齐,东接兰州,扼河西走廊通新疆的咽喉,是甘新之间的军事重镇,苏联、新疆盛世才、国民政府都对其非常重视。由于当时战斗机的续航能力有限,加之从阿拉木图飞来要通过天山,气候恶劣,容易发生坠机事故。加之,机场的条件也不具备机群降落的要求,飞机着陆时激起的尘土遮天蔽日,第一架飞机着陆后,第二架飞机要在空中等待尘土消散了才能着陆,等的时间太长,极为不便。所以,从 1938 年夏天开始,大量的援华飞机就改为以运送零部件的形式输华,组装工作要在哈密完成,哈密机场也因此成了军用飞机组装基地,大批中国和苏联空、地勤人员和专家、工程技术人员聚集在这里,各种机械设备也相继运来。哈密的人员一下子多了起来,哈密航空站经常不下 500 人,有时候仅苏方工作人员就达 500 人以上。既要建设航空站,扩建机场,又要同时建设飞机组装工厂、飞机和武器修理工厂,参与建设的人员更加庞大,任务更加艰巨。

早在 1929 年,哈密就建成了一个小型机场,这里有欧亚航空公司的飞机加油站。但这个小机场现在已经远远不能满足需要,必须扩建空军基地,抓紧建设航空站、接待站。在哈密空军基地建设中,苏联方面派出阿列克谢也夫将军负责,并兼办飞机交接事宜;中国方面则由空军司令毛邦初将军负责。中、苏双方都派出工程师共同参与规划设计和具体领导施工工作。

　　哈密航空站飞机场设在距哈密东北三公里处的戈壁滩上。为了争取时间,使飞机尽早在哈密降落,投入抗战,哈密中运会组织动员机关职员、农民、城市居民、学生等四五百人,自带工具、口粮、饮用水,参加场站土建工程建设。在不到一周的时间里,就建成了一个宽80米、长1000米的简易跑道,一个能停放十多架飞机的停机坪。

　　当时的飞机跑道非常简陋。由于客观条件的限制,只是将地势较高处挖平、低凹处或沙土地段用黄土垫高夯实。飞机在这样的跑道上起飞、降落时,扬起的沙石高达数十米。每次飞机起飞时,要从上风口处发动,防止吸入大量沙尘损坏飞机发动机。有时,由于地面松软,飞机滑行转弯时会突然倾斜摆动,导致机翼和机轮损坏。尽管条件简陋,但战事紧迫,也只能因陋就简了。

　　为了早点完成任务,数千人的施工队伍采取三班倒的方法,24小时不间断地施工。有时一天就吃一顿饭,最紧张的时候甚至连吃饭的时间都没有。不少中方技术人员一干就是几个通宵,经常有人因为劳累过度而晕倒和休克。由于侵华日军飞机已经开始空袭兰州、张掖,并直接威胁到哈密。为了保障安全,机场有苏军一个驱逐机群10余架飞机和一个轻型轰炸机大队,担任防卫任务。1938年1月,苏军红八团进驻哈密,担负防卫任务。当时,苏联援华的陆战武器(坦克、装甲车、火炮、枪支弹药等)除了第一、二批由苏联援华人员直接运至兰州外,其余全部先运至哈密,再由中方人员负责从哈密运至兰州;轰炸机和少量急需的歼击机由中、苏飞行员直接驾驶经阿拉木图—伊犁—乌苏—迪化(或奇台)—哈密—酒泉,飞至兰州;大量的援华飞机则由大型运输机和汽车将零部件先运到哈密,在哈密组装调试好后,再经酒泉飞抵兰州,然后分配到各战区。

接待站和加油站是通道的"补血站"。大规模的陆运车队,对沿途人员接待保障也是一个挑战。交通大动脉上共有 20 个接待站和加油站。其中,从星星峡到霍尔果斯 1530 公里的路段上,有 10 个接待站(称"中运会汽车站"),如霍城(绥定)接待站、乌苏接待站、玛纳斯接待站、奇台接待站、吐鲁番接待站、鄯善接待站、七角井接待站、星星峡接待站等。这些接待站的接待能力在 200 人以上,不仅可以保障人员食宿,而且还配备了澡堂、简单娱乐设施,尽最大可能地让车队人员放松身心,以良好的状态搞好运输。

这么浩大的工程,除了组织动员人力外,还有经费保障问题。当时国民政府答应保障经费,但需要新疆方面先行垫支。短时间拿出这么多的钱,这对经济落后的新疆来说,是一个巨大的考验。在民族大义面前,在当时苏联与中国共产党的影响下,新疆人民付出了最大的奉献。应盛世才的邀请,中国共产党派出了一大批共产党人到新疆各级组织和团体担任职务。时任新疆地方政府财政厅厅长的毛泽民,带领新疆财政系统,采取了一系列增加财政收入的改革措施,为保障西北国际大通道的开通提供了最大限度的经费支持。新疆境内大通道上的主要费用,像陆路建设维修费用,境内所有接待站的建设维修费用,途经交通线的中、苏双方工作人员的接待费用,头屯河飞机修配厂(对外称"10 号建筑")的费用,甚至苏联驻哈密的红八团的日常生活开销,都是由新疆财政垫支保障的。

一个月工夫,1500 多公里的公路,沿线 10 个汽车接待站、5 个航空站和飞机场全部投入使用! 当时的苏联驻华大使鲁尕涅茨阿列尔斯基开始还有点不太放心,大通道建成之后,他一站一站地全程考察了一遍。结果他看到,这条通道不仅能够通车,而且沿途的接待站还能为担负运输任务的苏联红军官兵提供食宿和一些基本的娱乐设施。中方这么细致的工作是苏方没有想到的,这位大使深有感触地说,西北大通道显示了中华民族的智慧和能力,有如此坚毅、勤奋、敬业和善于创造的人民,何愁抗战不能胜利?![6]

马家军也为开通西北国际大通道做出了努力

甘肃方面同样动员了大量的人力物力投入到了开通国际大通道的工作中。

兰州此时成为西北国际大通道上的交通枢纽。在航空线方面,有渝哈线、渝兰线、兰包线、兰宁线四条航线,成立了兰州航空总站。在公路交通方面,鉴于战时所需,筹划相继开通兰新、西兰、甘川公路,还要开通静宁至秦安公路(全长125公里)、兰州至银川公路(全长499公里)等,基本建成甘肃省公路交通体系。还要建设甘肃省内的第一条铁路——陇海铁路,以及开通以黄河为主航道的水路。这些工程都需要大量的人力物力投入。

甘新公路是先通车,然后才修建的。早在1934年4月,甘肃省为了修筑甘新公路就已经成立了甘新公路工程处,但由于官员腐败,直到1937年,才从兰州向西修了40公里的路程。

国民政府以西安到兰州的公路为基础,成立交通部西北公路局,决定修筑甘新公路。甘新公路于1938年5月动工。河西走廊从30年代起就是军阀马步青的势力范围,其骑五军驻扎在武威。当时甘肃省政府主席朱绍良命令河西17县供给骑五军粮草,马步青乘机将17个县的县长全部换成他自己的人,在河西构成了割据之势。这样一来,要在此地修路,必须要取得马步青的支持。1937年8月31日,蒋介石任命驻武威的骑兵第五军军长马步青为甘新公路督办,拨款180万元,经费由第八战区长官部转拨,要求如期完成道路开通。

马步青,回族,甘肃临夏人,马步芳的胞兄。红军西路军西征期间,因为阻击红军有功,其所辖骑兵第五师被蒋介石扩编为骑兵第五军。此时中央政府任命的甘肃省主席兼甘肃绥靖公署主任为朱绍良,但青海、甘肃的地盘为马步青、马步芳的马家军统治。这项工程进展缓慢。

战事不等人事。1938 年 1 月,当苏联援华的第一批 500 辆载重三吨半的吉斯五型六轮卡车满载苏联援华的汽油从新疆进入甘肃,经安西、玉门、嘉峪关、酒泉、武威、河口到兰州时,这条路还没有通过汽车。是苏联援华的车队硬生生地在河西走廊的古丝绸之路驿道上压出了一条汽车可以通行的大道。

为了尽快修通这段公路,甘肃省组织成立了甘新路工程总队,将原来的甘新公路工程处并入,马步青紧急动员骑五军士兵及民工 20000 余人,并聘请了东北大学流亡来甘的土木工程师罗永忱、郑恩荣等 10 余人,正式开工修建。马步青在武威成立工程处,任命罗永忱为工程处处长,河西每县设一工程段,段长由罗永忱介绍他的同学担任。马步青派出军官作为监工,并抽调工兵营士兵经专门培训后当测地工,由各县、乡筹供所需木材、石灰等物资材料。工程队下辖 3 个工程大队,每个大队有官兵 400 人。其中,两个大队负责兰州至酒泉段,一个大队负责酒泉至星星峡段。主要任务是拓宽路面,加固和修建桥梁,使能通过运输援助物资的汽车。这条由河西至星星峡共 1100 多公里的公路仅用了 2 个多月就基本完成,但全部整修完成是在 1939 年。

为了运输苏联援华物资,按照国民政府要求,甘肃省成立了甘肃军事运输处、甘肃省车驼管理局,负责征用、运输工作,编成汽车队、皮筏队、骆驼队,专门运输苏联援华物资。

　　为了给苏联援华人员提供必要的食宿服务和车队油水补给,甘新公路沿线各县均设有招待所、接待站,具体负责苏联援华人员和西北战区到新疆接运武器人员的食宿和招待,当时被人们称为"俄国站"。一般是利用当地庙宇,移去神像,粉刷白灰,进行简单修缮即投入使用。和新疆盛世才相比,马步青在这一段接待的量更大、开销更多。

　　在开通西北国际大通道上,统治河西走廊的马家军受抗日大形势和各方面力量的制约和影响,做出了有益的配合工作。中国政府方面购买的战机都要飞越河西走廊到达兰州,苏方志愿援华队的飞机也要经过这里到达全国各战区,由于气候、故障等原因,经常出现飞机迫降甚至坠毁的情况,马家军能够配合进行营救。马步青还专门建立了紧急应变小组,要求部下凡是与西北国际大通道有关的抗日大事,就不能、也不许讲价钱,出现迫降、坠机等突发事件,要先抢救,后上报,再核销。[7]

　　甘肃方面的安西、酒泉、武威等地的航空站需要进行扩建,以满足苏联驱逐机、轰炸机的起降需要,接待过往人员食宿。由于官员腐败,机场的建设质量受到影响。部队给地方政府拨款以民工每天4角大洋工钱计算,地方政府却一分钱也不给民工,要求他们自己带干粮。在西北地区,有的民工距离家很远,带的干粮几天就吃完了,回不了家,又无钱购买,政府也不管。为了省事,机场不是建在安全的地方,而是建在了干涸的河床上,时刻受到大雨洪水的威胁。

　　为了省工钱,马家军就用被俘的西路军官兵修建公路。在武威,就有2000多名被俘的西路军官兵修公路。在平番(永登),900多名西路军被俘官兵编入骑五师第三旅补充团,修红城子到乌鞘岭一段公路。

　　甘肃省在修建公路的同时,也注意对公路运输的保卫工作,严令沿途军队和保安部门保护通道安全,确保援华物资运输顺利。1938年7月初,一辆运输苏联援华物资的军车在榆中县金家崖被土匪抢劫,并击伤驾驶员。朱绍良令甘肃省第五区保安司令马为良缉办。1939年12月,主犯在宁定县(今广河县)被捕获,随即押解到兰州被处决。[8]

　　兰州是援华物资的中转站,所有苏联援助物资都首先运输到这里,然后再分发到各抗日战场。因此,兰州也就成了当时西北最大的航空运输中心和空军基地。

　　甘肃人民为修建甘新公路付出了巨大牺牲。不少人因修路丧失家园,沿途村民房屋被大量拆除,椽子、檩子用于工程建设,农民的大车、骆驼、骡马等都被征用修路。许多民工带着自己的牛车、

抗战时期被征调修建机场、公路的甘肃民工。

毛驴车到星星峡一带施工,最后车烂牛死,自己也在冻饿劳累中死在了筑路的工地上。马家军将道路建设所需土方、石料、沙子摊派给沿途各县的农民,军阀官僚互为勾结,官员层层剥皮,把工程款收入自己腰包,到了施工队,就偷工减料,许多道路建设不合格,也没有人监督,勉强能通车。有些路段横跨小河沟,需要修涵洞,因为没有粗管子就用石块砌涵洞,有的地方连砌石块的石灰浆都供应不上,就用沙子填缝,不大的雨就能把涵洞冲垮。

　　在修建甘肃省交通网络方面,人民群众积极参与建设,仅国民

党统治区内(除陇东外),当时的交通建设征调民力就达 1712 万人次(当时甘肃全省人口总数只有 600 万人),使甘肃的交通从航空、公路、铁路、水运四方面形成了立体化的运输网络。

1942 年春天,西北公路局在兰州召开局务会议,由国民党中央军事委员会后勤部部长俞飞鹏主持。参加这次会议的有西北公路运输局局长何竞武、副局长纽泽全、在天水的西北公路局副局长沈文泗、运输局运务组长郭大雄、驿运处长陈颂言、驻哈密代表冯肇虞等。会议提出由河西堡到安西沿途设驿运站,驿运站修围墙、设岗哨,每 50 里设一食宿站,扩充各县原有驿运站。这是在为胡宗南部队开进新疆做准备,此时胡宗南早有一个骑兵旅驻扎在了酒泉。后来,胡宗南的部队就是在这些驿站保障下顺利地进入了新疆,从而使盛世才失去了对新疆的控制。

从苏联阿拉木图,经过新疆伊犁、迪化、哈密到兰州的陆地和空中援助通道,成为西北各民族民众团结抗日的典范。作为抗战初期中华民族"生命线"的西北国际大通道,不仅是中国人民的骄傲,也赢得了包括苏联在内的世界上一切主持正义的国家和人民的高度赞扬。无论我们今天如何评估打通西北国际大通道对抗日战争胜利的作用,我们都不应该忘记西北各族人民为此付出的巨大牺牲和所创造的一系列奇迹,抗战胜利的史册上也有西北各族人民书写的坚韧不拔、可歌可泣的一页。

---

[1] 张百顺:《抗日战争中的"西北国际大通道"》,《文史春秋》2008 年第 4 期。

[2] 徐万民:《战争生命线——国际交通与八年抗战》,广西师范大学出版社 1995 年版,第 90 页。

[3] 朱杨桂:《新疆各族人民在抗日战争中的贡献》,《新疆大学学报》,1985 年第 3 期。

[4] 中共新疆维吾尔自治区委员会党史研究室:《抗战中的新疆》,新疆人民出版社 1995

年版,第 261 页。

［5］［苏］捷列潘诺夫:《中国国民革命军的北伐》,中国社会科学出版社 1981 年版,第 589 页。

［6］张百顺:《抗日战争中的"西北国际大通道"》,《文史春秋》2008 年第 4 期。

［7］张百顺:《抗日战争中的"西北国际大通道"》,《文史春秋》2008 年第 4 期。

［8］中国人民政治协商会议甘肃省兰州市委员会文史资料研究委员会:《兰州文史资料选辑》第 4 辑《兰州百年大事记专辑》,1986 年版,第 139 页。

第八章
大通道的服务机构
——中运会

　　中央运输委员会负责大通道上援华物资和人员的联系接待工作,在途经的各行政区县均设立有分会,各地最高行政长官兼任所在行政区中运会的委员长。新疆的中运会领导由盛世才任命,国民政府无权干涉,运营费用由新疆省政府负责。各接待站和航空站既有中运会派出的站长和工作人员,也有苏联方面派出的站长和工作人员,双方协调开展工作。

西北国际大通道开通后,中苏人员、物资往来频繁。为了协调组织苏联援华物资,加强中苏贸易往来,1937 年 10 月 20 日,国民政府全国经济委员会成立了中央运输委员会,办公地址设在兰州,并在迪化设立新疆分会,专门负责接待苏联援华的车队和人员、协调进出口货物。

苏联运送援华物资的汽车行驶在西北国际大通道的公路上

中运会是一个临时性的机构,归全国经济委员会(后改名为资源委员会)领导,翁文灏任主任委员。根据全国经济委员会的规定,中运会不直接经营对外贸易,也不直接管理运输,而是协调这些机构间的关系,做接待、联系工作。如,苏联的援华车队和航空队往来路上的接待、保障工作;苏联援华物资运抵兰州或哈密、星星峡时,转告军政部兰州后勤部门和西北公路局接收转运;输出苏联的用来偿还借款的物资,需要协调资源委员会下属的矿产部门和茶叶公司、富华公司、复兴公司等组织供应;沿途出现交通问题时,则及时协调组织交通部门进行处理;组织各接待站、航空站做好过往车辆、飞机、人员的接待和登记工作,进行车辆和人员保障,接待站内配备俄文翻译,以方便工作。

新疆中运会负责新疆境内大通道上的运输管理保障安全工作,包括新二台、精河、乌苏、绥来(玛纳斯)、迪化、吐鲁番、鄯善、七角井、哈密、星星峡10个陆路运输接待站(有人认为还包括霍城接待站,有材料说霍城接待站没有到新疆中运会报过账),以及伊宁、乌苏、迪化、奇台、哈密5个航空站(有人认为还有塔城)。

新疆中运会委员长由盛世才兼任,成员由盛世才从督办公署经理处、副官处、航空队、汽车运输管理局等单位抽调,苏联顾问是迭列吾延科,还有苏联教官等。在委员会下设有秘书、会计、油料、运输、供给、视察、杂务等小组负责具体工作。

要保持中运会的正常运转,财政保障是第一位的。当时,内地流通法币,新疆使用新币,法币不能在新疆境内流通,新疆中运会所需的修路、建站、物资供应、工资等费用都是先由新疆垫支,然后由国民政府以法币或卢布支付给新疆,但实际上这些费用都是新疆支付的。

中运会由新疆垫支筹办的几个大项目有:1000多公里公路及其桥梁涵洞的长年维修所需的费用;5个航空接待站、10个汽车接待站的修建维护费用;从1937年底至1942年,特别是头3年里每日均有数百辆苏联运送援华物资的汽车奔驰在兰新公路上,他们在新疆境内的食宿保障和烟、酒、糖、茶的供应所需费用;头屯河飞机修配厂的费用,这个工程是国民党中央投资 200 万美元,由新疆垫支包干承建的。新疆垫支的这些用于中运会的款子,国民政府中央将一部分用法币支付,这部分钱,新疆省府要求国民政府汇至新疆驻兰州裕新土产公司办事处,由新疆用这些法币在甘、宁、青三省购买农牧副产品,其中大部分买了皮毛,这些皮毛拉回新疆后,再出口给苏联,换回苏联的机器和日用品。还有一部分由国民政府财政部拨到莫斯科国家银行,记在新疆省的户头上,这部分钱新疆也大都购买了苏联物资。[1]新疆财政厅还有一个大项支出,就是苏联驻哈密的红八团费用,每月几十万新币外加 2—3 万元的法币。红八团驻扎在哈密,日常开支全部使用新币,领取的法币主要是用来到甘肃开展情报工作时支出。

当时新疆经济非常困难。毛泽民任财政厅代厅长时,要求财政厅职员一切为了抗日,一切服从前线,对来往于财政厅的中运会文件、报表等,必须最快办理,不可拖延积压。财政厅把中运会所需经费列入首要位置,第二位才是军费的开支,再次才考虑公安管理处系统的需要,最后才去安排行政、教育、卫生等单位所申报之经费。当连中运会所需经费也保证不了时,就只有到印刷厂提取钞票了,这实质是过度印刷钞票,容易造成通货膨胀。这是毛泽民最担心、最反对的事。[2]

为修建和保障新疆境内国际大通道的畅通,新疆除了政府开支外,还动员了全社会的力量,仅修建维护保障交通线就投入了近 340 万劳动力。

新疆省政府投资国际交通线统计表[3]

时间	拨款数	其　他
1934 年 4 月	400 万两	
1935 年 1 月	1245.712 万两	
1936 年 11 月	3900 万两	
1937 年 2 月	70 万两	
1937 年 3 月	1.5 亿两	
1937 年 10 月		10 个汽车接待站、5 个航空站
1935—1937 年		水泥 1500 吨、钢铁 710 吨、炸药 160 吨、土石方 657.7 万方、修房 1650 间
1938 年 8 月	200 万两	
1939 年 8 月	3000 万两	
1939 年	100 万元	飞机跑道 1000 米,轰炸机栅 6 间,战斗机栅 12 间,汽油库、弹药库、配件库、修理厂、办公室、宿舍、俱乐部等若干间
1940 年 1 月	55 万元	
1940 年 2 月		小麦 2000 石
1941 年		大车 12.2 万辆、马车 4900 辆、牛车 1000 辆、毛驴 3.1 万头、木材 1 万立方
1942 年 3 月		大车 500 辆、毛驴 500 头
1942 年 10 月	1305 万元	
1944 年 9 月		马 1600 匹
1945 年 3 月	2.7 亿元	
1945 年 5 月	10.6 万元	
合　计	省银票 2.3815712 亿两、国币 2.84706 亿元	10 个汽车接待站,水泥 1500 吨、钢铁 710 吨、炸药 160 吨、土石方 657.7 万方、木材 1 万立方,修房 1650 间。飞机跑道 1000 米,5 个航空站,轰炸机栅 6 间,战斗机栅 12 间,汽油库、弹药库、配件库、修理厂、办公室、宿舍、俱乐部等若干间,小麦 2000 石,大车 12.25 万辆、马车 4900 辆、牛车 1000 辆、毛驴 3.15 万头,马 1600 匹

新疆省国际交通线投入劳力统计表[4]

时间	人工数	数据来源
1935—1937 年	323 万	新疆维吾尔自治区地方志组委会编:《新疆通志·政府志·政府》,新疆人民出版社,1998 年,第 575 页。
1939 年	5 万	中共新疆维吾尔自治区党委党史研究室编:《抗战中的新疆》,新疆人民出版社,1995 年,第 233 页。
1941 年	11 万	新疆维吾尔自治区地方志组委会编:《新疆通志·公路交通志》,新疆人民出版社,1998 年,第 158 页。
1942 年 3 月	0.1 万	新疆维吾尔自治区地方志组委会编:《新疆通志·公路交通志》,新疆人民出版社,1998 年,第 158 页。
1944 年 9 月	0.13 万	纪录片:《驮工日记》第三集(新疆电视台根据采访驮工的回忆摄制)。
合计	339.23 万	

大通道沿线的行政区、县都设立了中运会的分会机构,主要领导由盛世才亲自任命。一般都是由行政区、县的正副行政长、正副县长兼任当地中运会正副委员长,委员由公安局、税务局、银行等政府部门的主要领导担任,工作人员一部分从政府部门抽调,一部分从社会组织团体选调。当时新疆对中运会极其重视,从省政府到各行政区、县,基本上是做到要人给人,要物给物。苏联方面也派出苏方站长和工作人员。中方有事找中方的站长,苏方有事找苏方的站长,由他们进行互相协调。

伊犁中运会委员长由行政长兼警备司令姚雄担任,管辖伊宁航空站、新二台和精河接待站,航空站负责接待苏联过往内地的飞行员食宿,新二台、精河接待苏联汽车驾驶员食宿。伊犁中运会汽车队负责从霍城、惠远两处将库存汽油运至迪化油库。

绥定(今霍城)是苏联援华物资从霍尔果斯进入中国的陆路第一站。当时,大通道上的苏联援华物资进入中国境内有三种途径:一是空路,由阿拉木图起飞,首站为伊宁;二是陆路,由霍尔果斯入境,经城盘子、新二台,翻越果子沟去精河;三是水路,轮船沿伊犁河驶来,经过三道河子,抵达惠远码头,然后用汽车转运。绥定中运会的委员长是县长孟昭代,副委员长是副县长安大桂和公安局局长许太河,税务局局长王志超、电报局局长洪鹏程、邮政局局长李文友等任县中运会委员。安大桂常驻新二台接待站,专门负责接待来往人员,许太河则侧重负责站内各机构及运输线的安全。

在绥定县境内的运输线路,全长 70 余公里,有大小 72 座桥梁。公路很长一段是在山高林密的果子沟里穿过,是大通道上比较崎岖险峻的一段,当年修路时不少民工牺牲于此,这给保障运输线路安全带来不少困难。中运会在绥定县的设施及沿途安全,均由公安局及辖区派出所负责。

绥定县公安局下辖县城、码头油库、广仁、新二台四个派出所,加上县局,共有警官 60 余人,没有配备机动车,外出执勤多为骑马。县局抽调 12 名警官,配备马匹枪械,组成了骑警队,在运输线路上巡逻,并在果子沟出入口处设立了检查站,对来往行人实施盘查。

乌苏县中运会由 25 岁的县长王得瑜任委员长。1937 年 10 月,盛世才以"托匪"并参加阴谋暴动案、拒不接待中运队员等罪名将乌苏县县长宋伯翔查办,任命 25 岁的督办经理处会计科股长王得瑜代理县长,并提出该县的中心任务就是办好中运,建设好巩固的后方,保卫国际交通线,组织和训练民众,尽一切可能支援抗战前线。乌苏地处交通要道,是迪化至伊犁、迪化至塔城、阿勒泰地区的必经之地,既有汽车招待站,又有航空站。

当时乌苏全县 1 万多人口,大部分生活在农村牧区,县城只有5000 余人。境内有奎屯河、四棵树河、固尔图河三条大河,每到山洪暴发时,公路就被冲坏,交通中断。而乌苏县东、西两个邻县相距很远,有二三百公里,不方便互相接济。县城物资短缺,全县只有 50 多户工商业者,都是小商小贩。县政府职工只有 20 多人,用着几十年的老房子,破烂不堪,既无电话,又无电灯,仅有乘马 5 匹作为交通工具。

王得瑜到任后即召开由县政府职员、有关机关、群众团体负责人以及各民族爱国民主人士参加的会议,宣传"六大政策",进行中运工作的动员。会后即展开了一系列工作。一是成立工作机构,明确工作人员及其分工。王得瑜兼任县中运会委员长。驻乌苏县骑兵中队长郑兆云,县公安局长杨杰奎,新疆反帝会直属第十二分会干事、乌苏县抗日救国后援会、民众联合会委员长王兆祥,乌苏县民众联合会副委员长杨开弟,乌苏县维吾尔族文化促进会委员长纳斯丁,乌苏县回族文化促进会委员长马俊清,乌苏县商会会长安维新等任委员。会计由县财政科科员李裕祥兼,庶务兼采购员由乌苏县财政科科员曹宗祥兼任,各街街长担任招待员。办公地点确定为:中运会办公室设在县政府内,航空站招待站设在奎屯河东岸的飞机场内,汽车站招待站设在县城东门外新修成的维吾尔族小学内,停车场设在乌苏县汽车局后院车场。二是明确任务,最紧迫的就是以最快的速度,建立航空招待站、汽车招待站各一个。三是建立工作制度,先后制定了接待与安全保卫制度、食宿卫生制度、保密制度、会计制度等。

乌苏中运会成立后,立即展开各项工作。由于时间紧迫,中运会一边组织建设招待站,一边接待从苏联过来的车队、飞机和人员。

王得瑜 10 月 28 日下午到乌苏,29 日下午即有负责运送援华物资的苏联车队 120 余人,满载支援抗战的物资来到乌苏。车队人员中,有队长、副队长、驾驶员,还有随行的押运员、医生、机修员等。中运会当即组织群众热烈欢迎,尽最大努力安排接待。紧接着一批批的援华物资由精河方向运来,在乌苏休息一夜,然后赶往绥来(玛纳斯)。

飞机场的建设任务相当艰巨。根据计划,航空站新建占地 6 平方公里的飞机场,配套建设办公室、飞行员休息室、宿舍、食堂、厨房、面包房、仓库、气象站、油库、冰窖、车库、浴室、厕所等设施,装设电台、电话、电灯。苏联方面派出站长、副站长、机修、气象、医务、报务、驾驶人员等共 20 多人在这里工作。汽车站是在新建的维吾尔族小学校的基础上扩建的,占地 2000 平方米,配套建设办公室、食堂、宿舍、库房、厨房、面包房等。为了指导修建飞机场,新疆航空队还派来了一个干部担任航空站中方站长。机场地点选在奎屯河东岸的一片戈壁滩上。中运会动员了 300 多个民工加紧平整机场,建设配套设施。天气寒冷,民工们用开水和泥,抢修设施,使机场很快能投入使用。

1937 年 11 月 8 日,援华飞机首次在乌苏机场着陆。为适应需要,王得瑜电请省督两署副官处和经理处,以及伊犁屯垦使署副官处支援人力物力。伊犁屯垦使署副官处派员由伊犁送来西餐厨师、一汽车的招待货物。省督两署先后派来一批人员参加接待工作,并指定一人为副县长、副委员长,专驻飞机场,加强飞机场招待站的工作。中运会还挑选一些青年人,参加接待工作。中运会领导来往于汽、航两站之间,计划、部署、检查工作,及时发现问题,提出解决方法,使乌苏县的中运会工作很快走上了正轨。

为了照顾好苏联飞行人员,使其在异国他乡也能保持良好的食欲和较好的营养结构,以强健的体质适应飞行和空战的需要,中运会想了很多的办法,尽了最大的努力。乌苏航空接待站为了有足够的木柴供应做饭、烧水、取暖,从附近哈萨克人那里购买了大量的梭梭柴。梭梭树

组装中的 И-15 歼击机

是一种长在沙地上的固沙植物,材质坚重而脆,燃烧火力极强,且少烟,号称"沙煤",名贵中药苁蓉就寄生在梭梭树的根部。当地居民以此取暖。当地饮水困难,所以要重点保障苏联人员的用水。苏联客人和站上的中国职员饮的是不一样的水,中方职员饮用哈萨克人用马车就近拉来的涝坝水,苏联客人饮用从距站20公里远的乌苏县城拉来的泉水。当时没有电冰箱,接待站就土法设计建冰窖,挖一个三米深的圆形大坑,底部和周围用砖砌起来,顶端做一个大木盖,在冰窖的上面再盖上房子,使它终日不见阳光,冬天从河里砸些大冰块放在里面,夏天把盖子盖严,里面可存放鸡鸭鱼肉,也可以制作冰激凌供苏联客人吃。接待站还想办法在无自来水又无锅炉的情况下建起了澡堂。夏天搭个简易木房,顶上装若干汽油桶,焊上龙头即可洗淋浴。冬天用铁皮砸成或生铁铸成火炉,炉膛用土坯砌好,炉子烧着后,炉盖上堆放些鹅卵石,当烧到一定温度后,将水浇到卵石上,即产生升腾的热气,这就是蒸汽澡堂。食用的牲畜宰杀后要交苏联驻站医生检验认定合格后方可烹饪。航空接待站还为苏联客人开设了西餐食堂,聘请西餐师,为的是让苏联客人吃上可口的饭菜。航空站的西餐食堂,从桌椅餐具的摆放,到主副食品的烹调风格,都具有异国特色,使苏联客人十分满意。在航空接待站工作人员的努力下,尽管每日从空中或陆上来

乌苏的人员很多,且数量、时间都不定,但无论什么时候到来,无论人多人少,都能受到热情的接待,保证了被接待人员有旺盛的精力进行运输工作和前往前线抗战。

迪化接待站规模相对比较大,航空接待站分别设在老飞机场、地窝堡机场、欧亚航空机场。汽车接待站在红山南侧。因为迪化是新疆省的首府,这里的条件是最好的。

与乌苏、迪化等航空接待站相比,大多数陆路接待站的条件就差多了。如鄯善接待站,苏联车队驾驶人员只能住大间土房,设备非常差,土房内靠墙处低低地搭着木板通铺,上面铺有草褥毡垫,冬季每间房内生两个火炉取暖,晚上驾驶人员都挤在一起睡觉,身上盖着随身携带的皮大衣和普通被子。到了夏天,气候炎热,许多人就在大院里露宿。[5]

位于鄯善东边的七角井汽车接待站条件也很艰苦。七角井是鄯善县的一个小集镇,人口很少,没有行政机构,由鄯善县直接管辖,总共人口四五十人,全部生活所需均靠鄯善和东边的哈密供给,交通线繁忙时却要在一天内接待数百人。接待站的饭菜很单一,主食是烤馕,副食是清炖羊肉,喝的是盐碱含量极大的井水。由于条件限制,无花样可调剂。中运站所需的粮食、肉类和菜蔬,全都得去鄯善采购。每隔两个月,从鄯善赶来一群绵羊,饲料随羊群用毛驴或骆驼驮来,一时不吃的羊只,就地饲养,现吃现宰。刚建站时,没有桌凳,只好在地上铺毛毯,上面再铺上白布,就当桌子了。苏联人没有盘腿落座或蹲着吃饭的习惯,只得趴着或侧身躺在地上吃饭。刚建站时住宿也很简陋,就是利用旧屋的土墙,搭上木梁和椽子,盖上毛毡,就算是床了。房屋正面留一个门洞,挂上毡帘,冬天在屋内生火炉取暖,夏天就将房顶的毡子掀起一角,使其通风,不论冬夏,吃饭和睡觉都在这里。1938 年夏秋之交,七角井接待站搬进了新建的中运会招待所,条件好些了,但人员仍然是睡能容纳一两百人的大通铺,吃住都在一间房子里。

哈密是丝绸之路上的重镇,新疆通往内地的咽喉,苏联援助中国军事物资的组装交接地之一。这里驻有苏联红八团,扼守新疆的东大门,还驻有国民政府驻哈办事处,并设有电台。这里还有哈密王府和尧乐博斯残余势力。所以,哈密情况非常复杂,中运会就格外重要。1937 年 11 月哈密中运会刚刚成立时的组成人员为:行政长刘西屏(中共干部)任委员长,县长白秉德、区公安局长于成发(苏联派来的联共党员)任副委员长,工商会长支立元、银行行长于又麟、汽车局长齐风翔任委员。工作人员由相关机关抽调人员组成,分别负责物品采购、保密、领发、招待等具体工作。3 个月以后,新疆督办公署从副官处派来一批专职人员,接替了招待站的工作,并在哈密中运会领导下,成立了招待办事处,建立了 6 个招待处。

第一招待处设在尧乐博斯大楼,配招待员、记账员 2 人,翻译、办事员、司库各 1 人,加上厨师、勤杂共 20 余人,1939 年撤销,1940 年又恢复。

第二招待处设在汽车局,初期招待苏联车队,后期为国民党军队汽车团招待处。

第三招待处设在小十字,规模较小,仅供住宿。

第四招待处设在老飞机场,专供招待苏联飞行人员,配有翻译、招待人员等共 30 余人。

第五招待处设在龙王庙,配翻译、招待人员共 30 余人。

第六招待处设在星星峡,除设主任一人外,还配有翻译、会计、保管、采购、医生、招待员、厨师、勤杂等人员共 20 余人。[6]

1939 年,盛世才安排陈方伯接替白秉德任哈密县长,临行前,在迪化安排专人谈话 5 次,盛世才亲自谈话 2 次,确保其掌握政策,履行好职责。

　　另外,新疆航空队在哈密航空站派驻有工作人员,配备了站长、管理员、会计,并有一个直属机械兵班,主要任务是维修、擦洗飞机,并将飞机推运至固定点,用绳索加固,防止受大风冲击而滑动,协助苏联人员做些简单的技术工作。新疆航空队在哈密机构直属新疆航空队领导,不占中运会编制,不用中运会经费,不受中运会领导。哈密地区冬夏、昼夜温差极大,冬季气温常在零下20℃以下,有时还达零下30℃,夏天气温常在30℃左右,有时达35℃以上。中苏双方工作人员都要冒着酷暑严寒在露天工作,加油、检查、润滑、擦洗,以确保飞机飞行的安全。

哈密航空站旧址

　　几个航空站的人员组成也是由新疆直接负责。在设置航空站之前,国民政府军事委员会空军方面提出:在伊宁、乌苏、迪化、奇台、哈密建设5个航空站,人员由中央航空委员会选定;在哈密成立一个航空教导队,负责苏联援华飞机的改装训练;建议苏联在哈密设立一个飞机修理厂,由中方负责修建,技术人员由中苏双方共同筹组。但盛世才不同意国民政府的这个建议,他提出:可以建航空站,但各航空站均应由督办公署航空队派人负责;航空教导队最好设在伊宁;关于在哈密修建航空修理厂一事,应由新疆省府与苏联方面交涉定夺。最后,国民政府航空委员会秘书长宋美龄同意了盛世才的意见,但强调,新疆省政府必须保障运输安全,不得有丝毫疏漏,否则一切后果应由新疆省方负责。这样,5个航空站的组成人员都是由新疆方面派出的。迪化站由督办侍卫官徐工领衔负责,接待站设在欧亚机场,机务事项由航空队工程师高正臣具体安排。伊宁站、哈密站、乌苏站也分别任命了负责人。奇台有建站计划,但由于不常降落飞机,航空队决定一旦有过往飞机,临时派人去执行任务。[7]

中运会里还有一个特殊的机构——垦运大队(垦民运输大队),1943年成立,是组织运送河南灾民的机构。由于黄河决堤,河南人民流离失所,境遇悲惨,大批灾民向西逃难。1942年,国民政府农林部长沈鸿烈飞到迪化,与新疆方面协调利用西北国际大通道的回程车辆转移部分河南灾民入疆。新疆当局同意安置3000灾民,计划在准噶尔盆地边缘、水土较肥沃的乌苏、沙湾一带垦荒种植。为了运送这批垦民,中运会组建垦民运输大队。垦运大队按团级建制,下属三个中队(营级),中队管辖三个小队,每小队三个班。小队按编制应有80余名官兵,实际相差甚多。每小队配双轮铁轱辘大车十五六辆,乘骑和辕马20余匹。小队长佩短枪,各班

1942年,河南大灾中灾民乘火车的场景。

有长枪一支,以防野兽侵袭和散匪骚扰。一般是以小队为单位执行任务。垦运大队成立后,即在伊宁设立了军需采购供应站,定做双轮大车、购买马匹、征募新兵。每造够15辆大车,即将人员马匹

配齐,由小队长率领,从伊宁出发,到迪化队部办理必要的手续,领足粮饷武器,然后去内地接运灾民。垦运大队从成立到1944年6月,将近两年,运送到垦荒地区的垦民,不足原计划的三分之一。[8]但另有资料说,截止1944年底,实际转移到新疆省的河南灾民为3981人,连前共计转运11366人。1944年冬,赈济委员会曾就所属长安、平陆、洛阳、济源四处灾民中选送了500名年龄较大的儿童入新教养。[9]

在星星峡以东的甘新公路沿线上,中运会协调西北公路管理局也设立了类似的接待机构。

全国抗战爆发后,由于国民政府忙于组织转移和在东部沿海地区组织抗战,交通运输业受到严重破坏,运力极度不足,没有能力组织起足够的运输力量接回从苏联购买的军火,遂请求苏联帮助运输。这时候,来往西北国际大通道上的援华物资,主要是苏联方面的汽车队伍和苏联飞行员驾驶的飞机,他们经霍尔果斯、迪化、哈密、星星峡,一路直达兰州。中运会组织沿途接待站、航空站进行人员接待,并做好储油、供水、修车、养路等工作。由于路途太远,运输困难极大,中运会必须克服困难搞好保障。1938年冬,国民政府全国经济委员会下属的西北公路局组织了200多辆汽车,后来逐渐增加为500余辆,参与苏联援华物资的转运工作,称为特运队。这样,从1939年3月,苏联汽车队就不再到达兰州,而是把货物运输到星星峡、哈密,特运队再转运到兰州。

1942年以后,由于新疆盛世才与苏联的关系恶化,中运会部分地承担了为新疆购买运输所需汽车零部件和汽油的任务。当时新疆经济受到很大影响,公路运输非常困难,所需汽油、轮胎、配件紧缺。1943年,中运会以国民政府的名义,为新疆省向苏联购买汽油67吨、轮胎560套、蓄电池300只,解了新疆公路交通的燃眉之急。

同年,又应新疆政府需要,向苏联购进汽油等急需物资 630 车。西北国际大通道第三条线开通以后,中运会又协调组织转运从印度方向过来的美国的援华物资。

中运会在西北国际大通道军火物资的运输、保障、协调上发挥了重要作用,一直到抗日战争结束后,沿途各站偿还苏联借款物资的运输车辆没有了,才停止工作。而中运会和它分布在全疆的整套机构,则直至中国人民解放军进驻新疆时依然完整地保留着。

[1]吴澍河:《一切为了抗日 一切为了前线》,《盟国军援与新疆——新疆文史资料第 24 辑》,新疆人民出版社 1992 年版,第 93 页。

[2]吴澍河:《一切为了抗日 一切为了前线》,《盟国军援与新疆——新疆文史资料第 24 辑》,新疆人民出版社 1992 年版,第 92 页。

[3]新疆维吾尔自治区党委党史研究室:《新疆抗战时期人口伤亡和财产损失》,新疆人民出版社 2013 年版,第 14 页。

[4]新疆维吾尔自治区党委党史研究室:《新疆抗战时期人口伤亡和财产损失》,新疆人民出版社 2013 年版,第 16 页。

[5]哈运昌:《忆鄯善中运会成立片断》,《盟国军援与新疆——新疆文史资料第 24 辑》,新疆人民出版社 1992 年版,第 96 页。

[6]王佳贵主编:《盟国军援与新疆——新疆文史资料第 24 辑》,新疆人民出版社 1992 年版,第 81 页。

[7]王佳贵主编:《盟国军援与新疆——新疆文史资料第 24 辑》,新疆人民出版社 1992 年版,第 87 页。

[8]张晨:《关于中运会及其他》,《盟国军援与新疆——新疆文史资料第 24 辑》,新疆人民出版社 1992 年版,第 199 页。

[9]新疆维吾尔自治区党委党史研究室:《新疆抗战时期人口伤亡和财产损失》,新疆人民出版社 2013 年版,第 11 页。

第九章

空陆并进紧急
"输血"

　　西北国际大通道上的运输方式主要有三种:公路运输、航空运输和驿运。由于战事紧张,运输工作在大通道简易开通后即展开。公路运输由西北公路局和新疆省公路管理局组织实施,国民政府的运输车队不允许进入新疆腹地。航空运输分三段:中苏航空公司经营哈密与阿拉木图间的运输,中国交通部负责哈密与重庆之间的运输,阿拉木图与莫斯科的运输由苏联民用航空总管理局担负。苏联援华飞机则由苏联或中国的飞行员驾驶经由沿途航空站飞往抗战前线。

在战事紧急而交通状况又极其恶劣的条件下,只能把可以利用的一切交通工具和途径全部利用起来,这些工具和途径,既有现代化的航空、公路、铁路输送,也有最原始古老的驿运。

公路运输

因为新疆军阀盛世才不允许国民政府和甘肃地方政府插手新疆事务,所以西北国际大通道上的公路运输组织实际上是由两块组成,一块是由国民政府编制的西北公路局,一块是新疆省公路管理局。[1]

西北公路局是人们的通俗叫法,它在不同时期的具体称呼是有区别的。1935 年夏天,国民政府经济委员会号召"开发西北、巩固边疆",开始从西安向西北修筑公路,成立了西(安)兰(州)公路工程处,刘如松为处长兼总工程师,并在咸阳、彬县、平凉、兰州分设了工务所,分段督导沿线永寿、乾县、长武、泾川、静宁、界石铺、华家岭、定西、甘草店等各工务段的工程。两年后,公路修成通车,后改为西北国营公路管理局,主要管理陕、甘、宁、青四省国道,负责公路管理养护和运输业务。不久,又改名为西兰公路管理局。由于公路修建质量差,路面不平,许多地段连石子路面也没有铺好就通车了,汽车过后尘烟滚滚,无风三尺土,有雨满车泥,人们把这条公路戏称为"稀烂公路"。

1938 年元旦,西北公路转隶属国民政府交通部直辖,成立交通部直辖西北公路汽车运输管理局,不久又将直辖二字去掉,主要负责车辆营运及道路的维护保护工作。宋希尚为局长、刘如松为总工程师。下设总工程师室、工务、运务、机务、材料、总务、会计、秘书等科、室,在宝鸡、西安、彬县、平凉、兰州、天水、褒城、西乡、老河口等 9 地设工务所,负责执行总工程师室制定的计划,督导各工务段具体修路与养路。在咸阳、乾县、彬县、长武、泾川、静宁、华家岭、定西、甘草店、兰州、老河口、永登、古浪、武威、永昌、山丹、张掖、高台、酒泉、玉门、安西等设 21 个工务(养路)段,根据总工程师室和工务科、工务段的要求,负责具体的工程施工和养路任务。运务、机务、材料科负责客货运输、车辆保养修理、油料器材零部件供应。路局在沿线城镇节点设运输站,负责客货运输业务。在全线设 10 个运务段,督导运输业务,它们分别是:西平段(西安到平凉),段长驻西安;兰平段(兰州到平凉),段长驻兰州;兰张段(兰州到张掖),段长驻武威;张星段(张掖到星星峡),段长驻酒泉;华双段(华家岭到双石铺),段长驻天水;宝褒段(宝鸡到褒城),段长驻宝鸡;褒广段(褒城到广元),段长驻褒城;汉白段(汉中到白河),段长驻汉中;甘青段(兰州到西宁),段长驻西宁;固宁绥段(固原到陕坝,段长驻银川)。公路局还在兰州、酒泉、西安、天水、褒城、广元设有修车厂,具备对汽车进行大修的能力;在华家岭、平凉、彬县、宝鸡、庙台子、宁强、安康、银川设有保养厂,具备小修能力。

1939年冬,工运分家,工程部分(包括改善工程和养路)独立成为西北公路工程处,主管陕、甘、宁、青四省公路国道的修筑维护及行车监理、养路费征收,办公地址设在兰州。1940年春,又由兰州迁往天水,改名为西北公路工务局,以凌鸿勋为局长,刘如松为副局长,另派沈文泗、吴必洽两人为副局长。凌系以天(水)成(都)铁路工程局(设在天水)局长兼任的,故西北公路工务局在天水的新址距天成铁路工程局不远;西北公路汽车运输管理局,在兰州办公。1941年底,宋希尚因故去职,何竞武继任局长。1943年初,工运两局均改隶于国民政府军事委员会运输统制局。兰州的公路局则称军事委员会运输统制局西北公路运输局,天水的公路局则称军事委员会运输统制局西北公路工务局,两局局长均未动。军委会运输统制局名义上虽由总参谋长何应钦兼局长,实际上则由总后勤部长俞飞鹏主持,行政院交通部从此不再过问。1944年春,军委会运输统制局撤销,仍交由交通部接管,只是在西北公路与运输局或工务局之间加上"战时"二字。而在运输局或工务局之"局"字上,增加了"管理"二字。1946年春,在天水的工务局正式归并到兰州的运输局,合称"军委会战时运输管理局西北公路管理局"。

西北公路局的管辖范围比较大。北至内蒙古自治区的陕坝(抗战胜利后曾延伸至五原、安北和包头),南达四川广元(有时因军运关系,远达成都与重庆),东至河南省的白河,西达新疆的星星峡或哈密(经盛世才同意,军运可到迪化)。共辖七条干线:兰西线(兰州到西安)、兰星线(兰州到星星峡)、甘青线(兰州到青海的西宁)、华双线(从甘肃的华家岭经天水到陕西的双石铺)、宝广线(从陕西的宝鸡到四川的广元)、汉白线(从陕西的汉中经湖北的竹溪到河南的白河)、平宁绥线(从甘肃的平凉北经宁夏的银川到今内蒙古的陕坝);两条支线:从安西到敦煌,主要是供旅客到敦煌游览;从平凉到华亭县的安口窑,主要是把当地的煤炭与瓷器运出外销。后又延伸到宝鸡,改称为平宝线。

上述七条干线,是西北公路局的部定营运线路,属于交通部管辖,称为"国道"。各省内的县与县相连接的公路,属于各省建设厅(局)管辖,称为"省道"。省道的养护与改善,由各省自理,西北公路局不负责任。

抗战时期,由于大量援华物资从新疆方向运输到内地,西北公路局的运输业务空前紧张,尤其是"军运"、"特运"业务,上级要求严格,不能有任何的迟缓。为了适应军事运输需要,除西北公路局外,国民政府军事委员会还于1941年2月设立了陕甘公路线区司令部,编制辎重汽车兵团三四个,专门负责西北军事运输。尽管如此,仍然不能满足西北军事运输的需要,正是基于此,国民政府才将西北与西南两公路局都划归军事委员会接管,设运输统制局具体负责,以适应战时运输需要。

当时的西北公路局班车较少,大部分车都编入运输车队,负责军运。一般客货运输以辖线为营运范围;军运则不受此限制,可跑新疆。还在哈密设有办事处,以冯肇虞为主任,接收苏联的援华物资,交接用于偿还苏联借款的矿产品和农产品。

西北公路局的汽车总数,1940年底为1314辆,但经维修可勉强使用的不到600辆。有的虽然能够发动起来,但也经常缺轮胎、电瓶和其他零件,真正能在路上使用的不过400辆。在400辆汽车中,一小部分作为班车在各条营运线上跑客、货运,大部分编成车队担任军事运输任务。公路局汽车队的总队部设在酒泉,下设两个大队、八个中队,每个中队下设三个小队,小队各分三班,每班三人。各中队分驻兰州、酒泉、咸阳(为了防空起见不驻西安)、褒城、广元等地,而以酒泉为最多。由于从苏联购买汽车时,没有考虑到相应的零配件,一旦一辆汽车有零件损坏,整辆车就不能使用。只好在地上打几根木桩,木桩上面横架木梁,把缺件(包括缺轮胎)的汽车放在上边,停驶待料。这类车被称作"待件车",有的一放就是几年。在兰州的十里店和西果园两个停车场,以及酒泉、天水、西安、宝鸡、褒城、广元等地的停车场,经常会看到很多这样的"待件车"。由于官员腐败和官僚作风,一方面,很多"待件车"因为缺少零件而无法行驶;另一方面,市面上却有人在高价出卖汽车零件。在当时其他国际通道被封闭,仅有西北国际大通道一条道的情况下,市面上的这些汽车零件一定是公路局内部人员偷出去的。1940年,西北公路局兰州修车厂厂长骆仁溥因为盗卖轮胎被查处,成为当时兰州的一大新闻。由于当时汽油紧缺,远远不能满足运输之需要,有的汽车则被改造成"酒精车""木炭车"。

何竞武任西北公路局局长时,利用与盛世才曾经同事的关系(北伐时,何在总司令部任副官处长,盛任总部参谋处作战科长),打通了内地与新疆的往来;利用北伐后与马鸿逵父子在北平的交往,加深了西北两马(宁夏马鸿逵与青海马步芳)与国民党中央的关系,使两马在西北公路建设上提供了帮助;利用在军界的地位,成立了西北运输司令部,统一并加快了西北与西南的军事运转;建议军委会成立成都空运接转处,顺畅了西北与西南的军事运转;在局内设立移民运输组,保证了将从沦陷区逃出的难民运往河西及新疆的任务完成;1944年4月1日至10日,组织召开了西北区水陆联运会议,协调水陆联运委员会、第五战区长官部、新疆省公路管理局、川陕汽车联运处、川陕甘联运处、川陕驿运分处、甘新驿运处等单位代表参加,会议结果将川、陕、甘、宁、新及湖北、河南的一部分地区（老河口和白河）的水陆运输统筹兼顾，连接起来，对整个西北地区交通运转起到了积极作用。

1937 年 9 月，甘肃省政府组织了军事运输处，专门运输苏联援助中国的军事物资。军事运输处根据战事需要，向各县市紧急调用民间驼骡、船筏、汽车等，在沿途设立接待站。11 月，两次分别征用汽车 25 辆和 29 辆，从星星峡接运从苏联订购的航空汽油 3 万加仑。

新疆公路运输由新疆省公路管理局管辖。当时运输的物资，有些是苏军驾驶员驾驶中国购买的汽车，直运兰州，后来为哈密。有些是苏联汽车运到迪化，由新疆转运至哈密或兰州。新疆省政府集中新绥运输公司的全部 340 辆卡车和 5000 匹驿

西北国际大通道上的路标

马、3500 头骆驼、2000 辆胶轮大车用于转运物资。[2]

航空运输

在西北航空线上，原来有一个中德合资的欧亚航空公司运营。1939 年 3 月，欧亚航空公司经营的渝哈线（重庆—哈密）、渝兰线（重庆—成都—南郑—兰州）开通。该公司飞机老旧，运输能力远远满足不了战时需要。《中苏互不侵犯条件》签订后，苏联援华志愿飞行队的飞机和苏联出售给中国的飞机，一部分从伊尔库茨克—乌兰巴托—兰州方向进入，大部分从阿拉木图—迪化—兰州方向进入。1939 年 9 月，中国政府交通部与苏联中央民用航空总管理局签订了《组设哈密阿拉木图间定期飞航协定》，决定由中苏

两国共同组建中苏航空公司,简称哈阿,经营哈密与阿拉木图间的客货和邮件运输,股本为 100 万美金,中苏各占一半。由苏方提供飞机、管理人员和机场无线电导航设备等技术人员,中方提供地勤人员,总经理也由苏联人担任。协定期限为 10 年,在期满前一年若双方之任何一方未经书面通知对方表示解约之意,协定于 10 年期满后再继续有效 5 年。根据协定,往来于哈密与重庆之间的客货运输由中国交通部负责,阿拉木图与莫斯科的客货运输由苏联民用航空总管理局担负。这条航空运输连通了重庆与莫斯科的空中走廊。到 1941 年,从重庆到莫斯科的航程仅需时 3 天,极大地方便了中苏两国之间人员和物资的往来。

11 月,中国航空公司重庆到哈密线复航,开始与中苏航空公司联运。

1939 年 12 月 6 日,中苏航空公司哈阿航线进行了首次航行,由阿拉木图起飞,途经伊宁、迪化至哈密,全程 1415 公里。哈阿线在 1940 年每周往返一次,到 1941 年增加为每周往返两次。根据中苏航空公司的营业报告,1940 年的飞行时数为 576 小时,运输旅客 1710 人,邮件 13633 公斤,行李和货物 46286 公斤;1941 年飞行时数增加为 1184 小时,运输旅客 3210 人,邮件 21537 公斤,运输行李 6240 公斤、货物 77882 公斤;1942 年飞行时数为 603 小时,运输旅客 3664 人,邮件 3877 公斤,运输行李 79271 公斤、货物 80307 公斤。[3]

驿运

在西北国际大通道上,经常可以看到这样的场景:天上有飞机飞过,公路上有汽车驰过,还有成群结队的马车、驼队载着抗日物资从新疆向内地走去。现代化的运输方式和古老的驿运像穿越了时空一样完美地出现在同一时间地点上。

　　驿运是中国古代的一种国家运输方式,自先秦时便已有之,秦汉时已经完善。近代以来,随着火车、汽车、轮船等新式运输工具的发展,驿运逐渐退出历史舞台。1913 年,传统的驿运制度被正式废止。抗战爆发后,由于交通线及运输工具被日军毁坏严重,战时运力严重不足,国民政府决定借鉴中国古代的驿运制度,恢复驿运,以传统人力畜力为动力,利用独轮车、大车、木船等传统运输工具,为抗战运输各类急需物资。

　　1938 年 10 月,国民政府行政院召开全国水陆交通会议,提出利用全国人力畜力,增进货运,以补机械运力之不足,并由交通部专设机关从速办理。交通部制定了驮运计划及组织纲要,并于 1939 年

驿运

元旦在重庆成立驮运管理所,统筹全国的人力畜力运输事宜。1940 年 7 月 15 日,蒋介石还亲自主持召开了全国驿运会议,中央部门和 15 个省的代表参加,就组织、经费、宣传三个方面形成决议。在组织上,交通部设置驿运总管理处,受交通部直接领导,主管全国驿运行政之指导监督及驿运筹划事宜,各省设置驿运管理处,主管本省驿运行动及业务等事项,受各省政府直接领导。凡与国际运输有关的路线为驿运干线,由交通部驿运总管理处主办;仅处于各省内的路线为驿运支线,由各省驿运管理处主办。在经费上,干线经费由国库负担,支线由各省主管,经费原则自筹,并准在驿运运费中加收 5% 的管理费为驿运经费,不足时,中央酌予补贴。蒋介石对这个会议极其重视,在开幕式致辞中强调,当前抗战面临交通运输方面的极大困难,驿运制度是目前抗战中最可靠的运输

办法;在闭幕式中又强调,恢复推动驿运制度,才能促进抗战的胜利和建国的成功,战时驿运不仅对于抗战而且对于建国都意义重大。同年9月,交通部驿运总管理处成立,提出全国第一期应举办的驿运线路有30条。到1944年底,全国干线方面共有川黔、川滇、川陕、甘新和新疆五条线路,共辖水、陆共6689公里。川黔线,自重庆到贵阳,再至马场坪,以运输钨砂、食盐、器材为主;川滇线,自四川泸县至昆明,以接运西南入口的军用物资为主;川陕线,是一条水陆联运线,水运在重庆与始于湖南衡阳的川湘线衔接,溯嘉陵江而上,经合川、南充、阆中、虎跳驿到广元,陆运从广元经陕西勉县、褒城到宝鸡、双石铺。这条线路运输繁忙,是西南西北主要通道之一。甘新线,自天水经兰州,走河西走廊到星星峡。入口以接运苏联援华物资为主,出口以偿还苏联贷款的羊毛、钨砂等物资为主;新疆线,以运输军用物资为主。

川陕驿运线承担着西北、西南地区物资交流重任,但它也是一条充满了艰难险阻的水陆线。水路上的嘉陵江中险滩林立,水流湍急,有的岩石耸立水面,有的隐没水中,激起一个又一个大大小小的水窝,令人不寒而栗。因此,敢于在这条线上运输的,只有那些经验丰富的船老大,一般生手或者外来船工是操作不了的。南下入川物资以军需品为多,北上物资有食糖、食盐、药材等战略物资和出口苏联的钨砂等。该线运输的特点,一是南下物资多,北上车辆常因无货空驶;二是军需品多,运价低,车户多规避。为维护运力和经常运输,政府对军运物资实行补贴,对所有运力都摊派军运任务。即使这样,中途弃货盗窃事件也时有发生。1941年冬,驿运管理机构开始派员押运,同时在宝鸡广元间试办分段运输,即宝鸡至双石铺与轻便铁道联运;双石铺至阳平关由自有牛车接运;阳平关至广元由自有木船从水路接运。驿线沿途人烟稀少的山区则设立粮宿站,储备粮草,车户凭券领取粮、料或食宿。畜、夫无赶程之苦,情况较前好转。

根据国民政府要求,1938 年 12 月,陕甘车驼运输管理局在兰州成立,后改为西北公路驿运处(不久划归甘肃省驿运管理处,归甘肃省建设厅管辖),在星星峡、安西、酒泉、武威、天水、广元成立办事处,与甘肃省驿运管理处、西北富华公司驿运处共同承运所在线路上的苏联援华抗日物资和中国政府偿还苏联借款的物资。这样,在西北方向上,川、陕、甘、新各省驿运线路相衔接,形成了从广元到新疆 3000 多公里的国际运输线。西北公路运输管理局、甘肃省驿运管理处,征用群众大车、牲畜组织驿运队,在输送援华物资中起到了重要作用。仅民乐一县,就征用大车 30 辆、牛车 30 辆、毛驴 130 头、牛 25 头、骡马 39 匹,耗资 236912452 元(法币)。

甘肃还组建了羊皮筏子水运队,沿黄河顺流而下向宁夏、绥远、陕坝等地的抗日部队输送物资,沿嘉陵江向重庆输送汽油。[4] 用羊皮筏子送货物,从经济性上来看最划算,要比木质船舶省时 50%,比汽车运输省运费 80%。特别是在陆路交通条件不好、作为战略物资的汽油紧缺的情况下,水路的优势更加明显。而且皮筏比木船更加灵活,易于通过险滩,也易于隐蔽。据《甘肃省志·航运志》记载,1938 年,中共在靖远县水泉乡建立了武装,从兰州搞到 2700 套单军衣、100 多支步枪、2 万多发子弹,还有一些其他物资。王信臣等筏客将这些物资用羊皮筏子星夜从兰州顺黄河运下,上岸后再用驴马驮到目的地。1940 年,甘肃省驿运管理处将兰州所有皮筏编为"水上运输队",王信臣由于具有较深的水运资历和水上技术,当上了筏运业务负责人。水上运输队的主要任务,就是按照驿运处的要求,将有关枪弹、汽油等军需品运送给宁夏的马鸿逵、马鸿宾和绥远、陕坝一带的傅作义部队。这一段水路是比较惊险的。从兰州起航后,要经过小峡、骆驼石、大峡。特别是大峡,长约 24 公里,河面狭窄,漩涡满布,暗礁丛丛,稍有不慎,就会筏毁人亡。王信臣凭着高超的技术和过人的胆识,一次次化险为夷,并成立了"玉兴城"商号,担负起驿运处赋予的水上运输任务。

西北驿运的另一条航道就是嘉陵江。1941 年夏,甘肃玉门油矿局总经理孙越崎专程到兰州,与有关部门洽谈从嘉陵江中下游用兰州皮筏向重庆运输汽油事。经当时的兰州市政府同意,孙越崎找到王信臣商办此事。王信臣认为,嘉陵江中下游河面宽广,水深流缓,水文条件不会有什么大的危险,最大的危险在于空中威胁。当时,重庆、兰州等重要城市都是日军重点轰炸的目标,嘉陵江航道自然也是日机轰炸的目标之一。从嘉陵江上运输物资,目标明显,自身安全很难保证。王信臣提出了先由自己试航,没有危险再正式航运的建议。于是,孙越崎从兰州购买了一只用 400 个皮胎扎成的皮筏,由王信臣带领 2 名筏工,从四川广元下水,载着 1000 多公升汽油启程试航,试航的结果非常顺利。1942 年夏,王信臣挑选了 20 多名筏工,成立"皮筏航运队",赴广元正式执行运送军用物资的任务。他们用油矿局从兰州购买的 2000 多个羊皮胎,扎制了 5 只巨型皮筏,每只载重 60 吨,共装载了 300 吨汽油,朝着嘉陵江下游漂去。尽管这次运输目标比较大,他们一路上对空中威胁提心吊胆,但却一路平安,仅用了 15 天时间就顺利到达重庆。重庆由于日军轰炸,紧缺汽油,有的汽车因为没有汽油已经趴窝多天了。皮筏队的到来,等于是雪中送炭了。为此,油矿队还专门在重庆搞了一个盛大的欢迎皮筏航运队大会,重庆方面还摄制了电影纪录片,并将皮筏放在码头一段时间,供人们参观。这支筏运队一直到 1943 年完成运输任务,才返回了兰州。

新疆方面,组织了数千匹骆驼的运输分队,将苏联援助的货物从迪化经过哈密运往兰州。如果用汽车运输,消耗油料太大。据统计,用汽车运送油料,从迪化到兰州,就要被汽车吃掉 1.5 吨汽油,而当时汽车的运输量也就两吨左右。所以用骆驼运不失为一个最经济的办法。每一头骆驼可背负五加仑的桶四桶,每日能够行走近 50 公里,从霍尔果斯到星星峡,一个单程需要两个月左右,虽然缓慢,但省了汽油,缓解了当时抗战的困难局面。沿途可见不少骆驼因疲劳饥饿而死于路旁。骆驼有时在途中会发生咬斗,把油桶撞裂,为防止因此而漏油,驼队常带有肥皂,遇到油桶轻微撞裂时,用肥皂使劲往裂口上挤磨,便将裂口暂时封住。待驼队到大站时,再将裂口焊好。

抗日战争时期的驿运在现代化交通工具受到破坏,全国运力严重不足的情况下发挥了重要作用。时任国民政府交通部长的俞飞鹏曾说:"驿运制度之恢复,乃根据人民抗战之需求而发动。我国机力运输所需之配件油料,多

驿运偿还苏联贷款物资

数仰给于外洋,时有不继之虞,驿运为抗战期中应运而生之自力运输,经政府加以组织管理,其路线可以贯通全国,其运力亦有可观,敌人无法封锁,诚为争取最后胜利之利器。"[5]

为了保证战时运输需要,中国政府还曾筹划建设一条南北铁路干线,将西南交通网与西北交通网及重庆连接起来。为此,先后提出了建设从宝鸡到成都的宝成线和从天水到成都的天成线。但因受当时的技术、经费、材料等条件所限制,最终都没有建成。于是决定建设宝鸡到天水的宝天线。经艰苦努力,勉强于 1946 年建

成通车,但此时抗日战争已经结束了。

苏联援华物资的输送

苏联援华物资的运送方式主要有三种:一是空中输送,二是海上输送,三是陆路输送。

空运是速度最快的方式,但运输能力有限,只能运输一些紧急的物资。轰炸机的继航能力比较大,体积也大,不便于陆运,主要是由苏联飞行员驾驶,从阿拉木图一路转场迪化、古城(奇台)、哈密、安西、肃州(酒泉)、凉州(武威),最终抵达黄河边的兰州。而战斗机则是拆开由汽车运输到迪化或者哈密,经重新组装后由中苏飞行员驾驶飞往兰州。

空中航线又可分为南北两条线:一条是从苏联中亚的阿拉木图起飞,经伊宁、迪化、哈密到兰州,是为南线。该航线单程需要用汽油 400 吨,至少有 200 余架飞机穿行在这条航线上。一条是由西伯利亚的伊尔库茨克起飞,经蒙古飞到兰州,是为北线。这条线因为暴露在日本打击的威胁下,输送物资相对较少。

1937 年 10 月,苏联援华的首批 225 架飞机飞抵新疆、兰州等机场,同时到达的还有苏联两个飞行志愿大队,成员共计 254 人。中国空军驱逐机部队司令兼第四航空大队大队长高志航,挑选了20 名优秀飞行员到兰州接受苏联援助的飞机。为了迅速回援上海,高志航先后两次顶风冒雪驾机独闯六盘山,开辟了从兰州直飞西安的六盘山航线。不幸的是, 6 架战机在强行穿越六盘山时毁于狂风暴雪之中,机毁人亡。11 月,苏联志愿队的地勤人员进驻迪化和兰州,帮助中国飞行员改装和熟悉苏制飞机,并开始担负兰州的防空任务。在高志航的要求下,苏方将原定为一个月的新机训练时间缩短到 3 天。

除了飞机直接通过空中航线进入中国外,也有一些物资是通过空中运输进入中国的。苏联援助中国的 DБ－3、ТБ－3 与 АИТ－9 飞机,飞行速度不快,在没有战斗机护航的情况下执行

DБ－3 远程轰炸机

轰炸任务非常危险,于是就拆掉炸弹挂架,挂上辅助油箱,用于中苏之间的快速航空运输,担负阿拉木图—迪化—酒泉—兰州航线的军事物资与人员运输任务。空运除了军火物资的输送外,还有日常人员、邮件和其他货物的运输,这主要是通过由中苏双方合办的中苏航空公司来承担的。

海路运输主要是从苏联的敖德萨、塞瓦斯托波尔港起航,经达达尼尔海峡、地中海、苏伊士运河、红海、印度洋、马六甲海峡、南海至广州、香港、越南的海防和缅甸的仰光,然后再转运到内地,航程约 25 天。1937 年 11 月,意大利加入《反共产国际协定》,在地中海对这条航路形成威胁。1937 年底,意大利曾经通知日本,拦截新加坡至香港的苏联货轮"伊苏阿基"号,船上载着苏联援助中国的军火。1938 年 1 月至 2 月间,2 艘运送苏联援华军火物资的轮船到达香港,船中装载了 20 门 76mm 高射炮、50 门 45mm 反坦克炮、500 挺重机枪、500 挺轻机枪、307 箱高射炮射击指挥仪、4 个探照灯站、32 部声呐、40 具火炮备用炮管、100 个弹药箱、4 万发 76mm 火炮炮弹、20 万发 45mm 火炮炮弹、1360 万发步枪子弹、82 辆 Т－26 坦克、30 台 Т－26 坦克发动机、30 辆拖拉机、10 辆 ЗИС－6 汽车、568 箱 Т－26 坦克零备件,空军装备也由这两艘船运到,收到的货物总重达 6182 吨。[6] 接着又有第二批计 2 船的军火到达香港,两批海运的货物价值 2 亿元法币以上。据统计,从 1937 年到 1939 年,苏

联借助轮船"科克林公爵"号、"箱山"号、"城堡"号、"斯坦福"号、"托乌埃菲尔德"号等经海上运往中国的军火近6万吨,包括火炮、机枪、飞机、汽车装甲装备及弹药等。由于日本的施压,1940年夏,法国关闭了中越公路,英国关闭了滇缅公路,海路运输就此中断了。这样,一直到太平洋战争爆发前,西北国际大通道就成了唯一陆上的国际援助通道。

　　陆路输送是苏联援华物资的主要通道。从1937年10月上旬起,每天都有成百上千辆汽车,以及绵延数公里甚至数十公里的驼队颠簸在阿拉木图—伊宁—乌苏—迪化—哈密—兰州这条大通道上。按照当时中苏双方达成的协议,苏联援华的陆战武器(坦克、装甲车、火炮等)全部由苏方用汽车运至哈密(最早的一、二批运至兰

运送苏联援华物资的中国驼队

州),再由哈密运至兰州;少量急需的轰炸机、歼击机由中方或苏方飞行员直接驾驶经阿拉木图—伊宁—乌苏—迪化(或奇台)—哈密—酒泉,直接到达兰州;大量的援华飞机则是采取在哈密组装的方式(在迪化也组装了一部分),先由大型运输机和汽车将零配件拉到哈密,组装调试后经酒泉飞抵兰州,再分配到各战区。

　　苏联方面运输援华物资的车队,最初有3个汽车营和1个独立汽车连,装备750辆ЗИС－5、ЗИС－6汽车(斯大林汽车厂生产的吉斯汽车)和相应的特种车、小汽车。随着运输汽车数量的扩大,又在大通道沿途建立了一些保障机构和分队(警卫勤务、油料库、在两省有三个小医院和九个助理医生站及一个医疗仓库的卫生勤

务、沐浴—洗衣特种车、物资保障勤务等)。第 1 汽车营由诺戈维岑大尉指挥,驻在萨雷奥泽克;第 2 汽车营由谢缅佐夫大尉指挥,驻在贾尔肯特(潘菲洛夫);独立汽车连由卡扎科夫指挥,也驻在贾尔肯特;第 3 汽车营为后备营,驻在阿拉木图。所有需要用汽车运输到中国的军火都先运到土西铁路终点站萨雷奥泽克,然后办理手续,开往中国。据俄罗斯历史学家乌索夫考证,运送这些援华物资,动用了共计 5640 多节货车车厢,仅在 1939 年就动用了 3510 节机车车辆(棚车 1442 节,平车 1246 节,槽车 563 节)。在"Z"运输线劳动的人员平均每年达 2500 多人,在运输线存在期间,总共有7000 多名苏联公民曾在不同的单位工作(考虑了轮班因素)。[7]

　　苏联方面运输援华物资的汽车,分批由霍尔果斯通过新疆公路、甘新公路到达兰州,每批约一个营的人员,有汽车 100—120 辆,军官带手枪,并有照相机、军用地图和望远镜。中途休息即拿出地图研究地形、拍照,夜宿招待所,每队有随车翻译一人。用汽车运送的物资,不仅有各种陆军的武器装备,还有拆开分别装运的战斗机部件,这些飞机部件在兰州统一组装后再飞向各战区。从苏联到中国运输军用物资的汽车,回程装运的是中国用于偿还借款的羊毛、皮子和钨、锡等矿产品,老百姓称之为"羊毛车"、"老毛子车"。尽管沿途建设有接待站,但因为是在战时状态下,因陋就简,条件还是比较艰苦的。

　　通道刚运行时,第一批援华车队的运输时间表是:从萨雷奥泽克到迪化 900 公里,时间 5 昼夜;从迪化到哈密 690 公里,时间 6 昼夜;从哈密到安西 400 公里,时间 5 昼夜;从安西到肃州 260 公里,时间 2 昼夜;从肃州到凉州 490 公里,时间 4 昼夜;从凉州到兰州260 公里,时间 2 昼夜。全程近 3000 公里,行程时间为 24 昼夜,平均每昼夜为 120 多公里。而到 1938 年,当道路得到进一步平整完善、桥梁得到加固改造后,汽车每昼夜的行驶速度已经可以达到平均170公里,全程18天就能跑完了。苏联车队在管理上非常严格,有时为了在规定时间内把货物运到指定地点,不得不连续赶路,露宿野外,以自带饼干罐头充饥的情况是经常的。

中国方面的运输车辆也主要是来自于苏联援助的汽车。截至苏德战争爆发,中国从苏联购买的1850辆汽车和拖拉机大部分用于大通道的公路运输,所用油料也主要由苏联方面供给。当时甘肃的玉门油矿生产能力有限,所产汽油远不能满足大通道上车辆的需要,而盛世才与苏联合办的独山子油矿产量就更小了。于是,运输车队汽油的供给就成了问题。为了保证运输车队的正常行驶,车队只好自己携带汽油。

西北大通道仅1937年就运输了苏联援华物资1740吨,1938年的运量更是达到1937年运量的2.7倍,即4718.8吨。1937—1938年,苏联援华车队在运输线上的总行驶里程达到17221260公里,转运并移交给中方有效载重物品10965吨,苏方在两年内为建筑大通道及运送物资、人员和油料等支出达9918383卢布。[8]

当时的运输条件非常恶劣,这条公路有相当长一段路是海拔1500米以上的盘山路,道路极其难行,温差极大,在夏天气温高达60℃以上,到了冬天则出现冻死人的现象。苏联提供的吉斯汽车,载重量有限,稍微大一点的坡道,就需要人力助推。特别是在运输飞机时,难度更大,必须将飞机拆卸,将机翼、尾翼、螺旋桨、备用零件和重要的材料装在车厢里,用吉斯5型汽车运送,而飞机机身则架在车厢上,用吉斯6型汽车运送。进入甘肃境内后,为了防止日军空袭,载运飞机的汽车队选择在气象条件好的晚间行走。

尽管在沿途重要站点设置了一些接待站,但还是不能满足运输之需要。特别是车队为了赶路,有时并不在接待站住宿,而是露宿野外。苏联提供的一份供货单的附带说明有这样的记述:"汽车运输队之行程:自阿拉木图启程,按正常情况,必须随带修理车及大量汽油,每隔若干距离设站,供车辆人员在站加油、修理、休息。比如,由阿城到兰州 3000 公里距离,需要 147 天才能到达,费时太久,不能济急。为迅速计,苏方决定增加运输车辆,共增加 700 辆,由阿拉木图直接驶往兰州。为此,必须将原设计之运输队作相应之改变,除修理车之外,更得增加餐车、医药车随行,并自备食宿等生活用品,人员亦需增多,约需增为 1500 人左右。"[9]可见其困难之大。同时,中国政府也派出了上千辆的汽车以及骆驼、大车和其他运输力量参与货物运输。有数据显示,从 1937 年 10 月至 1939 年的两年时间里,苏联向中国运输军用物资的汽车就超过了 5260 辆,汽车总行程近 1850 万公里,有 4000 多名苏联人在这条运输线进行运输服务工作。在中苏双方的共同努力下,苏联援华物资源源不断地运往中国内地。

起初,由于战事紧张,中国方面的运输力量还没有组织起来,苏联方面的运输车队直接运送到兰州。后来调整为由苏联运输车队运送到迪化、哈密等地,甘肃、新疆方面负责运送到兰州。由于当时盛世才对蒋介石和甘肃两马持有戒心,甘肃方向的运输人员只能到哈密进行交接,不允许进入新疆腹地。据当时一直服务于甘新公路运输、亲自参与了甘新公路修建和接运苏联援华物资工作的冯肇虞回忆:

　　盛世才规定,接运援华物资的汽车兵团官兵不得携带武器入疆;不准带黄金、沙金、金首饰出疆。星星峡公安局检查甚严。但带新疆出产的物品如紫羔皮筒、地毯及苏联花布等则不受限制。我从哈密去星星峡不受限制,若过星星峡回内地,要电告盛世才,方准行。星星峡最高机关是边务处,辖一连边防骑兵,每日派一两个骑兵哨到星星峡以东20公里马莲井望风,防河西马步芳、马步青入侵新疆。

1940年5月,马步青坐小轿车以甘新公路督办的名义到星星峡车站视察,并派副官送名片给星星峡边务处。边务处即派一名士兵送来一个字条,上写:"限马步青两个小时离开星星峡。"公路检查哨架起轻重机枪示威,马步青也只好灰溜溜地回去了。酒泉公路段长也到星星峡测量公路,却未受到限制。[10]

因为盛世才不允许国民政府和甘肃地方政府的官员进入新疆,西北公路局只能把车站设到星星峡。车站编制有站长、副站长、站员等人。

到1941年6月,苏德战争爆发,苏联即停止援华工作。在哈密交接的苏联援华军用物资基本运输完毕,只剩20门高射炮拖拉机。这种拖拉机每辆自重20吨,每公里耗机油一加仑,柴油五加仑,笨重又耗油,西北公路局人员将这些高射炮拖拉机开往酒泉,就搭棚弃置,没有再向内地运送。

除了苏联援华的军火物资外,还有一批欧美援助的物资也通过西北大通道进入了中国。时任中国驻苏大使的邵力子与苏联政府谈判,签订了假道苏联的中亚细亚各共和国运输援华物资的协定。与苏联议定的过境运货方案是:按照中国每年依约应交苏联农矿产品24000吨之数,扣去中国向苏联购油料5000吨,暂定过境运货19000吨。平均每月1600吨。该案数量不大,但在当时是起了打开僵局的作用的。[11]

战斗在西北国际大通道上的苏联援华飞行员和汽车驾驶员大都是由苏联政府秘密派遣过来的。他们在被赋予任务时,甚至不知道到什么地方执行什么任务。汽车驾驶员在进入中国国境前,统一换下军装。一位叫依·戈·明卡的汽车驾驶员回忆说,当时他被临时应征入伍,先是乘火车到达一个叫萨雷奥泽克的地方,当天晚上就被带到一辆辆崭新的吉斯－5卡车前,连夜检查汽车的技术状况,加油加水,然后把军装换成了便衣,每人都是青色上衣、鸭舌帽、高筒靴、短皮袄。次日早饭后,按照上级要求将便衣上的商标全部摘取销毁,将火柴盒上的糊标撕下,把汽车上的吉斯－5标记用油漆涂去。这时,连长和指导员才告诉他们这次所执行的任务是运送物资去中国,并严格要求保密,在中国境内不准与中国人交谈。所有工作人员都签了不得泄露军事机密的保证书。

依·戈·明卡生动地描述了一次运输途中的情况:

　　我们继续在戈壁沙漠中的骆驼路上爬行着,热得气喘、头痛,马达无力,经常需要清理滤油器、汽化器。由于马达发热,必须给水箱添水或换水,擦去马达上的灰尘,甚至用铁片刮掉积垢。卡车的颠簸和风的助力也是很危险的,尤其当车上装着飞机的时候,更是令人担心。单纯讲距离,这个站到下一个站,只有一天的路程,有时却要花去几倍、十几倍的时间。记不得在什么地段,我们遇上了100公里长的盐碱地,用一档的速度爬行,整整走了7天,大家全身没有一个完整之处,手上青一块紫一块,肩膀也肿了起来。汽车的车轮和钢板换下的数目就记不清了。我们一个个精疲力竭,睡在驾驶室里,吃东西口内尽是苦咸味。还有一段路,有3—5公里长,两边山崖峭立千余米高,形成一道狭窄的深谷,抬头几乎看不见蓝天。这里许多地段,因为路面狭窄又是急转弯,汽车过不去,在这种情况下,只好用大铁锤、铁钎、十字镐、凿子劈去碍事的岩石,将汽车一辆一辆开过去。尤其是车里装着高高的飞机时,困难就更多了,上面突出的岩石有时卡住拉飞机的汽车,车子过不去,这时就得把货物卸下来,在车上搭上简易的台子,爬上去撬掉碍事的岩石。有一次过山丘地带，车队行进在有急转弯的慢下坡地段上，这次我们拉的是200公斤一桶的飞机油，在这种下坡路上是绝对不准熄火的，可是，我的助手违反了这个命令，熄了火，正好这时我在睡觉，刹那间我们的汽车开始翻滚，我还不知道发生了什么事，在驾驶室里，我们二人从这个角落跌落到那个角落，又从那边翻滚到这边，汽车打了两个滚，被汽油桶顶住后才停住了。我们俩挣扎着从车窗里爬了出来，后来一问，助手说是因为马达太热才熄的火，想来实在叫人后怕。我们爬出驾驶室后，向四面望去，车队的汽车停在山坡上，山下大约800米远的地方有一座村庄。只见同志们焦急地跑了下来，解开绑油桶的绳子，油桶全部滚散了，一部分滚到山下，其他的我们用绳子慢慢将它们滑到山下，再将卡车掀起来，滑行到下面，修理好后，又装上汽油桶，继续向目的地进发。

在嘉峪关还是其他什么地方，有一个盆地，自古以来中国人称这里为死谷(吐鲁番盆地)，我们切身体会到这里确实令人望而生畏。山岭之间是低于海水平面90米的盆地，长50公里，地面全是裂着口子的干红土，每隔200至300米就有一口死干井，盆地到处可见到死亡动物的白骨，夏天高温达50度，把生鸡蛋放在沙子上，很快就会变熟，四野空空荡荡，一片寂静，没有一丝风，热得叫人喘不过气来，热气通过我们的长筒靴散向全身，人们在这里惶惶不安，烦躁的心情迫使人不停地走动，怎样也不能安稳下来。汽车走这段路当然是困难的，不知何故，我们指挥部选定了这条路线，汽车只能跟着前车的辙迹才能行进，可是当汽车压过去后，一块块红土干片被压成红土粉沙，卡车在这种情况下便开始打滑，接着往下沉，一直陷到车厢架子卡住为止。大风刮来,吹不散的红土尘,弄得人什么也看不见。我们用拖缆将三四辆汽车连在一起,每车相距10米,才能顶住风沙,继续前进。如果这个秩序被打乱的话,那卡车将可能空转,最后陷入沙土之中,一旦发生这种情况,解救的方法只有一个,搜集骆驼、驴或其他动物的骨头,用它来垫。车子在沙路上启动之后,千万不能停下来,否则,又有可能陷进沙里动弹不得,离开前车之辙也有这个危险。同时,灰尘和沙子,也毁灭性地影响着机器:发动汽缸被卡住,轴承跳飞,轮胎爆裂,油路被堵塞等问题。

冬季行车也是困难重重的,冷风、严寒、大雪、冰地,短皮袄和毡筒也无济于事,到处透着冷风,脚不一会便冻得麻木了。为了不使水箱冻裂,除夜间住宿外,马达是经常发动着的。有时密度很大的浓雾也给行车带来困难,有造成相撞的危险,而春季河水泛滥,山水下泻,汽车驶入河里时,水会灌进马达和驾驶室。不过,我们强行渡河训练学得不错,一般的困难难不住我们。同时,不能忘记,在这方面,中国居民给了我们大力协助,提供木筏,指点涉水路线和绕过险区的道路。最危险的是河水灌入马达,卡车停在汹涌波涛中,越陷越深,但是,我们曾多次从这样的困境中休面地摆脱出来。[12]

成百上千的苏军司机,经常要忍受常人难以想象的心理和生理的煎熬。他们进入中国后常常半天见不到一个村庄,饿了吃点随身携带的黑面包,渴了喝些随车自备的凉水,有时连一口热水都喝不上。不少站、点的水都是从好远的地方驼运来的,食用的粮食蔬菜也都是从数十公里、数百公里外运来的,但他们无悔无怨。就是到了接待站,他们从不在吃的方面为难中方工作人员,总想挤点时间多休息一会。

当时的苏联政府和军队对援华人员要求非常严格,几乎每月都有工作组检查援华人员的工作情况,听取中方接待人员的意见。苏方援华人员的任务观念很强,一切行动听指挥,要求援华物资在规定的时间到达规定的地点,就必须完成,否则就要追究责任。所以,无论是飞行人员还是驾驶员,自觉性都很高,一有任务就做好各种检查和准备,即使不睡觉不休息也要保养好机械。

一次,一辆输送物资的苏联汽车陷在了迪化附近的沟渠里,有人迅速报告给了迪化中运会汽车站,连续报告了几次,苏方汽车队长都不理,只是说:"你们不要管,他自己会有办法的。"最后还是中方人员出于安全和友好考虑,派出人员帮助司机把车拖了回来。[13]

当时新疆交通条件很差,苏联司机经过一天的长途运输非常劳累,但他们仍然保持高度警惕,夜间还要搞紧急集合。在接待站的一切活动都是集体行动,就餐时排着整齐的队伍进食堂,将帽子挂在统一规定的地方,走路脚步轻,吃饭无声响,吃完饭要排队一块回住所,宿舍内的洗漱用具和枪械都要放置整齐。车队每到一地,先将车开进停车场,一字排开,一排一排地对齐,车辆停放时,前后均用木头将车支撑起来,让轮胎悬空,使车胎不受损。车停好后还要派出哨兵,严禁无关人员靠近车场。在冬季,则轮流发动汽车,保证车辆随时可以启动。这些都体现出苏联军人良好的素质和战备观念。

苏联工作人员对待工作相当严谨。凡是参加装配飞机的苏联人员,每次装配完毕后,都要立即开会,讲评各人表现,查找总结哪些配件还有什么问题,提出改进意见建议,每个人都要有自己的见解。每架飞机装配成整机后,必须进行试飞和实弹试射,确保机械完好,战斗技术水平最佳,不允许带故障交接。试飞试射后,工程技术人员要签字负责,尔后才能移交给飞行人员参加正式飞行。

负责运输的苏联人员对中方非常友好。当地政府利用中苏双方的节日,如十月革命节、五一劳动节、元旦、四一二纪念日(盛世才取得政权之日),互相拜访,设宴招待,组织群众和航空站、接待站的苏联工作人员一起联欢。1939 年 7 月 7 日抗战二周年纪念时,哈密召开抗战二周年群众大会,邀请了苏联在哈密的地、空勤人员、专家和中国空军飞行员参加。适逢文艺界名流、电影明星赵丹、徐韬、王为一、朱今明等途经哈密,也一并应邀参加大会,赵丹还在会上讲了话。大会气氛非常热烈,"收复祖国大好河山"的吼声响彻云霄。

苏联工作人员严格遵守群众纪律,待人和气,发现路上有需要帮助的中国司机,都会热情提供帮助,有时还把轮胎和汽车零件送给中国司机。曾经在七角井接待站工作过的周恒舜回忆:

> 一天晚上苏联车队辛劳一天,安顿完毕就寝后,忽然有个拉着骆驼经商的人找到中运站,诉说他的骆驼队被山里出来的一伙人抢走了,苦苦哀求我们派人救援。中运站通过我这个俄文翻译将此事原委告诉了苏联车队队长,这位队长听后,立即派了一辆嘎斯车,带着几个人和机关枪,朝着那位驼商指引的方向赶去。不多时,驼商就把骆驼队和全部被劫物资领回来了,据说劫路强盗见有人持枪追来,丢下驼队和物资夺路逃命去了,所以双方并无伤亡。驼商见到失而复得的驼队和物资,感激得热泪盈眶,跪在地上直向苏联队长叩头,急得那位苏联队长手足无措,不知该如何对待中国人这种古老的礼节才好。[14]

苏联军人的友好也换来了中国军民对苏联的友谊。周恒舜回忆:

> 1938 年夏季,天气炎热而干燥。有一天,几个老乡搀扶

着三个苏联飞行员来到七角井中运站。这三个飞行员衣服多处被撕裂，面色苍白，身体非常虚弱，我们立即安排给他们洗脸、吃饭。良久，他们才得到恢复。原来这三个飞行员是在驾驶飞机去哈密的途中，飞机发生了故障，无奈只好迫降。沙海无边无际，杳无人烟，他们判断了一下方向，便朝着这里找人救援。走了一两天，所带的水已经喝完，饥渴相交，行走艰难，他们只好将身上的衣服一件件脱去，以减轻负荷，最后只剩下衬衣衬裤，也无力行走了，他们只好爬着向前挪。三个飞行员中有一个胖子，在大家干渴疲惫无力的时候，这个胖子提出要两个同伴咬破他的胳膊，吸吮他的血液，以延缓死亡的来临。就在这当儿，他们爬到了一户少数民族人家，才得到救援。这户人家发现他们是苏联友人，男主人赶紧用马车将他们送到七角井中运站。[15]

培养一个飞行员耗费巨大，特别是在严峻的战争年代。大通道上的接待人员想方设法改善住宿条件，确保飞行员的健康。航空站的医务人员除治病外，更重要的任务就是负责飞行员的食宿卫生，亲自安排每日菜单，监督炊事员操作。开饭前，都是由医生、中国招待所长、翻译、主勺炊事员等先吃，然后全体苏方人员方可就餐，以防出现餐饮安全事故。炊事员和饭厅服务员必须经常进行体检，如果发现传染病，就会立即被辞掉。为了给苏联飞行员吃上可口的饭菜，各地航空站从伊宁、迪化等地选聘从苏联归来的华侨西餐厨师来做西餐，使接待站的饮食适应苏联飞行人员的口味。

哈密的木柴比较少，当地群众煮饭取暖历来以烧牛马粪为主，特别是冬季几乎全部烧畜粪，这在当地已经习以为常了，但用来为苏联飞行员做饭就不合适了。为此，哈密中运会调集了哈密全区的骆驼，组成运输队，到天山林区拉运木柴。

　　战斗在西北国际大通道上的运输人员,时常面临死亡的危险。1939 年 2 月,一架载有 23 位专家的苏军运输机,从阿拉木图飞往迪化途中,因山高雾大失事,掉在尼勒克与乌苏之间的一座山峰上,和航空站失去了联系。中运会的苏联顾问迭列吾延科中将率工作人员 10 余人到乌苏县查找,并迅速做好了进山寻机的准备,携带了行李、食品和医疗抢救物品等,要从乌苏县南山向尼勒克山中去寻找。这时,中方迪化、乌苏、伊宁三个航空站一致判定失踪的飞机应在伊宁附近的尼勒克县境内,希望迭列吾延科顾问速到伊宁,以便赴尼勒克寻找和营救。但这引起了迭列吾延科顾问的误解,误认为中方人员不愿意进行搜救工作,冲着乌苏中运会委员长王得瑜咆哮:"死的不是中国人! 你不关心!"在苏联顾问的强烈要求下,中方派出人员同迭列吾延科率领的苏方人员组成搜寻小组,冒着零下 30℃的严寒和持续不断的大雪,骑马在乌苏南山寻找了 7 天,还是没有找到失踪的飞机。后来,由于有 6 匹乘马先后掉在冰河里不能出来,乌苏南山的搜寻工作才被迫放弃。

　　就在中、苏双方人员盲目地在乌苏南山搜寻的时候,掉在了尼勒克县海拔 4000 多米山峰上的机组人员开始了与死神的大搏斗。飞机坠落到山上后,当场就有 11 位苏联专家遇难,剩下的 12 人中有 7 人重伤,加之得不到救治,两天后也都相继死亡,其余 5 人依靠燃烧了两天的飞机余温,和死神顽强抗争。9 天后,看到直奔他们而来的搜救人员时,有 3 人当即就倒下了,其余 2 人也是冻得瑟瑟发抖,连讲话的力气都没有了。后来人们才知道,为了生存,他们是用烧烤死去战友靴子的方法顽强生存下来的。

　　根据苏联解体后俄罗斯政府解密的相关资料:抗战初期,援华的苏军飞机在新疆、甘肃两省区坠毁的就有 45 架以上,仅 И-15 型气冷式单发、单座战斗机就有 30 多架。许多苏联人民的优秀儿子埋骨于大通道沿线的冰峰雪岭和大漠戈壁。

---

[1] 以下关于西北公路局的内容,主要参考章伯锋、庄建平主编的《抗日战争》第五卷《国民政府与大后方经济》,四川大学出版社 1997 年版。

[2] 新疆社会科学院历史研究所:《新疆简史》第 3 册,新疆人民出版社 1980 年版,第 262—263 页。

[3] 李嘉谷:《合作与冲突——1931—1945 年的中苏关系》,广西师范大学出版社 1996 年版,第 126 页。

[4] 甘肃省委党史研究室:《甘肃省抗日战争时期人口伤亡和财产损失》,中共党史出版社 2014 年版,第 15—16 页。

[5] 俞飞鹏:《十五年来之交通概况》,1946 年刊印,四川大学文理图书馆藏,第 37 页。

[6] [俄]乌索夫著,赖铭传译:《20 世纪 30 年代苏联情报机关在中国》,解放军出版社 2013 年版,第 256—257 页。

[7] [俄]乌索夫著,赖铭传译:《20 世纪 30 年代苏联情报机关在中国》,解放军出版社 2013 年版,第 236 页。

[8] [俄]乌索夫著,赖铭传译:《20 世纪 30 年代苏联情报机关在中国》,解放军出版社 2013 年版,第 237 页。

[9] 中国人民抗日战争纪念馆:《抗日战争苏军援华史论》,社会科学出版社 2013 年版,第 75 页。

[10] 冯肇虞:《甘新公路修建和援华物资运输回忆》,《甘肃文史资料选辑》第 41 辑《市州县文史资料集萃》,甘肃人民出版社 1996 年版,第 92 页。

[11] 邵力子:《出使苏联的回忆》,全国政协《文史资料选辑》第 60 辑,中国文史出版社,第 128 页。

[12] [苏]依·戈·明卡:《光荣的使命》,《盟国军援与新疆——新疆文史资料第 24 辑》,新疆人民出版社 1992 年版,第 155—157 页。

[13] 于金生、盛世云:《苏联援华人员在我们心中的形象》,《盟国军援与新疆——新疆文史资料第 24 辑》,新疆人民出版社 1992 年版,第 77 页。

[14] 周恒舜:《在七角井难忘的日子》,《盟国军援与新疆——新疆文史资料第 24 辑》,新疆人民出版社 1992 年版,第 102 页。

[15] 周恒舜:《在七角井难忘的日子》,《盟国军援与新疆——新疆文史资料第 24 辑》,新疆人民出版社 1992 年版,第 103 页。

第十章
开辟第三条线

　　香港、缅甸沦陷后,中国接受外援的海上通道、滇缅公路被切断,而驼峰航线则运力不足。经过多方努力,中国开通了由印度列城到新疆叶城的驿运线。中方原设想将卡拉奇的美援物资由印度西经伊朗转苏联,再借道土西铁路运至阿拉木图,走西北国际大通道进入中国内地,但没有成功,遂开通了世界上海拔最高的国际驿运线,并成功地运输了两批战略物资。

抗战后期,经艰辛努力,国民政府建立了一条新的国际通道,从南亚,经南疆到河西走廊,再到内地,运送美英援华物资。这条通道的开辟比从苏联境内开始的国际通道还鲜为人知,其后半段正好与西北国际大通道重合。

中国至西北、南亚国际运输图示

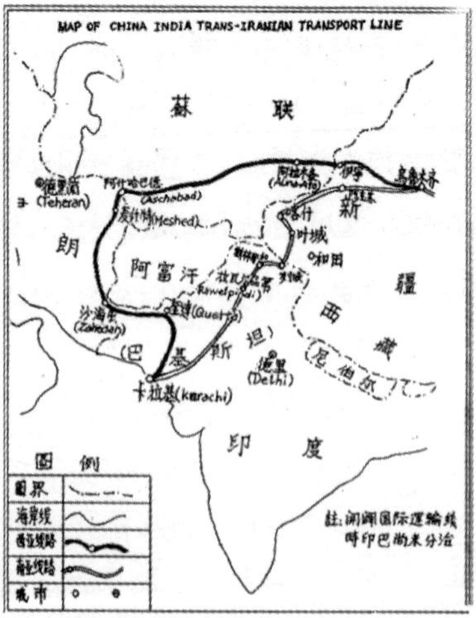

一般认为,西北国际大通道最主要的有两条线,一条是萨雷奥泽克—霍尔果斯—迪化—兰州的陆路交通线,一条是阿拉木图—伊宁—迪化—兰州的空中航线。实际上,在抗战期间,还开通使用了由克什米尔的列城(今印控)到新疆叶城县的第三

条线,这是一条驿运线。

抗战期间,国际援华物资除了西北国际大通道外,还有经香港、广州的海上通道,从缅甸仰光港口经滇缅公路的中缅国际交通线,从越南海防港进入中国云南、广西的中越国际交通线,以及飞越珠峰的驼峰航空运输线,贯通中缅印三国的史迪威公路在内的中印交通线等。

1938 年 10 月广州沦陷,1941 年 12 月香港沦陷,中国接受外援的海上通道被切断。1942 年 3 月 8 日仰光失陷,中缅国际交通线出海口被封闭。3 月 27 日,中英两国间签订了《关于重庆加尔各答航空运输换文》,根据这个文件,驼峰航线被开辟。史迪威公路于 1943 年 1 月开工,1945 年 1 月修通。

来自美国的援华物资,先是经香港转入内地;香港沦陷以后,改由从缅甸的仰光经滇缅公路输入;滇缅公路被截断后,又改从海上运到印度,经中印交通线运到中国昆明。缅甸被日本占领后,滇缅公路被封锁,通往中国的海岸运输线完全断绝。而这时西北国际大通道也由于中苏关系紧张、苏德战争爆发等原因而几近停止,而拟议中的史迪威公路在 1943 年前尚未开工。剩下唯一的一条国际交通线就是由美国空军从印度狄布鲁加飞越喜马拉雅山空运货物到中国昆明的“驼峰”航线。但这条航线由于气候恶劣,空中气流不稳定,导航设备简陋,飞行安全无法保证,满足不了中国的抗战需要,大量美援物资滞留在印度,无法运入国内,抗战形势变得更加严峻。国民政府不得不考虑由印度通行中国的其他道路,首先想到的就是开通驿运。

历史上,中印驿运路线有两条,一条经西藏通印度,一条经新疆通印度。1943 年春,国民政府交通部派出了一个中印驿运路线查勘团赴印度进行具体勘查。查勘团在勘查后认为,西藏路线难度太大,一时不能打通,建议采取经新疆的路线。

这样,国民政府一方面通过外交部通知中国驻印度专员沈士华,要求其与印度政府交涉,商讨开通新印线的方法;一方面由交通部在新疆成立驿运分处,筹备接运援华物资事宜。

新印线传统上也有两条。一条是南线,由克什米尔列城沿中印边境喀喇昆仑山脉分水岭,越过喀喇昆仑山口,再沿新疆境内叶尔羌河到叶城。在1937年中印边境未被盛世才封锁前,此线年通过货物量为驮马万匹。另一条是北线,由白沙瓦城(现巴基斯坦境内),越过喀喇昆仑山脉到达新疆浦犁城(现新疆塔什库尔干县。此线现已开辟为中巴公路)。在中印边境未被盛世才封锁前,此线年通过货物量为千余匹驮马。前者长1005公里,最高海拔5795米;后者长1160公里,最高海拔4575米。两线均要越过地形复杂、气候恶劣的高原地带。为选定具体的驿运路线,西北驿运管理处新疆分处专门组织调查队前往南疆调查。调查队于1943年9月15日从迪化出发,经喀什、塔什库尔干,到达吉尔吉特(位于今巴控克什米尔地区),国民政府派出的赴印度查勘团也从印度方向到达吉尔吉特。两队会合后于同年10月19日返回迪化。

国民政府驻印专员沈士华经与印度交涉,提出了他的建议:根据英国主张,采取新印贸易路线的南线,从狄布鲁加由铁路运到克什米尔首府斯利那加,改用驮马驿运至克什米尔的列城,以列城为交接点。在印度境内的运输,可委托英商福公司代办,然后由新疆组织人员马匹到列城接运。新疆驿运分处处长顾耕野据此建议提出了具体方案:设置南疆驿运支处,以接运经印度进口的援华物资,利用空程输出新疆土产商品;计划每月往返运输280吨,因气候条件所限,一年可用6个月,年运量达1680吨;筹划南疆驿运支处,沿途设18个驿运站,需设备费及周转金共计国币1413万元。

这个方案上报国民政府批准后,已经是 1944 年的春天了,而且行政院只批准了 1018 万元。以当时的施工能力和地理条件,这一方案不是短期就可以完成的。战争年代,战事如火,经费又紧张,顾耕野急得如热锅上的蚂蚁,却无计可施。[1]而就在这年 11 月,由中国设在印度的印伊运输处已将存放印度的美援物资沿着新印贸易南线成功地运到了列城。顾耕野于是停办南疆驿运支处,改用首批启运的路线与方式,雇用民间畜力转运美援物资。

1943 年初,美国副总统威尔基由苏联来到重庆,向当时的行政院长宋子文建议,将美援物资由印度西部港口卡拉奇(现属巴基斯坦)经伊朗运到苏联,再借道土西铁路运至阿拉木图,走西北国际大通道进入中国内地。除苏联境内一段铁路外,一切运输工具由美军提供,人员由中国准备。他的这一倡议,虽然道路曲折漫长,但比较安全。宋子文采纳了这一建议,立即通知交通部长曾养甫筹划开通这条交通线。

根据交通部、外交部的通知,中国驻印度专员沈士华开始筹备组织印伊运输处,协调中、印、伊、苏货物联运。成立了交通部直辖的印伊运输处(CHINA INDIA TRANS—IRANIAN TRANSPORT AD-MINISTRATION,对外称 CITTA),任命在印度负责空运的驻印商务代表周贤颂兼任处长,交通部滇缅公路局副局长、留法工程师陆振轩为副处长,由陆具体负责运输处工作。办事机构设在伊朗边城扎黑丹,并在卡拉奇(是今巴基斯坦的最大城市和港口)设有运输处。1943 年 7 月,陆振轩受命后立即从全国各地调集了 7 名胜任的青年人,组成先遣队赶往印度。

当时,由重庆去印度最快的路线就是由昆明飞驼峰航线越缅甸北部到达印度东北部的狄布鲁加。先遣队队员乘坐一架 DC－2 型小型货机,经缅甸一路躲避着日军飞机,安全降落在狄布鲁加机场,加油后继续飞行,最终到达加尔各答机场。先遣队出了机场,进入市区休息,等待换乘火车去 CITTA 的总部驻地——伊朗边城扎黑丹。从加尔各答到沙海屯,铁路线长 2000 余公里,沿途停靠新德里、卡拉奇、奎达(现属巴基斯坦)等 3 座城市。CITTA 队员途经新德里,中国驻印专员沈士华接见了他们,要求他们在最短时间内做好在西亚开展工作的各项准备工作,把抗日急需物资运回国内,并介绍了运输路线的情况。

经过了解,初步的路线情况是这样的:物资起运点在海港城市卡拉奇,经奎达西行,抵达伊朗边城扎黑丹,这段路线有铁路相通,约 1700 公里;从扎黑丹向北行,经比尔詹德到达伊朗北部重镇马什哈德,再向西北到达苏联边境城市阿什哈巴德(现属土库曼斯坦),这一段有公路相通,约 900 公里;从阿什哈巴德向北行至阿拉木图,这一段有铁路相通;从阿拉木图有公路直通中苏边境的霍尔果斯。从起点卡拉奇到霍尔果斯,全程约 5500 公里。进入中国境内后,经西北国际大通道运往内地。

扎黑丹是伊朗的一个边城。伊朗在欧洲的古希腊语和拉丁语中称为波斯,二战期间美苏英等国在伊朗都有驻军,其中北部由苏联控制,东部由英国军队占领,西部德黑兰市有美国驻军。

扎黑丹地区是英军的势力范围。陆振轩与队员们到达扎黑丹后,首先以中国代表和上校的身份拜会了英军司令部驻当地的上校司令,确认各队员的军衔(当时职员只有 9 人:武建庚、刘宗唐、张鹏程、欧翔墀、林××、叶××、杨文炳、白生良,还有一名技工,分别以上尉、中尉等身份开展工作)和盟军战友身份,并协调在英军司令部安排了办公住地,从美军驻当地的后勤部门领取到口粮配给。同时印伊处处长周贤颂与美军接洽汽车和运入国内的急用物资。陆振轩又与驻印英军总部及英国官办的"联合王国商务合作企业"(这是英国在伊朗管理公路建筑与公路运输的机构,简称UKCC)联系,经交涉,英方同意协助办理运输事务。

印伊运输处运输的物资是根据1941年3月11日生效的《美国租借法案》由美国援助中国对日作战用的机械、汽车、油料等作战物资。此时大量的援华物资已经由卡拉奇运送到了扎黑丹的UKCC货场里,主要有汽车修理设备、轮胎、机油、石油以及子弹等,货物堆满了货场和仓库,整个货场面积达数万平方米。据当时在运输处工作的白生良撰文回忆,英军一个车队50辆汽车,也只运空了一个小角落,估计已有数千吨,且还在陆续从印度运来。[2]

按照计划分工,援华物资在印伊一段汽车运输由英军负责,人员、车辆和沿途给养,统一由英军总部配发,交通工具由UKCC供给,从扎黑丹到伊朗北部边城马什哈德的公路运输,由中国人负责验收装车。就在中国队员到达驻地的第二天,援华物资已经用火车运来堆放在火车站边上的UKCC货场里。

由英军率领印籍司机驾驶的车队到达货场后便组织装载。当时是由雇来的当地人用手工装车,货箱重达一二百公斤,装载进度很慢,两天才装好一个车队的45辆汽车。中国队员负责现场办理验收和点交手续。1943年10月初,两个车队装货完毕,由英军中尉率领向马什哈德开进,陆振轩率领两位俄语翻译随车队出发。

经过4天900公里的行程,车队到达马什哈德,沿途顺利。第二次世界大战爆发后,英、美、苏等国先后派兵进占伊朗。苏联在伊朗的北部地区及通向苏联境内的公路、铁路沿线都驻有军队,未经许可禁止进入。马什哈德是靠近苏联军事禁区南边的一个城镇,车队在这里停下来接受检查。根据苏联哨兵的指引,陆振轩以中国代表身份和英方领队来到马什哈德镇拜会苏联领事。苏联领事对他们非常热情,但对假道土西铁路转运美援物资去新疆事,却没有答复。第二天,陆再去联系,得到的回答是,莫斯科与重庆方面尚未谈妥,很抱歉,不能放行。

陆振轩不知何故,苦等不得放行,只好与英国领队磋商,令车队南撤返回扎黑丹。中方人员前往德黑兰找中国驻伊朗公使和美国驻伊朗大使寻求帮助。从马什哈德到德黑兰又是 1000 公里,陆振轩一行于 1943 年 10 月中旬到达,见到中国驻伊朗公使李铁铮,请其与美国大使联系,共同交涉,无效。事后才知,苏联不让通行的真实原因是中苏两国外交关系此时已趋紧张。陆振轩一行白走一遭,耗费不小,无功而返,回到扎黑丹驻地。1944 年春,他们收到从新德里发来的消息,要求 CITTA 在伊朗的机构撤销,全部人员返回卡拉奇待命。这样,中、印、伊、苏四国联运计划就失败了。

1944 年夏,陆振轩等仍然在为开辟从南亚到中国的运输线而苦苦寻觅,他们查阅文献资料,阅读英国人写的从新疆跨越昆仑山到印度的游记,了解了一些新印贸易的路线通行情况。就在这个时候,国民政府交通部派出的中印驿运路线查勘团撰写的报告转到了中国驻印使馆及印伊运输处。陆振轩从这个报告中了解到英国使馆建议走新印南线运输援华物资,感觉到这个调查可行,于是写信给国民政府交通部公路总局副局长龚学遂,建议开辟印度—新疆驿运运输线,得到公路总局的同意。公路总局马上委派陆振轩为该局驻印代表,负责办理物资的调拨运输,并要求陆振轩顺道踏勘沿线道路和气候等状况,为今后修筑公路提供资料。公路总局同时要求西北公路局局长何竞武向新疆省政府及新疆中运会交涉,提供驿运马匹。何竞武此时正急需汽车轮胎,立即通过公路总局与陆振轩取得了联系。

印新驿运没有成立专门机构,国民政府公路总局指定由陆振轩负责组织管理,人员都是由陆振轩从原印伊运输处选调来的,共 6 人

（陆振轩、刘宗唐、张鹏程、欧翔墀、杨文炳、白生良）。国内物资接运负责人员是西北公路局的正领队乔福德和副领队马家驹。[3]

按计划,这次开辟的南亚到新疆的线路,全长 2959 公里。物资从港口卡拉奇起运向北经拉合尔到拉瓦尔品第（现属巴基斯坦）,这段路线是一条铁路干线,全程约 1600 公里。从拉瓦尔品第向北翻越一座山口到达克什米尔首府斯利那加。这段路有公路直达,约 300 公里,路况好,汽车行程需 7 小时。克什米尔当时是英属的一个土邦,位于喜马拉雅山和比尔贾尔山之间,境内交通除一条公路外,大部分是驿道。北通中国的新疆,东去中国的西藏。斯利那加是一座古城,有山谷流下的河水穿城而过,两岸为肥沃的冲积土,生产稻谷、水果和蔬菜,城郊湖光山色,风景如画,是印度的避暑胜地。

然后从斯利那加沿一条简易公路行 87 公里到达公路终点索那美丽（Sonamary）,再换乘驮马沿驿道翻过标高 3531 米的疏其拉（Zojila）山口,续行进入藏民区拉达克（Ladakh）。从这里循印度河谷东行抵达拉达克首府列城。这段驿道共长 297 公里,是英国人修筑的,道路有两米宽,维护得比较好,沿线还设有食宿站,共计 13 个,每日走一站。这条线上的援助物资由沈士华负责向盟国协调办理,物资在印境内的运输由陆振轩与英方协商,请英军将物资从起运口岸运至克什米尔首府斯利那加,再用驮马驿运到列城。

斯利那加到列城各站间距、海拔[4]

宿营站编号	站名	海拔高度（米）	间距（公里）	累计（公里）
1	斯利那加	1590	0	0
2	索那美丽	2668	87	87
3	布路塔尔	2882	15	102

续表

宿营站编号	站名	海拔高度（米）	间距（公里）	累计（公里）
	疏其拉山口	3531	6	108
4	马他扬	3181	18	126
5	特拉司	3093	21	147
6	西姆沙安尔布	2821	32	179
7	卡吉尔	2680	26	205
8	毛尔培克	3507	35	240
9	布德卡尔布	3416	23	263
10	喇嘛雨路	3446	24	287
11	那尔拉	3020	27	314
12	沙斯普乐	3111	23	337
13	列城	3507	47	384

　　列城位于印度河东侧,章拉山口南麓,是通往西藏的小镇,海拔3500米。这座小镇当时人口约5000人,多为拉达克土著。镇内只有一条大街,建筑多为土坯平房,好一点的房子是英国驻列城专员的官府和本地富人的住宅。平时小镇很冷清,只有运货的马队来到后才热闹一番,商品多数是布匹、皮毛、饲料、粮食和日用品。大家以货易货,也没有海关。这里的气候只分寒季和暖季,进入十月就开始结冰,到一、二月气温降至最低,至零下30至40摄氏度。每年有5个月的冰雪封闭期,与外界不通音讯。英国人在这儿设有一所驿运食宿站,有专人管理,按当地的官价供应食品、提供住宿。在这里住宿的主要是英国官员、西方旅游者,以及从新疆来的官员。英国人在这里没有驻军队,通过印度雇员控制一切行政事务,很有权威。拉达克的土王也居住在列城。这里还有一座喇嘛

庙,住着一位叫白古拉的年轻活佛。山坡上有一座藏式建筑,犹如布达拉宫,为当年拉达克王的王宫。

以列城为交接点,由新疆叶城县组织的"恰卡尔"(维吾尔语,意为赶马的小工)驮运队翻越喀喇昆仑山运到叶城县。从列城到新疆叶城,全程除了起点和终点附近零星地段有人工修筑的驿道外,基本上就是白骨引路的古驿道。驿道在喀喇昆仑山区要通过标高 5000 米以上的山口三处,最险恶的山口汇集了 11 条冰川,驿道就从冰坡上通过。这一段驿道全长约 675 公里。中国的驮运队从叶城到列城每接运一次,往返便有 1350 公里。

西北公路局局长何竞武由于急需车胎,对这次驿运非常积极,安排汽车从兰州赴叶城接运,并写信给盛世才,请代征驮马 1000 匹(实际征了 1500 余匹),另派数百匹供人员乘骑和驮载所需给养,赴印度列城接运美援物资到叶城。盛世才此时正向蒋介石靠拢,于是给予了积极配合。

2000 套卡车轮胎和数千码英国空军制服呢料作为首批试运物资被运输到了克什米尔首府斯利那加。运输人员在斯利那加向英方办妥汽车、驮马和沿途食宿手续后,于 9 月初继续北上,先汽车运输再换乘驮马沿驿道走 380 多公里到达物资交接点——拉达克首府列城。这时,从中国新疆叶城出发的接运马队共 169 人、800 匹驮马,也经过 12 天的行程,于 1944 年 9 月到达列城。

2000 套卡车轮胎和数千码呢料,不是个小数目,以当时的运力和道路条件,至少需要 1000 多匹驮马才能运完。因运力所限,便分成几批接运。

第一批货物于 1944 年 10 月 15 日从列城起运。这是一次试运,有 170 余人,其中陆振轩率领张鹏程、刘宗唐二人,作为国民政府公路总局踏勘列城到叶城驿运路线及试运小组压队,由陆振轩负总责。新疆省政府喀什公路局派出了警卫三人,还有马主五六人,他们管理各自的马匹及雇佣的马夫。这些人中,有的在这条路上从事驿运多年,对道路比较熟悉,是马队的向导。这次试运的货物是国内急需的汽车轮胎 1000 套。因卡尔东山口及西塞拉山口特别险峻,马匹难行,马队首先雇用当地人的牦牛把货物运过这两个山口,再换驮马驿运。

第二批货物由欧翔墀率领杨文炳、白生良押运。因为有近半年的冰雪封山期,这批货物要等到次年的上半年才能接运。1945年 6 月,从新疆来的接运马队到达列城。7 月份离开列城,8 月上旬到达叶城。

这一路九死一生,惊险无数,所有人员经历了无法想象的艰难曲折,经受了漫长的生死考验。

一出列城,就要翻越两座海拔 5000 米以上的大山。这里的山路海拔高,坡度大,崎岖难行,印度驮马体质比新疆驮马差,无力驮货翻越,只有新疆马种适应这里的高山驮运。这也是把交接点设置在列城、由中国派驮马到列城接运的一个原因。

途中最艰险的要数西塞拉山口。白生良在《抗日战争中一条鲜为人知的跨国运输线——"丝绸之路"上的坎坷与艰辛》一文中描述道:

> 翻过雪坡,走进一个山沟里,山沟两边都是削壁。英国人曾在削壁上凿了驿道,共 35 个"之"字弯,坡度较大。由于积雪覆盖驿道,队员们几乎是在雪廊中摸索着行进,马开始喘气,马主又在马鼻上扎针,鲜红的血滴在雪地上,分外醒目,令人心惊。约一个多小时,向东下山,越过山坡,走进山沟。山沟里大卵石绵亘数公里,从乱石堆中穿行,马蹄随时有折断的危险。走出乱石堆,可以看到直泻下来的大冰川。其地便是

班灯塞，大家称它为冰山脚站，气温降至负 10 度，海拔 4270 米。这一晚上队员们选了一块平地宿营，第二天晨起继续在冰天雪地里前进。路愈走愈高，隐约看到前面有人挂着木棍在探路。凛冽的寒风扬起了雪花，双眼迷蒙，看不清路线。因在雪槽中行走，心里尚不害怕。马呼吸急促，鼻孔喷出团团白气，速度慢下来了，看到雪地上点点血迹，马主又在用针医治马的高山反应。人们都在吆喝着，不让停步，以免冻死。行进在雪雾中，忽听有人在呼喊，知道又发生了事故。原来路边沟旁躺着的死马白骨，连绵不断。中午时分爬上了海拔 5368 米的西塞拉山口。冰雪反射阳光，刺眼难睁，急忙戴上日光镜，牵马下山口，走过一段陡坡，踏上冰川。只见冰舌从两峰间直泻下来，汇入谷中。庞大的冰舌横卧在谷中，确实壮观。这里就是有名的 11 条大冰川的源头。冰面上覆盖上一层雪，看似平坦，却掩盖着不少冰井。马陷冰井，马夫们只好卸下货物，拉着马尾，拖上冰井。有的马拖不上来，只有埋身冰下了。遇上气候突变，强风大雪，不但眼睛被吹肿，呼吸困难，还要出现严重的高山反应：头痛、气闷、恶心强烈，人畜很易出事故。上次马队中有一名马夫牺牲了，有 80% 的人因眼睛被吹肿，下山后仍不能工作。[5]

这条驿运线上的最高点是喀喇昆仑山口，海拔 5579 米。过了这个山口，就是中国新疆了。

翻越山口时，大雪纷飞，看不清哪里是路，有的马匹误入雪坑，有的被拉上来，有的则陷进去，只好用备用马匹替换继续前行。沿途人马白骨，断续可见，还有木乃伊。马匹死亡或者陷入雪坑拉不出来时，马主就要把马尾巴割下来带回去。新疆省政府规定，马匹死亡须以马尾巴作为报账凭证。据说，这也是为了防止人们私自把新疆马输出外销。最令人惊悚的是,在去往列城的途中,一名接运队的运脚(马夫)病故,当马队从列城返回时,时过一月,尸体仍然暴露于荒山上。陆振轩等见此情景,赶紧组织同行人员用石块对其进行了简单的埋葬。

新疆派来接运物资的马队非常有经验。为方便运输和开进,他们把马队分成若干个小队,每队100匹马左右,由头人和运脚管理,每一名运脚负责五六匹驮马。这些人多是熟悉这一带高原山路的维吾尔、柯尔克孜、塔吉克和汉族群众,运输经验丰富,能够做到给养全部自理。

考虑到列城粮食不准采购外运,也不供应来往马队,他们来的时候就已经把返回的食品与给养带上了,主要是草料、馕、羊肉干等,这是马队从新疆驮来备作回程的口粮。然后在沿途合适地段进行就地贮存。这些贮存点即是返回时的"宿营站"。马队在两个"宿营站"之间时,没有特殊困难是绝对不能停留的,否则麻烦就大了。他们为了减少驮运的食品,出发途中还购买了20多只羊随队赶着,一路走一路宰着吃。

第一批驿运队伍于1944年11月10日到达叶城。由列城至叶城675公里,走了27天,中间休息4天,平均每天走30公里,途经22个宿营站点。

列城到叶城各站间距和累计里程[6]

宿营站编号	宿营站及山口名称	海拔(米)	里程(公里)		日行走时间(小时)	止宿时气温(℃)
			间距	累计		
1	列城	3524	0	0	0	−6
	卡尔东山口	5307	—	—	—	—
2	卡尔东村	3965	43	43	10	−5
3	铁力脱村	—	32	75	9	−3

续表

宿营站编号	宿营站及山口名称	海拔（米）	里程（公里）		日行走时间（小时）	止宿时气温（℃）
			间距	累计		
4	潘那密克	3236	32	107	7	3
5	卡路尔	—	16	123	4	3
6	班登塞	4270	26	149	8	−11
	西塞拉山口	5368	23	172	—	—
7	西塞那白朗塞	4636	14	186	10	−11
8	毛谷肯尼开西	—	27	213	7.5	−11
9	克孜利亚	—	29	242	9	−13
10	乔郁溪	5246	29	271	7	−11
	喀喇昆仑山口	5579	14	285	4	—
11	克孜尔塔格	—	19	304	6	−12
12	马立克厦	4636	32	336	8	−6
13	哈巴朗	4392	35	371	10	−4
14	吉尼马拉洪	—	29	400	7	−10
15	可可孜建冈	4209	32	432	9	−5
16	枯兰那底	4118	29	461	8	−7
17	穆花巴什	—	13	474	3	−7
	新达坂	4911	3	477	—	—
18	吉拉吉哈拉克	3782	25	502	7	−7
19	库地马杂	2867	24	526	6	−1
20	贡特	—	29	555	9	−3
	土达坂	3270	8	563	—	—
	阿克米乙特	2562	—	—	—	—
21	加克	—	19	582	8	−6

续表

宿营站 编号	宿营站及 山口名称	海拔 （米）	里程（公里）		日行走时间 （小时）	止宿时 气温（℃）
			间距	累计		
	普莎	2166	19	601	—	—
22	库库雅尔	1952	8	609	8	-4
23	白许脱瑞克 （五棵树）	1800	29	638	8	—
24	叶城	1342	37	675	8	0

　　尽管这次运输路途遥远，艰难周折，自 1944 年 8 月下旬开始，经火车运至斯利那加，改驮运至列城，再由列城驿运至叶城，行程 3000 多公里，用时 40 多天。但抗战困难时期，其他海陆运输线都被关闭，这也算新开辟了一条国际运输线。

　　货物到达叶城还远没有结束，从叶城到兰州还有 3470 公里的低等级公路。

　　西北公路局已派兰州机车厂厂长乔德福、秘书马家驹为正副领队，率领车队队长、司机、修理工、材料员等 43 人，分乘 17 辆吉斯卡车于 1944 年 10 月 4 日从兰州出发到叶城接运。12 月 5 日，接运车队才载着第一批物资离开叶城开向兰州。

　　这一段路也极不顺利。

　　从叶城经莎车到疏附，总共不过 248 公里，却花了 5 天时间。车队没有运输汽车轮胎的经验，没有提前准备好专用固定设施，就地做了一些简易木架，装载速度慢，在崎岖的山路上，走不了多远，就已经散架，只得不时停下来进行整理。

　　12 月 16 日，车队离开疏附向阿克苏开进。这一段有 474 公里，都是沙土和湿地，缺少石料，为了工程方便，公路建在砾石戈壁上，靠近大山，极易被山洪冲毁。从齐竺台到八盘水，有 200 公里公路是从苍茫戈壁经过，人迹罕见，也没有水，饮水和汽车用水全靠自带。一路上是积雪和冰面,汽车时遭淤陷。10 天后才到达阿克苏。车队在阿克苏休整 3 天,维修汽车,然后于 12 月 30 日出发,一路经过拜城、托克逊、七角井、哈密,沿着甘新线开进。1945 年 2 月 7 日车队终于到达兰州,行程 127 天,运回了 1000 套轮胎,解决了战时车辆运输的燃眉之急。

1945 年 6 月,新疆方面又组织马队再次来到列城,接运第二批物资,同时带来由新疆土产公司出口的物品。7 月,马队启程回返。到新疆叶城时,队员们惊喜地获知,抗战已经胜利了!

至抗战胜利我国海岸路线开通,中印驿运线才宣告结束。历时两年半,先后共运进物资:汽车轮胎 4444 套,军需署军用布匹 782 包,经济部装油袋 588 件,电讯总局呢料 63 捆,另有汽车零件和医疗器械等。[7]

在西北公路局派汽车到叶城接运物资的同时,新疆省公路局也派出了 25 辆汽车,前往叶城接运至迪化的物资。迪化至叶城有 1860 公里,光汽车耗油就有几十吨,需要在焉耆、库车、阿克苏、喀什等地储备回程用油,消耗很大。战时汽油贵如金。为了省油,第一批物资后,就由新疆承担汽车接运,西北公路局汽车不再前往南疆接运。运进的轮胎,分给新疆省 2400 套,用以装备新疆汽车。

---

[1] 杨再明:《周折转运美援物资》,见《新疆抗战时期人口伤亡和财产损失》,新疆人民出版社 2013 年版,第 406—407 页。

[2] 白生良:《一次鲜为人知的国际运输亲历记》,见《新疆抗战时期人口伤亡和财产损失》,新疆人民出版社 2013 年版,第 414 页。

[3] 白生良:《一次鲜为人知的国际运输亲历记》,见《新疆抗战时期人口伤亡和财产损失》,新疆人民出版社 2013 年版,第 413 页。

[4] 刘宗唐:《踏勘列城——叶城国际驿路及试运纪实》,见《新疆抗战时期人口伤亡和

财产损失》，新疆人民出版社 2013 年版，第 430 页。

［5］白生良口述史：《抗日战争中一条鲜为人知的跨国运输线——"丝绸之路"上的坎坷与艰辛》，中国黄埔军校网（www. hoplite. cn）。

［6］刘宗唐：《踏勘列城——叶城国际驿路及试运纪实》，见《新疆抗战时期人口伤亡和财产损失》，新疆人民出版社 2013 年版，第 433 页。

［7］杨再明：《周折转运美援物资》，见《新疆抗战时期人口伤亡和财产损失》，新疆人民出版社 2013 年版。

第十一章
保卫通道枢纽安全的兰州空战

　　切断西北国际大通道这条中国人民抗战的"生命线""输血管",是日本迅速灭亡中国战略的一部分。兰州作为西北国际大通道的枢纽,自然成为日军轰炸的重点。为了保卫国际大通道的畅通和这一重要战略后方的空中安全,中国方面在兰州部署了防空部队和歼击机部队,苏联空军在兰州也部署了歼击机部队,配合中国空军作战。经过激烈空战,打破了日军企图切断西北国际大通道的企图。

　　尽管苏联对中国的军援采取秘密的方式进行,但这种大规模的跨国武器输送是无法完全避开日本的情报侦察的。很快,日本就发现了这个军火运输的大通道,并着手制定作战计划,对这个通道进行轰炸,企图将苏联援助的军火炸毁在路上。从1937年11月5日,日军飞机首次对甘肃进行轰炸起,到1941年10月,日军共出动飞机1080架次,投弹4090枚,对兰州、天水、武威、平凉、靖远、陇西等城市突袭71次,炸死炸伤平民1426人,炸毁房屋2.4万间,兰州因作为西北国际大通道的中转站,被日军轰炸尤甚。其中日机空袭兰州市36次,出动飞机670架次,投弹2738枚,共造成215人死亡,191人受伤,损毁房屋21669间;空袭天水3次,出动飞机36架次,投弹75枚,共造成98人死亡,52人受伤,损毁房屋497间;突袭武威6次,出动飞机83架次,投弹355枚,共造成257人死亡,199人受伤,损毁房屋765间;空袭平凉8次,出动飞机87架次,投弹 516 枚,共造成 153 人死亡,106 人受伤,损毁房屋 656 间;空袭靖远 11 次,出动飞机 63 架次,投弹 255 枚,共造成 3 人死亡,31 人受伤,损毁房屋 233 间;空袭陇西 1 次,出动飞机 11 架次,投弹 47 枚,共造成 61 人死亡,12 人受伤,损毁房屋 228 间。[1]

当时由于日本飞机受飞行距离所限,而且在新疆哈密还驻扎有苏联的航空第 8 团,甘肃以远的地方日机不敢过去,兰州就成了敌机轰炸的一个重要战略目标。日本方面根据情报判断,兰州是中国和苏联之间武器往来的一个重要枢纽,切

《西北日报》刊登兰州空战消息

断这个"红色通道",对于阻止苏联支援中国抗战非常重要。日本人所指的"红色通道",就是以兰州为枢纽的西北国际大通道。当时苏联援助中国的所有军火都在这里交接,并分发向各个战场。

日本的判断是准确的。

地处西北的兰州,自古以来就是维护国家安全的交通要道和军事战略重镇。1937 年全国抗战爆发后,华北、华东、华中等战略要地相继沦丧。在日本侵华铁蹄暂时还没有涉足的西北,兰州作为中国国防力量基地的战略价值更加突显。

当时的兰州,作为苏联援华物资的集散地、中国空军训练和中国抗战后方物资供应的重要基地,成为当时西北最大的国际交通枢纽。第八战区司令部、外交部特派员公署、兰州空军基地、交通部西北公路特派员办事处、欧亚航空公司办事处、西北公路局、军事委员会贸易委员会西北运输处及其所属众多公司、资源委员会西北办事等机构,均设在兰州。为加强与苏联的易货贸易联络,贸易委员会西北运输处及其所属公司还在夏河、平凉、张掖、固原、酒

泉、永登、安西、星星峡等处设立分支机构或者办事处。同时,在兰州还设有航空修理总厂、航空学校,有苏联援华人员帮助中国维修苏制飞机,培训飞行人员。兰州有大小机场共 5 个(扩建原有拱星桥和临洮机场,新建东古城、西古城和中川村机场),其中堆满了苏联援华的各种军用物资。从苏联来华的飞机,经迪化、哈密,飞到兰州加油检修后,再飞往抗战一线机场。中国飞行员在兰州接受训练,并驾驶组装好的苏制飞机分赴各前线。苏联方面在兰州设有苏联驻华使馆外交代表处、军事代表处、商务处兰州分处、空军志愿队等。军事代表部门负责向中国移交军火,商务部门负责验收中国交付的矿石和农牧产品。

日军飞机多次轰炸兰州的又一战略意图是基于防止西北“赤化”的考虑。日军认为中国共产党是中国抗日的中坚力量,“兰州是中国西北赤化的策源地”,尤其是“西北共产地区,是以苏联的支持

日军连续轰炸人烟稠密的兰州市区

为背景”的。要防止西北“共产化”,就必须给兰州的共产党以彻底打击,从而切断苏联与共产党延安之间的大通道。[2]

兰州正成为事关中日战场态势发展的重要争夺焦点。

为了保卫西北国际大通道的畅通和这一重要战略后方的空中安全,国民政府在兰州成立了由省政府主席贺耀祖兼任司令的甘肃省会防空司令部。防空司令部构筑防空工事,设置防空瞭望哨和警报器。1938 年 5 月,又在省会防空司令部基础上,成立了甘肃省防空司令部,甘肃省政府主席朱绍良兼任司令。省防空司令部

下设兰州、天水、平凉、武威、酒泉5个防空警备区,兰州是全省防空的重点。

兰州的防空系统由空军、高炮部队、照测部队、警备部队、监视哨队和警报系统6个部分组成,任务分工为:空军负责兰州领空安全,与来犯敌机空战;高炮部队保卫机场、铁路桥及工矿区等重点区域安全,组成对空火力网,使敌机不敢飞临这些区域进行轰炸;警备部队主要负责地面防卫,防范日本使用伞兵部队攻击;照测部队主要是用探照灯预防敌人偷袭;监视哨队和警报系统的任务主要是及时发现空袭情报,发出防空信号,以便军民在敌机到来之前疏散隐蔽。

据统计,兰州设有汽警笛两处、手摇报警器两台、电动报警器一台、警钟400多口、消防汽车4辆,还筹资10多万元(法币)修造了机关、个人地下室120个,防空洞100多个,露天防空壕258个,可供5万余人防空避难。对于当时只有10多万人的兰州市来说,这些防空措施的施行,对市民及时躲避、减少伤亡起到了很大的作用。[3]

1938年11月,国民政府军令部将防空学校炮兵团高炮营调到兰州加强空防,驻防拱星敦和白塔山等要地,配备了4门射程约为5000米的苏制大口径高射炮,6门射程约为2000米的德制苏罗通高射炮,以及30多挺高射机枪。航空委员会设立空军兰州军区司令部(中国空军第四路司令部),任沈德燮为司令,统一保障和协调西北地区的防空作战。地勤补给系统在兰州设立了空军第七总站,又称兰州机场总站,统一保障兰州的5个机场。1938年11月,空军驱逐机教导总队从四川梁山移驻兰州,轮训驱逐机空勤人员。1939年春,空军第15、17中队等担任兰州空防,苏联还派出一个驱逐机大队协助保卫兰州。中国空军、防空部队和苏联援华志愿飞行队密切配合,和空袭兰州的日本飞机进行了激烈的战斗。

日机空袭兰州多于上午进行。他们利用夜间飞行,天亮时到达兰州上空,以三机为一小队,九机为一大队,编成品字队形。除了轰炸空军基地外,还以市中心区人口密集区为突袭目标,目的是引起人们的恐慌,打击抗战军民的士气。有时为了达成突袭效果,也利用夜间进行空袭。著名爱国将领邓宝珊夫人崔锦琴女士与其三个子女也在日军对兰州的轰炸中遇难。1939 年 2 月 23 日,当时兰州最大的佛教名刹——普照寺被日机轰炸。由于日军对居民的狂轰滥炸,兰州市民恨死了日军。有一次,一架日本轰炸机被中苏双方的驱逐机击落,坠毁于兰州市南郊,一名日本飞行员被打死,摔落在公路上。时值严冬,日本飞行员的尸体冻得僵硬,也没有人去收尸。

兰州空战大致可以分为三个阶段。

第一阶段从 1937 年 11 月 5 日到 1938 年底。这一阶段日本空军作战的目的是配合地面部队对中国东部地区作战,兰州作为内陆腹地,受到的突袭规模还不大。

1937 年 11 月 5 日,日本陆军航空兵 7 架轰炸机从山西运城机场起飞,经陕西、宁夏对兰州进行首次突袭,在兰州东郊的拱星敦机场投下几枚炸弹后离去。一个月后,12 月 4 日,日军管久少佐率领海军航空兵精锐木更津航空队 11 架飞机从北平南苑机场起飞,经山西、陕西和宁夏,对兰州进行突袭,在拱星敦机场上空投下 9 枚炸弹,炸死中国军民 2 人,炸伤 4 人。这时,兰州的防空网系统已经健全,及时发现了敌机。中国空军 И – 16 战斗机队首次起飞迎战,高射炮开炮阻截,揭开了兰州上空保卫战的第一页。6 日,中国战斗机队在甘草店上空将来犯的 7 架日机赶走。

1938 年初,为配合徐州会战,日机再次对兰州进行突袭。1 月

21 日有 5 架日机空袭兰州,2 月 20 日有 18 架日机空袭兰州。中国空军在地面高炮部队的配合下,击落敌机 9 架,成为兰州空战中中国空军一次消灭日机最多的一次空战。23 日有 36 架日机空袭兰州。

兰州市山字石左营庙工地挖出的抗战时期日机投掷的未爆炸弹

这次除了轰炸中国空军的机场外,还轰炸了白云观、木塔巷等市区。在这 3 次突袭中,中国空军奋勇阻击,防空炮火猛烈射击,日机轰炸效果一般,我方伤亡不大。1938 年 11 月 15 日,日军驻包头的第十二重型轰炸机队,在原田宇一郎大佐率领下,以意大利制"菲亚特"重轰炸机 5 架,对兰州进行空袭,又遭到中国空军和高射炮部队的有力阻截。

第二阶段为 1939 年。这一阶段日军改变作战方针,对我战略腹地的要地进行大规模轰炸,企图动摇我军民之抗战意志。

1938 年 10 月,广州、武汉相继沦陷,日本方面由于战线太长、兵力不足,已经无法组织强有力的地面战略进攻了,抗日战争进入相持阶段。日军航空兵部队也因此改变了其以配合地面作战为重点的作战方针,调整为对中国军政要地进行重点轰炸。1938 年 12 月初,日本发布《大陆命第 241 号》,命令对中国内地实行战略轰炸。日本陆军部与海军部制定了具体的实施计划——《陆海军中央航空协定》,规定航空作战方针是"陆海军航空部队协同在全中国各要地果敢地进行战略、政略的航空作战,挫败敌人继续战斗的意志"。[4]战略轰炸的主要目标确定为战时陪都重庆和西北战略要地兰州等。

为了执行《大陆命第 241 号》，日军以距兰州较近的山西运城作为前进机场，对兰州进行战略轰炸。由于日军 97 式轰炸机航行半径为 800 公里、意大利式轰炸机为 750 公里，兰州至运城的距离为 700 公里，已经接近最大作战半径；而日军驱逐机的作战半径仅为 450 公里，不能护航。日军鉴于这一情况，采取了轰炸机大编队以无掩护轰炸的方式对兰州实施突袭，以增加空袭的效果。

日军陆军第一飞行团原驻扎在汉口，执行对重庆的轰炸任务，适值天气恶劣，加之重庆空防严密，轰炸效果一般，于是飞行团长寺仓正一少将移驻山西周围，决定以运城、包头、彰德为进攻基地，派 12 战队（意式 9 架）、60 战队（日 97 式 12 架）、98 战队（意式 10 架）等 3 个战队的重轰炸机 31 架执行空袭兰州的任务。

针对日本陆军第一飞行团主力从汉口移往山西的情况，负责保卫兰州的中国空军轰炸机部队主动出击。1939 年 2 月 5 日，中国空军部队尾随完成轰炸任务的日机，在其降落山西运城机场时对机场进行了猛烈轰炸，投弹 60 多枚，炸毁敌机 40 余架，使得日军不敢在运城机场停放大批次的战机。

1939 年 2 月 12 日，日军又派 29 架轰炸机从山西运城起飞空袭兰州，先头 9 架因看错地标，将甘肃靖远县城误认为兰州，便将54 枚 50 公斤级炸弹全部投了下去，后面的 20 架飞机未到兰州上空即遭中国空军拦截。空战中，中国空军击伤日机多架，迫其逃离。

2 月 20 日，农历正月初二，日军第 12 战队 9 架意式重轰炸机袭击兰州以西 50 里的西古城机场，第 60 战队的 12 架 97 式飞机和第 98 战队的 8 架意式飞机对兰州东部机场进行轰炸。编队从运城起飞，于下午 3 时 47 分飞抵兰州空域。这时，中国军队加强了防空情报工作,日机一出动,中方就得到了准确情报,进行了充分的战斗准备。中国空军 17 队、15 队 15 架 И - 15、И - 16 驱逐机和苏联志愿飞行队的 14 架飞机及时起飞迎战,地面防空部队也做好了射击准备。由于中国军队已有准备,这次空战打得相当漂亮,中苏飞行员协同作战,共击落敌机 9 架。而中国空军方面只有一名中国飞行员受轻伤,一名苏联飞行员中弹,但都安全着陆。1939 年 2 月 22 日《甘肃民国日报》对这次空战进行了报道。

1939 年 2 月 23 日,不甘心惨败的寺仓正一又组织第 60、第 12 战队 20 架轰炸机对兰州进行报复袭击。这次袭击,寺仓正一采取佯攻的战法,首先派第 98 战队提前一个半小时起飞袭击兰州以东 260 公里的平凉,再南飞炸宝鸡,企图迫使兰州的中国战机提前升空,消耗油料,然后以第 12、第 60 战队重点轰炸兰州。但中国方面提前 4 个小时得到消息,及时组织驱逐机升空迎敌。当日军第 12 战队 8 架意式飞机和第 60 战队 12 架 97 式重型轰炸机于当

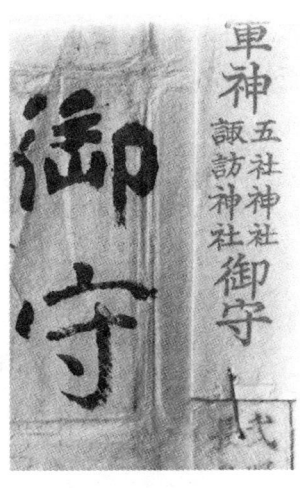

日机残骸中发现的日军飞行员的护身符

日下午 14 时 50 分进入作战空域后,中国空军第 15 中队的 3 架 И - 15 战斗机,分别由余平想副队长和李德标、陈崇文驾驶,首先冲向日军机群。接着,第 17 中队和苏联志愿飞行队的 28 架战机从四面八方向日军机群展开攻击,对日机进行了一场漂亮的空中屠宰,6 架日机被击落。这次作战中,敌机在兰州投下 80 余枚炸弹,中山市场、东大街、贡元巷、东城壕、南关等城区繁华地段均遭受重点轰炸,建于唐朝的古刹普照寺被夷为平地。普照寺也叫"千佛阁",又

称"藏经楼",是当时兰州最大的古刹。寺内藏存的珍贵典籍、明初敕赐金藏佛经6358卷(其中唐藏5048卷,明藏1000余卷)全部烧毁。20日、23日两天空战,中苏飞行员击落敌机15架、击毙日军官兵63人、击伤7人,逃逸的敌机也全部中弹。我方人机无一损失,取得了0∶15的辉煌战绩。兰州空军司令部作战科长李逸侪事后在《中国航空掌故》中称:"兰州这两天空战,为我国空军八年抗战历次空战中,创立了歼敌最多的辉煌战果。"

1939年2月,在兰州被击落的日军轰炸机残骸。

27日,《新华日报》发表题为《给敌空军更大的打击》的短评:

昨我空军发言人说,敌大本营于1月20日公布,自侵华战争以来,敌空军损失惨重,截至去年年底,已达1008架,平均每月损失56架以上。或者说,平均每天损失两架。这证明我空军的英勇,正像苏联《红星报》所说:"由中国空军的例子可以看出,空军数量虽小,但机型最为完善,在空战中亦能制胜。"

最近兰州空战,我空军一再告捷,更说明了我数量较少而英勇的空军,战斗力在日益增强中。我们对英勇善战的空军,予最崇高的敬礼,并希望政府能实现参政会第三次大会所通过的加紧扩大空军建设案,尽速地增强空军,给敌寇以致命的打击!

1939年11月底到12月初,日机又对兰州进行了集中空袭。27日夜,近百架日机轰炸兰州,空袭一直持续到天亮,兰州机场、连通西北大通道的黄河铁桥等地点受到重点轰炸,有700多间房屋被炸毁。12月1日,又有12架日机对兰州进行了空袭,由于中方

勇敢迎战,有 1 架敌机被
击毁,数架被击伤,日机仓
皇逃离,未能进入兰州
上空。

位于兰州的黄河铁桥

1939 年 12 月底,日本
陆海军航空兵决定联合实
施以兰州为打击目标的
"百号"作战方案,即日军
"对中国内地的第二次大规模攻击"。日军集中了陆军航空兵约 50
多架飞机,以山西运城机场为基地;海军中型攻击机 60 余架,以武
汉为出发点,连续 3 天对兰州实施狂轰滥炸。其中 26 日有 102 架
日机分 5 个批次进行空袭,27 日有 106 架分 4 个批次进行空袭,并
使用了燃烧弹。28 日,日军改变空袭战法,不再采取密集编队,而
是化整为零,112 架飞机,从兰州的各个方向往来穿梭,反复轰炸。
中方飞机无法集中目标进行重点攻击。连续 3 天的大轰炸,共投
弹 1660 余枚,轰炸的主要目标是兰州市中心、黄河铁桥及东郊机
场,落弹最多的地方是黄河沿、桥门街、水北门(今永昌北路)、西
关、举院(今兰大二医院)、北园(雷坛河东民宅区)、小西湖、张掖
路、学院街、炭市街(今中山路)、安定门外、道升巷、后侯街、古楼南
(今陇西路)等街区及拱星墩机场。敌机投下了大量的燃烧弹,兰
州城一片火海,到处黑烟滚滚,大火 3 天不灭,小火 10 天不熄,烧毁
房屋 2 万余间。市民被炸身亡者 75 人,伤者 45 人,无家可归者
570 多户。[5]但中国和苏联飞行员进行了英勇的抗击,驱逐机升空
拦截,地面防空炮火猛烈射击,共击落敌机 7 架,击伤数十架,中国
方面被毁飞机 1 架,伤数架,取得光辉战果。这次空战也成为抗战
中兰州空战最为激烈的一次。

第三阶段从 1940 年到 1941 年 10 月。1940 年，德国法西斯向丹麦、挪威、法国、比利时、荷兰、英国发起进攻，日本军国主义妄图加速解决在中国大陆的战争，以便放手进攻东南亚并向南太平洋侵略，于是把主要力量用于肃清在华北、华中的敌后抗日根据地，发起残酷的"扫荡"，

日军轰炸机在兰州上空投弹轰炸

对兰州的空袭也暂时停止。到了 1941 年 6 月，苏德战争爆发，这进一步刺激了日本南进的野心，要把中国变成其向南侵略的大后方。为此，日军大本营提出对华长期作战指导计划，明确对华作战的目的是以维持治安、肃正占领区为主，不要进行大规模进攻作战。要求空军继续抓紧利用进攻作战的威慑作用，迫使中国政府投降。于是，日军又恢复了对中国战略腹地的重要城市和交通要道的轰炸。

1941 年 5 月 21 日、27 日，日机分别以 27 架次和 30 余架次对兰州进行轰炸。6 月 18 日，又以 59 架次进行轰炸。8 月，又对兰州进行了 6 次袭扰。其中 8 月 31 日的轰炸，省立甘肃学院受损较为严重，这次空袭实际上是日军对甘肃的最后一次轰炸。太平洋战争爆发后，日军海军航空兵调出中国战场，日军对大陆空袭能力减弱，不得不停止了对兰州的空袭。

在兰州空战中，中山桥是敌人袭击轰炸的重点目标。当时，由新疆入境的苏联援华物资大多经甘新公路运抵兰州集中后，再由西兰公路等转运到各抗日前线，而中山桥正是甘新、西兰两条东西大通道上唯一的一座横跨黄河、连接两条道路的桥梁。中苏空军

部队和日军战机围绕这座桥进行了空袭和反空袭的激烈作战,而这座唯一的跨黄河大桥也始终没有中断,各种抗日物资源源不断地运往各抗日前线,有力地支援了抗日战争。

自1937年11月5日至1941年10月4日,日军共对兰州空袭25次,其中发生大规模空战10余次,中国空军和苏联援华航空志愿队及中国地面高射炮兵部队密切配合,在兰州上空共击落敌机47架,击伤数十架,对日本空军给予了有力的打击,打破了日本炸断西北国际通道的图谋。尽管敌机的狂轰滥炸使兰州满目疮痍,但兰州机场和西北国际大通道依然能够运转,保证了物资的通行。在空战中,有63名中苏飞行员壮烈牺牲,碧血洒蓝天。

除了保卫西北国际交通线的空中作战外,中国方面还部署了三线配置的陆上纵深防御作战。

第一线为活动于敌后抗日根据地的八路军晋绥边区、晋察冀边区、晋冀鲁豫边区的部队。其主要目的是使日本华北方面军主力难以西进。第二线部队是绥远傅作义的第七集团军,榆林邓宝珊的第二十一军团,第二战区阎锡山集团,第一战区中条山卫立煌集团及河南汤恩伯集团,任务是阻挡日军大规模西进。第三线部队是陕甘宁边区部队、关中胡宗南集团,作为守卫黄河西岸和潼关天险的最后一道防线。并在兰州设立第八战区司令长官部,蒋介石亲自兼任司令长官,朱绍良为副司令长官,摄行司令长官职权,辖甘宁青绥四省,直接拱卫西北国际交通线,并明确其职责为:"以主力(五师或六师)确保陕北为收复晋、绥之根据地,以有力之一部固守宁夏(约三个师),另以一部分布于榆林安边堡盐池公呼都克、苏汗都克、居延各要道(以骑兵为适),防敌西窜,确维中俄交通。"[6]先后进行了保卫平绥线作战、绥西抗战、保卫陇海线与黄河作战,迫使日军反复酝酿的西安作战计划最终也没能实施。

日军想通过武力切断中国西北国际大通道的企图最终失败。倒是 1941 年 4 月,苏联与日本签订了《苏日中立条约》,日本通过外交谋略切断了西北国际大通道。《苏日中立条约》的签订,于苏联,减轻了其远东的压力威胁,可以集中力量对付德国;于日本,可以放手实施"南

1941 年 4 月,苏联与日本签订了《苏日中立条约》。

下"计划,发动太平洋战争。虽然《苏日中立条约》签订后,苏联反复强调援华政策不变,但由于 1941 年 6 月 22 日苏德战争爆发,对中国的援助也就无暇顾及了。除少数军事顾问还继续待在中国外,其他人员,包括在西北设立的航空站、公路接待站上的苏方人员,都撤了回去。

---

[1] 引自《甘肃的抗日救亡运动——甘肃省纪念中国抗日战争胜利 70 周年》,新华网甘肃频道 http://www.gs.xinhuanet.com/zhuanti/2015/krzz70/jwyd.htm。

[2] 日本防卫厅战史室编:《华北治安战》(上),天津人民出版社 1982 年版,第 128 页。

[3] 甘肃省委党史办公室:《甘肃省抗日战争时期人口伤亡和财产损失》,中共党史出版社 2014 年版,第 14 页。

[4] 日本防卫厅防卫研究所战史室:《中国事变陆军作战史》第二卷第二分册(征求意见稿),中华书局 1980 年版,第 187 页。

[5] 甘肃省委党史办公室:《甘肃省抗日战争时期人口伤亡和财产损失》,中共党史出版社 2014 年版,第 6 页。

[6] 中国第二历史档案馆:《抗日战争正面战场》(上册),凤凰出版社 2005 年版,第 51 页。

第十二章
扼守通道大门的
苏联红八团

　　哈密既是拱卫新疆的东大门,也是苏联援华物资的中转站。盛世才和国民政府的关系疏远,不允许国民政府的运输车队进入新疆腹地,而蒋介石为了防止苏联将援华物资秘密输入延安,也限制苏联车队进入甘肃腹地。大量飞机在哈密组装后飞往内地,援华物资则在这里进行交接。鉴于这一特殊需要,盛世才邀请苏联红八团进驻哈密。红八团对稳定新疆局势、保证国际交通线的安全和畅通,起到了积极作用。

　　抗日战争时期,苏联政府应盛世才的请求,派出苏联红军"俄罗斯骑兵第八团"进入新疆,驻扎在哈密,当地老百姓称这支部队为红八团。

　　西北国际大通道开通后,鉴于哈密特殊重要的军事地理位置和担负苏联援华物资中转站的地位,新疆边防督办兼省主席盛世才以哈密地区不安宁、由苏联运往中国内地抗日战场的作战物资需要保护为由,请求苏联政府派军队到新疆哈密驻扎。苏联政府应新疆当局的要求,于 1938 年 1 月派俄罗斯骑兵第八团开赴哈密驻扎。哈密是新疆东大门,盛世才邀请红八团进驻哈密,有一石多鸟的考虑。当时盛世才虽然俨然是新疆王,但其军事力量还不够强。1934 年全疆总兵力为 12000 人左右,而哈密警备司令部官兵仅 429 人,即使盛世才兵力最盛时,全疆也不过 2 万人左右。[1]以这点兵力防守地域辽阔的新疆,是远远不够的。于是,他想到了借用苏联的力量。苏联的军事力量强大,又与中国政府签订了《互不侵犯条约》,邀请苏联帮助防守哈密,一是可以阻止国民政府、马家军,甚至日本从东方向进入新疆;二是防止新疆反对派特别是回民对其统治的反抗,巩固自己的割据政权;三是保护西北国际大通道,提升新疆在全国抗战中的地位。对苏联来说,进驻新疆,一则可以保卫大通道安全,根据苏联的测算,日本的远程轰炸机若从内蒙古、绥远沿中蒙边境线直飞哈密,完全有能力对其进行轰炸;二则可加强苏联对新疆的影响和控制,确保后院安全。

1938 年 1 月,红八团经伊宁、迪化、吐鲁番、鄯善,进驻哈密。盛世才派出新疆省政府官员陪同苏军前往,密令沿途驻军和政府部门对红八团过境给予支持,不得盘问和检查。由于苏军进驻哈密是盛世才政府直接与苏联政府达成的协议,未经国民政府同意,属于秘密进驻,所以红八团的进驻行动也很机密,采取夜间行军、白天宿营的方式,行军中不打任何旗号标志;进驻哈密后,红八团对外统称"归化军骑兵第八团",以新疆省军队名义驻扎和对外联系,不给国民政府以口实。红八团官兵换上新疆省军服装,不佩戴苏军帽徽、肩章和领章。红八团刚进驻哈密时,出于保密,不和哈密机场、汽车转运站、苏新贸易公司的苏联人来往。时间久了,交往越来越密切,后来公开交往。国民政府也知道这是苏联军队,但由于当时形势所需,对此也是默认的。

红八团虽名为骑兵团,实际上是一个多兵种合成的加强机械化团,装备精良、机械化程度很高,除骑兵、步兵、摩托兵、工兵、通信兵、辎重兵以外,还配备了军用飞机 100 余架、一个炮兵营、一个坦克连,拥有供全团使用的军用汽车、摩托车等,全团兵力3000人。其中,步兵每人配备一支步枪两枚手榴弹,每排两挺重机枪,两门小炮;骑兵每人军马一匹,马枪一支,马刀一把,手榴弹两枚,每90人马炮四门;摩托兵每车上配备有重机枪一挺或小炮一门;炮兵每人步枪一支,共有大小口径火炮100门,高射炮100门。加上配属工厂的工人及其他行政人员及家属,共计5000人左右。士兵中以乌兹别克和塔吉克族人居多。

红八团刚进驻哈密时,还没有营房,住在临时搭建的帐篷里。为了给红八团安排一个合适的军营,哈密行政长刘西平(盛世才聘请的中共党员)率哈密县长、公安局长等政府官员,与红八团团长乌申科少将、军需处长谢力久科及苏联专家等,共同协商筹办为部队修建军营事宜。经商定,在哈密县城东的泉水地(靠近兰新公路)修建营房,当地政府对征用土地、建筑材料、财力、劳力等负责落实,所需经费由新疆督办公署实报实销。红八团军营于1938年底建成,占地面积430亩,建设有办公室、大礼堂、官兵宿舍、食堂、医务室、工厂厂房、停车场、兵器库、操场等,设施非常完备。

红八团的主要任务是守卫哈密。它的防区东至星星峡、伊吾,北至镇西,南至罗布淖尔一带。红八团平时开展军事训练,勘测地形、绘制地图,进行兵力部署,做好防卫作战准备。该团配备有政治委员和政治干部,纪律严明,对群众利益秋毫无犯,当地百姓对红八团也非常支持。由于红八团的进驻,哈密不仅是西北国际大通道上仅次于兰州的军事物资供应基地,也是大型空军基地、中苏人员往来中转站和苏军驻扎地。大批的苏联援华物资经哈密运往内地,苏联援华飞机,有的经停哈密飞往兰州,有的经汽车运输到哈密,经组装后飞往内地。往来苏联和中国内地的苏联顾问、专家和军事人员也是通过哈密转运的。同时,也为中共中央与共产国际和苏联的联系提供了方便。周恩来、王稼祥、陈云、滕代远、任弼时、陈潭秋等中共领导人都是经由哈密空军基地和新疆航线,来往于延安和莫斯科之间的。由于哈密有红八团驻扎,日本飞机没有敢对新疆进行袭扰,甘肃方向的马家军也非常收敛,地方匪徒不敢对交通线进行拦截。

随着苏德战争爆发,德军大举入侵苏联,盛世才感觉到苏联靠不住了,转而投靠国民党政府,公开反共反苏,要求红八团从哈密撤回苏联。1942年8月,宋美龄飞新疆迪化,盛世才借机秘密派遣军校学员百余名,乘坐坦克和装甲车,开赴吐鲁番,配合当地驻军,防止红八团西进。随着盛世才转向国民党中央政府、苏德战争吃紧,苏联同意撤回红八团。1943年4月15日,苏联正式通知新疆省政府:一、将哈密红八团撤回苏联;二、驻哈密飞行队完全调回苏联;三、头屯河飞机制造厂的苏联工人、技术人员及机器物资撤回苏联,5月14日开始撤回。

红八团首批部队于1943年6月初撤出哈密,步兵、骑兵由松树塘经镇西、红柳峡从蒙古回国,机械化部队分批经迪化向西从伊宁、霍尔果斯回国。驻扎哈密的航空部队、迪化的飞机制造厂等苏方人员也同时撤回苏联。国民党军队于1943年9月进驻哈密,驻扎在红八团营地附近的龙王庙,双方加强防卫,一时形成对峙。1943年10月,双方达成协议,新疆省政府以1000万元(合200万元新币)购买红八团留下来的营房、机场等财产,以牛羊等牲畜在中苏边境地区交付。随后,红八团和第十八混成旅双方长官清点房屋,进行移交。10 月 29 日,红八团最后一批官兵 200 余人乘汽车撤离哈密,11 月 4 日全部撤出新疆。1944 年 5 月,中国又以 420 万美元买回了头屯河飞机修配厂的全套设备。

红八团从入驻哈密至 1943 年全部撤完,在这里生活了 6 年之久,在当时客观上对稳定新疆局势、保证国际交通线的安全和畅通,起到了积极作用。

---

[1] 张大军:《新疆风暴七十年》第九册,台北兰溪出版社 1980 版,第 5122 页。

第十三章
苏联志愿飞行队
碧血洒蓝天

　　谈起外国空军对中国抗战的援助,很多人自然想到美国人陈纳德上校率领的飞虎队,但那是 1941 年 8 月以后的事情了。而在中国全面抗战的前四年里,还有一支由苏联人组成的规模更大、不领取任何佣金、完全义务的志愿飞行队,在中国战场上与日军进行面对面地作战,他们对于中国抗战做出的贡献更加巨大——这就是苏联空军志愿飞行队。志愿飞行队参加了南京、武汉、南昌、重庆等多地空战,轰炸了多处日军重要军事目标,取得了辉煌的战果。

　　作为"Z"作战计划的一部分,苏联向中国派出了航空志愿人员。这些志愿人员分为两部分,一部分是帮助向中国境内运送物资的人员,包括西北大通道上各航空站的空、地勤人员;一部分是驾驶苏联援华飞机直接与日军作战的人员。由于当时苏联政府还没有向日本正式宣战,为了避免刺激日本,所以叫志愿飞行队。全面抗战爆发前,中国空军列编 9 个大队、5 个独立中队,装备各种飞机 296 架,飞行员 620 名,但因战机缺乏相应的维修、保养,实际上能进行空战的还不足半数。经过 3 个月的激烈空战,中国空军失去了 2/3 的飞机,到 11 月初,能够起飞的飞机仅剩 30 余架,基本上丧失了空中作战能力。

　　日本轰炸航空兵在飞机数量和飞行技术性能方面对中国空军占有 13 倍的优势。在中国作战的 840 架日本飞机中有 345 架是轰炸机,占全部飞机的 43% ;其 96 式双引擎中型轰炸机,装备 3—5

挺机枪,乘员 7 人,载弹量 1000 公斤,活动半径 2000 公里,最大速度为 330 公里/小时;意大利萨伏亚（Savoia）双引擎轰炸机,速度 350—380 公里/小时,载弹量 800 公斤,装备 3 挺机枪,乘员 5—7 人,续航时间 10 个小时。仅在 1938 年 2 月 1 日至 4 月 15 日期间,日军航空兵就实施了 500 多次空袭,其中轰炸机场 120 次（188 架飞机参加）;轰炸城市和工业中心 171 次（885 架飞机参加）;轰炸交通工具 141 次（992 架飞机参加）;其他空袭 79 次（271 架飞机参加）。[1] 日本取得了完全的制空权。

1937 年 8 月 20 日,蒋介石致电驻苏大使蒋廷黻,要求他与苏联政府商谈援助驱逐机 200 架,重型轰炸机 100 架,并聘请苏联飞行员二三十人,把飞机运到中国战场。1937 年 8 月 21 日,《中苏互不侵犯条约》刚签订,蒋介石便于 27 日接见苏联驻华大使鲍格莫洛夫,提出能否把苏联不久前从美国得到的 100 架可当轰炸机使用的高速飞机转让一部分给中国抗战使用,并请求苏联政府允许苏联飞行员以志愿者身份支援中国抗战。1937 年 9 月,杨杰率军事代表团访问苏联,洽谈武器援助时再次提出请苏联在援助中国飞机的同时派出飞行人员帮助中国抗战。在双方共同努力下,1937 年 10 月,苏联派出了志愿飞行队,驾机飞抵中国参加作战,使中国空军得以重新组建。

苏联向中国派出的志愿飞行队人员,都是从外贝加尔军区与太平洋舰队所属航空部队中选拔的,最后送往茹科夫斯基空军学院进行挑选。苏联还特别选拔派遣了日加列夫（后任苏联空军总司令,空军元帅）、雷恰戈夫（后任苏联空军司令,空军中将）、波雷宁（后任苏联空军后勤部长,空军上将）、赫留金（后任苏联空军副司令员,空军上将）等 89 名航空专家,也作为空军志愿队的组成人员来中国帮助抗战。

1937年10月,第一批苏联志愿飞行队到华,共有空、地勤人员254名,分别组成以基达林斯基领导的轰炸机大队和库尔丘莫夫为首的歼击机大队。这些飞机都被进行了改装,主要是在机翼和机身上涂掉苏联的标识,换上国民政府的青天白日徽,方向舵上也涂上了蓝白相间的条纹。其中库尔丘莫夫在驾机途经凉州时因飞机失事不幸殉职,普罗科菲耶夫接替指挥歼击机大队。到1938年初,中国空军已建立了3个飞行大队,其中规模最大的第一飞行大队以及第三飞行大队都是在苏联提供的飞机和武器装备的基础上建立起来的,只有第二飞行大队是依靠美、法、英、意等西方国家提供的武器装备建立的。

根据中苏双方达成的协议,苏联志愿飞行队陆续飞抵中国。轰炸航空兵方面,在中国向苏联提出请求后不到一个月,即1937年10月10日,由基达林斯基指挥的第一个快速轰炸机大队所属人员(共153人)就被派往中国。同月,第二批人员(24人)也启程了。11月1日,第三批人员(63人)在波雷宁大尉率领下出发。1938年春,又有两批人在赫留金大尉率领下到达中国(3月31日和5月12日到达的有121人:31名飞行员,28名领航员,25名射

库里申科

苏联志愿飞行队大队长库里申科(左)等在武汉机场

手—通讯员,37 名航空兵技师)。6 月又有两批人到达:一批(66 人)由不久前刚从西班牙回国的索尔上校率领;一批(56 人)由佐博夫少校率领。最后,在 1939 年 6 月,由 24 架 ТБ - 3 远程轰炸机(连同飞行人员 100 名)组成的机群在库利申科大尉率领下、另一批人员(57 人)在费定上尉率领下到达中国。[2]

歼击机方面,据不完全统计,仅在 1937 年秋至 1940 年春期间,苏联约 700 名歼击航空兵志愿飞行员和地勤人员在中国服务。由苏联英雄普罗科菲耶夫大尉率领的第一批 101 名歼击航空兵飞行员早在 1937 年 10 月就被派到中国。1937 年 11—12 月和 1938 年 1 月,由布拉戈维申斯基率领的 И - 15 歼击机第 2 大队共 99 人,其中飞行员 39 人,分三批次来到中

布拉戈维申斯基

国。1938 年春,由尼古拉延科大尉率领的第三批志愿者共 73 人,其中飞行员 26 人,到达中国。随后还有 10 个 И - 15 歼击机乘员组共 29 人,在亚库中大尉率领下到达中国。1939 年夏,由试飞员苏普伦率领的 И - 15 歼击机大队共 50 架飞机连同在编人员 150 人到达中国。1939 年 6 月,又有三批飞行员到达:第一批由沃罗比约夫大尉率领,共有 41 人;第二批由布代采夫大尉率领,共 41 人;第三批由斯切潘诺夫大尉率领,共 42 人,第二、三批驾驶的都是 И - 16 歼击机。[3]

在 20 世纪 30 年代,中国一度成为德、意等西方国家最好的武器出口市场。中国拥有很多重要的可供出口的战争资源,自身的工业生产和军事实力极为薄弱,迫切需要从外国引进先进武器和军事技术。但随着 1931 年日本对中国的侵略,欧洲国家迫于日本

的压力,德、意等国先后停止了与中国的军事合作,尤其是德国在1938 年最终抛弃了多年以来的中德合作关系,撤走在华军事顾问,采取对华武器禁运。美、英等国家出于自身的利益,对中国的支援也是口惠而实不至。欧美国家曾同意出售中国 363 架飞机,但直到 1938 年 4 月,中国才收到 85 架,其中还有 13 架未装好。而苏联政府援助的第一批军火物资中的 232 架飞机已经于 1938 年 2 月全部到位,包括 И – 15 式、И – 16 式歼击机 156 架,СБ 式轻轰炸机 62 架,ТБ – 3 式重轰炸机 6 架,УТИ – 4 式教练机 8 架。

此后,苏联志愿飞行队的兵力不断扩充,最高峰时达到歼击机、轰炸机各 4 个大队。中国空军开始在掌握战场制空权上取得主动。苏联援助中国用于作战的飞机,占抗日战争时期中国从苏、美、德、法、英等诸国购买、租赁的飞机 2239 架的 40%。[4]陈纳德回忆说:"当那些驻华的美国外交官正忙于促使美国空军人员离开中国时,苏联的空军就到中国来了。他们派来四队战斗机,两队轰炸机,装备都很完全,准备抵抗日本。"[5]

苏联援华飞机主要来自苏军现役装备飞机,战术技术性能较好。轰炸机是图波列夫设计局的 СБ 轰炸机(英文为 SB,因为全身为银白色,看起来很美观,人送外号"喀秋莎",即美女的意思),属先进机种。图波列夫设计局共生产近 7000 架,主要装备苏联空军和中国空军。根据发动机不同,又分为使用风冷式发动机的 СБ – 2 和水冷式发动机的 СБ – 3。该机 1933 年开始设计,1934 年试飞。СБ – 2 最大飞行速度为 411 公里/小时,航程 980 公里,最大升限 9500 米;СБ – 3 最大飞行速度 450 公里/小时,航程 730 公里,最大升限 9300 米,均装备有 4 挺 7.62mm 口径的机枪,可装载 600 公斤炸弹。这样的飞行速度,日军当时使用的主力机型 96 式歼击机根本追不上,无法实施截击。后来日本有了 97 式歼击机,时速达 450

公里,才迫使 СБ 轰炸机飞到 7000 米以上高度投弹。СБ 轰炸机在中国空军一直服役到 1943 年,是最后退役的苏制飞机。另有 ТБ－3 重型轰炸机少量。ТБ－3 是 1930 年开始研制的重型轰炸机,一共生产了 800 多架,空重 11200 千克,正常起飞重量 17200 千克,最大平飞速度 250 千米/时,升限 7000 米,航程 2000 千米,装备有 10 挺 7.62mm 机枪。这个战术技术性能,防御海岸有余,攻击对方境内不足,性能不佳。

波利卡尔波夫设计的 И－15(外号"黄莺")、И－16 驱逐机(外号"燕子")是苏联空军的一线装备。И－15 型为苏联最后一代双翼驱逐机,最高时速为每小时 367 公里,升限 9000 米,从起飞上升到 5000 米需时 6 分钟,航程 510 公里,在 1000 米高时盘旋一圈只需要 8 秒,飞行稳定,

抗战时期中国军队装备的
И－16 战斗机

转弯半径小,比较灵活,善于做盘旋动作,便于水平作战。早期机型装备两挺 7.62mm 口径机枪,后来改为两挺 12.7mm 口径机枪,再后来改为四挺 12.7mm 机枪,还可挂载·百公斤炸弹和两个空用火箭发射架。И－16 型则更为先进些,是单翼驱逐机,速度快,俯冲、爬升性能出色,上升到 5000 米高度仅需要 4 分钟,速度高达每小时 525 公里,升限 9700 米,航程 700 公里,便于垂直作战和追击,是当时世界上最先进的歼击机之一(因使用发动机不同,技术性能也有差距)。装备有 4 挺高射速机枪,这种机枪每分钟可发射 1800 发子弹。И－16 的装备是两挺 7.62mm 机枪,一挺 12.7mm 机枪,两边机翼下可挂 6 发火箭和两颗 100 公斤炸弹。空战时,这两种机型

协同作战,优点互补,一般是 И-15 与敌机缠斗,И-16 从高空俯冲,对敌人威胁很大,战果辉煌,日本航空队被迫将基地后撤 500 公里。这两种机型的缺点是续航能力差一些,只有 1.5 个小时。

苏联志愿飞行队飞行员在汉口机场

苏联志愿飞行队由中国航空委员会下设的空军顾问组指挥。顾问组设空军总顾问、参谋长、副参谋长,共 8—10 人。总顾问负总责,除了指挥航空队作战,还负责输送和移交援助中国的所有飞机事务、中方接收人员的各项训练事宜。参谋长具体传达命令,组织执行航空队作战及补给供应。副参谋长指导并监督作战人员行动。历任总顾问为日加列夫、特霍尔、阿尼西莫夫和雷巴阔。

苏联派出的志愿飞行队的队员素质非常高。他们名义上是苏联人民的志愿飞行员,实际上是以军事命令从苏联各空军部队中抽调的,多为经验比较丰富的飞行员,有的甚至还是空军试飞员。这种方式类似于 20 世纪 50 年代我们向朝鲜半岛派出的志愿军。

苏联志愿飞行队进入中国后即加入到了与日军作战的战斗中。

首战南京

1937 年 11 月 22 日,第一批苏联志愿飞行队员驾驶的 25 架 И-16 驱逐机,在普罗科菲耶夫率领下着陆南京一机场,几小时后,基达林斯基率领的轰炸机大队 20 架飞机在南京另一机场着陆。随后,1938 年 1—2 月间,由 31 架轰炸机组成的编队在波雷宁带领下抵达武汉,由 40 架驱逐机组成的编队在扎哈罗夫带领下抵达南昌。他们都是经西北国际大通道,从阿拉木图出发,经新疆、兰州转飞过来的。

第一批苏联志愿飞行队到达后立即投入战斗。普罗科菲耶夫指挥战斗机大队在到达第一天就起飞 5 次,对日军轰炸机进行拦截,并击落 6 架。科兹罗夫大尉则率轰炸机大队 9 架轰炸机对停泊在上海港口的日本船只进行轰炸,并击沉 1 艘大型巡洋舰、2 艘运输船,另有 6 艘军舰中弹起火。这是苏联志愿飞行队在中国战场上取得的第一次胜利。

2015 年中国人民抗日战争胜利 70 周年之际,中国学者对这次战斗有了新的研究成果。5 月 5 日,南京市地方志举办的"苏联援华抗日航空首战史料发布会",有来自南京市地方志办公室、南京市档案馆的工作人员以及金陵科技学院和南航金城学院的大学生志愿者共计 200 多人参加。关于苏联志愿飞行队援华的首战时间,由于志愿飞行队是苏联秘密派来中国的,参战的苏联飞行员没有留下正式的作战档案记录。所以,长期以来苏联志愿飞行队于何时、何地打响了援华首战一直存在争议。此前,记录了苏联空军援华历史的书籍《在中国的天空 1937—1940》收录了曾在南京战斗、归国后成为苏联空军少将的普罗科菲耶大的回忆:"志愿飞行队 1937 年 11 月 21 日在南京进行了首战。"不过南京市地方志办公室经查阅资料发现,1937 年 11 月 21 日的南京气象资料显示,当天下雨,在当时的航空条件下,日军飞机是不可能起飞对南京进行轰炸的。他们通过查阅搜集到的中、苏、美、英、日等国历史文献、报纸、杂志等原始史料,认为苏联志愿飞行队是 1937 年 11 月 22 日在南京上空发起来华对日的第一次空战。

根据日本官方解密发布的一批二战时期作战档案,日本海军

苏联志愿航空队重型轰炸机群

第二联合航空队 1937 年 11 月 22 日 19 时发给航空本部的电报记载：日军第十三航空队 96 式舰载战斗机 6 架，掩护第十二航空队的 97 式舰载攻击机 2 架，当天企图空袭南京（地名代号为 P）时，与可以收起起落架的"单叶战斗机"6 架展开了空战。第十三航空队一架战斗机在南京上空被敌战斗机一架追踪，飞行员宫崎下落不明。"单叶战斗机"正是当时苏联援华航空志愿飞行队驾驶的И－16 战斗机的典型特征。另据日方史料记载，1937 年 11 月 22 日下午 2 时 25 分，南乡茂章大尉带领日机空袭南京，遭到 3 架苏制И－16 战斗机阻击，下午 2 时 45 分，日本海军三等航空兵曹宫崎康治的飞机在空战中被击落。

日本《朝日新闻》上海特派记者于 1937 年 11 月 22 日当天就空战发出新闻电讯：连续多天下雨之后，22 日这天放晴，日军海军航空兵出动空袭南京，在南京上空受到从没有见过的型号的战斗机阻击，双方展开了激烈的空战。同一天的英国路透社电讯记载，在南京空战里击落日机一架。当天，美国《纽约时报》驻南京记者也发出了《苏联飞机保卫南京》的报道。这些新闻报道均佐证了志愿飞行队首战的时间和地点。[6]

1989 年，当时苏联驻上海总领事馆向江苏省有关部门发了一份南京空战阵亡烈士名单。这份名单清楚地记载了在 1937 年 11 月至 12 月期间，曾有 6 位苏联飞行员壮烈牺牲，其中包括 1913 年出生于俄罗斯乌拉尔斯克州伊尔比特市的涅日丹诺夫·尼古拉·尼基弗洛维奇。档案记载，他牺牲在 1937 年 11 月 22 日的南京对日空战中，是苏联援华志愿飞行队在战斗中牺牲的第一位烈士。

2015 年纪念中国人民抗日战争胜利 70 周年前夕,根据这份档案,江苏省有关部门专门到俄罗斯伊尔比特市找到了涅日丹诺夫的档案和照片,进一步确认了他的身份。

东京攻心战

为了向日本民众阐明日本军国主义侵略中国的真相,给日本以强烈心理震撼,中国空军决定向东京空投反战传单。

1938 年秋的一天夜里,苏联志愿飞行队员和中国空军的徐焕升、陈光斗等飞行员驾驶着苏联援助的轰炸机从成都起飞,在当时尚未沦陷的温州机场降落加油,然后直接向东京方向飞去。与以往执行的任务不同的是,这次飞机的炸弹仓内没有装载炸弹,而是装满了盛有反战传单的炸弹箱。

日本没有想到中国的飞机能够飞到日本。当中国的飞机飞临东京上空时,日本人还误以为是日本的飞机,既没有战斗机起飞迎击,城市也没有执行灯火管制和其他防空袭行动。整个东京灯火辉煌,特别容易辨认。中国飞机一路畅通无阻,完成了空投反战传单的任务并顺利返航。这时,日本军队才反应过来,发现这是中国的飞机,紧急拉响空袭警报,执行灯火管制,并派飞机升空拦截,但这一切都为时已晚。

这次中国飞机在东京空投反战传单,在日本引起了很大的震动。一方面,揭露了日军的侵略嘴脸,使日本人民通过这些反战传单了解到日本出兵中国的真实情况,才知道先前日本报纸和政府宣传的所谓建设"王道乐土,实行中日提携和东亚共荣"的目标,完全是欺骗性的,日本征用那么多军队,完全是为了侵占中国领土,而日本老百姓却要为此付出自己的生命和财产,从而产生了厌战和反战情绪,动摇了日本军国主义的民众基础。另一方面,日本人民也认识到,中国飞机既然能到东京上空投掷传单,当然也能投掷炸弹,所以日本本土也不能是远离战火的乐土。但中国空军没有投掷炸弹,这使日本人民认识到,中国并不是好战的国家,从而进一步转变了对中国的印象。传单上说"尔再不逊,则百万传单将变为千吨炸弹"。所以,后来有人说,这次往东京空投反战传单,其威力比空投炸弹更大。

轰炸日本在杭州的空军基地

1938 年 2 月,中方根据情报获知,日本在杭州新建了一个大型空军基地,停有大批飞机。志愿飞行队根据这个情报,派出了一架侦察机进行空中侦察,结果发现机场上停着 50 多架日本飞机,同时还发现一个铁路站上集结着大量的军运列车。航空队决定对这些目标进行轰炸。航空兵主任顾问雷恰戈夫负责这次轰炸的准备和指挥。根据他制订的作战计划,由波雷宁率领的第一轰炸机编队 9 架飞机从武汉机场起飞,向东飞越日军机场,以迷惑日军的对空观察。等飞到东面以后,飞机突然转向,从东面向目标实施轰炸。尽管日军地面防空兵力也进行了高射炮射击,但并没有影响到志愿飞行队的轰炸行动,随着一枚枚炸弹落向日军机场,机场上升起了浓浓黑烟。同时,由 8 架飞机编成的第二机群对正在杭州车站集结的日本军运列车进行了准确轰炸。执行这次任务的还有负责掩护的歼击机编队。这次轰炸非常成功,共摧毁敌机 30 架,并烧毁敌机库和军用品仓库。编队完胜,无一损失。

奇袭台湾松山机场

1938 年 2 月 23 日是苏联红军节。为了纪念这个节日,中国空军和苏联志愿飞行队决定对日军发动一次突然袭击。此前,苏联航空志愿队顾问雷恰戈夫获得情报,台北松山日军空军基地有大批新式飞机组装。经过研究筛选,他决定将攻击目标定为设在台北的日本海军松山机场。台湾在甲午战争后被日本割占,在抗日战争期间,成为日军侵华的跳板和后方基地。在台北、台南、新竹等地的机场,驻扎有日本的轰炸机部队,随时可跨海对中国大陆进行轰炸。松山机场是日军在台湾的重要航空基地之一。

这次作战任务仍然由苏联航空志愿队顾问雷恰戈夫负责。他决定以两个轰炸机编队执行该项任务:一个编队由驻扎在南昌的12架轰炸机组成,为中苏飞行员混编;另一个编队由驻扎在汉口的24架轰炸机组成,飞行员均为苏联航空志愿队人员。驾驶机型均为СБ轻型轰炸机。为确保奇袭任务完成,指挥官对轰炸任务进行了严格保密。直到执行轰炸任务前一天,雷恰戈夫才单独召见驻守汉口的苏联志愿飞行队轰炸机中队长波雷宁,告诉他明天上午执行轰炸台北松山机场的任务。

汉口距台北直线距离近1000公里,志愿飞行队的轻型轰炸机作战半径只有1200公里。这意味着从汉口起飞轰炸台湾,战机投弹后必须立即返航,否则就有回不来的危险。为了达成奇袭的突然性,减少被敌人发现的概率,这次行动完全由轰炸机编队单独执行,不用战斗机护航。

1938年2月23日清晨,担负奇袭任务的两个轰炸机编队分别从南昌和汉口起飞。天有不测风云,从南昌起飞的编队因领航员计算错误,偏离预定航向,被迫在福州机场降落,无功而返。从汉口起飞的编队在波雷宁指挥下像幽灵一样向台北扑去。为了节省燃油,增大航行距离,飞机上升到5500米的省油高度。当时的飞机比较简陋,机上没有供氧设备,志愿飞行队的飞行员克服高空缺氧的生理反应,坚持飞行到台湾海峡后,才降至2000米高度,呼吸

志愿航空队驾驶的轰炸机在汉口机场进行挂弹

充足的氧气,调整身体状态,准备作战。波雷宁后来回忆说:"拂晓我们就飞临台湾海峡闪光的水波上空。我们没有氧气设备,感到喘不过气来,但是不能降低高度。失掉高度就等于失掉距离。"[7]当编队逼近目标上空时,又迅速拉升到4000米高空,进入战斗状态。

为了迷惑敌人,编队还做了一个虚假的飞行动作,先向台湾北部飞行,然后突然调头南下,直逼松山机场。日军毫无戒备,还以为是他们自己的飞机,高射炮没有开火,也没有飞机起飞拦截。编队飞行员从空中能够清晰地看到机场上整齐排列的飞机和机库旁一堆堆没有启封的包装箱、巨大的油罐车。飞行员们按照预定作战计划,将航空炸弹准确地投向停机坪、机库、油罐车、港口设施和船舶。等敌人反应过来时,已经是浓烟滚滚,爆炸声四起。机群投下了约280枚炸弹,命中率非常高,有40多架日机被炸毁,几座航空备件仓库被烧,烧毁了可供该基地3年使用的航空汽油,击沉击伤一些船只,港口设施也受到很大破坏。意犹未尽的波雷宁在投完炸弹后又下令编队用机枪扫射未炸中的飞机和火力点,然后从容返航。这一仗打得非常漂亮,我方无一损失。对台湾的袭击在世界上引起了巨大的反响,日本当局免除了驻台行政长官的职务,撤销了松山基

波雷宁

地指挥官的职务,交法庭审判,机场警备长剖腹自杀。当晚,宋美龄以航空委员会秘书长的名义亲自设宴为执行空袭任务的飞行员们庆功。她在致辞中说:"你们通过这次袭击表明,苏联人不是在口头上,而是在行动上帮助中国人民。"整整一个月,日本飞机没有从台湾起飞过。

武汉空战中的正义之剑

1937 年 12 月 13 日南京沦陷。国民政府虽已迁都重庆,但政府机关大部和军事统帅部却仍在武汉,武汉实际上成了当时全国军事、政治、经济的中心,自然也成了日军航空兵轰炸的重点。当时驻防武汉地区的中国空军有第 3、4、5 航空大队和苏联志愿飞行队。中国空军为了夺取制空权、保卫大后方,在苏联志愿飞行队的配合下,于 1938 年 2—5 月与日军航空兵进行了多次空战,其中规模较大的有"二一八"空战、"四二九"空战、"五三一"空战三次。

早在 1937 年,中方就在苏联空军顾问的帮助下,制定了武汉防空和空战计划,标注了《武汉防空总配备及判断敌机攻击来路图》(此图现馆藏于湖北省档案馆)。图中不仅标注出了敌机极有可能从空中进犯武汉的线路,还划分了武汉上空八道空中防御线:最外围一道防线为"监视地带线",距汉口半径约190 公里;第二道防线为"空袭警报线",距汉口半径约 150 公里,敌机进入此线,我方发出空袭警报;第三道防线为"空军作战外弧线",距汉

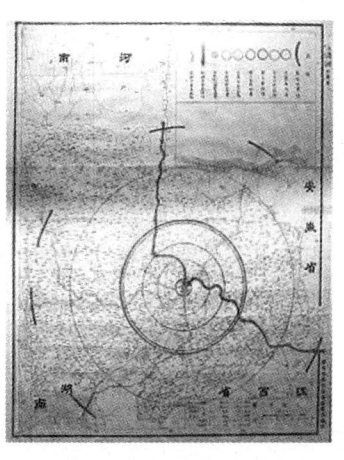

武汉防空总配备及判断敌机攻击来路图

口半径约 80 公里,这是保卫武汉的首道空中狙击线;第四道防线是"紧急警报线",距汉口半径约 70 公里,此时城内拉响空袭警报;第五道防线为"灯火管制线",距汉口半径约 50 公里;第六道防线为"空军作战内弧线",距汉口半径约 30 公里,在此防线内,我飞机可以实现最小载油量和最多装弹量,是有效打击敌机的最佳区域;第七道防线为"高射炮射击地带",距汉口半径约 12 公里;最后一道防线是"高射机关枪射击地带",距汉口半径约 4 公里内,是高射机关枪射程可达到的区域。

1938 年 2 月 18 日,日军出动 12 架轰炸机,在 26 架战斗机护航下,轰炸武汉。苏联志愿飞行队起飞迎战,一举击落日机 12 架。苏联志愿飞行员由此获得了"正义之剑"的美誉。

1938 年 4 月 29 日是日本天皇的生日,日军出动轰炸机、驱逐机共 61 架偷袭武汉,向天皇献礼。中国空军得到了比较及时准确的情报,对此预有防备。

早在 4 月 20 日,日本一架侦察机在湖北孝感上空侦察时被我击落,在摔死的日军飞行员身上搜到一个笔记本,上面记录了偷袭武汉这一重要情报。志愿飞行队的指挥员雷恰戈夫、留托夫、伊万诺夫、布拉戈维申斯基、扎哈罗夫等共同拟定了本次对日本航空兵作战的详细计划,将百余架驱逐机秘密集中到了汉口地区,对所有担负作战和掩护任务飞机的作战空域、起飞时间、飞行高度、任务分工、相互配合进行了具体明确的安排。在敌机进入之前,驱逐机提前起飞,在"作战外弧线"设伏,迫使敌战斗机与轰炸机分离,继而在"作战内弧线"集中优势兵力与敌机搏斗。

4 月 27 日,中国情报部门侦察到,日本海军木更津航空队由台湾飞抵芜湖机场。木更津航空队是由日本天皇亲自命名授旗的,是日本海军航空队的王牌。他们由台湾转场至芜湖,进一步证明了日军将对武汉进行空袭的企图。

4月28日,中国航空委员会主任周至柔将军、苏联志愿飞行队领队日加列夫将军和中国航委会顾问、美国上校陈纳德坐到了一起,他们要联手导演一场诱击日本航空兵的好戏。他们为了迷惑敌人,引导日军飞机到武汉来,共同设计了一个欺骗行动:28日,命几十架战机先后起飞,低空飞过武汉,给日本情报机构做出大规模移防的假象。而实际上于当天晚上,这些飞机又悄悄地返回了各自的机场。

日加列夫

29日上午10时,日本28架轰炸机在18架战斗机的护航下进入了我方部署的作战空域,中苏飞行员按照作战计划依次起飞迎敌,以И-15型驱逐机编队钳制日驱逐机,И-16型驱逐机集中打击日轰炸机。这种战法苏联飞行员在西班牙空战中已经成功实践过。苏联空军作战人员展示了勇敢的战斗精神、娴熟的飞行技术和苏联飞机良好的性能。飞行员金加耶夫首先击落两架敌机,其中一架是日本指挥官驾驶的编队主机。敌军其他飞机见势不妙,企图逃跑,航空队指挥员布拉戈维申斯基指挥驱逐机编队紧追不舍,一直追出200多公里。这次空战,日本航空兵损失飞机21架,中国方面只损失了2架。

空战参加者布拉戈维申斯基回忆:100架飞机在武汉上空翻滚搏斗,整个武汉地区响起了一片高射炮、机关枪、炸弹的爆炸声和飞机的轰鸣声。激烈的空战进行了30分钟,共击落敌机21架,其中,苏联空军志愿队击落敌机12架,苏联飞行员舒斯捷尔在进攻中与敌机相撞牺牲。[8]

空战参加者斯柳萨列夫回忆:

所有乘员组都处于一级准备状态。时间过得很慢,令人感到难受。日本人突然不来怎么办?但是情报是准确的。大约上午10时,瞭望台报告,几个轰炸机群在歼击机掩护下正向武汉飞来。指挥所升起了蓝色旗子——这是让飞行员登机和打开发动机的信号。5—7分钟后,升起了红色信号弹——这是起飞信号。群长A.C.布拉戈维申斯基首先升空。随后其他飞机,包括中国飞行员驾驶的飞机,按出动计划表陆续起飞。

突然,日军歼击机从云层后开始向我们的一个机群俯冲。原来,它们在4500—5000米高度上飞行,企图用空战缠住我歼击机,预先为其轰炸机扫清空域。但是,日本人未能进行机动。我军飞行员及时发现和识破了他们的企图,部分兵力自动发起了攻击。

我方由津加耶夫指挥的主力歼击机群上升到预定高度后,迎着头9架双引擎轰炸机飞去,早在城市和机场接近地空域就从有利阵位向它们展开攻击。首次攻击就击落两架轰炸机,其中包括日军大佐群长的飞机,它是被津加耶夫攻击和击落的。

日军剩下的7架轰炸机为更好地防御而互相靠拢,但是在我军雄鹰不间断地攻击下再度散开,并且把所挂炸弹胡乱扔下后掉头逃跑。与此同时,歼击机在各个不同高度上展开了战斗。根据战斗计划,我歼击机数量逐渐增加。当然,队形也散了,每架飞机都各自为战。机动性较强的И-15飞机进行水平线战斗特别是盘旋战斗,И-16则进行垂直战斗和尾追战斗。天空不断响起机枪点射声。日本人现在不是向武汉冲,而是相反,向自己的机场逃窜了。但是,他们的退路一直被切断。后面还有日军两个轰炸机群,共有双引擎飞机19

架,得知第一梯队被击溃后,慌忙把炸弹扔到山里,掉头返航。此前,阿列克谢·布拉戈维申斯基指挥的大群苏军飞机已经升空,他发现轰炸机逃遁,集合自己的机群,以最大速度展开追击,追击距离超过200公里。我军飞行员向日本人发起攻击,击落了几架飞机。[9]

文学家郭沫若目睹了这一次的空战,他在《洪波曲》中用文学家的笔触描述了这次空战情景:保卫大武汉之战,先后支持了四个月以上。主要的原因,自当归功于民气、士气的旺盛。但另外有一个重要的原因,我们可不能忘记的,便是有苏联顾问团在帮助我们策划,更有苏联的飞机和义勇队在帮助我们守卫上空,并配合着前线作战。苏联义勇敢死队号称"正义之剑",在空战中有不少的人受了伤,更有不少的人牺牲了。苏联义勇队生活纪律特别严,他们是在飞机的银翼下过着天幕生活的。武汉上空有好几次的保卫战,事实上都是苏联义勇队的战绩。就我亲眼看见的一次来说吧:4月29日是日寇的所谓"天长节"("天皇"的生日),敌机大量侵袭武汉,据说是费了两星期的筹备的。那天的天气很好,上午我们正在武汉城内,突然空袭警报响了,大家都进了园子里的防空室,我却在室外眺望。晴朗的天空中泛着团团的白云,高射炮射出朵朵的绒花。高射炮的轰鸣、飞机的拍音、炸弹的爆炸、机关枪的连响,构成了一个四部合奏。双方的银翅在日光下穿梭翻腾,或上或下,或反或侧地搏斗。据术语说,那是在演着"狗斗战"(Dog - fighting),怕应该称为"鹰斗战"(Eaghe - fighting)。忽然有的放出红光,泄着黑烟,划空而坠,有的又在空中爆炸了。真是有声有色、鬼哭神嚎的画面呀。那样足足有30分钟光景,宇宙复归于沉寂了。"正义之剑"不仅斩杀了空中的鹰,而且还斩杀了水上的鲛。据统计,在长江里面炸沉了敌船92艘,炸毁了16艘。[10]

此役使日军司令部震动很大,于是日军调整战术,增加数量,伺机进行反击。1938 年 5 月 31 日,日军出动轰炸机 18 架、驱逐机 36 架再袭武汉。中国空军已经预料到了敌人的动向,驻南昌苏联志愿飞行队事先将 31 架战斗机秘密转场至武汉地区。中午时分,敌飞机编队进入我空防区域,发现我方已有准备,立即转弯向东逃跑。我伏击编队奋勇追击。中国空军和苏联志愿飞行队密切配合,英勇打击,30 分钟的战斗击落日军 15 架飞机,使日军的突袭再次以失败告终。

在这次空战中,苏联志愿飞行队还开创了一个空战史上的记录——被日军称为"暴徒"式袭击的撞击作战,就是用自己的飞机去撞击对方的飞机,并顺利在己方的机场着陆。这种战法看上去类似于二战后期日本"神风敢死队"的自杀式袭击,但实际上却有很大的不同,"神风敢死队"的战法是要同归于尽,而苏联志愿飞行队的撞击作战却是讲究技战术的。因为苏联飞机的特点是结实,与日机相比"皮糙肉厚",比较经得起撞击。而苏联飞行员的技术很高,胆量比较大,这就可以做到在撞毁撞伤日机的同时,比较好地使自己少受损失。古宾科的这一行动在苏联航空兵历史上是第二次。第一次是 1914 年 8 月由俄国上尉飞行员涅斯捷罗夫实施的,他用空中撞击的方法消灭了一架奥地利双座侦察机。

当响起起飞信号时,古宾科正在机场上换飞机马达,他当即驾起了另一架战斗机投入战斗,可是这架飞机上只有一挺机枪可以使用,战斗开始后 10 分钟内,他就用这唯一的一挺机枪击落了一架敌机。在激烈的空战中,另一架敌机进入了他的射击圈,他娴熟地操作着战斗机,果断扣动扳机,可是机枪没有响起——子弹已经打光了。怎么办?煮熟的鸭子要飞了。古宾科脑子快速转动。这时,他想起了一个大胆的计划,靠熟练的技术和无畏的勇气把敌机逼向我军机场,生擒敌人。由于敌机的飞行速度没有И-16快,古宾科很快又追上了敌机。这次他飞到敌机的一侧,与其近距离并行飞行,同时用拳头威胁敌人,向敌人打手势示意他向武汉机场降落。敌机飞行员没有见过这种"空中飙车"的战法,完全懵了,顺从地点了点头,驾机转向武汉机场方向。

古宾科

　　就在古宾科成功地将敌机逼向武汉机场附近时,敌机突然加速,来了一个大角度的拐弯动作,企图逃离古宾科飞机的控制。决不能让敌机再次逃跑! 这时古宾科展示出了苏联军人彪悍胆大的英勇作风,做出了一个让日军飞行员又没有想到的空中动作。只见古宾科操作驾驶杆,И-16飞机迅速拉升,展示出爬升能力强的优势,然后飞机居高临下向日机猛地撞了过去。

　　古宾科打算利用苏联飞机皮实的特点,以高超的技术用螺旋桨撞坏敌机的尾翼,迫其降落。由于飞机偏了一点儿,И-16的螺旋桨直接打了日机的机翼上,使日机整个右翼被切掉,日机失去平衡,翻着跟头掉了下去。古宾科同时感觉到自己的飞机猛烈地抖了一下,И-16的螺旋桨被撞得变了形。古宾科发挥出高超的驾驶技术,稳稳地握住驾驶杆,最后平安着陆。古宾科在中国共击落7架敌机,荣获中国政府授予的金质勋章,回国后被授予"苏联英雄"称号。

　　卡利亚金在《沿着陌生的道路》一书中,描述了这次战斗的一些情况。他在书中回忆到,他是1938年5月底到达武汉的。到达次日一早,武汉的空袭警报就拉响了。宾馆的服务员急忙通知客人们离开房间去防空洞躲避。而这时,任中国空军顾问的苏联上校索尔正好来探望卡利亚金。他对空袭警报并不很在意,反而向卡利亚金提议说,这是 4 月 29 日武汉空战后日机第一次空袭,日本

武汉市民仰头观看空战

人已经有一个月没敢来了,我邀请你们到房顶上去观赏苏联飞行员是如何痛揍日军的。由于有了上次空战的胜利,武汉的居民也对日机的轰炸不那么惊慌了,反而有不少人在听到空袭警报后不是到防空洞躲避,而是跑到视野开阔的地方观战。于是,卡利亚金就亲眼看见了上面所描述的空战场景。

苏联志愿航空队还在此后的武汉会战中发挥了重要作用。当时日军集中其陆军、长江上的舰队和航空兵共 30 万兵力对武汉发起总攻击,中国政府集中了 110 万兵力进行防御。中国空军除了担负与日军航空兵作战外,还负责轰炸日本舰队的任务。志愿飞行队出动了 26 架轰炸机、55 架驱逐机参加了武汉会战。[11]飞行员们以顽强的作风和良好的技战术,与兵力占优势的敌军进行了殊死战斗。在 8 月 12 日的空战中,由尼古拉因科指挥的 40 架驱逐机迎战日本 120 架飞机,以损失 5 架战机的代价,击落敌机 16 架。[12]

在持续 3 个多月的武汉保卫战中,苏联志愿飞行队与中国空军并肩作战,共击落敌机 62 架,沉重地打击了日军的疯狂气

被击沉的溯长江而上的日军船只

焰。日本自吹不可一世的"空中武士"、"四大天王"和木更津、佐世堡等"霸王"机队,均受到歼灭性打击。志愿飞行队还与中国空军一起执行了对长江上敌人军舰的轰炸任务,在两三个月的时间内共击沉击毁 70 多艘敌人的军舰和运输船,包括大型军舰。中国空军和苏联志愿飞行队在保卫武汉的空战中,发挥了重要作用,鼓舞了全国军民的抗日斗志。

轰炸汉口

武汉失守,国民政府迁都重庆后,重庆就成了日本航空兵轰炸的一个重点。当时,轰炸重庆的日机主要集结于汉口。于是,中国空军与苏联志愿飞行队决定对日军汉口基地进行轰炸,志愿飞行队负责执行此项任务的是驻成都的重型轰炸机编队。

1939 年 10 月 3 日,天气晴朗。苏联志愿飞行队 9 架重型轰炸机从成都悄然起飞,对日军占领的汉口机场进行轰炸。日本方面,这一天计划有木更津航空队 6 架"新锐"攻击机抵达汉口。当时,日本海军航空队的军官们正聚集在指挥所门外,等候新机群的到来,对即将到来的中国空军的袭击没有任何准备。就在下午 1 时30 分,这批日机刚刚降落之时,苏联志愿飞行队的轰炸机编队突然飞临机场上空,将炸弹全部倾泻下去,机场瞬间变成火海。指挥所里的日本海军鹿屋航空队副队长小川、木更津航空队副队长石河等 5 名军官当场被炸死,另有鹿屋航空队司令官大林末雄大佐等25 人受重伤,34 架日机被炸毁。志愿飞行队方面仅 1 架飞机受轻伤,凯旋。

10 月 14 日,苏联志愿飞行队再次出动 20 架轰炸机对日占汉口机场进行轰炸,炸毁日机 60 架,炸死炸伤日本陆、海军航空队官兵 300 多人(当时,日本方面还没有专门的空军,航空兵部队分属陆、海军）。编队返回途中与从孝感机场起飞追来的20多架日军驱逐机相遇，双方展开激烈空战，又有5架日机被击落。

空军前线指挥部发给苏军飞行员的"护身符"，以便民众了解跳伞飞行员的身份进行救护。

敌人发现了大队长库里申科驾驶的飞机是主机，于是把主要攻击目标锁定在库里申科驾驶的长机上，集中了3架日机从上中后3个方向同时进攻。库里申科驾驶的飞机的左发动机被击中，飞机剧烈摇摆起来。库里申科一边将情况告诉副大队长马卡罗夫，一边坚持用单发飞行试图返航。当飞至四川万县上空时，飞机失去平衡，因飞机急剧下坠，高度太低，已经无法跳伞，库里申科使出全部的努力，将飞机迫降于长江水面上。领航员、报务员和轰炸员等机组人员相继爬出机舱，被当地民众营救。库里申科筋疲力尽，未能爬出机舱，壮烈牺牲。20天后，人们才在事发地的下游猫儿沱发现了他的遗体。当地政府和人民为他举行了隆重的追悼大会。为了纪念这位支援中国抗战的苏联英雄，中国人民在万县为他建立了纪念碑。

这里有一段关于库里申科牺牲后他的家人寻找烈士的故事。

20世纪50年代中期，中国派出大批留学生到苏联学习。有一位在莫斯科机床制造学院学习的中国留学生，发现他的同学中有一名女生名字为伊娜·库里申科。出于好奇，有一天这位中国留学生对伊娜说，中国抗日战争期间，有一位苏联志愿飞行队的飞行员牺牲在中国的大地上，他的战斗事迹非常感人，名字也叫库里申科，不知道你是不是他的亲属？事情就是这么巧合，伊娜正是库里申科的女儿！

原来，尽管当时库里申科的英雄事迹在国统区广为传颂，但在苏联国内，却没有多少人知道。苏联政府出于外交因素考虑，对派出志愿飞行队到中国参战是以秘密方式进行的。第一批来华的志愿队人员在接到任务时，也只是被告知去执行一项特殊任务，还不知道自己作战的目的地。只是

1958年，库里申科的夫人及女儿应邀来华访问，并与中国民众一起悼念库里申科。图为万县库里申科纪念碑。

到了边境以后才知道，他们是以志愿者身份去支援中国抗战。至于他们的家人，当然就更不知道了。库里申科到了中国后，仍然严格遵守政府的保密要求，没有告诉家人自己的作战地和作战任务。他在给妻子的信中只是笼统地说，他被调到了东方的一个地区工作，这里的人对他很好，感觉就像生活在家乡一样，以免家人挂念。库里申科牺牲几个月后，他的妻子收到苏联政府的一份军人阵亡通知书，上面写着："格里戈里·阿基莫维奇·库里申科同志在执行政府任务时牺牲。"至于牺牲的具体原因和后事处理则一无所知。

　　经过中国留学生的询问，伊娜·库里申科才知道她的父亲原来是在支援中国的抗战中牺牲的。一个苦苦追寻了近20年的亲人牺牲之谜这才揭开，令人感慨。

　　新中国没有忘记包括库里申科在内的苏联志愿飞行队为中国的抗战事业做出的巨大贡献。1958年国庆前夕，库里申科的遗孀和女儿接到了中国红十字会代表中国政府向他们发出的访问中国的邀请。在北京盛大的国庆招待会上，周恩来总理接见了库里申科的遗孀和女儿，深情地告诉她们，中国人民永远不会忘记

1938 年 11 月 16 日,《真理报》发表了为在华英勇作战、战功卓著的 14 位飞行员授予"苏联英雄"称号的消息。

格里戈里·库里申科。在四川万县西山公园,库里申科烈士的遗孀和女儿同当地政府和人民群众 600 多人共同祭奠了这位伟大的国际主义战士。雄伟的墓碑上,用中、俄两种文字铭刻着这样一句话:在抗日战争中为中国人民而英勇牺牲的苏联空军志愿队大队长格里戈里·阿基莫维奇·库里申科之墓(1903—1939 年)。

2009 年,为推动群众性爱国主义教育活动深入开展,迎接新中国成立 60 周年,经中央批准,中央宣传部、中央组织部、中央统战部、中央文献研究室、中央党史研究室、民政部、人力资源社会保障部、全国总工会、共青团中央、全国妇联、解放军总政治部等 11 个部门联合组织开展评选"100 位为新中国成立做出突出贡献的英雄模范人物和 100 位新中国成立以来感动中国人物"的活动。库里申科被评选为 100 位为新中国成立做出突出贡献的英雄模范人物。

抗日战争进行到相持阶段以后,苏联志愿飞行队继续与中国空军一起,参加了南宁、岳阳、广州、南昌、重庆、成都、兰州、西安等地的空战,直到苏德战争爆发,志愿飞行队才陆续返回苏联。

除了军事人员外,苏军同时派出了具有共产党军队特点的政委系统人员。考虑到国民党

苏联空军志愿飞行队的飞行员们

军队的特点和外交影响,政委系统人员是以隐蔽身份派出的,如首席领航员身份。他们在志愿飞行队中承担政治工作,秘密召开党组织会议,如果在会议进行中有其他人员进入,便马上假装正在进行技术性的讨论会。

政治工作在苏联志愿飞行队中发挥了重要作用。留托夫是志愿飞行队战斗机大队的政委,他针对日本空军在数量上占优势、航空队长库尔丘莫夫在着陆时牺牲、飞行员情绪受到波动的情况,动员航空队队员们要鼓起勇气,灵活机智,战胜日军。留托夫还引用苏联驻华空军武官日加列夫对他讲过的一个战例,教育大家要注意战斗中的协同和相互救助。他说,日本人刚刚打进南京的时候,苏联空军志愿队不得不紧急地转移到南昌。敌人已经快到了,但飞行员茹科茨基的飞机有一个发动机出了故障。机械师尼柯尔斯基提出把飞机修理好再走,可是飞机是单座的,只能容飞行员一个人。尼柯尔斯基让茹科茨基一个人飞走,自己想办法逃离南京。但茹科茨基坚持要两个人一起走,他叫尼柯尔斯基卸下蓄电池,坐在装蓄电池的位置。就在日本兵冲进机场的时候,他们成功起飞,安全地到达了离南昌最近的一个机场——安庆机场。留托夫说,这是一个很好的军事灵活性、真正的战斗友谊和互相救助的例子,希望大家学习这种精神和做法。[13]

苏德战争爆发后,苏联志愿人员开始陆续分批回国。到 1940 年夏,除在兰州驻防了一个歼击机中队外,其他志愿人员大都回国了。留下的人员改称为顾问,兼任中国飞行人员的培训教员。

苏联志愿飞行队在支援中国抗战的作战中也暴露出一些作战方面的问题,主要是侦察水平不高,组织不够好,执行轰炸任务的飞行员得不到敌飞机、机场、高射炮兵阵地等目标的准确数据,因而造成轰炸的命中率不高。因为不知道轰炸目标附近有没有高射炮兵掩护和歼击航空兵的具体配置情况，为了提高轰炸效果，轰炸机只得降低飞行高度，在 2000—3000 米的高度对目标实施轰炸

日军在水田中检视被击落的苏联战机残骸

（而最有利的安全高度是 4000 米以上。在这样的高度下苏联轰炸机的飞行速度最快，日军的歼击机根本追不上它们），这就造成了轰炸机损失率的增大。1938 年 7 月一个月就被击落 162 架飞机，其中快速轰炸机 53 架、重型轰炸机 3 架。

又如，日本飞机装备了用于夜间飞行的无线电台和仪表，飞机也被漆成银灰色或深绿色，这使得发现日本飞机来袭的时间大大缩短。有时日军飞机到达我方机场 5—10 分钟前，才发现日机来袭，中苏飞行员来不及上升到必要的作战高度，占领迎击敌人的最有利位置，只能被迫在不利的条件下进行战斗。

再如，随着日本 97 式歼击机投入战斗，苏联歼击机不得不把飞行高度提升到 7500 米以上，而这个高度的飞行训练战前没有接受过，这给飞行操作带来极大困难，再就是由于氧气质量不过关，导致有的飞行员在高空中因缺氧而休克。

需要说明的是，关于苏联志愿飞行队在中国的作战资料，留下来的不多。主要原因是苏联考虑到与日本的关系，不愿意刺激日本，对于中国的援助一直是秘密进行的。中苏之间签订的是《互不侵犯条约》，提供的信用借款名义上也是购买苏联的工业产品与工业设备。所以在当时，中苏双方都没有对志愿飞行队的作战情况进行公开报道，即使志愿飞行队取得重大胜利时，公开的报道也是以"中国空军"的名义出现的。第一批援华的战斗机在阿拉木图集

中时,飞机上的苏联空军标志就被清除掉,机翼上也刷上了青天白日机徽,连驾驶杆都改成了蓝白相间的国民党空军标志性图案。战后,蒋介石政府与苏联政府的关系恶化,加之意识形态领域的对立,也没有对此进行宣传。而在中国共产党方面,由于志愿飞行队直接支援的是国民党军队,掌握的情况不够。这些综合因素造成了世人对苏联志愿飞行队对中国抗战的贡献了解得远没有对美国"飞虎队"的多。很长一段历史时间里,国际援华航空英雄的光环一直套在美国"飞虎队"头上,而苏联志愿飞行队的事迹却少有人知晓。70多年过去了,人们应该还原这段历史。

　　1938年4月4日,日本驻苏大使就日军在华作战中击落一架飞机,机师被日方俘虏,经查认为飞机和机师均来自苏联一事,向苏联外交人民委员(外交部部长)李维诺夫提出抗议,要求苏联对此事负责。李维诺夫答复说:"苏联政府对出售军火以及飞机至中国问题之见解,完全依照一般公认之国际法标准,此点已经苏联驻日大使斯拉伏茨基与广田外相谈话时加以说明。因是,此问题已不必再行论及,盖军火之供给中国,一如若干国家以军火供给日本。关于在华日军逮捕苏联机师之供认,我方尚无所闻,但苏联政府于此事对日不负任何义务及受任何国际条约之束缚,因苏联未派军队及任何独立部队前往中国参加作战,凡与此种事实相背之各种供认,均不能承认。""日政府当亦深悉各国现有一相当数目之外国志愿兵服务于中国军队中,就目前所知,

《在中国的土地上——苏联志愿者的回忆(1925—1945)》。本书是中国第一次国内战争时期在华的苏联顾问和支援中国抗日战争的苏联志愿飞行队队员写的回忆录。

日政府亦未见对有国民在中国军队中服务之外国有所声明,显然的,是认为此举无法律依据。同时另有一公开事实,即某某数国曾有大批军事人员服务于中国军队,直到最近,日政府并未认为系敌对行为,甚至亦不阻止中国与此等国家建立最密切的条约关系,因此日政府究以何项根据,向苏联政府发出此种声明……据日当局以前担保,谓日不拟对华作战,迨战争发生,日本又再三声明,系'偶然事件',两独立国间既未入战争状态,故苏联不负任何责任。"[14]从这一件事中也可以看出苏联对于向中国派出志愿飞行队的态度和策略。

尽管由于当时对苏联志愿飞行队援华作战没有公开的宣传,之后很长时间也没有引起研究的重视,仅存的一些抗战空战资料也无法区分苏联志愿飞行队和中国空军的战果,难以准确统计苏联志愿飞行队有多少人参加了中国的抗战,但还是有一些数据能够说明苏联志愿飞行队对于中国抗战做出的贡献。

苏联志愿飞行队的成员采取轮换形式援华,每批在中国的时间为 8 个月,先后在华参战的共有 2000 多人,像日加列夫、雷恰戈夫、阿尼西莫夫、波雷宁、特霍尔、赫留金、布拉戈维申斯基等著名空军将领都曾来华与日军作战,直接参加了武汉、南昌、台儿庄、杭州、南宁、广州、岳阳、台北等地的战役战斗,出动飞机千余架次,击落日机数百架,炸沉日军各类船舰 70 余艘。有苏联方面的研究观点认为,到 1939 年 2 月中旬,苏军到中国参战的空军志愿飞行员

《在中国上空》(1937—1940),该书是 16 位抗日战争时期在华作战飞行员的回忆录。

和航空技师累计达 712 人。[15]人数最多的是 1939 年 10 月,有 425 名志愿飞行队员战斗在中国的战场上。

俄罗斯历史学家乌索夫考证,从 1937 年 12 月至 1940 年 5 月,在中国的苏联志愿飞行员约有 1800 名。另外还有 200 多名航空兵教官在航空学校和航空教导队为中国空军培养飞行人员。总数在 2000 人左右。[16]这与我国专家的研究数据基本一致。

根据中国社会科学院李嘉谷编《中苏国家关系史资料汇编(1933—1945)》,国民政府的统计,苏联志愿飞行队从 1937 年至 1941 年歼灭日本飞机的历年数字为:1937 年 12 月击落 91 架,炸毁 43 架;1938 年击落 130 架,炸毁 136 架;1939 年击落 33 架,炸毁 71 架;1940 年击落 16 架,炸毁 14 架;1941 年击落 5 架,总计击落炸毁日机 539 架。中国社会科学院薛衔天在《民国时期中苏关系史》中记载,连同地面高射炮和高射机枪、中国空军飞行员击落炸毁的敌机总数在 1049 架左右。在取得这些辉煌战果的同时,志愿飞行队有 200 多人的生命留在了中国大地上,其中,斯留萨列夫所在的编队 60 名机组人员,只有 16 人回到了苏联。[17]

在出席俄罗斯纪念卫国战争胜利 70 周年庆典并访问俄罗斯前夕,中国国家主席习近平在俄罗斯媒体撰文中提到,2000 多名苏联飞行员参加了援华志愿飞行队,帮助中国抗击日本侵略者,有 200 多人牺牲在中国战场。[18]苏联援华飞行队后来出了苏联英雄 14 名,空军中将 5 名,空军上将 2 名,空军元帅 1 名,空军副司令 2 名,空军司令 1 名。

---

[1] [俄]乌索夫著,赖铭传译:《20 世纪 30 年代苏联情报机关在中国》,解放军出版社 2013 年版,第 240 页。

[2] [俄]乌索夫著,赖铭传译:《20 世纪 30 年代苏联情报机关在中国》,解放军出版社 2013 年版,第 242 页。

［3］［俄］乌索夫著,赖铭传译:《20 世纪 30 年代苏联情报机关在中国》,解放军出版社 2013 年版,第 248 页。

［4］何应钦:《八年抗战之经过》附表《抗战以来空军飞机补充数量统计表》,文海出版社 1947 年版。

［5］金宏运、于寿编:《陈香梅文集》第 4 卷《陈纳德将军与中国》,安徽文艺出版社 1995 年版,第 66 页。

［6］《1937 苏联援华航空队南京首战,击落一架日机,一名飞行员牺牲》,《南京晨报》 2015 年 5 月 6 日。

［7］［苏］斯柳萨列夫:《在中国上空的空战》,《在中国的土地上——苏联志愿者的回忆 (1925—1945)》,中国社会科学出版社 1981 年版,第 122 页。

［8］［苏］布拉戈维申斯基:《战斗在中国的领空》,《盟国军援与新疆——新疆文史资料 第 24 辑》,新疆人民出版社 1992 年版,第 172 页。

［9］［俄］乌索夫著,赖铭传译:《20 世纪 30 年代苏联情报机关在中国》,解放军出版社 2013 年版,第 250—251 页。

［10］郭沫若:《郭沫若选集》第二卷,四川人民出版社 1982 年版,第 278—280 页。

［11］《武汉会战我空军兵力编组表》,中华民国军事委员会军令部档案,中国社会科学 院近代史研究所抄件。

［12］薛衔天、金东吉:《民国时期中苏关系史(1917—1949)》(中),中共党史出版社 2009 年 版,第 119 页。

［13］［苏］布拉戈维申斯基:《战斗在中国领空》,《盟国军援与新疆——新疆文史资料 第 24 辑》,新疆人民出版社 1992 年版,第 166 页。

［14］《苏联外交人民委员李维诺驳斥日本政府抗议苏联飞机助华》,《新华日报》1938 年 4 月 6 日第 3 版。

［15］李嘉谷:《合作与冲突——1931—1945 年的中苏关系》,广西师范大学出版社 1996 年版,第 142 页。

［16］［俄］乌索夫著,赖铭传译:《20 世纪 30 年代苏联情报机关在中国》,解放军出版社 2013 年版,第 241 页。

［17］薛衔天、金东吉:《民国时期中苏关系史(1917—1949)》(中),中共党史出版社 2009 年 版,第 120 页。

［18］《人民日报》2015 年 5 月 8 日第 1 版。

第十四章
活跃在中国抗日战场上的苏联军事顾问

  抗日战争时期,应蒋介石的邀请,苏联在援助中国武器装备的同时,还派出了军事顾问。这些苏联军事顾问被安排在统帅部、各战区和各军兵种司令部,帮助中国军队制订作战计划,为中国军队对日作战和教育训练提出意见建议。国民政府军事委员会设有顾问事务处,负责顾问的接待、工作分配和保卫、生活保障等事宜。在武汉会战、宜昌战役、长沙会战等众多战役中,苏联军事顾问均发挥了重要作用。

中国全面抗战爆发后,应中国政府邀请,苏联于1938年6月正式向中国派出军事顾问和专家。此前,国民党军队邀请的军事顾问主要是英、法、德、意等国的。第一批苏联军事顾问和专家有27人,由1937年11月来华的苏联驻华武官德拉特文兼任总顾问。到1941年初,苏联顾问在华人数达到140多人。直到1944年5月中苏关系出现曲折,苏联政府下令召回所有驻华军事顾问和专家,这期间苏联军事顾问一直活跃在国民党军队中。

蒋介石本人与苏联顾问有过良好的军事合作。在北伐战争时期,以加伦(布柳赫尔)为代表的苏联军事顾问曾经帮助他取得了一系列胜仗。这和蒋介石与美国顾问间紧张的合作关系形成了鲜明对比。蒋介石对加伦极为赏识,1937年8月2日,蒋介石向苏联大使鲍格莫洛夫表示,希望加伦将军能够来华帮助中国抗战。全面抗战爆发后,德国为加强同日本的关系,以保持中立为由,决定召回驻华军事顾问和专家。至 1938 年 5 月,德国撤走了全部在华的军事顾问和专家。6 月 2 日,蒋介石再次点名希望加伦将军来华担任军事总顾问。蒋介石给驻苏大使杨杰发电报说,苏俄可否派一得力总顾问如加伦者来华协助,请与史、伏二先生密商速复(即斯大林、伏罗希洛夫)。1938 年 12 月 15 日,蒋介石在同苏联驻华全权代表卢干滋谈话时曾称,派遣加伦到中国等于派出 10 万苏联红军支援中国。蒋介石不知道的是,布柳赫尔已于 1938 年 10 月 22 日因哈桑湖事件被错误地定性为苏军在哈桑湖遭受巨大损失的罪魁祸首,因"失败主义"立场,纵容"人民的敌人"和"阴谋家"进行"涣散和瓦解远东方面军的罪恶勾当"而被逮捕,并于 11 月 9 日被折磨至死,死后还被扣上"人民敌人""日本特务"的罪名。[1]因此苏方给蒋介石的答复是"也许祖国需要加伦"。[2] 1939 年 6 月 24 日,孙科自莫斯科致电蒋介石:查加伦本精军事,只以爱好色,致堕敌方奸计,竟受敌方赠予日女,泄露机密,败坏纪律,依法罪当处死,业已执行枪决。[3]蒋介石这时才知道加伦已经不在人世了。

　　应蒋介石的邀请,1938 年 6 月,苏联方面派出了第一批军事顾问。这些顾问被安排在统帅部、各战区和各军兵种司令部,为中国军方的部队训练和对日作战提出意见建议。如担任总军事顾问的德拉特文(1938 年 6 月至 8 月)、切列潘诺夫(1938 年 8 月至 1939 年 8 月)、卡恰诺夫(1939 年 9 月至 1941 年 2 月)、崔可夫(1941 年 2 月至 1942 年 2 月)、古巴列维赤(代总顾问,1942 年 2 月至 1944 年 5 月)、空军的特贺尔、雷恰戈夫、波雷宁、

德拉特文(着便衣者)

阿尼西莫夫、赫留金,坦克兵的别洛夫、切斯诺科夫,炮兵和防空兵的戈卢别夫、希洛夫、卢斯基赫、塔布切夫,工程兵的巴图洛夫、卡利亚金、科瓦廖夫,通信兵的格拉诺夫,侦察兵的连奇克、康斯坦丁诺夫、什梅廖夫,第一战区的巴宁、雷巴尔克、舒金,第二战区的巴季茨基、别列斯托夫,第三战区的博布罗夫、博戈留博夫、瓦西里耶夫、马特维耶夫,第五战区的阿尔费罗夫,第九战区的阿利亚布什科夫,等等。

切列潘诺夫

苏联总军事顾问同时担任苏联军事使团团长,领导在统帅部工作的苏联顾问组,并指挥和协调各战区顾问的工作。苏联军事顾问的工作直接对苏联国防人民委员负责。总部顾问组的人数在 12—15 人。这些军事顾问,每工作一段时间便进行轮换,期限一年,有的更长。由于经常轮换,难以统计具体有多少人数。据相关资料,长期保持在 100 人左右。据曾经在中国军队担任军事顾问的卡利亚金回忆,1937 年到 1942 年先后在

崔可夫

中国军队中担任军事顾问的人员有 300 多人,连同来华的专家、技术人员、教官、志愿飞行员,总数在 5000 人以上。[4] 1939 年苏联政府奖励了 424 名在华期间表现勇敢的军事顾问和专家(49 人已经牺牲),可见当时规模之大。这些人的综合素质和实战经验比较丰富,不少在国内经历过战争考验,大多数人回国后受到重用,在以后的苏联卫国战争中做出了重要贡献。他

们中有苏联元帅巴季茨基、崔可夫,兵种元帅雷恰戈夫、日加列夫、雷巴尔克、卡扎科夫,将军博戈柳博夫、雷托夫、德拉特文、切列潘诺夫、卡恰诺夫、卡利亚金、巴宁、阿尔费罗夫、阿利亚布什夫、瓦西里耶夫、特贺尔、斯拉温、茹拉夫廖夫、布洛欣、特鲁索夫,等等。[5]这些苏联军事顾问帮助中国军队制定作战计划,检讨作战经验教训,训练中国军队使用现代化武器装备,特别是对航空兵、坦克兵、炮兵、工兵等高技术兵种进行训练,有时还根据统帅部的要求直接参与重大战役指挥。太平洋战争爆发前,中国抗日战争中的大小战役、战斗,几乎都有苏联军事顾问参与。台儿庄战役、武汉战役、南昌战役、宜昌战役、长沙战役等大战中,都能见到苏联顾问的身影。当时中国军队的将领各自受到美、英、德、日等国军事教育背景的影响,在训练作战中的思维方式、工作标准差异不小,而不同派系的军队又存在着利益矛盾,这使得统帅部的命令在贯彻中经常打折扣。这些,给苏联军事顾问帮助中国军队作战造成了不少的麻烦。

为了适应大量苏联顾问来华支援抗战的工作需要,国民政府军事委员会把办公厅下的外事组升格为顾问事务处,由张冲任中将处长,负责外籍顾问的接待、工作分配和保卫、生活保障等事宜。

顾问事务处下设三科一室。第一科掌管顾问与译员事务,科长为卜道明(曾留学苏联,作过加伦将军的翻译)。下设外员与译员两股。第二科主管文牍、编译事务,科长为夏仲高。下设文牍、编审两股。第三科主管总务,科长为高伯玉。下设军需、庶务、管理三股。秘书室设秘书、专员多人,为处长出谋划策。其中有外交秘书秦涤清,他是秦邦宪的弟弟,也是张冲在哈尔滨法大的同学,专员瞿云白是瞿秋白的弟弟,张冲在莫斯科的同学。此外,还设有总顾问办事处(亦称总顾问招待所或总顾问公馆)。总顾问招待所的主任为伍廷钧。总顾问身边配有一名随身翻译。顾问处除在重庆设立上述这些机构外,还在各大战区设有顾问招待所,以接待前往各战区前线协助战区司令长官筹划作战的顾问。

军事总顾问德拉特文、切列潘诺夫与武汉会战

南京沦陷后,国民政府虽西迁重庆,但政府机关大部和军事统帅部却在武汉,武汉实际上成了当时全国军事、政治、经济中心。台儿庄战役,尽管中国方面胜利了,但由于徐州一带不便于组织防御,国民党军队放弃徐州,向西撤退。日军则沿长江两岸西取武汉。日军的作战决心是,以主力沿淮河进攻大别山以北地区,由江北威胁武汉,另以一部沿长江西进。后因黄河决口,日军被迫中止沿淮河主攻武汉的计划,改以主力沿长江两岸直逼武汉。为迟滞日军的进攻,给战略后退赢得时间,以德拉特文为总顾问的苏联顾问组建议利用大别山、鄱阳湖和长江两岸的有利地形组织防御,与日军进行武汉会战。苏联顾问与中国军官一起,实地勘察作战区域,共同拟定了一个三层防御地带的保卫战计划。第一层从沙河河曲向北到黄梅,沿鄱阳湖西岸到南昌。在这一层防御带以内,再设置第一、第二后方防御带。国民政府军委会采纳了苏联军事顾问的建议,蒋介石亲自任总指挥,以江北的第五战区(司令长官李宗仁,7月中旬—9月中旬由白崇禧代理)和江南的第九战区(司令长官陈诚)为任务划分,调集14个集团军、47个军,作战飞机约200架,舰艇30余艘,总兵力近100万人投入会战。从1938年6月至10月,武汉会战持续了4个月之久,成为中国抗日战争战略转变的重要一役。

1938年8月,切列潘诺夫接替德拉特文担任苏联军事总顾问。切列潘诺夫早在1923年第一次来华,就参加了黄埔军校的创建工

作,担任过广州国民政府军事总顾问加伦的助手,并随国民革命军参加过北伐战争,对蒋介石和国民党军队比较熟悉。切列潘诺夫仔细研究了武汉会战的作战计划,认为跟日军作战,不能机械地坚持阵地战、拼消耗,应根据中国军事力量薄弱的现状,既要积极抗击日军,又要保存实力,在战术上应虚实结合、攻防结合,反对单纯的“堵塞子”。他向蒋介石提出了自己修改作战计划的想法:日军进攻是在狭长的地带上进行的,这就像蜘蛛在挂在树上的蜘蛛网上爬行,越走与后续部队距离越远,这就给我们从侧翼攻击切断敌人提供了可能。因此,与其在日军可能通过的狭窄地段上消极防御,不如以一部分部队正面阻击敌人,设置防堵敌人的“塞子”,另一部分部队迂回到敌人的侧面进行攻击。同时,敌进我进,将一部分部队绕到敌人的后方,进行积极的游击战,切断敌交通运输线,断其后勤供给,釜底抽薪,迫其停止进攻。[6]蒋介石组织召开了有何应钦、陈诚等高级将领参加的军事首长会议,听取了切列潘诺夫的作战计划报告,并通过了该计划。切列潘诺夫还对国民党第15军所拟的“武汉城市防御战斗指导计划”提出了自己的意见,指出“不应以泛滥为根据,应以工事及守兵为主。若防守困难,同时水位甚好时,可以泛滥。”“攻者大部队来时,则相机撤退,小则歼灭之,此与防御列宁城略相似彼时办法。”[7]苏联顾问提出的这些作战计划,在实施的过程中,由于负责侧击的部队贻误战机,没有取得预料中的效果,但仍然迟滞了敌人的作战行动。这种战法,在南昌会战和三次长沙会战中得到较好运用,获得了成功。尤其在长沙会战中,日军虽然发起三次进攻,但都被国民党军击退。

　　武汉会战历时四个半月,以国民党军队主动撤出武汉而告结束。但这次会战是有积极意义的。日本动用了当时能够集结的最大兵力(用于进攻的编制人员约25万人,加上会战期间补充的人员,总兵力为 30 万人左右),不但没有歼灭国民党军队的主力部队,反而使日军的有生力量遭到了严重的打击。随着战线的延长,日军此后再也无力组织像淞沪、徐州和武汉会战这样大规模的、以攻城略地为目标的战略进攻,不得不转入战略防御,这就使中国的抗战由战略防御阶段发展为战略相持阶段,日本侵略者则陷入了它自身所最不愿意进行的持久战的泥淖之中。武汉会战后,切列潘诺夫作了关于这次战役的总结报告,在召开的高级军事会议上,何应钦将该报告作为蒋介石的会议开幕词宣读。

军事总顾问崔可夫与宜昌战役

1941 年 9 月至 10 月,第六战区部队围攻驻宜昌日军的进攻战役作战计划,也是由苏联顾问帮助制定的。1941 年 9 月下旬,日军发动第二次长沙会战。中国第六战区奉令围攻宜昌,策应第九战区作战。

驻守宜昌的是日军第 13 师团,有兵力 21000 余人。自 8 月下旬以来,就有 4 个步兵大队及 2 个山炮大队(共 7711 人)被抽出组成早渊支队开赴湘北作战,宜昌地区的守备兵力减少了三分之一。而防守襄河以西的第 4 师团也因奉调参加长沙会战,将防务交归独立混成第 18 旅团。此时,第六战区当面的日军兵力大大减少,这对攻宜昌极为有利。蒋介石认为,进攻宜昌,一则可策应长沙会战,二则可解除日军对大后方的威胁,意义重大。

早在 8 月下旬,日军就得到了中国军队可能进攻宜昌的情报,驻宜昌的第 13 师团也加强了防御。但由于大量兵力被抽走,宜昌外围的防守态势比较薄弱:在第 13 师团防区的正北面,步兵 104 联队和 65 联队成一线配置,在第一线阵地至宜昌之间没有任何兵力防守,就是在重点防守的第一线阵地上,两个联队的结合部也有约

2 公里的防御间隙;在南部 116 联队的防区,问题则更严重,日军仅能在要点配备一个大队,其余地区的防御形同虚设。

第六战区司令长官陈诚接到命令后,立即召集幕僚开会,研究作战方案。苏联军事顾问崔可夫用了 3 周时间,对前沿阵地进行了详细的实地考察,与中国军队指挥官共同制定了一个详细的作战计划。崔可夫特别强调,进攻作战不限于白天,要善于运用夜间作战,并增加炮兵力量用于攻城。回到重庆后,崔可夫向总参谋长何应钦作了宜昌会战的方案报告,认为陈诚的部队不仅能够防守,而且能够进攻,而日军由于长时间处于消极防御状态,已经丧失了进攻的勇气。日军在这一地区的兵力和储备是不能展开大规模攻势的,在这个方向上,只需要少数兵力就可以抵御强大之敌。崔可夫还指出了日军防守的弱点,日军一支部队与另一支部队之间经常相距很远,彼此之间根本缺乏战术甚至作战联系,是孤立无援的目标,不用特别费劲就能从四面八方将它团团围住,各个击破。他认为日军第 13 师团是一支孤立无援的驻军。蒋介石看到崔可夫的这个报告后,非常欣赏。

崔可夫此时担任苏联驻华武官兼军事总顾问,这在苏联援华顾问中还是第一次,而且军衔为上将,这些也说明了苏联对援华的重视。当时,苏联顾问是在其居住的公馆办公的,并不和中国军队的司令部在一起。崔可夫到任后,马上向中方提出,为了便于联系,向中方的司令官提出建议,所有苏联顾问应该搬到各自服务的司令部内办公。崔可夫本人也搬进了国民政府军事委员会里,把原来蒋介石办公室旁边秘书长的两间办公室作为自己的办公场所。

9 月 30 日,国民党军队开始进攻。26 集团军 5 个师从当阳西面进攻宜昌;20 集团军 7 个师向江陵发起进攻,直捣宜昌左侧背;

第 33 集团军推进至沙洋、荆门一线,遮断汉宜公路。10 月 1 日,江防军 7 个师从宜昌正面发起进攻。至 10 月 2 日,我军攻克宜昌外围日军阵地,缩小了包围圈,同时割断了日军第 39 师团与第 13 师团的联系。3 日夜,各部完成了对宜昌的包围,随后发起攻击。6 日,各部队加强进攻,给日军以重大打击。9 日,进一步加大攻势,第 9 师、新编第 33 师、第 76 师猛攻宜昌,激战至 10 日黎明,攻克胡家大坡、大娘子冈、慈云寺等据点,并以猛烈炮火轰击城内日军,第 13 师团危在旦夕。第 13 师团师团长内山英太郎已彻底绝望了,他预计就算是最顽强的抵抗,也只能撑到 11 日,因而于 9 日夜命令参谋长烧毁了机密文件,并做好了自杀的准备。就在 11 日中国军队准备再度进攻时,不巧天降大雨,部队行动不便,被迫停止了进攻。而此时,日军增援部队已逼近。陈诚感到拿下宜昌无望,遂命令停止攻势,撤离战场,宜昌战役结束。宜昌战役是 1941 年正面战场上中国军队唯一一次主动发起的进攻战役。

军事总顾问崔可夫与长沙会战

1941 年 9 月开始的第二次长沙会战,蒋介石完全接受了苏联顾问制定的作战方案,使日军遭受重创,并在第三次长沙会战时延续了这一战法,取得了重大胜利。

1941 年 9 月初,日军调集约 12 万人,进占岳阳、临湘一带,目的是击溃第九战区主力,摧毁中国军民的抗战意志(以便抽出兵力南下给太平洋美军施加压力)。

日军第 11 军司令官阿南惟几指挥四个师团、两个支队和航空兵、海军各一部,约 12 万人,采取将主力并列于狭窄正面上,以纵深突破的战略,向长沙进犯。

第九战区司令长官薛岳指挥 17 万人利用湘北的有利地形,采取逐次阻击,诱敌至长沙附近捞刀河两岸地区予以围歼的方针,将突入长沙市区和进至株洲之敌全部歼灭并乘胜反击。日军被迫北撤,退回新墙河以北地区。

9月18日,日军向驻扎在新墙河一线的国民党军队发起进攻,强渡新墙河。19日,日军抵达汨罗江北岸地区,准备渡江攻打长沙。

这时,蒋介石接见苏联军事总顾问崔可夫,征求对付日军进攻的作战意见。崔可夫向蒋介石报告了苏联顾问关于反击日军进攻的计划:一、中部军团且战且退,诱敌入长沙东北和长沙以东的山区,重兵埋伏,打击敌人。二、以长沙正面为主战场,当敌人在交通线展开,山里敌人受到埋伏部队打击后,展开战斗。三、从侧翼向进攻长沙的敌军主力进行猛攻。同时,考虑到汉口日军部分被调往长沙作战,兵力减少,为了配合第九战区的作战,第五、六战区的部队可以主动对汉口之敌发起攻击,以围魏救赵之势,迫敌停止对长沙的进攻。蒋介石同意了崔可夫的作战计划,并请崔可夫到参谋总部以蒋介石的名义执行这项作战计划,如遇妨碍,可直接向蒋介石报告。

作战计划下达到各战区司令长官部后,崔可夫命令在各个战区的苏联顾问,严格监督计划的准确执行,不得有任何偏离,如有偏差,及时报告。为了保密起见,崔可夫向何应钦提出,不在军委会上讨论这一作战计划。当第三战区司令长官顾祝同不执行命令,企图改变把第10军东撤的计划时,崔可夫立即向蒋介石做了报告。蒋介石完全支持崔可夫,马上通过电话对顾祝同进行严厉批评,令其执行作战命令。

27日,日军一部渡过浏阳河,28日占领长沙。第九战区根据最高统帅部命令,从各方调集增援部队聚集到预定作战区域,将日军包围于捞刀河、浏阳河之间。与此同时,第三、第五、第六战区部队分别向当面之日军发动攻势,威胁宜昌、荆门和汉水流域的日军据点。日军前后受敌,迫于压力,遂于 10 月 1 日撤离长沙,全速向北撤退。最高统帅部指挥第九战区部队乘胜追击,一直向北追过新墙河。11 日,中国军队恢复了战前阵地,重新与日军对峙于新墙河。蒋介石高兴地邀请崔可夫乘他的专机飞往长沙察看战场。

这次作战,中国军队取得了重大胜利,日军不但没有击溃第九战区主力,自身还付出了 2 万余人的伤亡代价,阵地完全恢复到战前状态,没有达到任何战略目的。而且,中国第六战区乘日军空虚,发起宜昌作战,差一点使日守军彻底覆灭。

1941 年 12 月 8 日,日本发动太平洋战争后,日军决定再次发起对长江以南中国军队的进攻,从而牵制中国军队转向广东方向,阻止中国军队援助英军保卫香港。12 月 23 日,第三次长沙会战打响。薛岳指挥 13 个师约 17 万人兵力,组织防御。薛岳在前两次长沙会战经验的基础上,制定了名为"天炉战法"的后退战战略:将第九战区的兵力集中在湘北地区,在日军进攻的地点逐次抵抗,将主力部队置于两翼,引诱日军主力至浏阳河、捞刀河间地区,然后集中优势兵力包抄,南堵北追,东西夹击,四面合围予以歼灭。这一战法又一次取得了成功。日军被迫撤退,狼狈逃窜,中国军队乘胜追击,对敌阻击、截击、尾击,予其以沉重打击,不断扩大战果。至 1942 年 1 月 15 日,中日两军再次恢复战前态势。

第三次长沙会战,日军伤亡 56000 余人,被俘 139 人,中国军队伤亡 28000 余人,中国军队取得辉煌胜利。这是珍珠港事变以来,盟国在亚洲战区取得的唯一的胜利,也是太平洋战争爆发后盟军的第一次重大军事胜利。而同一时期盟国在东南亚的军队被日本的南方军打得一败涂地。还在会战进行的过程中,1942 年 1 月 3

日,盟国成立中国战区盟军统帅部,罗斯福提名蒋介石出任盟军统帅部最高统帅,统一指挥在中国的美国军队以及东南亚越南、泰国的军队对日作战。美国政府以最快速度通过法案,宣布再次向中国提供5亿美元的信用借款。其后,罗斯福以他夫人的名义,邀请蒋介石夫人宋美龄访问美国,在美国国会发表演说。第三次长沙会战结束不久,美、英政府主动向中国提出,要废除西方列强与中国历届政府签订的一系列不平等条约,归还上海、厦门等地的公共租界,取消领事裁判权。英国政府也立刻通过决议给中国5000万英镑,作为法币的平准基金。中国艰苦抗战多年后,终于跻身为抵抗法西斯轴心的主要盟国。第三次长沙会战的胜利,为中国赢得了世界上其他国家和民族的尊重与平等对待。

　　苏联军事顾问还帮助蒋介石整顿了指挥体制,加强了情报工作。抗战开始后,各路军阀名义上听命于国民政府,实际上各有各的利益,指挥不畅的问题十分明显。当时,国民党军队既有中央系,又有地方派,无法统一指挥,抢占地盘的事件也时有发生。苏联军事总顾问切列潘诺夫建议蒋介石改组军队,使各军兵种、各战区协同作战,服从统一指挥,一定程度上改变了国民党军一盘散沙的状况,在统一指挥、协调行动上有所好转。土地革命战争期间,国民政府和国民党军队也建立起了自己的情报组织,还聘请德、意、日等国顾问为其培训情报、特工人员。但这些情报机构主要是对付国内对手的,特别是对付中国共产党的,对日情报工作则严重不足,不能满足抗战的需要。对此,苏联军事顾问帮助国民政府加强军队的情报工作,搞好对日情报侦察,保证了作战的需要。

---

[1][俄]乌索夫著,赖铭传译:《20世纪30年代苏联情报机关在中国》,解放军出版社2013年版,第229页。

［2］李嘉谷：《合作与冲突——1931—1945 年的中苏关系》，广西师范大学出版社 1996 年版，第 128 页。

［3］王真：《抗战时期的在华苏联军事顾问》，《抗日战争研究》1992 年第 3 期，第 177 页。

［4］［苏］卡利亚金：《在中国土地上》，《1937—1945 年苏联援华军事人员回忆录》，莫斯科科学出版社 1989 年版，第 60 页。

［5］李嘉谷：《合作与冲突——1931—1945 年的中苏关系》，广西师范大学出版社 1996 年版，第 139 页

［6］［苏］切列潘诺夫：《中国国民革命军的北线——一个驻华军事顾问的札记》，中国社会科学出版社 1981 年版，第 616—617 页。

［7］李嘉谷主编：《中苏国家关系史资料汇编（1933—1945）》，社会科学出版社 1997 年版，第 168 页。

第十五章
大通道上的
伊宁航空军事学校

　　苏联派出飞行教官和专家,在伊宁、迪化、兰州、绥宁、成都等地航校中担任教官,帮助中国训练飞行人才。苏联教官最集中的是伊宁航空军事学校。伊宁航校是经盛世才同意、当时国民党在新疆的唯一地盘,中方工作人员由重庆委派,教官从苏联聘请,所有飞机均来自苏联。伊宁航校为战时中国空军培养了一大批急需人才,成为中国空军对日作战的中坚力量。

　　在全国抗战爆发后不长的时间里，中国就损失了大部分的作战飞机和大批优秀的飞行人员。据陈香梅女士回忆，中国在武汉会战中损失了能作战的几乎所有飞行员。一时间，飞行人才严重缺失。于是，培训飞行人才，提高再生造血能力，就成为当时中国空军最紧迫的问题。苏联专家帮助培训的飞行人才，恰如对中国空军的紧急输血，并在抗战空战中发挥了重要作用，成为后来中国空军对日作战的主力。这些飞行人才的培训主要是在苏联帮助成立的航校和教导队里进行的。当时在伊宁、迪化、兰州、绥宁、成都等地都办有航校或者教导队，规模最大的当数伊宁航空军事学校（空军教导总队）。

　　抗战时期的中国空军人才培养主要由国民政府航空委员会负责。航空委员会下设军令、军政两厅，军令厅设在重庆，负责指挥空军作战；军政厅设在成都，负责教育训练、人才培养。航空委员会开办有中华民国空军军官学校，简称空军官校，其前身是孙中山于1924年在广州创建的航空学校，1932年则更名为中央航空学校，校址定于杭州笕桥。抗战爆发后迁至云南昆明，并于1938年正式定名为空军军官学校。1939年，日军突袭的重点逐步转向重庆、成都、昆明、老河口、兰州等内陆城市。为了提供一个相对安全的训练环境，航空委员会决定将空军官校迁至印度腊河，继续招生。

在新疆伊宁，苏联帮助国民政府筹建了伊宁航空军事学校，专门负责空军作战部队人员的训练。1938年秋，伊宁航校接收到了15架 YT－2、8架 И－15、4架 YTИ－4、10架 СБ、8架 Р－10飞机和30辆特种汽车（起动车、

И－15，外号"黄莺"。

加油车、加油加水两用车等）。此外，为了训练和教学，从苏联运到学校的还有训练用飞机座舱、各种型号的发动机、机械和电器装备模型及其他教具，总计价值3386600美元。1939年随着学员增多、训练任务加重，飞机增加到53架。1939年8月，根据中方请求，中国驻苏大使杨杰与苏联国防人民委员伏罗希洛夫签署了关于邀请苏联教官赴伊宁航校工作一年的秘密协定。[1]

伊宁航校是经盛世才同意，当时国民党中央在新疆的唯一地盘，中方工作人员由重庆委派，教官从苏联聘请。伊宁位于新疆西北部，地处伊犁河谷盆地中央，古称宁远，为天山南北政治、经济中心，"西陲一大都会"。它的南部即名闻遐迩的天山，西行30里有最接近中俄边境的重镇霍城，与北部的塔城和东部的迪化成三角形，中间有伊犁河直流苏联境内，有公路直达俄境，陆路离省会迪化

700 公里,离兰州 2000 余公里,还有欧亚航空公司班机定期由昆明经重庆、兰州、哈密而至迪化,交通方便,便于苏联专家往来,也不会有日军空袭之忧。伊宁航校由兰州驱逐机队改编而成,基地设在伊宁市郊北部的艾林巴克,这里原为一座兵营。航校设总队长一名,总队之下设有三个中队,一中队负责驱逐机训练,二中队负责轰炸机训练,三中队负责侦察机训练,各中队设有正、副队长、分队长及飞行教官。此外,总队还设有政治室、教务组、照相室、军械室、医务室等。

第一、二中队的学员为空军军官学校第九期毕业生,他们于1939 年 7 月毕业。第三中队的学员由空军官校侦察班与新招的一部分学员组成。学员及航校的相关教员是由昆明出发,经贵州、四川、陕西、甘肃、新疆,辗转 5000 多公里,历时两个多月才到达的。

航校的生活条件还不错。每间宿舍都有煤炉取暖,均派有当地雇用的人员打理。这些人员原为东北抗日义勇军余部,被日军打败后从外蒙和苏联艰难辗转回国,蒋介石政府又不允许他们回到内地,只得留在新疆。

负责为中国军队培育飞行员的教官是经中苏两国协商由苏联派出的教官团。教导队的全部训练计划均由苏联教官团制定。教官团团长名叫利瓦伊诺夫,三十余岁,体格魁梧,精明能干,对部属约束严格,自己凡事以身作则,言出必行;所有苏联教官学术俱优,上课时能言善道,飞行技术很强。

航空队培训分两个阶段,第一阶段培训空军部队送训的飞行员和由空军军官学校来的飞行教官,第二阶段培训飞行学员。所有受训人员均按照上课、实习,然后带飞、单飞,然后编队飞行、空中战斗、投弹射击、侦察照相的顺序依次进行,全部课程训练完毕后,学员就可以执行实际作战任务了。

航校训练用飞机为 Y－2 初级教练机、R－10 侦察教练机、И－16、И－15 双座教练机、И－15、И－16 单座战斗机、СБ 轻轰炸机、ДБ 远程轰炸机。飞机上的作战装备一应俱全,完全按照实战要求设置。

战时的航校不同于正规的军事院校,属于教导队性质,理论课比较少,主要是实装训练。苏联教官的训练非常严谨,态度一丝不苟,学员到达之前,教官已经全部到位,列队等候学员。团长兼总教官利瓦伊诺夫介绍训练内容,提出相关要求,明确分组,然后教官带领大家展开分组练习。总教官利瓦伊诺夫不但亲自讲解,并且亲自带飞,每次训练都在机场上上机下机,不停地指点学员,非常认真负责。其他苏联教官也非常认真,但任期时间不长,一般半年左右即换一批教官。

所有学员,不管职级高低、过去飞行小时多少,都从初级训练开始实飞。初级训练使用的是 Y－2 初级教练机,这是一种单翼双座教练机,飞行时教官在前座,学员在后座。新疆的冬天气温很低,很多时候机场都是铺满几寸厚的白雪。好在 Y－2 初教机充分考虑到了这一点,设计有特殊的雪橇装置以代替轮子,使用这种雪橇装置降落时,滑行的距离比一般情况下要长一些。当时的飞机还比较简单,机舱内的温度跟外面差不了多少,飞行员在天上训练,即使戴着飞行帽,依然感觉到寒彻入骨。教官带飞三五次后,学员即进行单飞,教官感觉过关了,就进行高教阶段。

高教使用的机型为 И－16 双座教练机。这种飞机功率相对比较大,是那个时代世界上飞行速度很快的一种飞机,也是苏联空军的主力战斗机型之一。同样经过带飞和单飞训练,然后根据学员到部队的工作需要进行分别训练,有的训练 R－10 侦察教练机,有的训练 И－15 战斗机,有的训练 СБ 轻轰炸机、ДБ 远程轰炸机。

全部训练内容完成,部队长和教官班需时一至三月,飞行学员班需时三至六月。教官班人员学习结束后,马上转任飞行教官,与苏联教官一起培训新学员。学员班学员毕业后,即分配到部队进入前线作战。

СБ 轰炸机,英文为 SB,外号"喀秋莎"。

1940 年,轰炸班、战斗班和侦察班相继学完毕业。举行完毕业典礼后,学员们就回到部队参加作战。1940 年 7 月和 1941 年 7 月,中国政府先后两次向苏联提出请求,希望将苏联教官在伊宁航校的工作协议期限再延长一年,从 1939 年 8 月 20 日经两次延长,至 1942 年 8 月 20 日。以后昆明空军军官学校第 10 期毕业学生,也到伊宁航校进行了训练。

伊宁航校为战时的中国空军培养了一大批急需人才,很多成为对日空战的栋梁之材。1938 年有以科热尼科夫少校为首的 18 名苏联教官在伊宁航空军事学校工作。到 1941 年底,教导队共有官兵 91 名,学员 164 名,学生 90 名,机械师 118 名,共计 463 人。仅在 1940 年就培训出 328 名飞行员。抗战时期,先后共有 463 名歼击机、轰炸机飞行员和航空技术人员从伊宁航校奔赴抗日救亡前线。

中国学员十分珍惜这么一个难得的训练机会,尽管战时汽油紧缺而经常影响训练,但大家训练态度认真,学习热情高涨,训练效果十分明显。教导队里经常飘荡着原杭州笕桥中央航校的校歌:

伊宁航空军事学校学员毕业典礼

得遂凌云愿，

空际任回旋；

报国怀壮志，

正好乘风飞去，

长空万里复我旧河山。

努力! 努力!

莫偷闲苟安。

民族存亡责任待我肩，

须有牺牲精神，

凭展双翼一冲天。

苏德战争爆发后，苏联教官被紧急征调回国参加卫国战争，这时就由中国的教官继续进行教学。其后，新疆形势发生重大变化，新疆与苏联的关系紧张起来。1944 年在苏联暗中支持下，新疆发生了主要有哈萨克族人参加的伊宁事变。之前航校已经预感到了形势的紧张，提前让一部分人员返回内地。还有一部分人留守航校，当苏联指使下的哈萨克人员进攻航校时，这些人进行了抵抗，最终被杀，壮烈殉国。

在抗战期间，除伊宁航校外，国民政府在苏联帮助下，还在兰州、昆明、柳州等地举办有航空学校,各飞行学校共训练了 1800 多名学员,其中飞行员 1204 名,领航员 160 名,航空机械师 450 名。[2]

除了在中国境内帮助培训飞行技术人员,苏联还在其本国内为中国培训飞行员。由中方派去苏联学习的飞行人员被运至阿拉木图、莫斯科等地接受训练,训练完成后,就以单机编入苏联机群,随苏联飞行队作战,学习射击、投弹、跳伞、滑翔、联络、领航等技术,最后驾驶苏联援华飞机回国作战。这种训练方法不仅提高了中国飞行员的技术,还加强了中苏两国飞行员在战斗中的默契。有资料显示,仅 1939 年就有中国飞行员 1045 人、领航员 81 人、无线电发报员 198 人、航空机械师 8354 人到苏联参加培训。据一家法国军报证实,1938 年秋,有 112 名中国飞行员在沃罗涅日伞兵学校学习,在奥伦堡空军学校,也有由共产国际派遣的 7 名中国人受训。[3]

抗战爆发后,中国对飞机最急需,除向苏联大批购买外,还希望苏联能帮助建立飞机制造厂。中国自己的航空制造能力有限,航空委员会虽然也有自己的飞机制造厂、飞机修理厂和航空研究院,但还不能独立生产制造飞机。早在 1937 年 11 月,斯大林会见中国军事代表杨杰时说,制造飞机并不困难,难的是制造发动机。苏联可向中国提供发动机,飞机由中国自己制造。如果苏联提供 200—300 架飞机,因运输困难,需要两三个月,这次运输就损坏了近 20 架。如果中国想站起来,就应当发展自己的空军和炮兵。中国有能工巧匠,苏联提供设备。中国可在四川、广东或新疆建立航校,就地培训中国的年轻人。不能指望外国,要发展自己的工业。如果盛世才和南京政府愿意,苏联可帮助在新疆生产石油,建立苏中联合石油公司。中国有了自己的空军、炮兵和石油,有自己的重工业,就能打败日本。[4]

1938 年 2 月,斯大林在克里姆林宫会见了中华民国立法院院长孙科,并在莫洛托夫住所与其共进晚餐时再次强调,他认为可以保证中国取得抗日战争胜利的两个条件是建立自己的军事工业和国家的团结。1938 年 7 月 9 日,中国驻苏大使杨杰向苏联政府提出,希望苏联帮助建设一个飞机装配厂,苏联接受了中国方面的请求。1939 年 8 月 11 日,中苏签订了建立飞机修配厂的议定书,厂址设在迪化市郊头屯河,对外称 10 号建筑、农具制造厂或铁工厂。这项工程由国民政府投资 200 万美元兴建,实际上是由新疆垫资建设的。土木建筑由督办公署工程处负责,厂房图纸由苏方提供,飞机修配技术人员由苏联派遣。修配厂的任务,一是负责装配苏联援华飞机,工厂用苏联运来的零部件装配出飞机,然后飞往作战前线;二是负责修理前线受损后撤下来的飞机。工厂计划年产 И－16 歼击机 300 架,飞机零部件由苏方提供,产品由中国包销,协议期限为 10 年,期满后中国可购买苏联股份,将工厂转为己有。由于各方都很重视,工厂自 1939 年底破土动工,至 1940 年 9 月完成第一期工程,10 月开始部分生产,投产第一年就生产出 И－16型单双座机各 50 架,СБ 型机 70 架,ЕО－153 型飞机 130 架,合计300 架。

据周东郊《新疆十年》记载:"1942 年在昌吉头屯河设有头屯河铁工厂,这是组装军用飞机的兵工厂。据省公安管理处探知,头屯河铁工厂共有男女职工 700 余人,多系苏联人,中国人极少。1942 年前后,该厂厂长名叫叶希果夫,副厂长名普拉斯古林和察尔切夫。1942 年以前,该厂常停有大小飞机 10 架,已有组装修

抗战期间,苏联空军志愿飞行队的 И－16 驱逐机。

理飞机之能力。自1942年下半年起,苏联援华人员开始撤回国内,至1943年夏……头屯河铁工厂由新疆以重价收买。"

1943年,由于盛世才与苏联关系恶化,苏联方面决定撤回飞机修配厂的全部苏方人员和机器设备。遗留下的工房8356平方米,住房16715平方米,并有水塔、供排水管道和蓄水池等设施,中国方面以420万美元买回。

光有飞机没有石油不行。苏联还在新疆独山子帮助中国建立了独山子油矿,中苏合营,技术设备由苏联提供,抗战后期新疆与苏联关系紧张后,苏联撤走了相关的技术设施。

中国除了需要苏联帮助培训飞行技术人员外,由于从苏联还获得了大量的坦克、大炮等陆战重型武器,相应的坦克兵、炮兵等人才也需要苏联提供帮助进行培训。

炮兵被称为现代战争之神,拿破仑认为火炮是"决定战争胜负的主要武器"。在机械化战争时代,没有炮兵或者炮兵力量弱小的一方,仗几乎是没法打下去的,而当时炮兵是中国陆军的弱势兵种。国民党军队的炮兵部队创立于黄埔时期。1936年3月,经过10余年惨淡经营,国民政府陆续将堪用之各种火炮457门,编成两团制的独立炮兵旅4个、独立炮兵团5个、独立炮兵营4个,连同晋绥军炮兵总计22个团又5个营。

1936年3月,国民政府武汉行营设立炮兵整理处,对炮兵部队按照火炮种类进行整理,共编成两团制的炮兵旅4个,独立炮兵团5个,独立山炮营、独立野战炮营、独立重迫击炮营各3个。装备编制如下:

炮兵旅有:炮兵第1旅,装备瑞典制L/14博福斯(Bofors)75mm口径山炮;炮兵第2旅,装备瑞典制L/14博福斯(Bofors)75mm口径山炮;炮兵第6旅,装备德国制L/29克虏伯(Krupp)

75mm 口径野炮;炮兵第 8 旅:装备日本辽十四式 77mm 口径野炮。

独立炮兵团有:独立炮兵第 4 团,装备日本三八式 75mm 口径野炮;独立炮兵第 6 团,装备日本三八式 75mm 口径野炮;独立炮兵第 8 团,装备日本辽十四式 150mm 口径榴弹炮;独立炮兵第 9 团,先是由装备德国克虏伯 75mm 口径野炮和重迫击炮(各 1 个营)的第 32 步兵师师属炮兵团编成,不久将野炮营划回 32 师,而重迫击炮营与独立重迫击炮第 1、2、3 营合编为独立步兵炮团,装备法国施奈德 75mm 口径山炮 28 门;独立炮兵第 10 团,装备德国制 L/32 sFH 18 莱茵公司(Rheinmetall)150mm 口径榴弹炮 24 门(机械化牵引,全称是"32 倍 15 厘米重榴弹炮",简称"32 倍 15 榴")。1937 年又组建了独立炮兵第 14 团,装备德国制 L/30 sFH 18 克虏伯 150mm 口径榴弹炮 24 门(机械化牵引)。

高射炮兵(1937 年组建):高射炮兵第 41 团,装备德国制博福斯 75mm 口径高射炮 28 门、德国制十八年式 37mm 口径高射炮 36 门、瑞士制造的 20mm 口径索罗通高平两用机关炮(Solothurn)48 门。高射炮兵第 42 团,装备瑞士制索罗通 20mm 口径高平两用机关炮 108 门。1937 年,在国民政府军事委员会之下,设立防空总监部,以黄镇球将军为防空总监,防空总监部编有高炮部队第 41、42、43、45、48、49 等团,有德式 75mm、俄式 76.2mm 高射炮,另有 37mm 炮、20mm 炮、13.2mm 高射机枪,并配备辅助对空作战的指挥仪等装备和专职的探测队。

南京、武汉沦陷后,中国大批兵工厂迁渝,重庆成为中国火炮的生产基地。重庆兵工厂生产的火炮主要有 60mm、82mm、120mm 迫击炮和 37mm 战防炮、75mm 步榴炮、100mm 榴弹炮等,重点厂家包括兵工署第 10 工厂(兵工署炮兵技术处、江陵机器厂)、第 21 工厂(长安机器厂)和第 50 工厂(望江机器厂),3 家工厂 8 年共生产火炮 1.5 万门,炮弹 598 万颗。

抗战期间,苏联援助中国军队各式火炮 1190 门。根据蒋介石的请求,苏联同时派出了一批炮兵专家来华,担负培训官兵的炮兵战术和技术,如使用火炮防空和进攻,隐蔽阵地射击,集中使用和分散使用火炮,民众防空训练,火炮维修等。这些军事专家还深入炮兵部队进行视察,现场指导炮兵训练,了解炮兵的战术和技术运用情况。如炮兵顾问谢罗夫在视察中发现,第三战区的炮兵部队在武汉会战中几乎没有发挥作用,指挥官不注重侦察敌情,对战场情况不了解,让炮兵远离前线当预备队,没有充分发挥炮兵对敌火力打击的威慑作用。这些情况上报国民政府军事委员会以后,引起了蒋介石的高度重视,下令对第三战区炮兵指挥官娄绍铠及以下相关人员进行惩处,同时指示铨叙厅对谢罗夫顾问进行奖励。经过整顿以后,第三战区的炮兵战斗力建设有了明显提高,在后来的青阳战役中得到充分体现。

据不完全统计,抗战期间苏联帮助中国培训飞行人员、航空技术人员 1 万多名,算上炮兵、坦克兵等陆军兵种的军事技术人员,共有 9 万多名。

---

[1] [俄]乌索夫著,赖铭传译:《20 世纪 30 年代苏联情报机关在中国》,解放军出版社 2013 年版,第 258 页。

[2] [俄]乌索夫著,赖铭传译:《20 世纪 30 年代苏联情报机关在中国》,解放军出版社 2013 年版,第 258 页。

[3] [俄]乌索夫著,赖铭传译:《20 世纪 30 年代苏联情报机关在中国》,解放军出版社 2013 年版,第 259 页。

[4] 薛衔天、金东吉:《民国时期中苏关系史(1917—1949)》(中),中共党史出版社 2009 年版,第 121 页。

第十六章

苏械装备扬威
中国抗日战场

　　相对西方国家对中国抗战的援助，苏联援助中国的物资具有更多的优势：数量大、价格低、利息低、以货易货，全部是军火援助，尽量满足中国需要，战术技术性能先进。苏械装备的中国空军和陆军，给予侵华日军以措手不及的扑击。由苏联援助的坦克、大炮、轻重机枪武装起来的国民党第一个机械化师200师在昆仑关大捷，赴缅远征作战中，更是屡建奇功，显威扬名，成就了杜聿明、戴安澜等抗日名将。

苏联是太平洋战争爆发前对中国的主要外援国。20 世纪 30 年代,中日两国的国力悬殊、军力悬殊。1937 年日本的钢铁年产量 580 万吨,而中国仅为 4 万吨;中国的军事工业能力仅能制造和修理简单的枪支,日本则具备生产坦克、飞机、大炮、航空母舰的能力。在军力对比上,1937 年全面抗战爆发前,日本陆军有常备师团 17 个,38 万人,可以 3 倍动员,兵员训练有素,装备精良;空军有 91 个飞行大队,2700 架飞机;海军有 200 余艘舰艇,总吨位达 190 万吨,号称世界第三。而中国陆军有国民党军队 191 个师、52 个旅,加上共产党的军队,总兵力共 210 万人,但装备落后;空军有 600 架飞机,海军有 66 艘舰艇,总吨位 5.9 万吨。[1] 日本扬言要在 3 个月内占领整个中国。

从七七事变到第二次世界大战全面爆发,世界大国中只有苏联一国最愿意援助中国抗战。尽管苏联援助中国抗战有其自身国家利益考虑,但它在面临东西方法西斯威胁、自身困难的情况下,向中国提供大量军火援助,帮助中国的抗日战争,却是不容抹杀的事实,这与西方大国在抗战初期对中国的冷漠态度形成了鲜明的对照。美国在中国全国抗战发生前就援助了日本大批战略物资,全国抗战爆发后,仍然是日本战略物资的主要供应国。据日本工商省统计,美国对日本军需贸易占其全部对日贸易的比例,从1937年的33.5%上升到1940年的38.7%。1938年美国输日作战物资占日本全部消耗额的92%。1938年,英国及其自治领地对日输出物资占到了日本进口总额的20.79%,其中军用物资占了17%。[2]这等于在帮助日本侵略中国。而中国却很难从西方国家获得军火援助。蒋介石1939年9月说,美、英等国供给中国的军火仅占中国得到外国援助的20%。由于美、英、法等西方国家对日本采取绥靖政策,不仅不帮助中国抗战,而且还援助日本,这样,来自苏联的援助就显得特别重要。1944年,时任行政院长的孙科为纪念卢沟桥事变7周年发表的《我们的唯一路线》说:"外援方面,自1937年'七七'以后,直至1941年苏德战争以前,整整四年间,我们作战所需物资,大部分独赖苏联的援助。中国军队利用这些装备,加强空军和陆军建设。在陆军方面,接受苏联装备最多的部队有长江以北作战的第一军、第二军,在长江以南的第5军、第74军和第200师等。在中国抗日战争的前期和中期,苏联援华武器装备发挥了不可磨灭的巨大作用。"

而且,苏联援助的军火物资相对西方国家的援助具有更多的优势。主要是:

一、数量大、价格低、利息低、以货易货、全部是军火援助。从1937年7月7日开始直至1941年6月22日苏德战争爆发,中国共获得国外贷款5亿美元(不包括租借物资),苏联对华借款2.5亿美元,而且全部是军火借款,来自西方国家的 17 笔借款全部是非军事性的,没有一笔为军火借款。在《中苏互不侵犯条约》生效的第一年里,中国就从苏联获得了 20 个师的全部装备。苏联援华军火的价格远远低于国际市场价格。1937 年,中国政府向英国购买 20 余架飞机,向法国购买 40 多架飞机,价格比苏联飞机高出一倍。顾维钧在回忆录中讲述,孙科第二次访问莫斯科回来后对他说,从莫斯科得到了一笔新的优惠贷款,这笔贷款名义上是 1.6 亿卢布,实际上相当于 4 亿卢布,因为苏联给予中方的军火价格特别便宜,每架飞机的价格仅有 3 万美元左右,装备一个师的费用仅需要中国币 150 万。顾维钧的回忆应当是可信的,因顾维钧属亲英美派,晚年仍认为苏联援华借款是苏联企图占领中国的阴谋,所以他不会主动为苏联说好话。这样算来,苏联援助中国的军火物资,按照当时国际价格来算,相当于实际动用信用借款的 2.5 倍。苏联对华借款利息低,仅为 3%,是当时中国所获贷款利息最低的(西方列强借款,要求支付 4%、5% 甚至是 6.5% 的利息),偿还时间也比较长,5—7 年,且以农矿产品偿还。当时,中国外汇极其紧张,蒋介石多次写信给斯大林,恳求延缓还款时间,以货易货解决了这一问题。当然,以货易货对苏联也有益。我们给苏联的钨、锑、锡等矿产品同样也是重要的战略物资。当时,各国对华借款都要求中方以钨、锑、锡等战略物资偿还。这些矿产品和农产品对于苏联的战时工业和经济起到了重要作用。

二、尽量满足中国需要。动用贷款购买的武器装备,都是由中方先列出清单,苏联方面则几乎全部满足中方要求。为了中国抗战的需要,苏联在还没有签订贷款协定前就已经起运了部分武器装备到中国,是中国在抗战中最早得到的外国援助的大宗武器装备。苏联还应中国政府的请求,将援华物资直接运抵中国的目的地,而中国对苏联的货物只需要运到边境交接即可。参与武器支援谈判的中国军事代表团都感觉到了苏联对于中国支援的态度。代表团团长杨杰在日记中记述了当时谈判的感受。他在 1937 年 9 月 9 日的日记中写道,伏罗希洛夫元帅"热诚爽快,即说可开始研究商洽问题。对于予之请求,完全应允。""晚七时伏元帅派拔也夫及拉宁来寓商洽,予将所希望各物及开始输送时间告之,彼二人一一记录,会议内容详备忘录。声明一两日内详为计算,由伏元帅批定后即可开始运输矣。""此种顺利之交涉,在世界上、国际场合中可称空前圆满。"9 月 11 日晚,中国代表团与拔也夫及拉宁举行第二次会谈时,苏方表示"对于所需各物,尽量一次给予"。杨杰感到交涉之顺利"实出意料之外"。[3]

1937 年 12 月 21 日,杨杰致蒋介石密函:

兹将最近在苏工作情形摘要胪陈于下:

一、钧座 O 电嘱向苏方商洽二十个师兵器供给事,耿连日与伏罗希洛夫元帅面商,结果如下:

甲、20 个师之兵器,除步枪由我自备外,苏方供给每师 11.5 厘米重炮 4 门,共计 80 门,每门附炮弹 1000 发,共 8 万发;每师 76 毫米野炮 8 门,共计 160 门,每门附炮弹 1000 发,共计 16 万发;每师 37 毫米防战炮 4 门,共计 80 门,每门附炮弹 1500 发,共计 12 万发;每师重机枪 15 挺,共计 300 挺;每师轻机关枪 30 挺,共计 600 挺,共附枪弹 1000 万发;双翼驱逐机 62 架,并附武器及弹药全副。飞机及轻武器全部弹药之一部,已下令即日开始陆运,余仍租轮由海道运华,但伏帅以在海防卸货较为安全,请饬向法方交涉准予通过安南。

乙、上项各武器代价,仍如上次所定。苏方本请我付予现金或一部分现金,耿再三申述中国在激烈抗战期中,现金筹集既难、消耗复巨,苏联不唯为中国诚挚友邦,且系我民族抗战积极声援者,当能理解中国所处之困难环境而仗义相助也。苏方对此深为谅解,但请我尽量供给锡、铅、锑、镍、铜等金属原料,不足之数,以茶、生丝、棉花、羊毛、牛羊皮等补充之……

丙、双翼机 60 架,已到哈密装配,现又允让 62 架,可编为四大队,已派定人员组织(苏方已派空军志愿参战员一大队,约 150 人来华),唯来华技师 3 人,当再增派……

丁、订购 200 万加仑汽油一节,苏方称:事属商业范围,与部职掌有别,请与苏联驻华大使馆商务员直接商洽。

……

三、前次报告苏方代为设计在华创办一飞机制造厂,发动机由苏供给,月出飞机五十架至一二百架……

四、炮厂亦为苏方承许在中国的旧兵工厂内添设机器,制造各中、小口径之炮,直至能出十五厘米重炮为止……[4]

1938 年 5 月 5 日,蒋介石致电斯大林、伏罗希洛夫:"现在中国缺乏必需之武器甚多,尤其需要飞机特别迫切,曾以此面告贵国大使,并电令杨次长同时洽商,请贵国借给大批武器与飞机,并准备订立正式贷款契约,想邀鉴察。"10 日,斯大林、伏罗希洛夫回电:"关于苏联方面援助一节,丝毫不必疑虑,苏联当尽其一切可能,援助在反抗侵略者的英武解放斗争中之伟大的中国人民。阁下所要求之飞机,当即运送。"[5]

三、战术技术性能良好。苏联援华的武器装备,主要是由中方人员直接从苏军现役装备中选定,多为当时苏联最先进的武器装备。

除了前面介绍的驱逐机和轰炸机的战术技术性能,其他武器的战术技术性能如下:

　　T-26 坦克是苏军 30 年代的主战坦克之一,1931 年正式定型,1932 年装备苏联红军,车重 9.5 吨,装备有一门 37mm 口径主炮(改装后为 45mm),一门高射机枪,一门平行机枪,时速达 35 公里,虽然性能不算最好的,但在当时的中国,也是紧缺的。中国政府用苏联援助的坦克装备了第 200 师,成了中国第一个机械化师。

　　苏联援助的火炮杀伤力在当时也是靠前的。高射炮的命中率很大,达到 25%;反坦克炮的口径为 45mm,而当时德国的只有 37mm,故杀伤力大,不仅可以用来攻击敌坦克和装甲车,而且还可以用来破坏敌机枪阵地及工事。

　　当然,苏联对援华武器的发放和使用情况的监督也是很严格的,要求必须全部使用到与日本的作战中。苏联援华顾问曾经专门向莫斯科发电报反映这一情况:

　　　　从可靠来源获悉,国民党军队的军需官把弹药和轻武器倒卖给在东部地区胡作非为的土匪队伍。

　　　　曾试图向国民党领导人指出那种行动是不能容许的,但没有明显结果。

　　　　我们建议加强对武器和弹药供应、分发的监督。对中国同志的供应必须在我方更严格的监督下进行,促使他们报告所收每颗子弹和每支步枪的发放情况。[6]

　　第 200 师前身为国民政府军事委员会直属战车营,后归交辎学校指挥。1937 年 3 月,战车营和交通兵第 2 团装甲汽车队改编为装甲兵团,团长杜聿明,由军政部直接指挥。

　　1938 年初,苏联援助中国的 T-26 战车(坦克)和自意大利购入的"菲亚特"战车、德国产装甲汽车、奔驰柴油卡车、美式福特卡车、意大利产摩托车数百辆陆续输送至湘潭。于是,驻湘潭的该团扩编第 200 师,以原团长杜聿明为该师首任师长,副师长邱清泉,参谋长廖耀湘。下辖五个团,共计20000余人。其中第1149、1150、1151三个团为战车兵团,第1152团为摩托化步兵团,还有一个炮兵第52团(战防炮团)。战车团主要装备苏制T－26和英制维克斯坦克,摩托化步兵团装备苏联援助的步枪和卡车,炮兵团装备12门苏制122mm榴弹炮、76.2mm榴弹炮、45mm反坦克战防炮。单从武器装备看,200师的装备并不比当时侵华日军的装备差。200师装备的T－26坦克与日军的94、95、97型坦克相比具有非常明显的优势;苏制76.2mm榴弹炮和45mm反坦克战防炮与日军的92步兵炮相比也是占优势的;第200师还装备有76mm、37mm两种类型的高射炮,用于对付日军的飞机;200师所装备的苏制M－30型122mm加农炮,其综合火力、毁伤能力与日军师团级的150mm重炮不相上下;200师装备的机枪为勃郎乌格宁重机枪和马克沁－托卡列夫式、德克恰廖夫式轻机枪。装甲兵团中原有的旧装备移交给机械化学校作教学用途。该师为我国第一个机械化师,由军事委员会直接指挥。1938年4月,第200师的搜索营出动装甲车12辆,参加了台儿庄会战,担任搜索警戒任务。

1938年11月,第200师扩为新编第11军,军长徐庭瑶,副军长杜聿明,下辖第77师、第200师、新编第22师。戴安澜继任200师师长,辖第598、599、600团和补充团。1939年2月,新编第11军改番号为第5军,军长杜聿明,副军长郑洞国,下辖第200师(师长戴安澜)、荣誉第一师(师长

中国政府利用苏联援助的武器,组建了当时中国第一支机械化部队。

郑洞国,由第8军改隶而来,原第77师改隶第73军)和新编第22师(师长邱清泉、副师长廖耀湘),军歌为《义勇军进行曲》。此时,原来所谓的机械化200师的战车等装备,已经变成了军直属战车团,200师又成了一个步兵师。此时的第5军可谓兵强马壮,直属队有战车团、汽车团、骑兵团、辎重团、炮兵团、工兵团,以及特务营、通信营、战防炮营等。各师均直属有特务连、炮兵营、工兵营、辎重营、搜索连、输送连、通信连等。团辖3个营,营辖3个连又1个重机枪连,装备精良。全军拥有苏制T-26坦克80余辆,德制装甲车100余辆,美制福特卡车400多辆,摩托车40多辆。军属重炮团拥有150mm榴弹炮24门,各师均配有大量的山炮、野炮。这样的装备,在抗战中前期的中国军队中是首屈一指的。以第200师为核心的第5军是全国抗战初期国民政府唯一的机械化军,在杜聿明率领下,全军加强军事技术训练,士气旺盛,战斗力极强,成为蒋介石的五大王牌军之一。第200师作为中国第一个机械化师,在抗战中与日军对垒,屡建奇功,显威扬名,打出了国威军威,成就了杜聿明、戴安澜等抗日名将。

昆仑关大捷显身手

1939年9月1日,德国进攻波兰。9月3日,英、法对德宣战,第二次世界大战爆发。日本决定早日解决中国问题,以便腾出兵力抢占西方列强在亚洲和太平洋的殖民地,以配合德、意作战。日本认为:"中国事变的解决之所以如此拖延,是由于苏联和英、法、美对蒋介石政权的支援",要"藉欧战发生各列强无力顾及中国的时机","解决中国事变"。[7]9月4日,日本内阁首相、陆军大将阿部信行发表声明:"值此欧洲战争爆发之际,帝国不予介入,决定专向解决中国事变迈进。"[8]

为配合解决中国问题,日军大本营发出《大陆命第 375 号》,"中国派遣军总司令官应以一部协同海军迅速切断沿南宁至龙州之敌补给路线。"大本营提出,"本作战之目的,在于直接切断沿南宁—龙州敌补给联络路线,并强化切断沿滇越铁路及滇缅公路敌补给联络路线之海军航空作战。"要求作战时间为 11 月中旬。[9]

1939 年 11 月 15 日,日军在北海湾龙门港登陆,攻占钦州、防城后,于 24 日沿邕钦公路北犯侵占南宁,以切断中国西南国际交通补给线。11 月 25 日凌晨,戴安澜指挥第 200 师第 600 团,在二塘与日军第 21、42 两个联队激战。日军在飞机掩护下猛烈进攻,600 团团长邵一之、团副吴其升阵亡。战至黄昏,戴安澜决定撤退至高峰隘。此次虽然未能阻止日军前进,但这是日军自钦、防登陆后遇到的最激烈抵抗,战斗进行了两天两夜。12 月 4 日,日军进占昆仑关。双方以昆仑关一线山地为界,形成对峙状态。

昆仑关,位于广西南宁东北 50 公里的昆仑山上,虎踞于曲折的柳州、宾阳至南宁的公路上,居高临下,地势险要,山岭延绵,无论往北往南,均为平坦地势,是一夫当关、万夫莫开的历代兵家必争之战略要地。远至宋朝狄青征南时,此处便是著名战场。

蒋介石决定反攻,"攻略昆仑关而后收复南宁"。于是调其最精锐的第 5 军归白崇禧指挥,命令白崇禧以桂林行营主任身份全权指挥作战,国民政府调集了五个集团军参加此次会战,分别为夏威的第 16 集团军、蔡廷锴的第 26 集团军、叶肇

昆仑关

的第37集团军、邓龙光的第35集团军以及徐庭瑶的第38集团军，连同辅助部队，达30万之众。蒋介石决定投入他的王牌精锐部队第5军归白崇禧指挥，可见他对昆仑关一役的重视。

防守昆仑关及关南的日军为第21军（司令官安藤利吉中将）之一部，第5师团（师团长今村均中将；下辖第9旅团，旅团长及川源七少将；第21旅团，旅团长中村正雄少将；台湾混成旅团，旅团长盐田定七少将），连同海军（军舰70余艘）及陆战队、空军（飞机100架）共计约3万人，以及后期补充抵达的近卫师团、第18师团之一个旅团，兵员总数约10万人，实际参加战斗的总兵力只有4.5万人。第5师团是日本陆军第一流精锐机械化部队，又称广岛师团，号称"钢军"。该师团主要由步兵第11联队（广岛）、第21联队（滨田）、第41联队（福山）、第42联队（山口）组成，参加过南口、忻口、平型关、太原、上海、台儿庄、广州等战役，屡次担任主攻任务。师团长原为臭名昭著的板垣征四郎，他升任中国派遣军总参谋长后，由今村均中将接任。

白崇禧的部署是：北路军，总指挥徐庭瑶，第5军主攻昆仑关，第99军第92师绕伶俐圩西进攻击七塘、侧击昆仑关。西路军，总指挥夏威，第一纵队攻击高峰隘，第二纵队在南宁南部苏圩集结，阻止敌增援南宁。东路军，总指挥蔡廷锴，第46军向陆屋、灵山破袭邕钦公路，第66军攻击昆仑关侧翼之古辣、甘棠敌军。第99军另外两师作为战略预备队。

第5军奉命攻打昆仑关，杜聿明决定采取"关门打虎"的围歼战术，以第200师、荣誉第一师正面主攻昆仑关，新编第22师为右翼迂回部队，由小路绕过昆仑关，攻占五塘、六塘，打击南宁方面增援之敌，第200师副师长彭璧生率两个补充团担任左翼迂回支队，绕甘棠、长安攻击七塘、八塘，堵住敌军昆仑关守兵之退路并阻击敌援军。

日军直接守卫昆仑关的兵力为步兵第 42 联队松本第 2 大队（缺第 6 中队）、速射炮一个小队、独立山炮兵第 2 联队第 2 中队、迫击炮第 3 大队第 2 中队、工兵第 1 中队的一个小队、师团无线电一个分队、卫生队一部、旅团无线电一个分队。第 5 师团第 42 联队及第 21 联队在九塘至南宁一线。中日两军最精锐的两支部队在昆仑关碰到一起了。

一场大战在即。

18 日凌晨,战斗打响。第 5 军的炮兵团以及各师属炮兵营同时开火,炮弹像雨点一样砸向敌人阵地。日军方面针锋相对。由于地形原因,第 5 师团这次作战对所携带武器进行了轻装化处理,只有 75mm 山炮 20 门,75mm 野炮 12 门,没有坦克,而直接守卫昆仑关的日军部队可用于火力打击的只有一个速射炮小队、一个山炮中队、一个迫击炮中队。就火炮对比来说,我方占据了绝对的优势。但是,日方的优势是空中优势,上百架飞机对我方阵地进行了狂轰滥炸。

战斗开始后进行得比较顺利。在战车、炮火掩护下,杜聿明第 5 军对昆仑关守敌进行了猛烈的攻击。18 日夜晚,荣誉第一师攻占了昆仑关附近的仙女山、老毛岭、万福村、罗塘和 411 高地,第 200 师占领了 653、600 两个高地,一举攻占昆仑关主阵地。

次日,日军组织反击,出动大批飞机狂轰滥炸,第 21 旅团第 21 联队在联队长三木吉之助大佐率领下重新夺回昆仑关。战斗进行得相当激烈,许多阵地都在反复争夺。负责阻援的新 22 师右翼进行了成功的迂回行动,部队占领五塘、六塘后,五塘又被日军夺回,六塘则始终控制在中国军队手中。台湾混成旅团由南宁增援昆仑关的部队,被邱清泉率领的部队牢牢堵在六塘,日军增援部队无法对昆仑关实施增援,这就有效地保证了昆仑关战斗。杜聿明不失时机地命令郑洞国师加强右翼攻势,利用黑夜攻占九塘西侧高地。

20 日,昆仑关守敌终于支撑不住了。今村均命令第 21 旅团长中村正雄率第 42 联队增援昆仑关,但在五塘被邱清泉部堵截,激战两天,直至 22 日拂晓才抵达七塘,又被中国军队阻截住。下午 1 时半,三木大佐向旅团发急电:"黄昏前旅团如不能到来,第一线难以确保。"

而奉今村均命令增援昆仑关的台湾混成旅团林义雄大佐第一联队、渡边信吉大佐第二联队则在邕钦路上被提前部署好的 175 师各部成功阻击,无法及时赶赴昆仑关。渡边联队在遭遇第 524 团阻截后,激战三日不能通过,渡边大佐被击毙,残敌逃回钦县。

就在昆仑关战斗最激烈的时候,西路军的阻击战斗出现失误。170 师攻击高峰隘战斗失利,败退至葛圩一带,致使昆仑关受到南宁方向日军援军的威胁。驰援昆仑关的日军第 9 旅团第三大队伊藤部 105 辆汽车本来已经在邕龙路(南宁至龙州)西长圩被 131 师截击,前往援救的日军南宁两个中队和两个机枪小队也在苏圩附近遭 188 师阻击,不能前往支援。伊藤大队在西长圩被困整三天,却因 131 师不敢近战而使这两部日军得以突围。

鉴于昆仑关战役及整个桂南战役的形势,21 日,蒋介石给桂林行营及各参战部队下达命令:"前方各部队与炮兵等,如有不积极努力进攻,或不能如限期达成任务者,应即以畏敌论罪,就地处置可也。"[10]

昆仑关的战斗仍在激烈进行。

眼看敌军援兵已到,形势不容乐观。杜聿明分析,日军在关口两侧有坚固的堡垒工事,组成交叉火力网,致使我军攻击难以取得效果。于是决定改变战法,采取"要塞式攻击法",从外围攻击各据点,逐步缩小包围圈,一口一口地吃掉敌人。25日,荣一师第二团在团长汪波率领下,步炮协作,攻下罗塘南高地,全歼守敌200余人。这是很重要的突破,杜聿明传令嘉奖。其他部队受到激励,士气振奋,依次攻克昆仑关周边诸高地。

12月23日和24日,第5军正面进攻的两个师,伤亡达2000余人,日本军伤亡也在千人以上。

在昆仑关主攻阵地上,郑庭笈的迂回部队建立了功勋。他们发现九塘公路边大草地上有日军军官正集合开会,马上命令第一营以轻重机枪、迫击炮集中火力猛击,敌军死伤惨重。战后得知,日军由于军官伤亡严重,不得不空投军官来补充指挥作战,中村正雄少将也在炮火袭击中死亡。打扫战场时,从中村正雄身上搜出了一个日记本,上面写道:"帝国皇军第5师第21旅团之所以在日俄战争中有'钢军'称号,那是因为我的顽强战胜了俄国人的顽强。但是,在昆仑关我应该承认,我遇到了一只比俄国军队更顽强的军队。"[11]

中村正雄被击毙后,第42联队联队长坂田元一代理21旅团旅团长。杜聿明决定集中全部兵力,歼灭这支日本精锐之师。于是除调回第5军全部兵力猛攻昆仑关之外,加配叶肇第37集团军所属之第66军和作为总预备队的第99军两个师,将这5个师全部用于打击八塘以南之敌人援军。

28日,重新部署的陆军第5军加紧攻关。

昆仑关日军工事非常坚固,碉堡火力猛烈,中国军队攻击受阻。情急之下,戴安澜亲率部属向昆仑关最后一道大门——界首阵地发起猛攻。界首位于昆仑关北,是日军最坚固的据点。担任攻坚任务的是杜聿明调拨给第200师指挥的荣一师郑庭笈的第三团。28日晚,戴安澜指挥部队发起攻击。敢死队顶着敌人的炮火冲向敌人前沿,把手榴弹塞进日军碉堡的枪眼,炸掉日军火力点。郑庭笈团9个步兵连中有7个连长伤亡,郑庭笈身边的司号长也中弹牺牲,但他始终战斗在第一线,终于在29日上午攻克界首。30日,新编第22师邓军林团胜利攻克昆仑关。第5军三次攻克昆仑关,歼灭日本精锐之师——号称"钢军"的第5师团主力第21旅团两个主力联队。昆仑关大战,以中国军队获重大胜利而告结束。

之后,第5军奉命向南宁方向继续进攻。第一仗在昆仑关至九塘间的441高地打响。攻打昆仑关时荣一师便攻占了高地北侧,但日军顽强守卫着高地的南侧。1940年1月1日,日军飞机对高地北侧狂轰滥炸,步兵大举进攻。荣一师守卫高地的一个团加一个营,战至仅剩百余人,仍坚守阵地。2日,激战一天,战况毫无进展。3日,杜聿明调集200师主力及新22师一部协同荣一师继续战斗,战况惨烈,双方死伤极为惨重。是夜,日军抵挡不住败退九塘,战斗结束。

4日,荣一师因伤亡惨重,奉命撤出战斗移师思陇休整。第5军继续进攻。战至12日,第5军伤亡甚重,已经不适合战斗,奉命转移至思陇、黄圩、太守等地休整。至此,第5军正式退出桂南会战战斗序列。

昆仑关大捷,第5军取得辉煌战果。日本战后公布,在昆仑关战役中,日军第5师团第21旅团,包括旅团长中村正雄少将、第42联队联队长坂田原一大佐、第21联队联队长三木大佐以及第1、2、3大队的长官,该旅团班以上的军官死亡达85%,士兵死亡4千余人。虽然中国军队伤亡更多,郑洞国的第5军荣誉第一师1.3万人撤下战场的时候战斗兵只剩700人,第5军负伤11000余人,阵亡5600余人,生死不明800余人,另伤亡及失踪的杂役兵共计6416名,合计伤亡约2.4万,但基本干部仍健全,而日军第21旅团却已经名存实亡了。日军统帅部收到的报告中称："在昆仑关地带,中国军队比任何方面都空前英勇,值得我军敬意。"战后的日军战史也称,昆仑关战役时是"中国事变以来,日本陆军最为暗淡的年代。""中国军队攻势的规模很大,其战斗意志之旺盛,行动之积极顽强,在历来的攻势中少见。我军战果虽大,但损失亦为之不少。"[12]

戴安澜指挥的第 200 师因战功卓著,全师受国民政府集体嘉奖一次,参战人员提薪饷两级。师长戴安澜因指挥有方和重伤不下火线,荣获四等宝鼎勋章(一说青天白日勋章),被蒋介石称赞为"当代之标准青年将领"。

在这次会战中,中国的战车部队在与步兵的协调配合上,发挥了很大的作用。会战后,戴安澜在上报的《陆军第 200 师攻略昆仑关战斗详报》中,总结了战车战法:"敌常设各种侧防潜伏机关,攻击前应以小战车一辆先行搜索敌战防炮之位置,继以我战防炮及重炮兵器破坏之,确实将其消灭始可攻击前进。否则既不能发挥战车之威力,反遭无益之牺牲,不若不用。例如,此次敌人在昆仑关作战不敢使用战车。战车使用无论攻防应构筑工事,以减少损害。"[13]

赴缅远征作战(同古会战)

1942 年初,应美国和英国的一再要求,中国政府组建了中国远征军。3 月,根据《中英共同防御滇缅路协定》及英方请求,国民政府令第 5 军、第 6 军、第 66 军组成中国远征军第一路军,开赴缅甸对日作战。当时缅甸是英国的殖民地,西屏英属印度,北部和东北部与中国的西藏和云南接壤,具有重要的战略地位。这次远征军出征是中国与盟国直接进行军事合作的典范,也是甲午战争以来中国军队的首次出国作战。

早在 2 月 16 日，蒋介石就下令先运送第 5 军入缅，以第 200 师为先头部队。3 月 7 日，200 师日夜兼程到达同古。同古南距仰光 250 公里，北距曼德勒 320 公里，扼公路、铁路和水路之要冲，是仰曼铁路线上的重要城市和战略要地，西北还有永克冈机场，是日军必须迅速占领之地。

3 月 16 日，日军开始轰炸同古。驻守在同古一带的英缅第 1 师士气低落，斗志全无，不但没有积极了解敌情准备迎战，反而随时做好了后撤的准备。3 月 18 日，日军向同古推进，英军撤往普罗美。19 日，日军第 55 师团第 112 联队向同古发起攻击，第 143 联队也于 20 日投入战斗，第 200 师与日军地面部队展开了激烈的战斗。这一战持续了 12 天之久，日军遭到了太平洋战争开战以来未曾遇到过的猛烈抵抗。

战斗打响前，师长戴安澜召集军官开会，讨论是否坚守同古。大家意见不一，争论不休。598 团中校团副黄景升看到有的军官主张放弃坚守，愤然而起，慷慨陈词，愿带领部队坚守同古。戴安澜问他有没有守住的把握，黄景升说，"成功虽无把握，成仁却有决心！"最终促使戴安澜及其他军官下定决心抗击日军。战斗中黄景升身先士卒，英勇杀敌，壮烈殉国。战后，杜聿明的报告中专门引用黄景升的那句壮语作为结尾，蒋介石听后非常受震动，问道："这个团副现在还在 200 师吗？"杜聿明说："他已经实践自己的诺言，成仁了。"为了表彰黄景升的英勇事迹，1946 年国民政府专门在他的家乡江西石城为他建造了纪念雕像，蒋介石还亲自题了词。[14]

这次赴缅作战，第 5 军为保护战车寿命和军事秘密，所有战车均用汽车载运，但当时的汽车载重量一般只有 4 吨以下，且从昆明到畹町的一些桥梁负荷量不到 10 吨，只有"菲亚特""雷诺"战车抵达前线参战,T－26 战车只能分拆开来用 3 辆车运输,因此没有来得及运抵前线。200 师此时的兵员约 11000 人,装备有 20 门 75mm 野战炮,100 门迫击炮,3 辆坦克车(其余留在腊成,未及运上来)。而面对的日军第 55 师团兵员 20259 人,150mm 野战炮 36 门,迫击炮 200 门,坦克、装甲车 40 辆,还可得到 3 个航空中队的空中支援。双方无论是兵力还是武器装备相比较,日军优势都很大。

由于缅甸交通线不断遭到日军的狂轰滥炸,再加上英方的消极延误,不采取积极的配合作战行动,致使中国远征军后续部队没能按原定计划到达同古。200 师苦战 12 天,伤亡达 2000 余人,内缺粮弹、外无援兵,面对 4 倍于己的敌军包围,形势危急。

杜聿明认为,"在此形势下,我军既不能集中主力与敌决战,以解同古之围,而旷日持久,仰光登陆之敌势必参加同古战斗,坐使第 200 师被敌歼灭。如此,则我远征军将被敌人各个击破,有全军覆没之虞。因此,我决心令第 200 师于 29 日晚突围,以保全我军战力,准备在另一时间、另一地点与敌决战。"[15] 这样,200 师在戴安澜指挥下于 3 月 29 日晚从同古以东安全突围。同古保卫战是缅甸防御战期间作战规模最大、坚守时间最长、歼灭敌人最多的一次战斗。而且在仰光失陷的不利形势下,同兵力、装备都占优势,并拥有制空权的敌军苦战 12 天,歼敌 5000 余人,重创日军第 55 师团,使日军在付出重大代价的情况下占领了一座空城,为掩护英军撤退、远征军后续部队前运赢得了时间,最后全师安全转移,在中国远征军史上写下了光辉的一页。《戴安澜传》里说:"日本首相东条在议会承认,同古之役为旅顺攻城以来从未有过之苦仗。"[16] 史迪威评价说:"近代立功异域,扬大汉之声威者殆以戴安澜将军为第一人。"[17]

1942 年 4 月 20 日,根据英方关于在仁安羌和乔克柏当之间有敌军 3000 余人的情报,史迪威和罗卓英命令第 200 师长途奔袭至乔克柏当,结果发现没有日军,扑了一个空。当 3 天后 200 师退回到棠吉时,发现日军已经抢先攻占了棠吉,于是 200 师向棠吉发起攻击,并于 4 月 25 日 18 时占领棠吉。此时,200 师得到消息,就在前一天,日军占领了雷烈姆,并从雷烈姆北进。此时继续防守已无意义,200 师遂于 4 月 26 日放弃棠吉,奉命向八莫、南坎方向转移。沿途突破敌人的封锁线,经南盘江、梅苗、南坎以西回国。5 月 18日,200 师兵分两路通过细(胞)抹(谷)公路,前卫部队突遭伏击。激战一天,200 师伤亡过半,从东面山坡撕开一条缺口,残余官兵得以死里逃生。戴安澜在突围时被两颗机枪子弹击中胸部和腹部。师参谋主任董干、第 599 团团长刘树人、第 600 团团长刘吉汉均失踪。1942 年 5 月 26 日,戴安澜逝世。部队由郑庭笈率领,经千辛万苦,于 6 月 17 日抵达腾冲附近。这个出国时拥有一万多人的国民党精锐部队,回到国内时仅剩 2600 余人,伤亡 75% 以上,重型装备大部分被日军摧毁。200 师回国后进行了大休整,补充了大批兵员。1943 年初,第 5 军扩编成第 5 集团军,200 师归该军指挥,驻防昆明城郊。同年 10 月,200 师随同该军接受了美式装备。

[1] 强金华:《抗日战争时期重要资料统计集》,北京出版社 1997 年版第 23 页。

[2] 李嘉谷:《合作与冲突——1931—1945 年的中苏关系》,广西师范大学出版社 1996年版,第 102 页。

[3] 李嘉谷:《合作与冲突——1931—1945 年的中苏关系》,广西师范大学出版社 1996年版,第 108 页。

[4] 中共中央党史研究室第一研究部:《共产国际、联共(布)与中国革命文献资料选编(1938—1943)》第 20 卷,中共党史出版社 2012 年版,第 95—96 页。

[5] 李嘉谷:《合作与冲突——1931—1945 年的中苏关系》,广西师范大学出版社 1996

年版,第109—110页。

[6] [俄]乌索夫著,赖铭传译:《20世纪30年代苏联情报机关在中国》,解放军出版社2013年版,第238页。

[7] 日本防卫厅防卫研究所战史室:《中国事变陆军作战史》第三卷第一分册第2页,转引自陈维《从"宾阳货"到"宾阳制造"》,广西人民出版社2005年版,第556页。

[8] 日本防卫厅战史室编纂,天津政协译校:《日本军国主义侵华资料长编》(上),四川人民出版社1987年版,第493页。

[9] 日本防卫厅战史室编纂,天津政协译校:《日本军国主义侵华资料长编》(上),四川人民出版社1987年版,第499页。

[10] 佚名:《反攻南宁战役经过》,广西博物馆藏油印本。

[11] 南宁市社会科学院:《铁血昆仑关 铸就民族魂》,广西人民出版社2010年版,第227页。

[12] 文若鹏:《抗战英烈名将传奇》,中央编译出版社2007年版,第132页。

[13] 朝阳:《戴安澜与昆仑关战役》,人民政协报《春秋周刊》,2009年2月。

[14] 赖盛庭:《黄景升缅甸成仁》,《石城文史资料》第5辑,江西省石城县政协文史资料委员会1993年版,第29页。

[15] 杜聿明等著:《正面战场远征印缅作战——原国民党将领抗日战争亲历记》,中国文史出版社2013年版,第18页。

[16] 戴澄东:《戴安澜传》,安徽人民出版社1998年版,第80页。

[17] 张连仲:《黄埔之英,民族之魂》,《郸城文史》2012年第1期,第18页。

第十七章
"新兵营"里培养共产党军队的"特种兵"骨干

　　在盛世才反帝、亲苏等"六大政策"影响下,进入新疆的西路军余部,利用盛世才军队的教育资源和苏联教官师资力量,系统学习炮兵、无线电、装甲车、汽车、航空等现代军事技术。他们克服文化水平低的困难,灵活运用党的统战政策,争取盛世才的支持,圆满完成了学习任务,大部分人在后来成了我军现代化军队建设的火种。

　　1936 年 10 月,红五军、九军、三十军及四方面军总部共两万余人西渡黄河,准备执行宁夏战役计划。后因河东敌情变化,计划终止执行。11 月 11 日,中共中央和中央革命军事委员会令过河部队称西路军,执行"西进任务",向西打通与苏联的联系。西路军在甘肃河西走廊一带,与马家军浴血奋战 5 个多月,于次年 3 月惨遭失败。1937 年 3 月,剩下的红军官兵编为三个支队,在由李卓然、李先念等组成的西路军工作委员会领导下转入祁连山区打游击。4月,按照中共中央及毛泽东、朱德的指示电,西路军余部西进经新疆赴远方(指苏联)学习。4 月底,经过生死考验、突破马家军重围的 400 余名红军指战员先后到达新疆的东大门星星峡。

　　当时新疆的哈密专员兼警备司令尧乐博斯担心红军进疆后会增强盛世才的力量,企图阻止西路军进新疆。当他得知西路军将要进入新疆的消息后,马上派遣密探打听,妄图和马家军勾结起来消灭西路军。这些密探到了星星峡后就被星星峡边卡大队扣押了。

星星峡边卡大队在大队长王效典的带领下,昼夜巡逻,到与甘肃接界处寻找西路军,做好迎接西路军的准备,并打退了尾追过来的马家军。

当得知李先念、程世才带领的红军即将从沙漠走过来时,王效典马上派出两辆汽车,插上红旗,带上粮食和水,开进沙漠寻找接应。由于长期与马家军战斗,西路军到了星星峡后,个个衣衫褴褛,身体虚弱,不成样子。尽管已经是4月了,但星星峡的天气依然很冷,这个地方很小,没有足够容纳红军住宿的房子,许多红军白天靠晒太阳取暖,晚上挤在一起御寒。王效典率领的这些原东北抗日义勇军官兵筹措食品、衣服和被褥送给西路军,帮助解决生活困难,保障红军在星星峡得到较好的休整。王效典还让李先念与他同住一幢房子。

尧乐博斯在哈密至星星峡沿途部署部队,企图堵截消灭西路军。盛世才命令省军第四教导大队大队长宫自宽、吐鲁托警备司令孙庆麟、星星峡边卡大队大队长王效典率领由假道苏联进入新疆的东北抗日义勇军组成的部队对尧乐博斯部队进行围剿。盛世才对宫自宽说:"共产党有一部分军队在甘肃省被国民党打散了,他们的领导已设法安排他们可以零星地、分散地向新疆转移,新疆省政府已同意接应他们,目前已派王效典为全权代表前往星星峡做接应工作。但是,发现驻扎在哈密的警备司令尧乐博斯极力反对共产党进入新疆,并企图在中途阻击。所以派你部先行消灭尧乐博斯的军队(两个骑兵团),扫清路障后,去星星峡接应共产党军队并护送他们进疆。"经过半个月的战斗,尧部几乎全军覆灭,尧本人及其儿子侥幸逃脱,携带抢来的大量财物逃至甘肃敦煌后又转到青海投奔马步芳去了。

　　为了确保西路军的沿途安全,盛世才还命令省军在方圆 100
多公里的范围布置警戒,抢救了 50 多名生命垂危的红军战士。宫
自宽回忆说,他带领的部队在苦水站接应了 6 名红军战士,其中有
2 人负伤驮在骆驼上,他们先把这些红军战士妥善安置,待一并送
往迪化。

　　王效典因为在迎接西路军时表现积极,1942 年盛世才反苏反
共后就把他关押了起来,直到盛世才离开新疆时才被释放,流落兰
州,一路曲折,最后到了北平投奔亲戚。1949 年北平和平解放后,
王效典从报纸上得知李先念已经是湖北省军区司令员,就写了一
封求助信说:"我全家五口人流落北京,现挣扎在饥饿线上,请首长
帮助介绍个工作,以便养家糊口。"李先念接到信后,正值湖北省军
区政治部主任易家驹去北京开会,就委托易到北京代他看望王效
典全家,并领了 100 万元(旧币,折合人民币 100 元)钱,带了一些
烟酒。易到北京后将王效典一家接到外贸招待所住了一个多月。
为了给王效典安排工作,李先念又给华北人民政府主席董必武写
了亲笔信,介绍了王的情况,让易家驹亲自交到董必武手中。在董
必武过问下,王效典被安排到外贸部工作。为了表示感激之情,正
式上班前,王效典专程坐火车赴武汉看望了李先念。李先念接见
了王效典,并派他的秘书陪同王效典在武汉游览了 3 天。临别时,
李先念还专程到车站送行,又馈赠了些钱和礼物。

　　陈云是根据中央的要求从苏联进入新疆的。1936 年冬,中共
驻共产国际代表团派陈云、滕代远等组成迎接西路军代表团赴新
疆接应西路军。陈云任团长,滕代远任副团长并协助陈云工作,团
员有李春田、冯铉(即何晓理)、段子俊三人。临行前,共产国际执
委会总书记季米特洛夫设家宴招待他们,并询问还有什么困难。
代表团提出西路军进新疆后缺少弹药、武器,希望苏联帮助提供一

些武器。季米特洛夫通过联共中央,答应送给他们90辆坦克和90门大炮。回国途中,由于正好遇到国内发生了震惊中外的西安事变,中共驻共产国际代表团让他们停下来等候指示。代表团在中苏边境霍尔果斯停留了5个月后才进入新疆。

到达迪化后,陈云、滕代远即以中国共产党代表身份,通过苏联与盛世才建立了统战关系,同盛世才进行了3次谈判,取得盛世才同意,接西路军官兵进驻迪化。这样,4月底,盛世才准备了50多辆大汽车,车上满载着武器、服装和各种食品,并派了一个苏联籍的军事顾问、一个营的武装部队、一位边务处的科长、一位译电员,带着密电码护送陈云、滕代远去星星峡接人。

星星峡,又叫猩猩峡,是联系新疆与内地的重要关口,是中国陆路通往亚洲中西部、印度半岛的必经之路,出山沟向东即属甘肃省境。这里人烟稀少,只居住着20多户居民。新疆在这里设有一个边卡哨和新建立的边务处驻哈密办事处的分处。陈云、滕代远与西路军左支队余部接头后,双方都很激动,就在这里召开了一个五一节纪念会。

盛世才派来的苏籍军事顾问向陈云提出要西路军官兵在返回迪化途中放下武器,以免出事。陈云坚决不同意,说我们是经盛世才同意去训练干部的,放下枪不就成了投降吗?最后盛世才的这位军事顾问才放弃了他的意见。

5月1日下午,西路军左支队400余人即在陈云、滕代远带领下,乘坐盛世才派出的大卡车向迪化驶去。5月7日,到达了迪化西南十余公里一个叫红雁池的地方,住进了一个临时纺织厂宿舍,暂时作为营房,在这里休整待命,准备去苏联学习。5月末,部队又搬到了东门外盛世才军队的一座营区里。

为了打消盛世才的顾虑,利于抗日民族统一战线的建立,陈云、滕代远与西路军工委李卓然、李先念等研究决定,取消左支队番号,成立中国工农红军西路军总支队,下设干部队和四个大队,对外称"新疆边防督办公署新兵营",说是从关内新来修建迪化至兰州公路的,穿新疆军队的军服,由盛世才按新疆军队标准承担全部供给。"新兵营"名义上隶属盛世才部队编制,实际上受中国共产党驻新疆代表直接领导。第一任党代表是陈云。1938年1月,邓发接任。1939年6月,陈潭秋接替邓发,任中共驻新疆代表。

七七事变后,根据国内外形势变化,中央决定撤销原定的西路军余部去苏联学习的决定,改为就地学习,并要求把总支队办成多兵种的军事技术学校。当时的新疆省政府主席盛世才为了加强在新疆的统治,开办了军官学校,培养军事人才。我党决定充分利用盛世才军官学校里的教学资源和苏联教官等师资力量,为八路军培养现代化军事技术骨干。总支队遵照党中央"严守纪律、安心学习"的指示,在新疆有计划地进行军事、文化、政治理论学习,特别是系统地学习炮兵、无线电、装甲车、汽车、航空等现代化军事技术。

针对官兵们对由握枪杆子打仗向握笔杆子学习转型的不适应,陈云鼓励大家要像在战场上冲锋陷阵那样向文化进军。他说:"同志们都是工农出身,过去因家中贫苦,得不到学习的机会,现在到了新疆就有充分的时间和便利的条件了,要好好学习文化和政治,另外,每人还要学习一套技术。同时,我们是人民的军队,应当保持我们的革命光荣传统,严格遵守'三大纪律八项注意',尊重新疆各族人民的风俗习惯,团结各族人民群众和本地军队,在实际行动中给各族人民一个良好的印象。"[1]

考虑到官兵们的文化基础不平衡,学习培训分文化知识学习和军事技术训练两个阶段进行。

第一阶段是文化和政治学习。陈云在学习动员会上指出:"文化知识是学习其他知识的基础,没有文化就像盲人。现在学习文化知识,就是为了更好地学习军事技术,希望大家像在战场上冲锋陷阵那样向文化进军。[2]"针对官兵们的实际情况,对文化学习的安排充分体现了很好的因人施教的学习理念。语文学习,按照识字多少编班,识一千字以上的编入高级班,识字不足千字的,编入初级班;数学方面,官兵的基础普遍较弱,不分高低班,一律从加减乘除四则运算开始;政治课主要学习政治常识、社会发展史、中国革命史、党的建设等。同时,还学习日语。大队以上的干部还专门组织学习《联共(布)党史简明教程》《共产主义运动中的"左派"幼稚病》《论列宁主义问题》以及中国共产党的抗日民族统一战线的政策等等。教材方面,一是用中小学课本,一是自编。

文化、政治学习的教员从有文化的官兵中挑选。中学文化程度的教高级班,高小文化程度的教初级班。各大队的政委负责政治课。中共在新疆的代表陈云、滕代远等也担任文化、政治课教员。后又专门从延安派来了几位教员,一些从苏联回国暂时留在新疆的干部也充当了教员。经过半年的文化学习,大部分同志都能识字两三千以上,数学已能开平方,进行因式分解。原来的文盲也能读报,写一些小文章,进行四则运算了。

刚开始文化学习时,这些拿惯了枪杆子的红军官兵非常不习惯,有的甚至发牢骚说:"没有文化,照样能打仗!""学它干啥,白费脑子!""我们天生是玩锄把子、枪杆子的料,一见笔杆子就头疼!"针对这种消极情绪和错误观念,办事处和总支队的领导耐心地做大家的说服工作。李先念深入各班组,与大家谈心,鼓励大家端正学习态度,克服畏难情绪。他说:"学习文化知识是掌握军事技术和提高政治理论水平的必经之路,攻不下文化这座堡垒,别的堡垒你就别想夺取它。困难是有的,但并不可怕。雪山草地不是过来了吗?祁连山、戈壁滩不是过来了吗?现在总不会比那个时候困难吧!只要认真学习,多动脑筋,就一定能够攻取文化堡垒,完成党交给我们的学习任务。"[3]

1937 年 12 月 14 日,西路军的一些主要负责同志李先念、李卓然、程世才、李天焕、郭天民、曾传六等奉命返回延安,其他人员留在新疆继续学习。

1937 年秋,陈云取得苏联总顾问巴宁中将的赞同和新疆督办盛世才的同意,协调请新疆迪化军官学校和苏联教官帮助"新兵营"指战员进行特殊技术兵种的学习和训练。

根据当时的实际情况,总支队一、二、三大队 200 多人到新疆汽车局学习汽车驾驶、修理技术。在学习汽车技术的基础上,总支队安排第三大队李志明、王崇国、杜发树等 50 人到盛世才的装甲车队学习装甲车技术。1937 年冬至 1938 年秋,四大队的全体指战员开始学习炮兵技术。干部队有一部分调到盛世才政府和军队任职,剩下来的组成一个干部班,重点学习政治和军事理论。1937 年秋,陈云将总支队中的无线电报务员集中起来,开办了第一期无线电通讯训练班,学习收发报技术。1938 年初,学习无线电通讯的第一批学员共 20 人率先返回延安,奔赴抗日斗争的前线。1938 年 4 月,邓发又组织了第二期无线电通讯训练班。1938 年 1 月,邓发从总支队卫生所抽调 5 人到盛世才的军医学校学习,同时抽调 2 人到兽医所学习。1939 年 10 月,陈潭秋又从总支队抽调了 4 人到兽医学校深造。1938 年 3 月,邓发从总支队选派 7 名同志到苏联学习情报工作。1939 年冬,陈潭秋又从总支队中挑选出杨天云、张明敬、谭政文等 15 人,作为第二批赴苏联学习情报的人员。

学习汽车驾驶的同志,要学电工学,大家对"电"是一种什么东西感觉到很神秘,教官讲了半天,也没有听懂,就请求教官赶紧把电拿出来让大家看看。教官说:"电为何物,吾人不可知也。"引得大家哄堂大笑。

为了鼓舞大家学习的热情,邓发专门找人为"新兵营"写了一首歌:"你们为着老百姓,为着千百万的妇女儿童,你们打了无数的仗,学习在遥远的边疆。自从鬼子占了我们的东北,又进攻我们的长江,看他们杀,看他们抢,飞机不断扔炸弹,大炮隆隆响。同志们啊!学好文化,掌握现代化军事技术,到前线去英勇杀敌!战斗到最后一个人!为着收复我们可爱的家乡。"

最值得关注的是培养航空人才。抗日战争开始时,中国的空军几乎全军覆没,完全失去了制空权,地面作战缺乏空中火力掩护。中国政府紧急向苏联求助,请求援助军用飞机并派出飞行人员直接支援作战。我军也

新疆航空队旧址

深刻体会到没有空中支援的地面作战的困难,迫切希望有条件培养自己的飞行人才。盛世才的亲共亲苏政策和我党的抗日民族统一战线政策提供了这样的机会。

中国共产党最早抽调干部学航空是在 1925 年。当时孙中山领导的广东革命政府成立航空学校,共产党人刘云、王翱、唐铎、冯询等同志先在广东航空学校学习,1925 年又被送往苏联第二高级飞行学校深造。1925 年 7 月,广东航校招收第二期学员,中国共产党党员常乾坤、徐介藩、李乾元、黎鸿峰(越南人)、金震一(朝鲜人)等五位同志到航校学习。后来,中共还先后组织了几批干部到苏联学习航空。但由于当时红军不具备建立空军的条件,这些人才

大多后来都改行了。

　　陈云担任中共驻新疆党代表后，考察了盛世才的航空队。盛世才的航空队有6架初级教练机，9架侦察轰炸机，办过两期飞行训练班，一期机械训练班，教官主要是苏联同志。利用盛世才的航空队培养中国共产党的航空干部队伍，为今后建立自己的航空兵部队准备人才，是可行的。盛世才同意了陈云的要求，但提出了两个条件：一是他的飞机不多，要请苏联再提供一些援助；二是共产党的飞行员、机械员毕业以后，要帮他把航空队的军威建立起来。这样，陈云就在"新兵营"选拔了30名左右年纪轻、身体好、有一定文化的干部准备进盛世才的航空队学习，同时考虑到这是中国共产党组建的第一支航空队，应有各个方面军的人参加。1937年11月，陈云离开迪化回到延安工作，他向中共

新疆航空队使用的教练机

中央、毛泽东汇报了派人到盛世才航空队学航空的意见。中共中央批准了陈云的意见，经选择，最后从总支队抽调了25名同志，又从延安抗大、摩托学校选调了19名同志（后有一名同志因身体不适而返回延安），到盛世才的军官学校航空队学习飞行和机务维护技术，名称是"新疆边防督办公署航空队附属教育班"，后来习惯称为"新疆航空队"。为了加强对航空队的领导，还专门成立了航空队党支部，下辖6个党小组，吕黎平为第一任党支部书记，严振刚、方子翼、朱火华、陈熙、金生等5名同志为第一任党支部委员。中共驻新疆党代表邓发向航空队明确了几个问题：一、领导关系问题。航空队党支部由中共驻新疆代表直接领导，不同"新兵营"和别的党组织发生关系。二、党组织问题。盛世才不允许他的军队

里有党派组织和活动,我们党支部不公开,也不进行公开活动。我党所有活动,都要严格保密,大的活动如党支部大会到党代表处去进行,党小组活动,要秘密进行。三、个人身份问题。不公开个人身份,每个学员在航空队的登记表上填写化名,互相一律称化名。如果盛世才部队的人问你是不是红军? 是不是共产党? 回答的口径要一致,就说:"我们是从'新兵营'来的,这个问题盛督办知道,请您问他就清楚了。"[4]

当时,盛世才的新疆航空队在《新疆日报》刊登了招生启事,提出报名者要具备中学毕业生的学历条件。如果严格按此学历条件,我党选派的这些同志是难以过关的。为此,中共中央驻新疆代表邓发找到盛世才和航空队的苏联总教官尤吉耶夫做工作。他说:"我们选调来的学航空的这批干部,都是从小参加红军的干部、共产党员,没读过什么书,如按规定条件考试,都很难考上,因此,请对他们免于文化考试。至于身体条件,可照常进行,按条件录取。"[5]这样,这些同志全部进入了盛世才的航空队学习。

1938 年 3 月 3 日上午,新疆边防督办公署航空队第三期飞行班、第二期机械班开学典礼举行,新疆督办盛世才、苏联军事顾问巴宁陆军中将参加了典礼,盛世才宣读了学员名单、编组情况及教学计划。中共派出的人中有 25 人被编在新疆航空队第三期飞行班,18 人被编为新疆航空队第二期机械班。这 43 名学员全部是久经战火考验的红军骨干,其中,来自红一方面军 16 人、红二方面军2 人、红四方面军 24 人、红 25 军 1 人。

这个编班也是由中共中央代表充分考虑了各方面军的情况而精心提出的。

飞行班25人:

吕黎平 陈 熙 方子翼 方 槐 方 华 夏伯勋

袁 彬	黎 明	赵 群	安志敏	李 奎	刘忠惠
杨一德	胡子昆	汪德祥	王东汉	王聚奎	杨光瑶
邓 明	彭 浩	龚廷寿	余天照	黄明煌	谢奇光
张 毅					

机械班 18 人：

严振刚	朱火华	周立范	周绍光	丁 园	陈 旭
刘子立	陈御风	黄思深	刘子宁	金 生	曹麟辉
云 甫	吴 峰	王云清	余志强	吴茂林	彭仁发

3月28日，航空学习班正式上课，教员由飞行教官兼任，有时也由苏联教官上课。学习的课程有《飞行原理》《轰炸原理》《发动机构造原理》《飞机构造原理》《射击轰炸学原理》《航空照相》《领航学》《通信学》《飞机力学》《航空军械》《飞行规则》《空战战术》《航空气象学》《四种发动机和四种飞机的性能》《航空发展史》《政治经济学》，机械班还要学《外场维护》《内厂修理》《军械》《哲学》《器材使用》《工厂设备》《体育》等课程。这些课程，对于文化程度偏低的"新兵营"学员来说，是一个比打仗还要难的课题。新疆航空队飞行员、新中国成立后曾任北京军区空军副司令员的方子翼后来回忆说："在上第一堂飞行理论课时，教官把全班20多个人挨个叫起来提问，一种物质可能存在的三种形态是什么，没有一个人知道答案。教官用轻蔑的语气说，就这样的文化底子还想奢望进入航空界？但学员们凭着不服输的劲头和刻苦的精神，全部通过了飞行理论学习，连苏联教官都惊讶地直夸'哈拉绍'（好）。"

基础课学完转入专业知识的学习后，飞行班和机械班开始分开上课。飞行班学习飞机操纵、领航、仪表、气象等课程，机械班学习飞机发动机的分解和维护。

1938年4月4日，飞行班开始由教员带飞，苏联教官则负责指挥和检查考核。教练场地在迪化东门外的初教机场、博格达山下的欧亚机场,后转到迪化以西的地窝铺机场(今乌鲁木齐国际机场)和高家户机场。先是初教机训练,完成初教单飞后,转入中教机训练,开始飞侦察机、轰炸机。

当时的飞机上还没有无线电通信设备,地面也没有指挥塔台,用的是最原始的人工指挥。在机场上铺白色的 T 字布,飞行人员按照旗语操作,着陆前看到亮红旗,就加油门复飞、盘旋,看到亮白旗(夏天用白旗,冬天有雪,改用黑旗)就对着 T 字布着陆。

方子翼回忆了当时的训练情境:

> 当时的苏联双翼初级教练机只有风挡,没有座舱盖,一进座舱,我的心就狂跳,飞机升至空中后,强劲的寒风扑面而来,耳朵里除了气流声,其他什么都听不到。

> 上午 10 点多钟,学员们完成了感觉飞行这一课,回到宿舍,大家就议论开了。有人说:"长征路上,一见敌机来了,就命令谁也不许讲话,说飞机上有顺风耳,连咳嗽声都能听到,大家连粗气都不敢出,现在可明白了,在地面上就是喊破嗓子,飞机上也是听不到的。"有的说:"伪装还是有用的,头上戴一顶树枝编的伪装帽,飞行员就发现不了。""一定要把这些发现,转告在前线作战的战友。"汪德祥(化名王德祥)说:"我原以为飞机这么大个铁家伙,开起来一定很费劲。教官让我在空中拉一拉驾驶杆,体会一下操纵动作,我的手刚一使劲,机头嗖的一声就翘起来了。教官忙喊'松手,赶快松手!'把我吓了一跳,不是教官喊的快,飞机不知翻到哪里去了。原来,飞机操纵系统这样灵,要像绣花那样细心柔和才行。"[6]

苏联教官的飞行作风和技术比较过硬,知道这些飞行员是中国共产党党员,在教学上非常认真负责,但为了不引起盛世才的疑虑，除了教学外，一般不单独与学员接触，有什么意见建议，都是通过苏联驻迪化领事馆经中共中央驻新疆代表处转过来。

中国共产党派出学员的顽强作风也赢得了苏联教官和盛世才的教官的好评。1941年夏天，一次编队训练中曾经发生过这么一次飞行事故：

一天，飞行二中队和飞行三中队混合飞行，长机是盛世才军队的飞行员张实中少校和领航长蒋泽同少校，僚机飞行员是我红军战士胡子昆（化名王昆）和盛世才军队的一个侦察股长，他们各驾一架P-5侦察轰炸机，两架P-5飞机后座，各有一名领航员。

妖魅山的上空，双机编队盘旋。当第二圈盘旋时，长机突然撞上僚机。长机歪歪斜斜坠落在妖魅山上，山上浓烟滚滚，火光闪耀，胡子昆飞机上的领航员是盛世才军队的军官，他看见长机坠毁，自己的飞机也难以正常操纵，意识到死神即将来临。

他惊恐万状，拍着胡子昆的肩说："我身家性命都在你身上，求求你，好好迫降，要成功，要成功啊！"

胡子昆同志冷静沉着，驾着撞伤的飞机，拼命压杆蹬舵，奇迹般地制服了空中野马，安全迫降在河滩上。

盛世才的侦察军官睁开双眼，发现没伤一根汗毛，竟然手舞足蹈："你是我的救命恩人！"

在机场待命飞行的同志们，只见起飞两架飞机，不见双机做课目。不一会儿，妖魅山上空浓烟滚滚，意识到发生了事故。

出了事故，情况不明，苏联总教官李作古布自己驾着飞机飞向冒烟处察看情况，返航着陆后，他集合在场的飞行员，指着冒烟的方向:"那边飞机坠地在燃烧,谁敢驾飞机去低空观察事故情况?"

盛世才的飞行员只望着烟柱,默不作声。

我党飞行员立即举手,一个个高喊:"我去,我去。"

李作古布指定我党飞行员吕黎平去。

吕黎平跨进一架 И-15 飞机的座舱。马达怒吼,腾空而起,几分钟就到了妖魅山上空。低空盘旋时,看见半山腰一架飞机残骸在燃烧。吕黎平沿西河坝低空飞去,发现另一架飞机迫降在河滩上。有两个人在飞机旁蠕动。

吕黎平驾机返航,落地后把观察结果向李作古布报告。

胡子昆从迫降地回队后,向李作古布和大队长张念勾报告了摔机和张实中、蒋泽同死亡情况。

李作古布听罢后问:"你还敢飞?"

胡子昆立即回答:"敢!"

说罢,跨进座舱,又驾机升空了。

这件事,对盛世才部队的飞行员及其家属影响很大,无不称赞"新兵营"来的人是好样的。航空队的共产党员们就胡子昆迫降成功得出了一个结论:我们第三期飞行员不同前两期,这批经过枪林弹雨的共产党员,有勇敢不怕死的精神,有比较好的驾驶术。勇敢加技术,这就是胡子昆迫降成功的秘密。[7]

盛世才航空队第一期飞行班招收 10 名中学毕业生,飞出来 8 人,淘汰 2 人;第二期飞行班招收 16 名中学生,又淘汰 4 名;第三期飞行班 25 名共产党员,全是小学文化程度,只淘汰 1 名,这为中国共产党的军队争了气。

机械班经过一年半的刻苦学习,于 1939 年 9 月全部圆满毕业。飞行班于 1942 年 4 月毕业。至此,中国共产党终于有了自己的第一批红色飞行员和机械师,有了第一支空勤、地勤配套的可以担任战斗任务的航空队伍。

1938 年冬,盛世才准备再办第四期飞行班。但当我军选派的学员到达迪化后,盛世才却以其中有中共党员为由决定停办第四期飞行训练班,也拒绝让从苏联归国的中共党员飞行员和工程师常乾坤、王弼同志进新疆航空队任教官。于是,中共驻新疆代表兼第 18 集团军驻新疆办事处主任邓发,在 1939 年春,于中共驻新疆代表处的驻地举办了一个航空训练班,将当时在迪化准备学习航空的同志和 1939 年 5 月从苏联回国经过迪化的同志组织起来,一边学习航空理论,一边等待机会争取进新疆航空队。这个航空训练班的学员有 13 人。常乾坤、王弼任理论教员。在新疆航空队学习的 42 位红军干部也经常利用节假日来办事处听课。因盛世才对苏联和中国共产党态度发生转变,1940 年 7 月,航空训练班 13 名同志分乘两辆卡车返回延安。有的同志在通过西安时被国民党扣留、杀害,其他同志回到了延安。

初步统计,"新兵营"中学习汽车驾驶的有 57 人,学习装甲车的有 50 人,学习炮兵的有 87 人,学习无线电的有 34 人,学习空军的有 42 人,学军医和兽医的有 11 人,去苏联学习情报的有 20 余人。有些指战员学习任务完成后,即被分配到盛世才的政府和军队中工作。如,在兽医所学习的王明朝、谢良洪、胡孝炳 3 位同志,1941 年结业后授予中尉军衔,被分配到盛世才的兽医所、兽医学校工作。两批到苏联学习情报的人员,第一批返回新疆后被安排在边务处及其所属机构中工作,第二批也分配工作,张明敬被分配在迪化新疆省边务处总电台工作(任报务员),杨天云在和田电台工作,谭政文在哈密办事处工作,卢友玉、李勇文在兰州秘密电台工作。在航空队学习的机械班 18 名学员毕业后全部被分配在盛世才的航空队,成为飞机维修骨干,第三期航空训练班全体毕业学员毕业后也都留在了盛世才的航空队,继续巩固提高飞行技术。这批学员除学习过程中因事故牺牲2人,因患病等其他原因淘汰、停飞4人,其余都成为能上天战斗的航空技术人才。

1939年8月,周恩来去苏联治疗摔伤的胳膊,途经新疆迪化时,在"新兵营"野营训练地,代表中共中央专门看望了"新兵营"全体指战员,并专门把在航空队学习的飞行班班长吕黎平和机械班班长严振刚也叫了过来作为航空队学员代表。他说:"大家学得好,中央都知道。现在敌人用坦克大炮打我们,我们也要有坦克大炮来打击敌人,不要看现在底子还小,很快我们就要建立一支自己的特种兵部队。"[8]当周恩来了解到航空队学员学习很刻苦,成绩都在4分以上,并已经能操纵、维修两种型号的战斗机时,高兴地说:"陈云同志做了件大好事,将来建设我们自己的空军,有骨干,有种子了!"当时,根据中共中央指示,"新兵营"有40余名同志要到苏联学习。周恩来专程看望这些同志,要求他们:"你们是金子都换不来的革命种子,到苏联要好好学习,回来后参加解放全中国。"1940年2月,周恩来伤愈回延安途经迪化时,再次看望了"新兵营"官兵,勉励大家要珍惜难得的学习机会,掌握更多的科学技术知识。周恩来根据当时新疆政治形势的变化,决定把航空队党支部改名为"学习生活指导委员会",以免给盛世才落下口实。

1939年11月,根据形势的变化和抗日战争的需要,中共中央决定,除参加航空队的学员外,"新兵营"的其他人一律撤回延安,并分别向蒋介石和盛世才发了撤回西路军总支队的电报。12月1日,盛世才收到国民党军令部关于蒋介石批准总支队徒手归队的电报。陈潭秋党代表遵照中共中央的指示,精心筹划了总支队归队的部署。经充分研究,决定总支队中的31名干部和病员乘飞

西路军总支队返回延安后合影

机,其余329名同志乘汽车返回延安。盛世才拨出30辆汽车并派参议丁宝珍带两个卫兵负责护送,每辆车上都配有武器,以应付路上发生的紧急情况。1940年1月11日,总支队从迪化启程,2月5日平安到达延安。2月下旬,饶子健、姚运良、宋承志等大队长(团级)以上干部、病员及随员31人乘飞机到兰州后,转乘汽车回到延安。1940年7月,原准备去苏联学习,后因情况变化而未走的总支队成员陈福海、刘琦、金中池等31人,分乘两辆汽车,由盛世才派龚副官护送,于1940年8月抵延安。

1942年7月10日,盛世才将航空队的中共党人一律迁出,9月17日,又把他们集中于督办公署后院营房。1943年2月,航空队的中共学员被盛世才软禁在刘公馆。1944年11月,又被投入盛世才的第二监狱。抗日战争胜利后,1946年6月10日,在党中央的营救下,在主政新疆的张治中(时任国民政府西北行辕主任兼新疆省主席)的大力帮助下,中共航空队员同在新疆工作的其他共产党人一起被无罪释放。张治中特派西北行营交通处处长刘亚哲护送这131人(途中病逝2人)自新疆起程,于7月11日集体返回延

在新疆航空队学习的红军干部,1946年7月11日回到延安,受到毛泽东等领导人的接见。

安,受到毛泽东等领导人的接见。

"新兵营"的官兵后来成为我军现代化军队建设的火种。

除了因飞行事故牺牲和脱离革命队伍的人外,31位从新疆航空队回到延安的同志(其中飞行员15人、机械员16人),成

立了延安航空队。

1947年3月,新疆航空队的飞行员大部分被充实到我党第一所航空学校——东北民主联军航空学校(1948年5月,改称中国人民解放军航空学校)担任飞行教员。在3年多的时间里,为我军培养出了560名航空人才。

1949年10月1日下午4时30分,由原新疆航空队队员安志敏等驾驶的17架飞机编队威武地飞过天安门上空,接受党和国家领导人的检阅,而航空队队员夏伯勋则在地面指挥。为防万一,这次参与阅兵的飞机都是带实弹飞行。当时为了壮大声势,有9架飞机两次飞过天安门,所以外界都认为新中国开国大典时有26架飞机参加。

新中国成立后,人民空军组建第一批航校,7名校长中有4名是原新疆航空队成员。其中,陈熙任第三航校校长、吕黎平任第四航校校长、方子翼任第五航校校长、安志敏任第六航校校长。新疆航空队成为人民空军的摇篮,他们中走出了新中国第一批14位空军将领。

1950 年 6 月，朝鲜战争爆发，组建不足一年的中国空军勇敢地登上了朝鲜战场的空战舞台。曾经从苏联回国任新疆航空队理论教员的常乾坤同志出任空军副司令员，新疆航空队出身的吕黎平出任中朝空军联合司令部作战指挥员，方子翼、袁彬任志愿军空军师长，夏伯勋任志愿军空 4 师副师长，入朝参战。在当时美国及其盟国出动各种飞机 1200 多架，而中国空军只有作战飞机 114 架的悬殊力量对比下，在美国远东军总司令麦克阿瑟叫嚣中国根本没有空军的傲慢下，年轻的中国空军以击落敌机 330 架、击伤敌机 95 架的辉煌战绩，赢得了世界各国人民，也包括战场上的对手的尊重。中国人民志愿军空军在世界空战史上创造了用活塞式飞机击落喷气式飞机的战例。美军王牌飞行员戴维斯的飞机也被志愿军空军击落。

———————

［1］余玮：《传奇陈云》，人民日报出版社 2013 年版，第 65 页。

［2］余玮：《传奇陈云》，人民日报出版社 2013 年版，第 65 页。

［3］《李先念传》，中央文献出版社 2009 年版，第 304 页。

［4］空军党史资料征集委员会：《天山风云录》，人民出版社 1986 年版，第 67 页。

［5］陈克鑫、叶健君：《共和国祭奠》，湖南人民出版社 2011 年版，第 424 页。

［6］空军党史资料征集委员会：《天山风云录》，人民出版社 1986 年版，第 82 页。

［7］空军党史资料征集委员会：《天山风云录》，人民出版社 1986 年版，第 102—103 页。

［8］空军党史资料征集委员会：《天山风云录》，人民出版社 1986 年版，第 51 页。

第十八章
红色指挥所

　　为了方便与莫斯科的往来，中国共产党在国共合作和抗日民族统一战线的大背景下，在迪化设立了八路军驻新疆办事处，在中共中央驻新疆代表领导下开展工作。中共中央驻新疆代表的工作是在特殊的政治环境下进行的，既受中共中央的领导，还要受共产国际的领导，而且还要遵守共产国际、苏联制定的以不宣传共产主义、不公开党员身份和不发展党的组织为内容的"三不"组织原则。八路军驻新疆办事处在促进盛世才实现"六大政策"、组织领导"新兵营"训练、接待由苏联去延安和由延安去苏联的人员、筹集转运国际和新疆援助延安物资等方面发挥了突出作用。

抗日战争全面爆发后,中国共产党与国民党通过谈判达成协议,将中国工农红军主力部队改编为国民革命军第八路军。八路军在国民党统治区一些主要城市陆续设立了办事机构,一般称办事处,有的称通讯处或交通站。其主要任务是宣传中共的抗日主张,开展统一战线工作,推动群众性的抗日救亡运动,联络友军,采购与转运军需物资,接待中共过往人员,输送爱国人士参加八路军和新四军,掩护中共地方组织的活动,营救被捕的共产党人和进步人士等。八路军后改称第十八集团军,八路军办事处亦改称第十八集团军办事处,但通常仍称八路军办事处。

在西北国际大通道上,中国共产党先后在迪化、兰州、西安设立了八路军驻新疆办事处、驻甘办事处、驻陕办事处,成为西北国际大通道上中国共产党公开的接待站、物资转运站和通讯情报站。

由于新疆作为抗日大后方和在西北国际大通道上所处的特殊

地理位置,为保持一条和苏联之间物资运输与人员往来的通道,中共中央决定在新疆设立办事处。恰在此时,奉行亲苏政策的盛世才也有意邀请中共派员协助其政府工作。于是,1937 年 10 月,八路军总部派毛泽东的秘书周小舟到新疆与盛世才联系,正式建立了八路军驻新疆办事处,中共中央抽调 50 多名得力干部来到这里工作。

办事处的办公地设置在新疆边防督办公署第二招待所里。这里原是赵德寿的一处私人住宅。赵德寿在盛世才统治新疆时期曾任塔城行政长。这幢楼房是他亲自设计并雇人建筑的,始建于 1928 年, 落成于 1933 年。

八路军驻新疆办事处旧址

1937 年,盛世才逮捕赵德寿,没收此楼,改为新疆边防督办公署第二招待所。考虑到新疆是个多民族地区,封建势力强大,宗教意识浓厚,所以八路军驻新疆办事处不对外公开,不正式挂牌,对外就用南梁第三招待所的名称(实际上曾经短期挂牌,由于盛世才强调新疆没有八路军,没有必要设立八路军办事处,为了维护统一战线,才把牌子摘掉的)。

办事处有秘书兼俄文翻译、机要秘书兼译电员、管理员、医生、勤务员、小车司机等十余人。所有工作人员身份保密,不公开与社会各阶层人士接触。办事处的警卫和生活保障由盛世才方面负责,配备副官、卫士(公务员)、门卫、马夫和炊事人员等。由于办事处没有自己独立的通讯联络设备,要与中央联系时,便使用自己的密码编好码,再经过盛世才的电台联系延安。中共驻新疆党代表和办事处领导与在新疆各地区工作的中共党员的联系,则是通过邮政系统寄信收转或采取其他秘密的联络方法。

八路军驻新疆办事处既是八路军在新疆设立的办事机构,也是中国共产党在新疆的领导机关。中共在新疆的活动,是在特殊的政治环境下进行的,既要受中共中央的领导,还要受共产国际的领导,在名义上更多的是听命于共产国际,而且还要遵守共产国际和苏联制定的以不宣传共产主义、不公开党员身份和不发展党的组织为内容的"三不"组织原则。[1]据《滕代远传》介绍,八路军驻新疆办事处的工作方针和任务:一是认真贯彻共产党与盛世才的抗日民族统一战线方针和政策,宣传我党的抗日主张,维护祖国统一,帮助盛世才推行"六大政策"和巩固政权,建立新新疆;二是巩固抗战后方和保持国际交通线的畅通;三是筹集和转运国际和新疆援助延安八路军抗日的部分军火和其他军需物品;四是为抗战和新疆培养人才;五是迎接和接待往返于延安和共产国际间的各级干部和党员,安置病残人员治病和休养;六是指导和管理在新疆工作、学习深造的党员、干部的学习、生活、思想,传达党中央文件,经常保持与党中央、共产国际以及在新疆各地工作同志的联系。曾任陈潭秋机要秘书的杨南桂回忆:"我党进疆的任务一是新兵营的训练,二是接待由苏联去延安和由延安去苏联的人员,三是与盛世才搞统一战线,促进盛世才实现六大政策。"[2]

八路军驻新疆办事处很好地担负起了党的工作人员来往于延安、苏联的中转站作用。中国共产党的高级领导干部周恩来、邓颖超、任弼时、王稼祥、蔡畅等,以及越南共产党总书记胡志明、日本共产党主席野坂参三、印度尼西亚共产党领导人阿里阿罕姆等人都曾在八路军驻新疆办事处的安排下,往来于延安与莫斯科之间。

八路军驻新疆办事处由中共驻新疆代表主持。第一任党代表是陈云。1937年4月,陈云、滕代远奉中共中央之命从莫斯科回到新疆做盛世才的统战工作,陈云随即被中央任命为驻新疆代表。八路军驻新疆办事处成立后,滕代远(化名李广)被中央任命为办事处主任。11月27日,陈云返回延安后,滕代远接任中共驻新疆代表一个月,至12月回延安。

1937年底,滕代远同李先念、程世才、李天焕、曾传六、郭天民、宋侃夫、王子纲等从迪化坐飞机到兰州,经停八路军驻甘办事处,然后坐汽车,带着高射机关枪、子弹等一批武器弹药到西安,经停八路军驻陕办事处,最后回到延安。

1937年9月,中共中央政治局候补委员邓发(化名方林)从苏联回国途经新疆,1938年1月,中央指示他接替滕代远担任中共驻新疆代表兼八路军驻新疆办事处主任,直到1939年9月,因出车祸被撞断肋骨才调回延安。

邓发在领导中国共产党人在新疆的工作中,针对盛世才既对中国共产党人打着"亲苏友共"的幌子加以利用,又处处设防和监视的形势,坚持与盛世才既斗争又团结的方针。他要求大家,盛世才不让我们宣传马列主义,我们就用马列主义精神宣传"六大政策";不让我们发展组织,我们就用马列主义教育群众,为发展组织做好思想准备。在他的领导下,党在新疆的工作开展得很有成就。汪小川、李宗林、王宪唐、王谟、李何等到新疆日报社工作,林基路、李云扬到新疆学院、省立第一中学工作,黄火青等到新疆民众反帝联合会工作,"新兵营"官兵到盛世才的军校学习,毛泽民等到新疆财政厅、民政厅工作,这些都是经邓发向盛世才做工作后取得的。

从1938年夏起,盛世才对苏联和中共的态度发生了一定的转变,从公开宣布实行"亲苏"政策,给中共中央和中共驻共产国际代表王明写信要求加入中国共产党,转为对中共采取限制和敌视的政策,特别是由于邓发领导的中国共产党人在新疆开展的卓有成效的工作,使盛世才对邓发越来越警惕,关系也迅速恶化。共产国际和中共中央鉴于新疆在抗战中的特殊地位,对这件事情非常重视。当时新疆是延安与莫斯科联系的最重要通道,处于中国人民进行抗日战争的大后方,战略地位极其重要。1939 年 8 月底,赴苏治疗的周恩来途经迪化,滞留大约一周时间,重点协调中共和盛世才的关系。他认真听取了陈潭秋和邓发的报告,了解了盛世才的态度和政治动向,又亲自同盛世才进行了 4 次会谈。会谈中,盛世才强烈要求中共立即从新疆撤回邓发,甚至威胁说,如果邓发在迪化最好不要让他看见。周恩来赴苏后,和共产国际总书记季米特洛夫共同签发了一封致中共中央的电报,指出"鉴于政治局势让邓发离开迪化。指示他务必不要在迪化滞留。"[3] 后来,周恩来说,盛世才对邓发既恨又怕,恰恰说明邓发在新疆干得不错。

1939 年夏,邓发在乘坐小车去机场接人时,因车祸撞断了肋骨。根据他的身体状况以及盛世才的态度,党中央决定将他调回延安,由 1939 年 5 月从苏联到新疆的陈潭秋(化名徐杰)接任中共中央驻新疆代表兼八路军驻新疆办事处主任。1939 年 9 月,邓发离开新疆时对接任者陈潭秋说:"盛世才就其出身来说是个有野心的军阀,就其思想来说是个土皇帝,就其行为来说是个狼种猪。"邓发对盛世才的认识是深刻的。也许正是因为邓发对其本质认识的深刻性,才导致了盛世才坚决要求中共撤换驻新疆代表。

陈潭秋在中共党内是元老级人物,参加了党的创建工作。他1920 年就和董必武、刘伯垂等创建武汉共产主义小组,同年 7 月,与董必武参加了中共一大。陈潭秋是 1935 年夏奉中共中央之命,前往莫斯科参加共产国际第七次代表大会的。由于交通问题,当他于 8 月 20 日左右到达莫斯科时,共产国际七大已经闭幕,于是参加了正在进行的少共国际第六次大会,会后奉命留在莫斯科,进入列宁学院学习,并参加中共驻共产国际代表团的工作。1939 年 4 月接到国内来电,要求他回中共中央工作。5 月,陈潭秋到达新疆,这时中央又电示他留在新疆工作,准备接替邓发任中共中央驻新疆代表和八路军驻新疆办事处负责人。9 月,邓发奉命返回延安,陈潭秋全面主持中共在新疆的工作,其公开身份是八路军驻新疆办事处负责人,仍然化名徐杰。

陈潭秋担任中共中央驻新疆代表和八路军驻新疆办事处主任期间,正是盛世才对中共政策开始转变的时期。1938 年 8 月,盛世才应邀访问苏联,受到苏联领导人斯大林等人接见,并加入了苏联共产党。此时他感到中国共产党的利用价值越来越小了,于是开始对在新疆的中国共产党人采取疏远和排斥的态度,要求中共中央把邓发调离新疆,并陆续把林基路等中国共产党的干部从省城调往库车等边远地区供职,企图削弱中国共产党在新疆的影响力。在这种困难情况下,陈潭秋进行了积极的工作。

当时,中国共产党在新疆工作的同志分散在天山南北 31 个县,交通不便,联系困难。为了加强党组织建设,方便联系,陈潭秋指示分散在各地的共产党员按地区成立党小组,坚持过组织生活。在迪化工作的中共党员比较集中,陈潭秋就分别召集在财政、报社、学校等部门工作的党员开会,过组织生活,加强对他们工作的指导。

鉴于盛世才对中共政策的转变,1940 年初,"新兵营"300 多名指战员回延安后,在新疆工作的中共党员只有 100 多人,其中航空队的党员人数最多,占了近一半。陈潭秋加强了对航空队党支部日常工作的领导,要求党支部书记或委员每逢星期天都要向他汇报工作,并坚持参加航空队党支部的支部大会,直接布置、检查支部的工作。

1941年1月,皖南事变爆发。陈潭秋做盛世才的工作,指出国共两方打架,共产党是受害一方,盛世才在全国有一定的影响,应该对此事公开表明态度。在陈潭秋的动员下,盛世才于2月4日对朱德、彭德怀等1月13日电和新四军代理军长陈毅等24日电分别复电。两复电末均提出七项主张:"一、反对妥协投降,反对分裂内战,以贯彻抗战到底国策;二、应用政治方法,解决各党派间尤其是国共两党之摩擦与一切纠纷,极力避免内战或武装冲突,以免减弱抗战实力;三、应立即释放有功于国家民族之抗日将领叶军长及其部属,并绝对保证其生命安全;四、应极力打击破坏抗战分子与汉奸托匪亲日派;五、应极力扩大与巩固抗日民族统一战线,加强抗战建国力量,以便准备乘机大举反攻;六、应确定亲苏政策,因中国抗战为弱小民族争取解放之战争,必须与社会主义国家苏联紧密联系,方能摧毁日寇以摆脱半殖民地之地位;七、应极力争取外援,利用国际间之有利条件,以便完成抗战必胜、建国必成之伟大任务。"[4]这些统战工作有力地支持了中国共产党,揭露了蒋介石反动派的罪恶企图。

但盛世才对中国共产党人的排斥行为也在明显加强。1939年2月,高登榜等20余人从延安来到新疆,盛世才在宴请这些人时威胁说:"新疆是个封建色彩十分浓厚的地方,不能把延安的办法用在新疆。新疆的六大政策是以新哲学和马列主义为基础,是唯一正确的政策,如有人把延安那一套搬到新疆来,那我就请示毛主席把他撤换。"[5]1940年1月11日,新疆省政府发布通令:各机关首领及各级公务员应听从驻地公安局、派出所检查,借口拒绝者,以破坏法令论,从重议处。5月底,省政府又发布通告,允许直接向盛世才本人检举"敌探、汉奸、托匪"。新疆的形势一下子紧张了起来。

随着国际国内形势的变化,盛世才加快了反苏反共、投靠蒋介石的步伐,不断炮制"阴谋暴动案"。1939 年 10 月,盛世才经过精心策划,制造的所谓"汪精卫系统的阴谋暴动案",将爱国民主人士杜重远逮捕。这个案子牵连人数达数千人。1940 年盛世才又捏造了"陈培生阴谋暴动案"("陈武案"),致使在边务处工作的 100 多人几乎全部被捕。1941 年阿勒泰地区专员布哈提唆使富蕴县县长叛乱,把在富蕴县工作的 7 名苏联专家抓起来,活活烧死。盛世才为达反苏目的,故意将"布哈提叛乱事件"("阿山事件")说成是受苏联总领事指使策划,将罪名推到苏联身上。是年秋,盛世才又诬称毛泽民在水磨沟假借养病召开"秘密会议",进行"阴谋活动",并亲下手谕,要毛泽民立即离开水磨沟返回城内。

针对盛世才这些反共活动,陈潭秋明确指出:"这显然是一件大的陷害阴谋。"1940 年 6 月 22 日,陈潭秋给中央书记处发去《对新省一年来政治情况概略报告》电文说,新疆"近来政治危机日益严重。具体表现在民族问题与肃反问题上面",特别是"肃反问题,阴谋暴动是督办最害怕的,也是最能迷惑他的"。报告认为"新省地位无论对国际关系,对中国抗战上及对我党都非常重要"。现在"新省政治陷在严重危机中,如不急予挽救,前途颇可危惧"。"要挽救新省危机,首先必须从新疆内部着手挽救危机,具体方法:一、立即停止逮捕并将扣留各族代表立即遣回。二、重新改组审判委员会(苏联以非公开形式派人参加),彻底清查和清算所谓阴谋暴动案,揭露肃反机关反动阴谋。三、彻底改造公安管理处及其整个系统结构,并改变工作方式。四、切实执行平民政策,实际改善农牧民众生活。五、切实培养和提拔各族干部,开展六大政策,民众运动,建群众基础。"[6]

同年 8 月 8 日,陈潭秋给中央的电报《对此间情况之补充报告及处理意见》指出:"现有一部分坏蛋(但比较有力)专进行反共挑拨,如一、诬告许亮、胡东并逮捕许亮。二、控告郝冰清(郝先后任马耆、拜城税务局长)。三、监视和诬害潘同。四、请撤换李志梁。五、近又控告李元妻吴乃茵(即伍乃茵,化名伍尚明,先后任迪化女中教员、疏勒县女子小学校长),控告马锐(即马肇嵩,先后任博乐县教育科长,和阗区代理教育局长、督学),诬告报社李宗林所领导的训练班学生有小组织。六、所谓考察梦秋(即孟一鸣)与郭慎先同志。七、将学生与我教员同志隔离等等。"[7]

这些情况说明,陈潭秋已经警觉到了新疆形势的变化,并向中共中央发出警示信号。

1941 年 11 月 6 日,陈潭秋向中央书记处作了长篇报告,全面分析了新疆政治、经济形势以及盛世才所谓"阴谋暴动案"等情况,向中共中央书记处提出了挽救新疆局势的意见:加强对盛的影响,改变其周围的成分。尽可能从国内派一些盛平时所尊敬的人,如高崇民、粟又文、沈志远等,在他的左右,从政治上来帮助他、影响他;同时,设法揭露现在反动分子的不利于"六大政策"、不利于盛的企图;整顿特务工作,彻底清理过去一切所谓"阴谋暴动"案件,来揭露反动分子的阴谋;在实际工作中证明我们同志是忠实于"六大政策",拥护政府,绝没有任何私图,以解除盛的疑虑,等等。

1942 年 3 月 19 日,盛世才的四弟盛世骐突然在家中被枪杀。盛世骐曾在苏联红军大学学习 5 年,由于受苏联教育的影响,思想进步,亲苏亲共,反对盛世才"拥蒋反共"。盛世才恐其对自己构成威胁,精心设计将他暗杀,随后编造共产党在新疆搞"阴谋暴动案"的罪证,进行大整肃。

1942 年 6 月 8 日,陈潭秋又向中央书记处报告:"自老四被害后,此间局势更急转直下。""虽然老四事件发生后,某方曾放出各种烟幕弹(有说是自杀的,有说是小孩玩枪走火的,有说是老四老婆谋杀亲夫的,后来竟说是与苏联军事顾问有关),牵连无辜,企图掩盖真像。但一般人都相信老四之死是异常惨变,是其豆相煎的结果,督办虽然组织了所谓检查委员会(以李英奇、李溥霖、彭吉元、老五四人组成的)检查被害的原因,其实那些委员中就不免有谋害的主使人在内,当然不仅不会检查出真相,而且可借此更来陷害一批人。……老四的被害是与反苏反共的阴谋有密切联系的,老四作了反苏反共阴谋的第一个牺牲者。"[8]

为了进一步欺骗群众,掌控舆论,盛世才指使治安处长李英奇逮捕思想进步的非党人士——时任财政厅长的臧谷峰和教育厅长兼政训处长的李一欧等人。李一欧在严刑诱供之下,编造出一个所谓共产党密谋造反的"四一二阴谋暴动案",诬陷民政厅代厅长周彬、和田警备司令潘柏南(潘同)、行政长卢毓麟等人参加了在苏联总领馆召开的阴谋暴动会议。

针对盛世才与蒋介石勾结的情况,1942年5月8日,中共中央书记处致电陈潭秋,要求在迪化组织一调查研究分局,以陈潭秋为主任,负责研究大后方政治、经济、军事、文化等问题。根据中央书记处这一要求,陈潭秋组织人员对新疆政治、经济等情况进行了认真的调查研究,于5月27日向中央提交了一份报告,认为:1941年2月盛世才在新疆搞的"反政府阴谋"案与"阿山事件"案,有严重的政治意义,是盛世才反苏反共阴谋的开始表面化,是扩大反苏反共的准备步骤。[9]

由于新疆形势的重大变化,陈潭秋向中央建议:"鉴于督办和保卫机关了解我们在新疆的所有140名同志(徐杰机关有50人,航校和兽医班有40人,在迪化工作的有30人,在各地工作的有20

人),一旦需要,很难给他们找到地方隐蔽起来,因此最好将飞行员和兽医转移到苏联继续学习。病号、残废和负责同志,一旦需要,也要转移到苏联去,只有为数不多的身体健康和有工作能力的同志可以分配到各地工作或者让他们分散。"[10]

根据中央关于新疆工作人员全部撤退的指示,陈潭秋经过周密考虑和与有关同志商量,制定出了一个分三批撤退的计划,负责干部和航空队第一批走,老弱病残和家属、小孩第二批走,他自己和办事处少数工作人员最后走。7月5日中央致电陈潭秋:"我们决定连你在内准备撤回,你可将这些人集中于招待处。因由兰州、西安回来无保障,我们正向远方(指苏联)交涉,向苏联撤退,你们可待命行动。"[11]

9月9日,陈潭秋致电任弼时:"一、远方承允送彼方五十五人,究竟标准如何,盼速询明见告,以便准备。其余人究竟怎样办;二、据督办电话明告,新疆外交权已完全交中央了,重庆即将在迪化成立公署。如此,我们将陷于东归不得,西去不能的窘境,甚至有落入毒手的可能。此事请中央落实注意,迅速设法解决;三、督办最近将我们集中在市外的一个地方,借口容易保护与免被国民党发现,究竟真意如何,尚难判断。以上三点我已直电季老(指季米特洛夫);四、现在重庆派有多人在南疆、迪化及哈密等处工作,并成立电台,盛仍在新疆,其他行动不明。"[12]这是陈潭秋最后一次与中央的联系。

就在中共中央加紧与共产国际沟通,安排如何撤出中共驻新疆人员时,1942年9月17日,盛世才突然派军警包围了八路军驻新疆的临时驻地八户梁,以"督办请谈话"的名义,先后把陈潭秋、毛泽民等20多人"请"去软禁起来,同时又把我党在新疆的全部人员,包括病残人员和家属小孩共160余人软禁起来,制造了骇人听闻的"新疆事件"。至此,八路军驻新疆办事处被迫关闭。

盛世才根据李一欧的"口供",捏造了所谓共产党人"在陈潭秋、毛泽民的策划指挥下,由李一欧召开秘密会议,与徐梦秋等共同讨论决定,为了推翻政府,建立新的新疆政府,定于民国三十二年四月十二日在群

饱尝铁窗风味的娃娃们

众大会上刺杀盛世才等军政要员"的"共产党四一二阴谋暴动案",将陈潭秋、毛泽民、林基路等140多人全部关入监狱,酷刑逼供。徐梦秋和潘柏南、刘希平叛变。

陈潭秋、毛泽民等革命烈士坚贞不屈,在狱中同盛世才进行了坚决的斗争,1943年9月27日被杀害。1945年中共召开"七大"时,代表们因不知陈潭秋的牺牲噩耗,仍选他为中央委员。

1945年抗战胜利后,毛泽东亲赴重庆参加国共和平谈判。经过严正交涉、艰苦努力,我党在新疆被关押人员终于获释,并与办事处其他留守同志一道,于1946年返回延安。

"新疆事件"使在新疆的中国共产党人遭受巨大损失,陈潭秋、毛泽民、林基路等80余人惨遭杀害,这是中国共产党在第二次国共合作时期继皖南事变之后遭到的第二次重大打击。

囚禁陈潭秋、毛泽民同志的牢房

八路军驻新疆办事处虽只存在了短暂的5年,却在中共党史上写下了光辉的一页。办事处在使中国抗日战争获得共

产国际和苏联的支援、延安获得苏联和新疆人民的支援方面起到了重要的桥梁和纽带作用,对于促进新疆政治、经济、教育、文化等事业发展,也做出了积极贡献。

[1] 中共新疆维吾尔自治区委员会党史研究室:《中共新疆地方史(1937—1966 年 4 月)》第 1 卷,新疆人民出版社 1999 年版,第 44 页。

[2] 滕久昕:《八路军驻新疆办事处首任主任滕代远》,八路军太行纪念馆网站。

[3] 汪晓东:《百年春秋:从晚清到中国·传奇人物》,中国文史出版社 2012 年版,第 129 页。

[4] 中国第二历史档案馆:《中华民国史档案资料汇编》第 5 辑第 2 编政治(4),凤凰出版社 1998 年版,第 786 页。

[5] 《邓发纪念文集》,中共党史出版社 2002 年版,第 206 页。

[6] 中共新疆维吾尔自治区委员会党史工作委员会、中共乌鲁木齐市委员会党史工作委员会:《八路军驻新疆办事处》,新疆人民出版社 1992 年版,第 41—42 页。

[7] 陈慧生、陈超:《民国新疆史》,新疆人民出版社 1999 年版,第 351 页。

[8] 中共新疆维吾尔自治区委员会党史工作委员会、中共乌鲁木齐市委员会党史工作委员会:《八路军驻新疆办事处》,新疆人民出版社 1992 年版,第 50 页。

[9] 《新疆冤狱始末》,中国青年出版社 1990 年版,第 127 页。

[10] 中共中央党史研究室第一研究部:《联共(布)、共产国际与抗日战争时期的中国共产党(1937—1943.5)》,中共党史出版社 2012 年版,第 290 页。

[11] 陈慧生、陈超:《民国新疆史》,新疆人民出版社 1999 年版,第 366 页。

[12] 郝成铭、朱永光:《中国工农红军西路军文献卷(上)》,甘肃人民出版社 2004 年版,第 648 页。

第十九章
革命的接待站，
战斗的指挥所

　　八路军驻甘办事处最早是为了接收和收容失散的西路军人员而设立的，是八路军在甘肃具有合法身份、可以公开活动的办事机构。办事处积极开展党的抗日民族统一战线工作，组织推动甘肃抗日救亡运动，想方设法营救和收容失散在甘、青一带的红军西路军将士，加强与苏联代表处的联络工作，承担党的干部往返苏联和新疆的接待任务和抗日支前物资的转运工作，被周恩来誉为"革命的接待站，战斗的指挥所"。

八路军驻甘办事处(简称兰州八办)成立于 1937 年 8 月 25 日,是抗日战争时期中国共产党和八路军派驻甘肃的公开办事机构,驻地兰州。1937 年 2 月,为发展抗日民族统一战线,接收和收容失散的西路军人员,查找下落不明的西路军主要领导人,周恩来提出在兰州设立办事处。1937 年 5 月,中共中央派张文彬、彭加伦、朱良才等 7 人到甘肃兰州筹建红军联络处,在南滩街 54 号前院设立半公开机构,对外称"彭公馆"。随着国内革命形式的发展和第二次国共合作的建立,8 月,联络处改称国民革命军第八路军驻甘办事处,9 月,又改为国民革命军第十八集团军驻甘办事处。因设在兰州,人们习惯称为八路军兰州办事处或兰州八办。谢觉哉任中共中央代表,彭加伦任办事处处长,朱良才任秘书长。谢觉哉主要负责对国民党上层及地方各界人士的统战工作,同时指导中共甘肃地方组织的活动;彭加伦主要代表八路军总部进行内外联

1938 年 1 月，中共中央代表谢
觉哉（前排左四）、八路军驻甘办事
处处长彭加伦（前排左六）等在办
事处合影。

兰州八办旧址
（南滩街54号院）

络工作。办事处还有秘书、副官、译电员、通信员和服务员、炊事员
等工作人员，大都是从红军部队中选调过来的，政治素质可靠。全
面抗战爆发后，苏联积极支持中国抗战，为方便援助中国的物资交
接，在兰州设立了外交代表处和军事代表处。为便于八路军驻甘
办事处与苏联驻兰州代表进行联络，谢觉哉和彭加伦建议中央派
在苏联学习和工作多年、谙熟俄语的伍修权接替彭加伦的工作。
1938 年 2 月，驻甘办事处迁址孝友街 32 号，彭加伦调新疆工作，伍
修权（化名吴寿泉）接任处长。9 月，谢觉哉回延安出席中共六届
六中全会。皖南事变后，国共两党关系趋于紧张，国民党甘肃当局
加紧了对办事处的监视和限制。1941 年 5 月，伍修权返回延安，办
事处只留下副官和通信员等 5 人，由赵芝瑞负责，一直到 1943 年
11 月才奉命撤销。

　　八路军驻甘办事处是中共领导甘肃抗日救亡运动、进行后方
发动、实现全民族抗战的重要基地，也是中苏国际交通线上的中转
站。在党代表谢觉哉，处长彭加伦、伍修权领导下，办事处大力宣
传和开展党的抗日民族统一战线工作；组织和推动了甘肃的抗日
救亡运动的发展；积极营救和收容失散在甘、青一带的红西路军将

士;输送大批进步青年奔赴延安参加革命;协助和指导甘肃工委扩大了党的地下组织;同时还加强与苏联代表处的联络工作,通过他们传递党的文件情报和资料,承担党的干部往返苏联和新疆的接待任务和抗日支前物资的转运工作,被周恩来誉为"革命的接待站,战斗的指挥所"。

为了动员一切抗战力量,实现党的全面抗战方针,八路军驻甘办事处利用自己的合法地位,积极开展工作,建立了广泛的抗日民族统一战线,使甘肃各地的抗日救亡运动蓬勃发展起来。中共中央驻甘代表谢觉哉与国民党军政官员,少数民族首领,以及文艺、教育、报刊各界人士都有广泛联系。他借助与甘肃省政府主席贺耀祖的私人关系,加强对他的统战工作,在贺耀祖1937年12月调离甘肃前的短短几个月时间里,直接面谈十多次,写信函十几封,陈述开展民众工作、革新政策、团结抗日的建议,可见其交往之密切。谢觉哉还与办事处同志对马凤图、马公章等回族上层人士以及青海的马步芳、宁夏的马鸿逵、额济纳旗的蒙古族上层人士做争取工作,推动了各族人民的抗日救亡运动。

甘肃情况比较复杂,民族宗教势力和封建势力到处存在,地方军阀名为服从国民政府,实则割据一方。地方军阀马步芳担任青海省政府主席,同时觊觎甘肃省政府主席的职位,在青海、甘肃一带影响力很大,在打击红军西路军上发挥了重要作用,对共产党和八路军有很深的敌意。办事处刚刚成立时,兰州行辕主任、甘肃省政府代理主席贺耀祖是毛泽东青年时代的朋友,也是谢觉哉的同乡旧友,他和夫人倪斐君的婚姻也是谢觉哉撮合的。所以这时办事处的工作相对顺利一些。1937年12月,国民党第八战区司令长官朱绍良兼任省政府主席,他对共产党的敌意比较深,禁止发行进步书报,拘捕和监视进步人士,限制民众运动,宣称他们的敌人有两个：一个是日本帝国主义，一个是共产党。1938 年 4 月，第八战区司令部、甘肃省政府及国民党甘肃省党部等联合组成图书审查委员会，宣布查禁了 80 多种图书和近 20 种期刊，其中包括中共的《新华日报》《抗战》《解放》等报刊。谢觉哉和伍修权曾多次与朱绍良和图书审查委员会的头头沟通交涉，并迅速将这一情况报告了中央。周恩来直接致电朱绍良询问此事，迫使他们对《新华日报》和《抗战》等一批革命和进步的报刊图书解禁。1940 年 12 月，有"屠夫"之称的谷正伦接任甘肃省政府主席，后又发生皖南事变，国民党掀起反共高潮，办事处的处境日益恶化，但仍然坚持斗争，较好地完成了党交给的任务。

国共实现第二次合作以后，尽管国民党承认了共产党的合法地位，但仍然不允许共产党在国统区建立党组织开展活动。特别是十年内战时期，甘肃和全国其他国统区一样，原有的中共党组织遭受到严重破坏。兰州八办为恢复和发展中共地方党组织做了大量工作。办事处成立不久，1937 年 10 月 27日，即在谢觉哉主持下成立了中国共产党甘肃工作委员会，并于 28 日给洛甫、毛泽东发电，报告关于工作分工事。孙

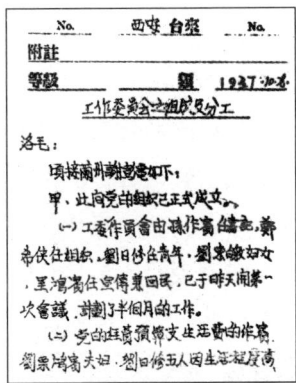

中国共产党甘肃工作委员会上报中共中央关于工作分工的报告

作宾、罗云鹏分别任正、副书记，同时还选举产生了组织委员、青年委员、妇女委员、宣传和回民委员。中共甘肃工委建立以后，办事处又协助他们举办党建训练班，对一些党员和经过斗争考验的党外积极分子进行党的基本知识和理论培训，谢觉哉、伍修权还亲自授课。

办事处领导甘肃的党组织广泛进行思想发动，激发民众的抗战精神。当时甘、青、宁的封建落后势力还比较强大，又有民族宗教问题，经济文化落后，长期受马家军对共产党妖魔化宣传的影响，对于共产党在思想上是有戒备的。时任兰州八办代表的谢觉哉在给中央的报告中写道："我们初来，这里是一块荒地，甚至有人看见我，才相信共产党老的要杀是假的。"[1]在这样的环境下，兰州八办积极开展活动，打破了原本死水一潭的局面，各种宣传抗日的报纸杂志如雨后春笋般纷纷露出头角，宣传抗日的文艺团体活跃在全省各地，形成了团结抗战的良好局面。在谢觉哉和办事处人员的影响和指导下，一批群众性抗日救亡团体相继成立，其中有不少是甘肃工委直接或间接领导的。影响比较大的有甘肃青年抗战团、省外留学生抗战团、妇女慰劳会、西北青年抗日救亡读书会、西北青年救国会，还有回族青年抗日救亡组织伊斯兰学会、联合剧团、回民教育促进会，以及甘肃在乡军人抗日联络委员会、老人抗敌委、甘肃民众守土抗战后援会等组织。妇女慰劳会的会长是贺耀祖夫人倪斐君，甘肃青年抗战团的总务长是中共甘肃工作委员会特派员罗扬实，伊斯兰学会的干事长是

西北青年抗日救亡读书会

1937 年 7 月,甘肃民众守土抗战后援会(简称"抗战后援会")成立。图为甘肃民众守土抗战后援会泾川分会印制的抗日宣传画。

中共甘肃工委直属回民特别支部书记鲜维峻。这些抗日民众组织积极宣传抗日救亡,印刷散发了大量宣传品,组织群众为抗日进行募捐。当国民党掀起反共高潮时,抗日民众组织积极揭露蒋介石消极抗日、积极反共的实质,号召团结起来一致抗日。1941年1月14日,在办事处指导下,以国民党第八战区中将参议身份来甘肃进行抗日宣传和组织民主运动的史鼎新,发起成立了西北民主政团（甘肃民盟组织的前身）,并被推选为主任委员。会后,史鼎新回到临洮,聚集当地在乡军人抗日联络委员会负责人王仲甲、王子元等人,并通过王仲甲与马福善、马继祖、肋巴活佛等取得联系,密商举行反蒋武装起义,并于1943年1月16日组织了甘南农民起义。

　　抗战期间,进步人士对蒋介石消极抗日做法不满,看到大西北的抗日氛围深厚,纷纷前往大西北进行抗日救亡的宣传。一批文化名人来到甘肃进行团结抗日的宣传教育工作,如沈雁冰、老舍、萧军等都曾在兰州工作,他们公开向学生、民众进行抗日演讲,组织抗日文艺团体在全省进行演出,激发了民众抗日的热情。八路军驻甘肃办事处发挥了积极的指导和协调作用。著名文学家老舍在兰州期间发表了《两年来抗战中的文艺活动》等文。著名历史学家顾颉刚在甘肃期间主编了《老百姓》,宣传民众起来抗日。音乐家王洛宾、进步作家萧军在兰州写出了许多脍炙人口的作品。萧军、塞克等文化人士还主编了《甘肃民国日报》的《西北文艺》《剧运》

抗战时期中共甘肃工委印刷的革命文献

等副刊。办事处不仅指导这些刊物的工作,还直接为它们写文章。从1937年8月到1938年秋天的一年时间里,谢觉哉在这里用敦夫、佳金、无奇、焕南等笔名写了 60 多篇宣传抗日的文章。在办事处抗日救亡运动宣传的影响下,《战号》《甘院学生》《回教青年》《苦干》《抗战》《热血》《西北青年》等一大批宣传抗日救亡的刊物出现。办事处指导妇女慰劳会创办了《妇女旬刊》,宣传妇女解放思想和全民抗战的思想,很有影响。办事处还在兰州开设了兰州书报社和生活书店的分店,公开和半公开地销售中国共产党出版的《新中华报》《新华日报》《解放》周刊等革命报刊读物。

办事处利用各种机会,运用各种方式,直接对群众特别是广大青年进行宣传教育工作。在办事处和一些进步人士的促进下,兰州的农民银行和"工合"(即中国工业合作促进会)每周举办一次时事座谈会,讨论"抗日民族统一战线""三民主义与抗日救国""怎样保卫西北""怎样领导民运"等时事问题。这些座谈会形式上是有合法身份的进步人士组织的,办事处人员是应邀参加,但实际上讨论的内容都是由办事处提前研究和确定的,重要的发言甚至提问都是事先准备好的。这些宣传教育活动在社会上引起了很大反响,一大批进步青年在这些抗日救亡运动的教育下走上了革命道路,经办事处考查并介绍到延安学习工作。

1942 年 2 月,著名爱国人士、全国各界救国联合会"七君子"领袖沈钧儒,率全国慰劳总会前线将士慰劳团第 2 团到兰州进行抗日发动。著名爱国华侨领袖、南洋华侨筹赈祖国总会主席陈嘉庚,携带华侨为祖国抗日捐献的款项到祖国进行慰问。在重庆,蒋介石花了 800 大洋进行了奢侈的接待;而到延安后,毛泽东用自己生产的蔬菜和隔壁老大娘送的一只鸡在院子里进行了简单的接待,而这却让陈嘉庚看到了中国的希望。1940 年 5 月 14 日至 25 日,陈嘉庚率团来到兰州慰劳甘肃抗战军民。

办事处还在中共驻甘党代表领导下,鼓励和支持组织文艺宣传,用生动的演出来吸引和教育文化水平不高的群众。由青年抗战团、省外流学生抗战团和妇女慰劳会联合组成的血花剧团,演出非常活跃,团里还有着共产党的秘密小组。《放下你的鞭子》是1931年由电影导演陈鲤庭等创作改编的抗日街头剧,该剧揭露了日本帝国主义的暴行和东北人民的亡国之痛,曾先后在全国各地和香港、新加坡、美国等地演出,著名演员朱铭仙、王为一、崔嵬、金山、赵丹、王莹、张瑞芳、章曼萍等都曾在剧中扮演过角色,极大地鼓舞了广大人民的抗日斗志。1937年8月,甘肃榆中县县长、进步人士王云海先生的子女和进步作家吴渤组成王氏兄妹剧团,先后在榆中、兰州等地演出这一著名抗日救亡街头剧。1937年10月,为进行抗日宣传活动,在西安的平津流亡学生同学

王氏兄妹剧团演出剧照

会的一部分学生组成平津流亡学生演剧队,他们于1938年8月来到兰州,与八路军驻甘办事处取得联系,和血花剧团在兰州进行联合演出,开展抗日宣传。西北抗战剧团原来是甘肃省教育厅的官办剧团,在谢觉哉协调下,将萧军、塞克等进步文化人士请进团里,使之成了宣传抗战的一个进步剧团。这些文艺团体在兰州演出的《到前线去》《流亡三部曲》和《保卫卢沟桥》《烙痕》等剧目和歌曲,极大地调动了人民群众团结抗日的热情。

办事处积极宣传抗战,动员民众为抗战献粮筹款。尽管甘肃土地贫瘠,人民生活困难,但在抗日救亡的危难关头,广大人民群众省吃俭用,积极支援抗战。据有记载的数据统计,1938年河西各县捐现金12.646万元,兰州市各界捐10万元;1942年甘南捐珠宝

国民革命军第十八
集团军（即八路军）驻甘
办事处关于捐款的启事

1938 年 4 月 10 日
《西北日报》关于甘肃省
民众抗战后援会等慰问
前线将士的报道

价值 4500 万元,购买了 30 架飞机送到抗日前线;1938 到 1945 年,平均每年捐献粮食 40 万担,合计价值 11.168 亿元。[2]甘肃各界还积极认购救国公债、建设公债、同盟胜利公债等。仅同盟胜利公债全省认购额,1942 年为 22868580 元(法币),1943 年达 71087500 元(法币)。兰州商人抗战团发出《告商界同胞书》,响应省后援会发起的完成 10 万元募捐运动。1938 年 4 月 9 日《西北日报》报道了酒泉一名人士捐赠不留姓名的事迹。1937 年五世嘉木样活佛发表《为宣传抗战告蒙藏同胞书》,还要求他的兄长黄正清和弟弟黄正基尽快组建慰问团奔赴抗日前线去慰问。按照五世嘉木样活佛的旨意,拉卜楞教区成立

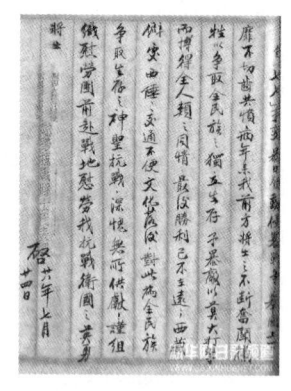

抗战期间,五世嘉
木样活佛派慰劳抗日前
方将士代表团赴前线慰
劳赠送的锦旗。

了一支由辖属 108 寺僧俗组成的 20 人慰劳抗日前方将士代表团,由黄正基任团长,制作了 8 面锦旗,携带大批慰问品,历时近一年的时间,几乎跑遍了山西各个战区。黄正基也在这次慰问活动中,身染重疾,经医治无效而逝世,年仅 28 岁。1942 年,抗日战争进入到最艰苦的阶段,国民党内部出现了一些悲观失望情绪,在这危难时刻,拉卜楞保安司令黄正清带领拉卜楞寺教区的 50 名上层人士,千里迢迢奔赴重庆向国民政府捐献了价值可以购买 30 架飞机的金银财宝,以表示甘南藏区各族人民对保卫祖国领土完整统一的爱国之心。[3] 全国抗战八年间,甘肃人民在国民政府征购和征借名义下献纳的军粮,每年都有几十万石,仅在 1943 年—1945 年三年中,就献纳了 11801 匹战马,2000 根电杆。以下为甘肃人民捐款捐物统计表。[4]

年　度	类　别	数　量	单　价	合计(法币)
1938 年	河西各县捐现金			126460 元
1938 年	兰州市各界捐现洋			100000 元
1942 年	认购同盟公债			22868580 元
1943 年	认购同盟公债			71087500 元
1942 年	甘南捐珠宝	购飞机 30 架	150000	4500000 元
1938—1945 年	粮食	40 万担×8 年	320 万担×349	1116800000 元
1943—1945 年	战马	11801 匹	53333 元	629382733 元
1943 年	电杆	2000 根	1000 元	2000000 元
总计				1846865273 元
注:本表所列捐献,仅为有记载的数据。粮食价格参照 1943 年镇原县粮食价格,电杆、马匹价值参照《正宁县财产间接损失报告表》。				

西北国际大通道开通以后,往来于延安和莫斯科、迪化的人员增加,兰州成为人员接待站和物资中转站。凡是从延安去新疆或经新疆去苏联的中共人员都在办事处停留。如,1939 年夏到 1940 年春,周恩来去苏联治病时和邓颖超、孙维世住过这里。王稼祥、王明、刘英、任弼时、李先念、程世才、蔡畅、邓发、萧三、陈郁、李天佑、杨至成、谭守述,以及越南共产党总书记胡志明、日本共产党主席野坂参三(冈野进)等也都在这里住过。1937 年 12 月,贺子珍离开延安去苏联治病时也住过这里。苏联和新疆援助延安的物资从这里转送。1942 年 11 月,一架给延安运送药品的苏联飞机因没有得到放行许可命令,停在兰州机场不得起飞。此时已经是蒋介石侍从室主任的贺耀祖电令国民党兰州航空站放行。蒋介石一怒之下免去了贺耀祖侍从室主任的职务。

办事处还积极营救和收容西路军被俘与失散人员。兰州八办设立的初衷就是为了发展抗日民族统一战线,接收和收容失散的西路军人员。当年的兰州八办工作人员、谢觉哉夫人王定国回忆说:"营救是八路军兰州办事处的一项主要任务。"[5]西路军经过殊死的斗争,在没有救兵、没有供给、弹尽粮绝的情况下,全军覆亡。21000 余人的部队仅剩 400 多人,由中共中央派出的代表团接到新疆,另有 12000 多人被俘,还有 1000 多人流落在西北各地。中共中央对西路军的处境非常关注,先后采取多种办法营救。西安事变和平解决后,周恩来根据中共中央指示,同国民党方面谈判,提出不得加害西路军余部及被俘人员,同时设法派人做马步青、马步芳的工作。1936 年 6 月,中共中央决定调云阳红军办事处主任彭加伦和在西安进行统战工作的张文彬等去兰州筹建红军联络处,以便营救被俘与失散的西路军人员。[6]

　　经过多方打探了解到，西路军被俘人员集中关押在西宁、张掖、武威和永登等地，其中干部多关在监狱，战士大多编入国民党补充团，还有一些被送往工厂做苦力。为了营救这些同志，八路军兰州办事处做了大量的工作。首先就是通过统一战线，做国民党甘肃省政府主席等高层的工作，取得他们的支持。周恩来对此事非常重视，通过西安行营主任、国民党谈判代表顾祝同，做西安行营副主任、甘肃省政府主席贺耀祖的工作，介绍张文彬至青海释放西路军干部，并设法收容流落民间之人员。张文彬到兰州后做了大量工作，向中央报告说："昨见贺耀祖半小时，答允介绍与地方军警当局见面，以免误会和方便收容工作；对河西马家方面，暂不急任以彼令各县收容；前月由西宁解来被俘同志50余名，报告将由九十七师转其回原籍；贺耀祖称河西尚有300多，三四天后可到，到后允我派人慰问；青海来被俘同志390，女99，昨起身来，多连排干部，战士少，并有总兵工厂长与特务营长、师政委、特派员等各一；青海尚有五营，平凉二营，甘州二营，凉州二营；干部还有被惨杀事，来前4天清出干部多名被杀。"[7]中共中央要求兰州八办对兰州新到被俘人员，应当慰问并向他们解释一切，最好能派人同来西安，免使中途失散。谢觉哉到兰州后，亲自领导和组织这项工作，并指定兰州红军联络处秘书长、原西路军教导团团长朱良才和原西路军第30军特务营营长蔡光波专做营救工作。

　　张掖是西路军最后失败的地方，失散的西路军战士比较多。这里也是马步芳部韩起功旅的盘踞地。国共实现第二次合作后，这里的政治环境依然十分恶劣，马步芳、韩起功都极端仇视共产党和红军，在国共合作和全民族团结抗战的大背景下，仍然搜捕杀害失散的西路军官兵，关押着大批西路军官兵不予释放。兰州八办在营救张掖失散被俘西路军官兵上下了很大的功夫,但马步芳统治很严,外人很难打得进去。共产党人吴波向张文彬推荐高金城担任这一任务。高金城是吴波的好友,1917 年起曾先后在甘州(张掖)、肃州(酒泉)创办福音堂医院,行医布道。后受冯玉祥之邀,担任过国民革命军第二集团军后方医院院长。他虽不是共产党员,但思想进步,同情共产党,既是医生又是基督教徒,在河西走廊办过医院,在当地有很高的名望和比较扎实的社会基础。对于中国共产党请托的这一任务,高金城慨然允诺。

1937 年 8 月 1 日,刚抵兰州仅 3 天的中共驻甘代表谢觉哉,就同驻甘办事处处长彭加伦、秘书长朱良才一起去见高金城,一起商讨去张掖营救西路军的具体办法。最后确定由高金城去张掖重新开设福音堂医院,以此为掩护进行营救工作,并派原西路军特务营营长蔡光波协助,由谢觉哉协调甘肃省政府主席贺耀祖任命高金城为甘、凉、肃三州抗敌后援会主任,以方便营救工作。同时,由高金城的夫人牟玉光女士在兰州开设牟玉光助产所,作为被营救人员与兰州八办的周转站和联络点。

随后,高金城来到张掖,重新开办了福音堂医院,以行医为名,秘密营救西路军官兵。他与刘德胜、王定国、蔡子良、邱均品等西路军被俘官兵组建的地下党支部取得了联系,以医院缺少医护人员为由向韩起功交涉,要回王定国、徐世淑、苟正英、廖春芳 4 个西路军女战士到福音堂当护士。接下来,借着派出医护人员到监狱给病号看病的机会,与刘瑞龙、魏传统、董光益、徐洪才等 8 名西路军干部和相关人员取得联系。高金城、蔡光波用米汤写密信向兰州八办汇报了关押在张掖监狱的 8 名西路军干部的情况,请求设法营救。谢觉哉获悉情报后,立即通过贺耀祖向马步芳要人,并电请朱德、彭德怀以国民革命军第十八集团军正、副司令的名义致电马步芳要求放人,很快这8名西路军干部就被营救了出来。

根据兰州八办的要求,为寻找陈昌浩,高金城带着医护人员以看病为名走遍甘州、民乐的甘浚、龙渠、安阳、康隆寺、倪家营等地,最后打听到陈昌浩隐蔽在民乐花寨子一带。高金城马上派蔡光波和王定国前去接应,找到了掩护陈昌浩的当地老百姓,获悉陈昌浩已在当地群众护送下过了黄河。高金城及时将这一情况电告谢觉哉。当时有许多失散的红军战士躲藏在乡下,不知道如何回归部队。高金城就复写了一批写有"中国工农红军已改为八路军,在兰州设有办事处,地址在南滩街54号,朱良才同志在那里接应你们"字样的条子让王定国他们带到乡下去散发。许多失散的红军战士对照条子上的地址找到了办事处,回到了八路军的队伍。张掖福音堂医院先后直接收容了200多名红军官兵。这些营救活动引起了韩起功的仇视。1938年2月2日(农历正月初四),韩起功将高金城秘密杀害。

当时有大批的西路军官兵被马步芳关押在西宁、凉州(武威)等地。兰州八办想尽办法营救这些官兵,先后有近4000人被成批营救回延安。

1937年5月张文彬到兰州后,即奉周恩来之命想办法联络和营救西路军被俘失散将士。他与国民党甘肃省主席贺耀祖、警察局长马志超、驻军长官见面协调,争取到兰州东郊拱星墩"感化总队"看望西路军被俘将士的机会。"感化总队"关押着西路军被俘将士1300多人,并建有中共地下党支部。张文彬代表中央公开看望他们,秘密指示他们采取合法斗争,争取在党的营救下回延安。按照张文彬的指示,地下党支部改变了原来的暴动计划,决定采取逃跑的方式回到延安。当这批被俘红军被押往西安、郑州等地补充国民党军队，途经平凉西四十里铺时，地下党组织以零星逃跑和晚上集体逃跑相结合的方式，在援西军的策应下，使1000名左右官兵成功回到红军队伍。剩下的300余人到达西安后，也在西安八路军办事处的营救下回到了自己的队伍。

张文彬还到西宁活动，经过做国民党高级将领赵守钰的工作，秘密探望了"新剧团"的西路军女俘，约见了装成伙夫化名苟秀英的原西路军政治部组织部长张琴秋，指示他们采取合法斗争，注意斗争策略，及时制止了西路军女俘们准备在演出时炸死马步芳的冒险计划。1937年8月，张琴秋、陶万荣、吴仲廉等经兰州被秘密押解南京，途经平凉时，张琴秋通过在街上遇到的援西军红军战士，给中央报信，请求营救。中央获悉情报后，由周恩来与国民党南京方面谈判，最终使得张琴秋、陶万荣、吴仲廉三人获释。

1937年4月，骑五师将500名左右被俘红军送交兰州97师，编入8个连队。10月，97师开赴郑州补充陈诚部第十五军，兰州八办积极做工作，当途经平凉、永寿时，一些红军官兵千方百计逃回镇原、义原等地的八路军部队。

1937年10月，马步芳将被俘的1500名西路军战士编成"新兵团"，准备交给驻河南的第二战区卫立煌部队。部队途经兰州时，谢觉哉获悉情报，马上与甘肃省政府主席贺耀祖交涉，要求把这些红军战士移交给八路军，但遭到拒绝。部队继续向陕西方向开拔，谢觉哉立即将情况告诉八路军驻西安办事处的林伯渠，请求设法营救。后经周恩来亲自过问交涉，迫使国民党当局把这些红军官兵交还给八路军。

1938年5月，青海新二军补充团被俘红军近2000人准备由第八战区补充到第一战区的部队。当补充团到达兰州时，谢觉哉一方面把青海补充团的情况报告党中央，一方面向朱绍良交涉，要求把这些红军官兵移交八路军。经过与国民党当局多次交涉，青海补充团由八路军驻三原留守处周必泉负责接收，编到八路军各部队。

针对有些西路军战士流落兰州街头，以打工、讨饭为生，兰州八办将他们收容起来，先后共收容了 200 多人。

兰州八办营救被俘的西路军官兵，在 1938 年上半年前成就还比较大。后来，因为国民党方面反共情绪渐浓，营救越来越难。还有一个原因，就是当时甘肃方面征兵都是靠买，地方官兵还从中赚取差价。国民党甘肃地方政府官员与当地军阀勾结，用西路军被俘官兵充当壮丁，可以从中谋取私利。

据统计，经兰州八办营救收容的西路军被俘失散官兵达 4500 多人。

1943 年 10 月 22 日，中共中央决定八路军驻甘办事处与在西安的驻陕办事处合并，11 月 8 日驻甘办事处撤销，全部人员撤回延安。从 1937 年 8 月 25 日成立到最后与八路军驻陕办事处合并，八路军驻甘办事处总共存在了六年零三个月。

[1] 中共甘肃省委党史资料征集研究委员会：《甘肃党史资料》第 2 辑，甘肃人民出版社 1985 年版，第 61 页。

[2]《甘肃的抗日救亡运动——甘肃省纪念中国抗日战争胜利 70 周年》，新华网甘肃频道 http://www.gs.xinhuanet.com/zhuanti/2015/krzz70/jwyd.htm。

[3] 中共甘肃省委党史研究室：《甘肃省抗日战争时期人口伤亡和财产损失》，中共党史出版社 2014 年版，第 337—338 页。

［4］中共甘肃省委党史研究室:《甘肃省抗日战争时期人口伤亡和财产损失》,中共党史出版社,2014 年版,第 17 页。

［5］朱永光:《八路军兰州办事处营救西路军》,《兰州党史》2007 年第 2 期,第 18 页。

［6］中国人民解放军历史资料丛书编审委员会:《八路军新四军驻各地办事机构》(1),军事科学出版社 2009 年版,第 11 页。

［7］中国人民解放军历史资料丛书编审委员会:《八路军新四军驻各地办事机构》(2),军事科学出版社 2009 年版,第 398—400 页。

第二十章
联通延安与
莫斯科的路

　　西北国际大通道的开通,客观上为中共中央与共产国际和苏共建立直接联系提供了极为有利的条件。中共中央借助西北国际大通道,获得了苏联援助的一些军火武器和战略物资,比较方便地与莫斯科进行人员往来,及时交流情报信息,形成了一条与共产国际和苏联联系的"红色交通线"。

西北国际大通道,也是中共在抗战期间取得苏联物资援助、情报交流和人员往来的国际通道,是中国共产党加强与共产国际和苏联联系的一条"红色交通线"。

延安与莫斯科联系的恢复

在西北国际大通道开通之前,中国共产党一直没有公开的通道与苏联及共产国际联系,主要是通过秘密渠道进行。情报信息用地下电台沟通或人力捎送,人员往来主要是绕行、偷越国境、使用假护照以旅行名义通过。如1928年在苏联召开中国共产党的六大,代表们有的由外蒙古、满洲里陆路偷越国境进入,有的由广州、上海绕道日本或欧洲,经海路进入苏联,危险性既大,又不方便。至于物资援助,除了给钱,其他的物资就很难了。但即使这种联系,也不能保证不间断。从1934年到1936年,有一年多的时间,中共中央与共产国际就没有直接的电台联系。

1933年,中共中央从上海迁往中央苏区,由于没有大功率电台,只能通过上海中央局的电台与共产国际保持联络。此时上海仍然设有临时中央机构,与莫斯科的联系是通过设在上海的秘密电台进行的。1934年10月,上海警察局和上海法租界警察根据情报突然搜查法租界麦其路麦其里34号,将设在这里的上海中央局财务部门彻底破坏,并顺藤摸瓜,突袭设在公共租界华盛路同乐坊122号的中共秘密无线电台,搜出一台型号为X210的短波无线通信电台,和一台型号为RCA212的短波无线通信电台,及一批中国共产党的文件。经过对抓获人员审讯后得到的信息,又连续搜索了公共租界欧家路存德坊52号,搜出型号为RCA212的短波无线通信电台。RCA212电台通信范围广,可以直接和莫斯科通信。警察同时搜出短波无线收信器、变压器、GR波段选择器等电台附属配件器具。这样,秘密电台的负责人和译报员均被捕,电台被抄走,从此,中共中央和莫斯科就失去了电台联系。

长征途中,中共中央多次想办法与莫斯科恢复联络。1935年6月16日,一、四方面军在四川懋功会师后,中共中央政治局在两河口召开政治局会议,决定采取北上方针,在川陕甘边区建立根据地,然后执行共产国际在长征前的指示,向宁夏发展,打通与苏联的联系通道,接受苏联的援助。

就在中共中央努力恢复与莫斯科联系的同时,共产国际与中共驻共产国际代表团也在努力寻找中共中央和中央红军。1935年11月,共产国际派中共驻共产国际代表团成员、中华全国总工会驻赤色职工国际代表张浩(林育英)化装成商人,经西伯利亚、外蒙古到达陕北瓦窑堡,找到了同共产国际失去电讯联系的中共中央,及时地传达了共产国际七大和中共代表团关于建立抗日民族统一战线的精神。接着,阎红彦又从共产国际回到了陕北。1936 年春天,刘长胜经过一年的长途跋涉,历经危险,从莫斯科为中共中央带回了共产国际的电讯密码。这样,一度中断的中共中央与莫斯科的联系终于又恢复了。但是人员和物资的往来依然非常困难。此时的中国共产党和中国红军正处在困难境地,亟须得到苏联的援助。于是,中共中央才进行了东征西征作战,特别是派出西路军进行打通国际交通线的努力,但最后却悲壮失败,全军覆没,只剩下 430 多人被中共中央代表陈云、滕代远带领的代表团接到了新疆迪化。

在中国共产党、中国国民党和全国各族人民的共同努力下,中苏两国达成了《互不侵犯条约》,确定开通西北国际大通道。而随着第二次国共合作的实现和抗日民族统一战线的建立,中国共产党和中国红军也第一次在中国取得了合法地位,得以通过合法的渠道与苏联进行联系。这样,西北国际大通道就架起了延安与莫斯科之间人员、信息和物资交往的桥梁。

就在中苏两国为凿通西北国际大通道这一战争生命线而奋战的同时,中国共产党也在为架设延安通往莫斯科的桥梁而努力。中共中央驻地在延安,有通往西安的公路,国际大通道上的西兰公路长武段就在陕甘宁边区境内,公路交通顺畅。党中央和红军还扩建了延安机场。延安机场始建于 1936 年 1 月,由张学良的东北军和杨虎城的 17 路军在延安城区东关修建,西安事变后与延安城一道被红军接管。抗战期间,中共中央与国民党统治区和苏联的联系密切,为了加强与外部的空中交通联系,1938 年和 1944 年 8 月,中共中央和陕甘宁边区政府组织边区群众对机场进行了两次维修。战时延安的物资器材非常缺乏,技术力量薄弱,没有工程机械,修建工程主要依靠人力完成。毛泽东、朱德等党政军各级干部都带头参加修建机场的劳动。延安机场是中国共产党整修、使用和管理的第一个红色机场,经过维修,方便了延安同外界的空中联系。

同时,中共中央和八路军还分别在西安、兰州、迪化设立了经国民政府同意的具有合法地位的八路军办事处。这三个办事处,既是与国民政府联系、开展统一战线工作的办事机构,也是延安与莫斯科人员、情报和物资往来的中转站。苏联还在延安派驻有联络小组。有了公路、机场,设立了办事机构后,延安与莫斯科间的往来就方便多了。

莫斯科对延安的经费物资支援

现在有人说,抗战时期,苏联援华物资基本上都补充给了国民党军队,中国共产党的军队却没有得到多少。有材料说,延安只得到了120挺机关枪和6门反坦克小炮,再就是一些药物和医疗设备,还有一些政治读物。故有"武器给了资产阶级,书籍给了无产阶级"的说法。之所以出现这种情况,是有客观原因的。

在当时中苏建交的国际背景和国共两党戒心深厚的国内环境下,苏联如果要援助共产党军队,必须取得蒋介石的同意,否则就会被指责为干涉中国内政。苏联出于国际关系的一般准则和对蒋介石政府的考虑,不得不控制与延安的往来。实际上,苏联对中国共产党及其领导的军队提供援助一事,早在抗战前就已经有意向,苏联政治局还为此召开过会议。斯大林和共产国际对中国红军的现代化装备非常关心。1935年11月,林育英回国时,斯大林曾表示,如果中国红军能够控制新疆和甘肃河西一带地区,苏联将予以必要的军火供应,并协助训练工作,使之成为一支劲旅。[1]中共中央派遣西路军西征的一个重要考虑就是要打通与苏联的交通线,以便获得苏联的援助。1936年冬,陈云、滕代远离开莫斯科赴新疆迎接西路军时,苏联也答应援助西路军坦克、大炮。陈云回忆当他们到达边境线时,还见到过这些军火物资。滕代远回忆,"但后来西路军只剩下 400 余人,苏联给那么多武器装备不好要了"。[2]

就在杨杰赴苏洽谈军事援助的时候,苏联就在谈判中特地商定,武器援助的四分之一至五分之一应由南京政府分给共产党军队,[3]但蒋介石对苏联援助延安持坚决反对的态度。1937 年 12 月初,苏联政府由伏罗希洛夫出面向中国代表团团长杨杰表示,拟给八路军野战炮 24 门、防战车炮(即反坦克炮)20 门、机关枪 60 挺、战车 15 辆、飞机 10 架,如果蒋介石同意,即可赠予。杨杰将这一情况向蒋介石电报请求后,遭到蒋介石的断然拒绝。直至 1938 年 9 月,蒋介石还惦记着此事,命杨杰再调查一下此事。杨杰向蒋介石复电说:"苏联供给八路军军火事,探询并非事实。去年 12 月职江电报告中有苏政府拟赠给八路军武器,嘱职向钧座请示,嗣因未奉钧旨,苏方迄今亦未再谈此事。至伯力有该路东北义勇军办事处,已电驻该处之总领事馆密查,据查无从查悉。"[4] 1939 年夏,苏联又一次向国民政府提出这个问题。9 月 3 日,蒋介石给正在莫斯科的孙科发电:"如再有人提议以俄货直接由俄接济共党之说,请兄严词拒绝,切勿赞同。以军事胜败全在统一,不能受外国直接接济,否则抗战不唯无益,而且国家必亡也。请兄特别注意。"[5]

蒋介石方面对防备苏联私下援助延安采取了系列措施。据时任兰州行营主任的朱绍良介绍,"根据两国协定,苏联只同意把武器运到兰州为止,只有第一次因前方急需,是请苏联运至西安去,当时苏联运输队负责人还不敢做主,经向莫斯科请示后,才答应送到西安。从兰州到西安的一段路,沿途没有苏联设的停车场修理站,过兰州由中国负责,有宪兵护送押运,每辆汽车上有宪兵两名,并有宪兵军官带领,在这种情况下,运往延安去是不可能的事。"[6]

苏联援华的车队之所以到后来只允许到哈密，而不准进入甘肃，也是因为国民政府担心苏联车队会为中共输送物资。本来，苏联援华车队直接把物资输送到兰州，并运回中国偿还之货物，这对中方来讲是最经济的，但蒋介石政府拒绝了这一做法。1942年10月16日，苏联驻华大使潘友新对蒋介石说："苏联政府深知贵国西北运输困难，故曾提议请允苏联货物径自运至兰州，然后再从兰州改装贵国货物运回苏联，此事一年以来，迭与孔副院长、翁部长接洽，迄未成功。"蒋介石回答说："倘今后能获贵国接济大批车辆与汽油，则运输力量加强，即可将所订货物迅速运交贵国，此点甚盼贵国能尽量协助。至于物资方面，凡敝国可以济助友邦者，决不吝惜，愿尽量接济贵国。"[7]蒋介石不希望因此给苏联留下援助延安的可能性。另外，国民党特务人员对驻兰州的苏联人员监视也非常严密，防止苏方人员与中共私下联系，为延安提供援助。

尽管在中苏已签订《互不侵犯条约》的大背景下，由于蒋介石的坚决反对，苏联也不可能公开地对中国共产党提供援助，而且蒋介石采取了严密的防范措施，但苏联还是利用西北国际大通道为中国共产党和八路军提供了最大努力的援助。这些援助包括军火、医疗、文化用品、通信设备等物资及资金，而且从抗战爆发一直持续到抗战结束。

因为当时这些援助都是秘密进行的，至今中苏两国的学者都没有提出这方面的准确数字。但通过一些当事人的回忆和往来文件中，也可以搜集到一些这方面的数据。时任苏联军事总顾问的切列潘诺夫也认为"这条运输线的最后一段距中国共产党人控制的地区较近，因而，中国共产党人首先深受其惠"。[8]

为了避开蒋介石的阻止，苏联援助延安的物资，多以新疆各族人民捐献抗日物品的名义进行输送，武器装备要混在服装、药品、医疗设备中秘密运送。曾任八路军驻甘办事处处长的伍修权回忆说：

> 兰州办事处还有一项很繁重的任务，就是接收并转运来自苏联和新疆的各种物资。当时苏共曾经支援我们一部分物资和军事装备，还运来一部分马列主义的中文书籍。这些物资通常是用汽车从苏联经新疆长途运来，有时只经过兰州，仍由原车运出兰州送到解放区，我们办事处只需派人押运和领路就行了。新疆人民和爱国人士曾经支援了三万件老羊皮大衣给边区和八路军，用骆驼队长途运送到兰州，我们设法先后雇了一百多辆板车，才将这批皮衣转运出去。所有运送物资的车辆都由兰州至西安的公路开出。因为兰西公路有一段正好通过陕甘宁边区所管的长武县境，这些车辆开到那里时，就将物资卸下交给驻守在当地的八路军部队，再由他们经庆阳送到延安。兰州办事处除了每次都派人护送和押运，还要事先为他们联系好，以便物资送到时有人接运。处里的同志每逢来了物资，总是全体动员参加装卸、清点和收存。这项工作十分劳累费神，但是大家干得都十分起劲，感到自己也在为抗战前线直接贡献力量。[9]

一位苏联汽车驾驶员回忆了他为延安运输物资的经过：

> 1939 年或者是 1940 年，我已记不大清楚了，我们接受了运送武器到内蒙古的任务。这些武器是送给中国红军的，有机关枪、步枪、子弹、手榴弹以及飞机油。在玉门的一个地方，在没有地图和指南针的情况下，汽车拐了一个弯，指挥员领着我向东走，我们是碰运气走的，这样做过去是禁止的，但当时也再无其他办法。当然遇到了不少困难，因为没有翻译，我们不懂中国人的话，他们也没有人懂俄语。我们在艰难的环境

中前进。卡车打滑，小石子一个劲地往玻璃上打，有时车又陷入沙土中，只有寻找梭梭垫路，才能救出汽车。晚上，地上发现很多蝎子、避日虫，白天还会看到大的穿山甲。一天，我们走到了一个不知名的村落，大家高兴极了，情绪也马上提高了，看见了中国兵，原来他们是被派来接我们的。他们把我们领到一个部队驻地，在那里我们卸下货，然后我们被请进一间小房子，有一位看来是一个大官的人接待了我们，他同我们拉手，请我们吃了大米抓饭，当然，还是使用的筷子。吃饭之间，他温和地与我们交谈，我们给他讲了不识路和路难行的种种困难，返回时，他给我们派了一个向导，所以，回程路上我们少受了很多苦。[10]

苏德战争爆发后，日本在中国东北地区的关东军增加至 20 个师团，总兵力超过了 70 万，并且进行针对苏联的代号为"关东演"的大规模实战军事演习，苏军面临日德东西两线夹击的危险。针对可能发生的日本攻击苏联远东地区的情况，斯大林及苏联政府多次致电中共中央和毛泽东，要求调动八路军部分主力到长城一线牵制日军。但因为考虑到中国共产党的敌后抗战面临巨大压力，日本对我进行"扫荡"，蒋介石发起反共高潮，八路军没有空中掩护，武器装备落后，无法同日军进行大会战，日本甚至在靠近苏联的长城内外，制造了东西长 700 里、南北宽 80 里的无人区，八路军无法完成这一任务，被中共中央和毛泽东委婉回绝了。

1941 年 7 月 2 日，毛泽东给华北前线的八路军副总司令彭德怀发电："日苏战争极有可能爆发"，"我军须准备配合苏军作战，目前做此准备，以待时机成熟，即可行动"。"此种配合，是战略的配合，是长期的配合，不是战役的配合与一时的配合，请在此基点上考虑一切问题！"7 月 15 日，毛泽东在致重庆的周恩来的电报中指出:"自苏德战争起,我们即刻加紧侦察和准备破坏交通,借以牵制敌人,我们决心在现在条件下以最大可能帮助苏联红军的胜利。"但同时,毛泽东根据敌我力量的悬殊差距,强调"假若日本进攻苏联时,我们在军事上的配合作用恐不很大;假如不顾一切牺牲来动作,有使我们被打坍,不能长期坚持根据地的可能,这不管在哪一方面都是不利的"。[11]毛泽东在电文中让周恩来把他的意见告诉苏联驻华使馆武官崔可夫将军,并请转告斯大林。

1942年秋,苏联投入250万兵力,准备在斯大林格勒(今伏尔加格勒)与德军进行具有转折意义的决战。为了防止日军从东线策应德军,斯大林又三次致电中共中央和毛泽东,希望出兵策应苏军的行动。在第一封电报中,斯大林要求抽调八路军一两个师的兵力到内蒙古和外蒙古边境地区,接受苏联方面提供的新式武器。毛泽东回电说:"武器,我们自然是需要的,但调一两个师的兵力通过蒙古草原到边境去接受武器却是不可想象的。敌人有空军,而我们没有。在我们的部队未到达目的地之前,就会被敌机消灭掉。这个方案恐怕难以实现。"过了一段时间,斯大林又一次来电问,中共方面是否可以派出较小型的游击队到满蒙交界的地区轮番接受较小批量的武器,以加强抗敌力量。这个方案也被毛泽东否定了。从1942年11月起,苏联红军开始对斯大林格勒的德军发起反攻,至1943年初完成对德军33万人的全部包围,决战即将开始。这时,斯大林再次致电毛泽东,建议调若干师团部署在长城内外一线,虽不是为了进行大战役,但也能牵制日军力量,或增加它的后顾之忧。经研究,中央调罗瑞卿、杨成武、吕正操等部部署到长城内外一线,牵制日军。

苏联援助延安的物资,一部分是专门送来的,一部分是中共中央高级干部回延安时捎带的。

　　据新疆督办公署档案记载,苏联支援中共军事装备经督办公署登记的有:1937 年 12 月 21 日,有苏俄军车 5 辆,载纸张、白糖、步枪 15 箱、子弹 31 箱,交八路军办事处收转;1938 年 2 月 16 日,有军车 16 辆,全系步枪、轻机关枪、炮弹、手榴弹等,另有通信器材 1 车,押车武装士兵 21 人至迪化折回;1938 年 5 月 30 日,苏俄军车 25 辆,载武器弹药、货物、食品等交八路军办事处转。[12]

　　据谢觉哉、滕代远回忆,1937 年冬,新疆省政府支援八路军羊皮大衣 5 万件、汽车 10 辆、高射机关枪 12 挺、子弹 12 万发。其中,车辆及武器弹药应是以新疆省政府名义转赠的苏联产品。11 月 12 日,皮衣 3600 件、汽车 10 辆启运。12 月,滕代远携带高射机枪 4 挺、子弹 2 万发、医药 800 斤,共 12 车,返延安。1938 年 1 月,高自立携带皮衣、军火 10 车,通过兰州办事处的协助,运往边区。

　　苏联还直接为延安提供了资金援助。1937 年 11 月,王明回国时带回 3 万美元。1938 年 2 月,经斯大林批准,援助 50 万美元用于购买武器弹药。1938 年 4 月 28 日,中共收到这笔款中的 30 万元。毛泽东亲自签写手条:"从米哈伊洛夫处收到 30 万美元。"1938 年 7 月,王稼祥从苏联回国时,带来了 3 万美元。苏联驻迪化总领事馆调派了 3 辆卡车,满载着援助延安的枪械、美钞、书籍、文件,并派出一班苏联士兵,配备两挺机枪护送,取道兰州前往延安。1940 年斯大林应周恩来和共产国际总书记季米特洛夫要求同意提供 30 万美元。1941 年 6 月苏德战争发生后,斯大林再次

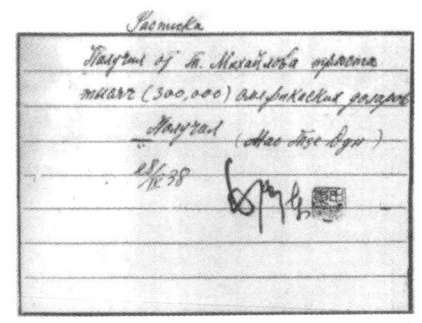

毛泽东的签名收据:"从米哈伊洛夫处收到 30 万美元。"

批准提供 100 万美元的援助。

由于档案资料的缺乏,我们现在很难统计出抗战期间苏联和共产国际向中共提供了多少资金援助。有专家考证认为,目前有资料证明中共收到的资金援助至少为 131.3123 万美元,有俄罗斯学者认为抗战期间中共收到 385.2394 万美元。这些资金援助,对中共坚持抗战起到了重要作用。我们把 1937—1940 年苏联的资金援助与陕甘宁边区每年岁入(即全年收入)进行比较,可以发现,苏联资金援助的数额是巨大的,1937 年的苏联资金援助是边区全部岁入的 5.2 倍(为了比较方便,统计时加上了 1937 年上半年苏联援助中共的 80 万美元),1940 年的苏联资金援助是边区全部岁入的 1.5 倍。[13]

新疆人民也为八路军抗战进行捐款和援助。1937 年 11 月,王明路过迪化回延安时,盛世才给王明 1 万美金帮助八路军抗日;1938 年 1 月,邓发将新疆人民捐献的 200 万两(新疆币)款项,从苏联购买 500 瓶鹿茸精和一批电讯器材沿西北国际交通线运往延安;1939 年,陈潭秋用新疆筹集的防毒捐款从苏联购回印刷《新华日报》急需用的新闻纸 10 吨运回延安。

这些武器和物资在中国抗日战争中发挥了十分重要的作用。

马家军对于通过西北国际大通道运往陕北援助中国共产党的物资,也采取了暂时容忍的态度。这对于刚刚还与红军西路军进行激烈作战且损伤严重的马家军来说,也是不容易的。根据当年受共产国际和中国共产党委派在河西走廊一带和马家军内部从事地下工作的同志回忆,通过西北国际大通道运往延安的一些重要物资,马步青基本上都是掌握的,但他也容忍了。

延安与莫斯科之间的人员往来

除了提供物资援助外,西北国际大通道还为延安与莫斯科之间的人员往来提供了最大方便。

中国共产党的高级领导人、留学人员、烈士子女、到苏联接洽工作或者就医的党政干部,再也不用绕道冒险来往于延安和莫斯科之间了,可以直接换乘飞机和汽车,比较方便地往返于莫斯科与延安。时任中共中央驻甘肃代表谢觉哉在日记中记录,抗战初期,甘新线上人员往来频繁,从 1937 年 11 月 27 日到 1938 年 8 月 18 日,经过兰州办事处往返苏联的人员就有 12 批,130 多人。

据不完全统计,从 1937 年到 1942 年,中共领导人和重要干部周恩来、邓发、王稼祥、任弼时、陈云、滕代远、李立三、蔡畅、邓颖超、陈昌浩、吴玉章、陈潭秋、王明、康生、林彪、高自立、曾山,以及越南胡志明、日本冈野进等国际友人都通过大通道往来于莫斯科和延安之间,协调中共与苏共、中共与共产国际之间的关系,以帮助中央制定正确的战略方针和政策。这些领导人和重要干部途经八路军办事处时都要停留一下,听取汇报,指导工作,把党的政策方针和要求传达给当地工作的人员,与国民党和民主进步人士会面,做好统战工作,进一步巩固了大通道。

1937 年 11 月 14 日,王明、康生自莫斯科回国,在迪化与盛世才会面。后与在新疆工作的陈云会合,一起于 11 月 29 日到达延安。王明是 1931 年 10 月 18 日离开上海去莫斯科的,担任中共驻共产国际代表团的团长。康生比王明晚一些时候到达苏联,担任中共驻共产国际代表团的副团长。陈云是在 1935 年 1 月遵义会议之后,奉中央之命前往莫斯科向共产国际汇报工作的,并于 1937 年 5 月作为中共中央代表到新疆迎接西路军总支队。王明、陈云等乘机抵达延安时,中共中央领导人毛泽东、张闻天、周恩来、朱德等亲自到延安机场迎接。因为苏联空军的飞机在中国境内的飞行活动,只能由中国政府调遣,苏联方面秘密安排了一架军用运输机送他们回去,顺便搭载一批送给延安的武器和药品等物资。

1939年7月10日,周恩来在骑马到中央党校做报告时因马匹受惊摔伤右臂,导致肌肉萎缩,中央决定送周恩来到苏联治疗。8月27日,蒋介石派他的专机到延安护送周到兰州,同行者还有邓颖超、陈昌浩、李德及陈昌浩的儿子陈祖涛、高岗的儿子高毅、陈伯达的儿子陈小达、烈士孙炳文的女儿孙维世等。经停兰州、迪化时,周恩来利用有限的时间,带伤接见八路军办事处人员和在新疆、甘肃工作的中共干部,鼓励他们做好党的统一战线工作;又与甘肃、新疆的国民党军政要员会见,宣传中共的抗日民族统一战线政策。次年3月,周恩来从苏联返回延安,同行者有邓颖超、蔡畅、陈郁(身份是副官)、师哲(身份是秘书)、任弼时及夫人陈琮英、日共领导人野坂参三(即冈野进,化名林哲,伪装的身份是参谋)、印尼的阿里阿罕(化名王大才,伪装的身份是卫士)。随行携带有共产国际资助的一些美金和电台、小型电影放映机等器材,还有文件。在通过霍尔果斯海关边防检查时,周恩来让大家把携带的文件、信件、电报密码、钱集中起来,统一放到他的皮箱里。周恩来是国民政府军事委员会政治部中将副主任,过境时享有中苏两国的外交豁免权,不受检查。经停迪化和兰州时,周恩来又分别会见盛世才、朱绍良等甘、新首脑。周恩来一路收留来延安的人员,离开西安时,已形成了一个车队,除了大轿车外,还有四辆大卡车。[14]

一批中国共产党的干部、干部子女和烈士子女、伤病员,经西北国际大通道去苏联学习、治病,然后再经大通道返回。如:1937年底,贺子珍与其他中共中央安排去苏联治病的人员一起,经八路军驻陕办事处,乘汽车到兰州、迪化,再从迪化乘飞机去苏联治病和学习,于1938年10月到达莫斯科。1938年3月,蔡畅去苏联治病,携带着郭亮烈士的儿子郭志成、张太雷烈士的儿子张芝明、蔡和森烈士的女儿蔡转,他们乘大卡车从延安到西安,又乘苏联运送武器的军车经兰州到迪化,然后会同另外一批赴苏人员:李富春和蔡畅的女儿李特特、贺龙的前妻蹇先任、林彪的妻子张梅及女儿林小林等,分两批到达苏联。1940 年 1 月,苏联派出一架轰炸机在延安接运毛泽东的女儿李敏、朱德的女儿朱敏、罗亦农烈士的儿子罗西北、王若飞烈士的儿子王小飞去苏联学习。飞机在兰州机场停留时,为了不让国民党军队发现飞机上的孩子,苏联军官别洛夫上校将他们藏到机舱中,晚上分别给孩子们裹上毛毯,像拿铺盖卷一样一个个地把他们送到停在附近的另一架客机上过夜。第二天起飞前,又将他们藏到行李舱中躲过国民党军队的检查,历经艰险,终于于 2 月 23 日到达莫斯科。经西北国际大通道往来莫斯科和延安的中共人员还有:1937 年,冯铉、滕代远、段子俊、李春田、刘仁、许光达、邓发等从苏联回国;1938 年,王弼、吉合、常乾坤等回国;1939 年,陈潭秋、朱德海、萧三、韩光、曾赤、林娜等回国;1940 年张子意回国;杨至成、刘鹤孔、刘亚楼、李天佑、钟赤兵、谭家述,卢冬生等通过西北国际大通道去苏联学习,等等。

由于受到蒋介石国民党的严格限制,途经大通道往来莫斯科的人员经常会受到国民党军队的盘查。为接那些从苏联回来的同志,办事处想尽了各种办法。曾任八路军驻甘肃办事处处长的伍修权回忆:

> 通常是由苏联方面将这些同志经迪化用飞机或汽车送到兰州,先隐蔽在苏联驻兰州代表团住处,与我们办事处取得联系后,约定好时间,由他们用汽车将人送到办事处大门口。然后这些同志迅速下车跑进办事处,这就到了"解放区"了。我们马上把他们安置下来,然后给他们发八路军的军衣和符号,还给每人起一个假名字。根据各人的年龄和身份,每人安上

个适当的军衔和官职,最小的给个少尉,也有中尉、上尉,最高是少校,因为我自己当时挂的是个上校军衔。这样他们每个人对外就有个合法身份了。有的同志如朱德海是朝鲜族人,汉语说不好,就给他比较高的军衔,再配个副官给他,同外人接触时,就由副官同人家周旋应付,免得他露馅。还有的同志由苏联代表团同我们约定后,由他们用车将人送到郊外马路上,我和一个通信员在指定地点等着。他们下车后,悄悄跟着我们走,互相好像不认识,跟到办事处门口,再一下闪进去,以后就换装。冯铉等同志就是这样进来的。[15]

1939 年 12 月,中共中央根据新疆形势的发展变化,决定将"新兵营"大部分官兵 300 余名集体调回延安,并要求沿途要做到万无一失。西路军总支队指战员集体返回延安时,路经河西走廊,如何避免与有着血海深仇的马家军碰面、再次发生冲突,并安全返回延安,这是中央关心的事。中共中央驻新疆代表陈潭秋想出了一个办法,那就是将"新兵营"与苏联援华的一个车队混编在一起。为保证途中安全,又将"新兵营"装甲车队 40 多人组成武装护卫排,配备了 4 挺机枪、30 多支步枪、4000 多发子弹。陈潭秋还要求盛世才派出一个参议带几个人同行,以便沿途与驻军交涉。同时任命了车队的领导机构:车队队长曾玉良,政委喻新华,其他领导成员邹开盛、郑治章、王世仁等。对外联络由朱光出面。车队在行驶途中,白天用红绿旗联系,晚上用灯光。1940 年 1 月 11 日,"新兵营" 329 名官兵乘坐 40 多辆车启程回延安。

同行的苏联运输车队有 50 辆卡车,拆开了的坦克架在卡车上。苏联车队由一校级军官指挥,每辆车上都有苏联红军战士警卫,还配有一挺机枪,他们的任务是将这批物资运往重庆。因为有与盛世才的统战关系,车队在新疆境内一路顺利,很快进入甘肃。[16]

　　车队在进入河西走廊山丹城时发生了一件意外。这里是马步芳所属韩起功部队驻扎的地方,当年西路军在这里与马家军激战,有不少被俘的西路军战士被编入马家军。就在1月18日车队到达南关兵站、人员下车进兵站的时候,突然站在大门处的一兵站工作人员认出了队伍里他的老排长。尽管陈潭秋在出发前早就意识到了这个问题,教育大家一旦遇到被马家军里人员认出的情况,一定不要紧张,假装不认识。但这一情况还是引起了马家军的警惕,增加了兵站警卫人员,形势一下子紧张了起来,车队负责对外联络的朱光和盛世才派出的参议连忙出面跟马家军协调,说明这是盛世才"新兵营"的官兵,经蒋委员长批准,去前线抗战。苏联车队指挥官也上前交涉,要求马家军将人员撤走,苏联车队上的战士还把机枪架了起来,这才解围,安全离开了山丹城。之后,每到宿营地,苏联指挥官都派出苏军哨兵为"新兵营"警戒。

　　在兰州,"新兵营"车队与苏联车队分开了,苏联车队继续前往重庆,而"新兵营"车队由于国民党军队的故意刁难,不给汽油,因而滞留了下来。这时,八路军驻甘肃办事处一面从城里收购了大量的大饼等熟食送给官兵充饥,一面协调交涉,两天后车队才得以继续前进。一路上又先后在平凉、咸阳、洛川南等地遇到了国民党的拦截、刁难。特别是在洛川南50公里处,国民党军队的一个团挡住去路,强令西路军总支队人员停车,并架起了机枪。车队一边与其进行交涉,一边做好突围准备,最后国民党军队才放行。1940年2月7日,车队经过一路惊险,安全到达延安,除携带的随身自卫武器外,还为延安带回了机枪4挺、子弹43万发。延安人民敲锣打鼓热烈迎接九死一生的西路军将士,举行了欢迎大会,毛泽东还亲切地接见了官兵们,西路军总支队的官兵们不禁激动得热泪盈眶,不停地呼喊"感谢党!""感谢人民!"

延安与莫斯科间的情报往来

随着延安与莫斯科联系的恢复和人员往来越来越密切,情报信息的沟通就更加方便了。在延安与莫斯科之间除了通过公开的交通线传递情报信息外,还有三条情报线。

一是大通道上的秘密交通线,称"第三国际路线",任务是沟通中共中央与苏共中央的联系,传递文件、交换情报和资料。从延安经庆阳、固原、靖远、兰州到河西地区,接新疆到苏联的地下交通线。1939 年 11 月,中共甘肃省工作委员会决定开辟延安—兰州—河西地下交通线(第三国际路线一部分),郑重远负责兰州站(兰州至庆阳线),乔映怀负责靖远站,与固原站接头。[17] 延安、兰州和迪化是这条地下交通线上的三大中心站。在兰州和迪化中心站上有苏联内务部门和苏联军方的情报人员,中共中央确定的方针是掩护、协助苏方工作。八路军驻新疆办事处、驻甘肃办事处都与苏方情报机构建立了密切的关系。

据八路军驻甘肃办事处处长伍修权回忆:

与苏联驻兰州的外交代表处和军事代表处联系,通过他们沟通我党与苏共的关系,传递党的文件、情报和资料,负责来往于中苏之间人员的接待和各种物资的转运工作,也是我们办事处特别是我的主要工作任务之一。当时苏联与我国(也是我党与苏共)联系的一条主要交通线,是由苏联的阿拉木图,经我国新疆的迪化到达兰州。来去苏联的人员都得在兰州停留,再转乘苏联飞机和汽车分别出国或回内地。根据苏联政府与国民党政府的协议,苏联负有物质援助中国抗战的义务,大量援华物资就在兰州集中后再转运到各地。因此当时的兰州,是一处重要的国际联络站、接待站和转运站。在政治上、军事上都有重要地位。苏方经常同我们打交道的是军事代表阿基莫夫中将。他算得上一个"中国通"，早在20年代我国大革命时，他就曾来华当过冯玉祥的军事顾问。副代表是弗拉季米洛夫，他实际上主要搞情报工作。以后他又作为塔斯社驻华记者(实际是共产国际的联络员)来到延安，还起了个中国名字叫孙平，与一个中国女同志结了婚。我们同他们可以进行公开接触、直接联系和办理各项事务。由于八路军办事处也是兰州军政各界的一个重要单位，苏联代表处举办的各种友好活动特别是重大节日的招待宴会，照例要请我们同各界的头面人物一起去参加。由于我们办事处没有电台，我们还曾利用他们的电台与我党中央联系，苏联代表处的萨夫隆诺夫秘书也经常到我们办事处来。我们还曾将地下党员任震英同志的爱人侯竹友同志安排到苏联代表处任中文教员，以便在必要时作些联系和传递信件材料等工作。我自己还曾帮助他们翻译过一些资料。鉴于当时我党与苏共及共产国际的关系，我们曾遵照中央的指示，向苏联代表处提供过一些情报。[18]

第二条情报线是中共中央与共产国际的电台联系。1936年，虽然中共中央与共产国际恢复了电讯联系，但由于电台功率小，设备差，通讯不畅时有发生。1940年，周恩来、任弼时回国时，从莫斯科带回了共产国际机要处的两套电报密码及电台。中共中央用这部电台和密码建立了与共产国际(代号"远方")的联系。电台设在延安小砭沟，靠近中央警卫团的驻地，对外称"农村工作部"，简称"农委"。农村工作部部长吴德峰、副部长帅孟奇，受中共中央秘书长任弼时直接领导。1940年11月，农委正式开始工作，电台经多次试验，效果良好，通讯准确无误。万万火急电、极端绝密电由任

弭时亲自翻译、处理。只有毛泽东一人有权使用农委电台。师哲
(任弼时的政治秘书)曾回忆:

> 当毛主席确知通讯联络工作已经可靠地建立起来后,他
> 就开始写较长、较具体、较详细的情报了。有的电报长达数千
> 字,甚至万余字。每当这时,一份电报就要分若干次拍发。每
> 次,毛主席把电文送给任弼时,由他交我译出,然后我又同任
> 弼时一同校审,定稿后才发出,来电由我译出后,也是先送任
> 弼时,由他交主席处理。

> 往来的电讯,不但都由毛主席亲自处理,而且全存在他那
> 里,向谁传达或传阅,也由他决定。据我所知,这类文件一直
> 没有传达过(指作为文件传达),只是涉及重大问题时,由毛主
> 席在书记处或政治局会议上口头介绍一下。就是说,他认为
> 有必要时,才在上述两种会议上谈谈,否则作罢。

> 电讯的内容涉及的问题很多,范围很广。毛主席发的电
> 报百分之八九十是关于我党、我军和解放区的发展情况,以及
> 工农青妇等各方面的工作及统战工作,也就是向共产国际汇
> 报工作。有时介绍国内各民主党派及其活动、政治倾向与表
> 现;国民党内部情况、政治动态,主要是有关蒋介石及其政治
> 倾向,对内对外政策的变化,国民党内的派别斗争与政治主
> 张,以及他们同英、美等帝国主义的关系,同日本侵略者的关
> 系,国民党同日寇暗中勾结的情况。一般是先讲情况然后分
> 析,最后讲我们的对策和措施。关于各帝国主义,特别是日、
> 美帝国主义的活动情况,往往由中央情报部门提供给苏联情
> 报组使用,而不是由他亲自发电报。[19]

1941 年,中共中央开始整风运动,总结十年内战经验,清算王
明等机会主义和教条主义的错误。毛泽东将这些情况及时地通过

电台报告"远方"。但是共产国际看不懂这些报告,弄不清整风的真相,以为整风就是清党,甚至是搞派别斗争。他们提出国内要团结,同国民党和其他抗日力量要搞好关系,党内也要团结,不要搞任何斗争,要一致抗日。毛泽东就多次发电进行解释,还多次到苏联驻延安的情报组进行有关整风运动的介绍和解释,努力取得他们的理解。

1943 年 5 月,共产国际宣布解散,电台工作就结束了,资料交由中央机要局管理。

第三条情报线是通过苏联设在延安的军事情报组电台与苏共和斯大林直接联系。共产国际存在期间,苏共一般不直接同中共发生联系,中共同莫斯科的联系主要是与共产国际联系。当时,中苏两国建立有正式的外交关系,而中国共产党与中国国民党的关系他们也是清楚的。

抗战期间,苏联向中国军队派出军事顾问,但蒋介石不允许苏联向共产党的军队派出军事顾问。于是,苏联就向延安派驻了一个军事情报组。1939 年,苏军情报组在延安独自开办了训练班,轮训年轻的情报人员,以便在北平、天津、太原、东北等地开展情报工作。这批青年都是经过中共中央推荐、审查,政治上可靠、文化程度较高、活动能力较强、办事精干的人选。这批人交给他们直接掌握和使用,我们既不插手,也不过问。但最后的结果是效果不好。1940 年冬,苏方为了加强在东方的情报工作,派基斯林科中将为首的各兵种混合情报组到延安来,打算在华北、东北活动,特别是在解放区边沿地带及各大城市建立情报网。毛泽东为他们设宴洗尘,建议两家合作,分享成果,合作的具体办法是由苏方出钱、出技术,中共方面出人出力。但毛泽东的这个建议遭到苏方的拒绝,苏军情报组坚持独立搜集情报。1941 年 2 月左右,基斯林科离开延安回国,只留下两三个人继续工作。

有意思的是,1950 年斯大林提出要和中国就情报工作进行合作。他提出的合作条件几乎与 1940 年毛泽东提出的一样,特别强调,情报材料归双方共同使用,技术和资金他们负责保证,当时毛泽东当即表示愿意合作。

1942 年 5 月 11 日,原在兰州、重庆活动的苏军情报部情报员彼得·巴菲诺维奇·弗拉基米罗夫乘一架 ТБ－3 飞机秘密来到延安。同机带来了大功率的电台、发电机和大量发电机用的汽油。弗拉基米罗夫的公开身份是塔斯社随军记者,实际上是苏军情报部人员,来领导苏军情报组的工作,中方给他起了一个中国名字——孙平。尽管苏方不同意共同开展情报业务,但经毛泽东批准,中共中央社会部、八路军总部、新华社、西北局、陕甘宁边区政府等还是坚持为其提供情报。这期间,中国共产党给苏军情报组提供了一些很有价值的情报。如:国民党同日本的勾结,日本军部同政界的冲突、日本海军同陆军的矛盾等。其中德国进攻苏联的准确时间也是由中共方面首先提供给苏联的,可惜的是没有引起他们的高度重视。1941 年 6 月,阎宝航从国民党某高级官员处得知,德国将于 6 月 21 日进攻苏联。这一重要情况经在重庆的周恩来于 6 月 16 日报告给中共中央。同时,中共中央又从香港得到了类似的情报,立即把这一重要情报告诉了在延安的苏军情报组,由他们向莫斯科汇报。苏联收到这个消息后,没有立即采取对策。他们

《苏德互不侵犯条约》签订现场

判断德国不会撕毁 1939 年签订的《苏德互不侵犯条约》，怀疑这是英美方面的挑拨。1941 年 6 月 22 日凌晨，德国发动了苏德战争，证明中共方面提供的情报是准确的。苏方以伏罗希洛夫元帅的名义致电朱德总司令表示对这次情报的感谢。

毛泽东与斯大林往来的电报都是由苏军情报组这个渠道传递的。前面提到斯大林希望八路军出兵长城接受苏联先进武器援助的数次电报都是通过孙平的苏军情报组电台传达的。毛泽东也经常与孙平谈话、交流思想，以便能通过孙平把中共的活动报告给斯大林，然后从孙平处了解斯大林的一些想法。

苏军驻延安情报组人员每隔两年轮换一次。但孙平却因为能够准确地传递毛泽东与斯大林的想法，而在延安待了 4 年，一直到 1945 年 11 月才回国休假。

蒋介石对延安与莫斯科的交往实施严格的控制，苏方情报人员进入延安必须得到蒋介石的批准才可以进入。1941 年 1 月 16 日，苏联军事总顾问崔可夫拜会蒋介石，其中有一件事就是协调苏联驻延安的记者进出延安："尚有一事须请示委员长者，即敝国新闻记者三人在延安工作已一年半，其中一人因病需用手术，拟与其余两人一同调回医治，另派记者三人、医生两人带行李、食物前赴延安，请允彼等搭乘渝兰线飞机及兰州至延安之汽车。"[20] 可见，蒋介石对中共和苏联交往的戒备之深。

正是西北国际大通道加强了莫斯科与延安的密切交往，为中共输送和培养干部提供了极大便利，壮大了革命力量。

---

[1] 张国焘:《我的回忆》(第 3 册)，现代史料编刊社 1981 年版，第 296 页。

[2]《滕代远同志谈赴新疆迎接西路军情况》(1959 年 7 月 15 日)，中共新疆区党校《教学参考资料》，1981 年第 8 期。

[3] [俄]乌索夫著，赖铭传译:《20 世纪 30 年代苏联情报机关在中国》，解放军出版社

2013 年版,第 211 页。

[4] 徐万民:《战争生命线——国际交通与八年抗战》,广西师范大学出版社 1995 年版,第 140 页。

[5]《中华民国重要史料初编——对日抗战时期:战时外交》(二),(台湾)中国国民党中央委员会党史委员会编印,第 427—428 页。

[6] 焦绩华:《抗战时期的中苏关系见闻》,《浙江文史资料选辑》第 70 辑《民国轶事撷拾》,浙江人民出版社 2002 年版,第 397 页。

[7] 李嘉谷:《中苏国家关系史资料汇编(1933—1945 年)》,社会科学文献出版社 1997 年版,第 261 页。

[8] [苏]切列潘诺夫:《中国国民革命军的北伐——一个驻华军事顾问的札记》,中国社会科学出版社 1981 年版,第 589 页。

[9] 伍修权:《回忆与怀念》,中共中央党校出版社 1991 年版,第 170—171 页。

[10] [苏]依·戈·明卡:《光荣的使命》,《盟国军援与新疆——新疆文史资料第 24 辑》,新疆人民出版社 1992 年版,第 159 页。

[11] 中共中央文献研究室、军事科学院:《毛泽东军事文集》第 2 卷,中央文献出版社 1993 年版,第 650、651 页。

[12] 张大军:《新疆风暴七十年》(第 7 卷),台湾兰溪出版社 1980 年版,第 3999—4000 页。

[13] 孙艳玲:《抗战期间苏联向中共提供资金援助问题初探(1937.7—1942)》,《抗日战争研究》2011 年第 4 期。

[14] 薛衔天、金东吉:《民国时期中苏关系史(1917—1949)》(中),中共党史出版社,第 126 页。

[15] 伍修权:《回忆与怀念》,中共中央党校出版社 1991 年版,第 169—170 页。

[16] 空军党史资料征集委员会:《天山风云录》,人民出版社 1986 年版,第 54 页。

[17] 中国人民政治协商会议兰州市委员会文史资料研究委员会:《兰州文史资料选辑》第 4 辑《兰州百年大事记专辑》,甘肃人民出版社 1986 年版,第 138 页。

[18] 伍修权:《回忆与怀念》,中共中央党校出版社 1991 年版,第 167—168 页。

[19] 师哲:《在历史巨人身边——师哲回忆录》,中央文献出版社 1991 年版,第 203—204 页。

[20] 中共中央党史研究室第一研究部:《共产国际、联共(布)、中国革命文献资料选辑(1938—1943)》,中共党史出版社 2012 年版,第 748 页。

第二十一章
红星照耀西北

　　盛世才为了巩固自己在新疆的统治地位，曾对苏联和中国共产党表现出极度的友好，请求苏联和中共派出大批干部支援新疆。一大批中共干部活跃在天山南北，教育宣传群众，开展抗日救亡运动，发起新疆新文化运动，帮助新疆的经济社会建设。这段时期的新疆经济社会发展被称为新疆历史上的"小阳春"。

抗日战争时期,在民族危亡之际,在抗日民族统一战线的政策指引下,在中国共产党的推动下,新疆出现了一个有钱出钱、有力出力、有枪出枪、有知识出知识的团结战斗的局面,新疆各族人民响亮地喊出"抗战一日不停,吾人的募捐活动一日不止"的口号,抗战热情空前高涨。

开展抗日救亡运动

新疆抗日民族统一战线建立后,中共派代表常驻新疆,并应盛世才邀请,从延安及来往于延安和莫斯科之间的干部中选派了一批党员干部来新疆工作,并从"新兵营"抽调一批干部参加政府和军队的工作。这些共产党员分布于盛世才政权组织的各个机构中,深入群众,发动群众,出版刊物,举办训练班,发展教育和文化事业,推动新疆经济文化建设,宣传马列主义和党的抗日方针政策,在新疆形成了轰轰烈烈的抗日救亡局面,为新疆的进步,保证国际交通线的畅通,发挥大后方的作用做出了积极贡献。

在这种特殊形势下,新疆各地成立了各种类型的抗日救亡组织和团体,其中新疆民众反帝联合会的影响最为广泛。新疆民众反帝联合会(简称反帝会)是盛世才执掌新疆大权之初,于1934年8月1日在迪化成立的,盛世才亲自担任会长。1938年1月,中共党员黄民孚(黄火青)被分派到新疆反帝会担任秘书长,他对反帝会进行了改组,大多数部长职务改由中共党员担任,反帝会成了中共在新疆的抗日民族统一战线的政治团体。1939年9月,对《新疆民众反帝联合会章程》进行了第二次修改,章程由6章30条组成,其宗旨除保留了反帝和保持新疆永久为中国领土两项外,又增加了:"在国际方面要巩固以苏联为中心的反法西斯之和平阵线,要反对新帝国主义战争以维持世界和平。在国内方面要拥护抗战,发展抗战,坚持抗战到底。"[1]从章程的修改可以看出中国共产党在当时新疆特定的环境中,从事抗日和建设新疆的决心。另外,黄火青还认为,"反帝会是新疆民众自动的群众性的政治团体,但新疆没有党的组织,为了使全省各种民众团体活动有一致目的,所以它对于其他群众团体具有政治指导和帮助的责任",它"包括有各族各界的先进分子,有一定的政治路线",它的总任务是"巩固全疆抗日民族统一战线,坚决争取抗战最后胜利"。[2]在黄火青的直接领导下,反帝会在全疆各地发展会员,增设分会,举办各种培训班培训骨干,组织迅速发展壮大。到1939年底,反帝总会共有27个区会,118个分会,33个直属分会,24个直属小组,会员达10000人以上。

反帝会还在新疆成立了各种群众组织,如工人联合会、学生联合会、工商联合会、各族文化促进会、中苏文化协会、妇女协会、抗日救国后援会（后并入反帝会）等。这些群众组织通电全国："新疆虽僻处边陲，抗日救国尤为吾人之素志，枕戈待旦，誓与国人共同奋斗。"[3] 在中国共产党的推动下，他们不仅在政治舆论上支援抗战，而且广泛发动群众，多次组织抗日募捐活动，从物质上为抗战胜利做贡献。

1939 年 8 月，新疆各民族捐款购买 10 架飞机支援抗战。
图为在四川成都举行的捐献飞机命名典礼。

从 1938 年开始，反帝会等群众性组织把抗日捐献作为经常性的活动。新疆抗日募捐活动不仅持续时间长，从最早的 1936 年冬为绥远抗战将士募捐寒衣开始，到 1943 年的"文化劳军"募捐活动，几乎与 8 年抗战相伴始终，而且范围广，全疆各地区、各阶层、各民族的人民群众都发动了起来。反帝会组织各区会、分会、直属学生会大张旗鼓地宣传抗日募捐。在"一切为着抗日的胜利"的口号感召下，新疆各族人民开展了广泛而热烈的抗日爱国捐献活动。迪化裕丰隆商号连续 3 天拍卖货物，收入全部捐作抗日经费；一位泥水匠请人在捐献信中写道："爱国有心，捐款无力，仅将今天给人下苦力所得省票 3500 两，留 500 两买两个馍充饥，其余如数捐献。"据统计，从 1937 年 9 月至 1938 年 9 月一年内，全疆各族群众共捐款 24 亿 1075 万两（新疆币，合大洋 60 余万元）。反帝会用这笔捐款购买了 10 架战斗机，命名为"新疆号"，于 1939 年 8 月 24 日将飞机送往抗日前线，参加了武汉保卫战。

1937 年 10 月，反帝会决定开展为抗日前线募集寒衣活动，并成立了募寒衣委员会。各区分会、社会团体如妇女协会、商会、各族文化促进会也成立了募集寒衣委员会，并组织宣传队深入各地宣传。新疆各族人民响应号召，征募棉背心 400 万件、旧衣服 500 万件给前线士兵和后方难民御寒之用，并向重庆抗敌后援会汇去募寒衣款 23000 元。因成绩优异，获重庆政府来电传谕奖励。而从 1939 年到 1942 年，每年平均又有 20 万元法币的寒衣款汇往前方。[4] 1941 年 9 月至 10 月，反帝会发起募集寒衣运动，伊犁地区募捐皮袄 8 万余件，皮制马鞍子一万余副，均被送往延安。1943 年，新疆又开展了一县一机募捐活动，到 1944 年 8 月，共捐献飞机 144 架，超过原计划 64 架的一倍多。1944 年，新疆还征献军马一万余匹。

1938 年 11 月 19 日，反帝总会成立了"抗日救国献金运动委员会"，发起全疆三日献金运动。在迪化组织的献金运动中，专门设

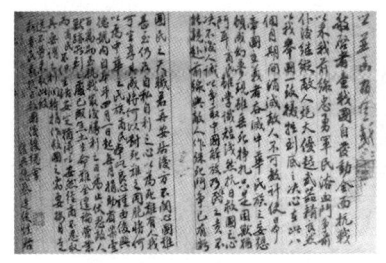

1938 年 3 月 15 日，迪化市俊兴德商号蔡连俊致信新疆民众抗日救国后援总会，表示："从本年 4 月 1 日起，每月捐助省票 100 万两，至抗战最后胜利为止。"

1939 年 3 月 23 日，新疆和阗区慰劳红军会给行政长的报告。

置了献金台,两边悬大字标语:"集中个人的财力,驱逐日本强盗出中国!""有钱出钱,有力出力,大家联合起来把日本强盗赶出中国去!"场面非常火爆。从各机关团体到边远的农村牧区,各族各界人民群众纷纷把自己的金银珠宝等积蓄献了出来。迪化一位78岁的老太太摘下自己唯一值钱的金耳环捐献;温宿县维吾尔族妇女阿提克汗捐出丈夫生前留下的27个金元宝;喀什一位贫苦寡妇把自己一穗一穗拣来的一袋小麦,送上献金台;一位孤儿把院方发给他的一套新棉衣包捆好交给抗日后援会转前方战士。温宿县西大庄维吾尔族农民巴海巴依,原准备携带路费2500两银圆赴土耳其朝觐,因途中患病返回。他在临终前嘱咐儿子沙海阿洪将准备朝觐的路费,一半捐助前方抗日将士,一半留作家用。巴海巴依病故后,他的儿子沙海阿洪就将这些钱送到了温宿县公安局。新疆维吾尔自治区档案馆里存放的1938年11月的一份电文中写道:"该沙海称,全国抗战,民很愿亲赴前方,共同杀敌救国,奈因交通不便,并家务关系,未得前往,故将所有一半自愿捐助省票七百八十万两,并天罡二百七十五两,以助前方多买几种枪弹,多杀几个敌人,好给我们中国报仇等语。沙海系山村农民,竟有此热烈捐助救国之表现,足引起广大民众爱国之心情。"[5]库尔勒贫民艾沙无钱捐助,情愿送子到抗日前线。1938年12月27日,新疆民众抗日救国后援总会就艾沙送子到抗日前线杀敌事给省政府呈文:"一和田贫民艾沙供称,欲为前防将士捐助银两或物品,因家贫无力,不能达到目的,愿将一十八岁之子于素甫捐送前防,以力抗战日寇,牺牲国家,以顺其愿。倘其子不忠实抗战,打倒日寇,即系不孝,如无该子,宁死不见子面。等情前来。据此,查该贫民捐子前防,誓灭日寇,足见热心国家,殊堪嘉尚。"[6]至1938年底,仅迪化地区就献金法币9.4万元,皮大衣20万件及许多其他物资。

新疆人民支援抗战的捐献活动一直持续到抗战胜利。1940 年 11 月 5 日,新疆焉耆区为和静县巴拉登大喇嘛等以庙产等捐助抗战事致督办公署的呈中记载:"窃据蒙文分会副委员长巴拉登、大喇嘛达木恰、老翁喇嘛盖日甫等联名呈称,窃查在冰雪中前防将士们为我们中华民族的独立生存和解放,和万恶的日本帝国主义作血战殊死的坚决斗争,用十二万分热诚去和日寇作战的英勇将士们确切可钦可佩。所以,我们后防民众有钱出钱,有力出力,在这个原则之下,和靖(静)县茶腾区旧库连自愿热心捐款,预备白银三千两,骟马一百匹,请和靖(静)县长转报督、省两署,迅予送到前防英勇将士们的(以)加强军需力量,把日寇赶出中国境外。"[7] 1942 年 11 月 20 日,一份《新疆汉族文化促进委员会就市民鲁秀贞的文化劳军运动捐款事致省政府的呈》中记载:"查市民鲁秀贞前夫郭福,山东人,曾与同乡王玉合资在本市经营商业,兹后郭福病故、鲁秀贞再醮徐姓,营业暂由王玉一人管理。现该王玉因年老请准回籍,按订定之契约折算本益。因该已故郭福别无亲属,该鲁秀贞于乡友共议,将所得本利五千零一十元报交职会代为保管,俟查明郭氏原籍有无继承亲属再行处理。王玉另外赠馈鲁秀贞洋五百元作酬金,该鲁秀贞拒不享受,愿将此项赠金捐作文化劳军用途,请由职会转送。查属出丁至诚。"[8] 在当时迪化市各单位及民众文化劳军捐款中,鲁秀贞捐的五百元是个人捐款额中最高的。1944 年 1 月 6 日,新疆绥来县为献机运动募捐经过及请嘉奖哈族孀妇嘉义克事致省政府的呈中记载:"宣传队在西山劝募时,有哈族孀妇嘉义克当场自动慨献重五十两元宝一颗,现存绥来银行保管。查该嘉义克系一经年深居山林之孀妇,犹能明了大义,解囊慨献,足证爱国不甘后人,实为一般妇女之楷模。"[9]

反帝会还在 1938 年冬发起写慰劳信的活动,数月内将 10 万封信发往前线,给前线喋血将士以精神上的鼓励。

1939年新疆发起防毒募捐活动。1939年4月19日,新疆省督办公署签发一份嘉奖,通令嘉奖塔城归化族医生格林根捐献牝牛支援抗战:"唯民并非资产阶层,素以医为生活,在每年过程中节得牝牛廿五头,谨献我政府,并请转送前方病院,聊表敬意。""查该医生并非富有,前曾以药资数十万两捐助救国,此次又捐助大批牛只作前防医院医药之费。似此深明大义,实属难能可贵。"[10]至1939年7月,募集现金7万余元。据1940年反帝总会的统计,自1937年9月至1940年5月,全疆各族人民共捐款折合现大洋322万余元。

在新疆的中国共产党人以《反帝战线》为阵地,宣传革命理论和抗日主张。

新疆各族人民在献金、募集寒衣、文化劳军、鞋袜劳军、认购同盟胜利公债、一县一机、献马等募捐活动中,凝聚了新疆人民团结抗战的决心,形成了万众一心、同仇敌忾、共御外寇的磅礴力量。

反帝会创办了《反帝战线》《新疆青年》等杂志,翻印出版了毛泽东的著作《论持久战》《新民主主义论》等。同时,还指导其他群众团体创刊《新疆文艺》《时代画报》《新疆妇女》等刊物。这些书刊,对于传播马克思主义,宣传抗日民族统一战线政策,促进新疆各族人民政治思想和文化水平的提高发挥了积极作用。

反帝会开展形式多样的抗日救国宣传活动,进行文艺抗战。通过小民校、夜校、识字班等形式,广泛开展扫除文盲运动;教广大群众唱抗日歌曲,利用节假日组织群众大会、群众晚会等各项文化活动,激发了新疆各族人民的爱国热情。《义勇军进行曲》《大刀进行曲》《五月的鲜花》等抗战歌曲响遍迪化整个城市。由学校学生演出的《死里求生》《一个受伤的游击队员》《塞外狂涛》等话剧,剧作家许库尔·亚力坤的《上海之夜》和黎·木塔力甫的《战女》等剧作,都在当时公演。新疆各文艺团体广泛开展支援抗战义演活动,把演出收入捐献给前线。如,泽普县捐款 3.07 万元,额敏县 1900元,焉耆县 1 万元,尉犁县 16425 元,库车县和新和县合计 3600 元等。艺术家康巴尔汗、"达瓦孜"演员司迪克·阿西木祖孙等许多艺人都自发组织了抗战募捐义演活动。阿西木将 1937 至 1942 年间的演出收入,除留下一点生活费外,其余的全部捐献给前线。

　　那段时间, 新疆各地特别是一些大些的城市到处可见飘扬着的红色旗帜和悬挂着的斯大林、盛世才画像, 报纸上是宣传团结抗日和马克思主义的激昂文字, 一场场关于反对日本侵略、颂扬革命的演讲报告会在各地举行, 一幕幕宣传革命的话剧、晚会在各地演出, 一首首红色歌曲回响在城市的大街小巷, 一批批群众聚集在一起参加革命活动。新疆人民群众的抗日救亡活动搞得深入人心。

　　1941 年 1 月,国民党反动派发动皖南事变。新疆支持八路军、新四军,谴责国民党反动派的倒行逆施。1 月底,盛世才给斯大林、莫洛托夫、伏罗希洛大发电报,阐述他对皖南事变的看法:现苏联正经过新疆大批运输重要军需品,如国共有大规模冲突,深恐蒋利用苏联援助打日本的武器成为打中国红军的武器,并建议:一、如果已判明蒋确有继续进攻新四军、八路军的计划时,是否应该设法减少重要军需品的运输。二、如果尚未判明确蒋对中国红军的计划与企图时,可以迟缓这种军需品的运输,即变大量为小量的运输。三、建议的原因是因为蒋介石如果有消灭中国最革命、对抗战最有力的新四军八路军的计划与决心,无疑的,蒋与国民党就是走向反动,蒋有对日妥协的危险。[11]

随着国内外形势的变化,盛世才于 1942 年 7 月开始走向反苏反共的道路,反帝会的爱国进步活动也被迫停止。

新疆新文化运动的蓬勃发展

1919 年五四运动爆发前后,在中国发生了影响深远的新文化运动。然而,由于新疆偏远的地理位置和新疆地方军阀杨增新推行的愚民政策,严禁进步书刊和进步人士进入新疆,所以新文化运动并未能影响到这片土地。新疆需要一次新文化运动的补课。

中国共产党与盛世才形成的统一战线,为新疆新文化运动提供了机遇。"新疆王"盛世才为了骗取苏联和中共的信任与支持,巩固其在新疆的统治地位,表现出一副政治上积极进步的面孔,不仅允许并提倡研究马列主义、新哲学、社会科学等,而且自己也经常颂扬延安,颂扬毛泽东,声称他在政治问题上以两个中心的态度为标准,国际问题看莫斯科,国内问题看延安。在他的书房里,也摆上了马恩列斯的书籍,并申请加入联共(布),成了一名苏联共产党员。他还邀请中共中央派出干部帮助建设新疆,邀请内地的进步民主人士至新疆进行文化宣传和教育工作,同意把自己的小妹妹盛世同嫁给苏共派到新疆的共产党员俞秀松。俞秀松与盛世同结婚时,他送去满满两箱马恩列斯精装著作和其他革命书籍作为礼物。

国内一些进步人士受中国共产党

俞秀松和盛世同结婚一周年,用斯大林赠送的相机拍了这张合照。

的影响和新疆"六大政策"的吸引,纷纷来到新疆施展自己的政治抱负。1937年10月,杜重远第一次来到新疆。杜是盛世才的东北同乡和老同学,在新疆期间受到了盛的殷勤接待,并看到了新疆人民的抗战热情,这与国统区的悲观情绪形成了鲜明的对比。回到内地后,他把到新疆的沿途见闻和在新疆收集的丰富材料写成《到新疆去》的长文发表,并于1938年4月以《盛世才与新新疆》书名出版,邹韬奋为该书写了《序言》,称新疆是"中国民族复兴的一个重要根据地"。这本书在内地产生了很大影响,许多进步青年纷纷要求到新疆去。1938年6月20日,杜重远第二次来到新疆。这次新疆行又一次给杜重远留下了深刻的印象。他看到在迪化市有个文化书店,专售内地新文化及抗战的书报,不但每到一批书报时大家竞相争购,立即倾销一空,甚至还有人将款项预先存交书店,现款订购。整个新疆充满着朝气蓬勃的景象。受新疆抗战政策的影响,1938年9月,杜重远第三次来到新疆,参加了新疆第三次全民代表大会。这一次,他接受盛世才的邀请,担任了新疆学院院长。为解决缺少书籍的问题,他回到内地购买了三卡车书带到新疆,这些书籍中有不少是张仲实、艾思奇、沈志远等人的著作和译著,还有许多宣传抗日的小册子,他自豪地称之为"文化列车"。在他的影响下,新闻界著名人士、原《立报》经理萨空了担任了《新疆日报》副社长。1939年3月,应杜重远邀请,文学家沈雁冰、学者张仲实、沈志远、涂治、史枚、高滔等来到新疆学院任教。1939年8月,文艺工作者赵丹、徐韬、王为一、朱今明、叶露茜、俞佩珊、陈瑛、陈婉芬、易烈等也来到迪化。中国共产党人和民主进步人士利用盛世才允许并提倡研究马列主义、新哲学、社会科学的机会,在新疆大力宣传马列主义和进步文化,新疆成为先进文化和文化战士荟萃的地方,形成了声势浩大的新疆新文化运动。[12]

　　这批文化人士来到新疆后,积极开展演讲、出版、讲学活动。沈雁冰、张仲实等一边在新疆学院讲学,一边积极为反帝会会刊《反帝战线》撰稿,发表了一系列介绍国内抗战形势的文章。在新疆学院,可以公开讲授新哲学、唯物史观、政治经济学、社会主义与社会运动、中国革命史、世界革命史、社会发展史等课程,直接向广大师生灌输马列主义的基本原理。书店可以公开出售《资本论》《社会主义从空想到科学的发展》《列宁选集》《论反对派》等中文版的马恩列斯著作和毛泽东、朱德、洛甫等中国共产党领导人的著作。1941 年销于新疆的中文版《联共(布)党史简明教程》与《列宁主义问题》有万余本。[13]盛世才反共后,1943 年 3 月阿克苏行政长公署根据盛世才的指令,仅从乌什县抄出的马列和毛泽东著作就有 543 本。[14]当时乌什县商业分会存的马列主义和其他革命书籍就有《列宁主义问题》4 册,《联共(布)党史简明教程》3 册,《苏联民主》2 册,《民族问题》3 册,《列宁选集》16 册,《斯大林传略》4 册,《政治常识》1 册,《论苏联保卫祖国的伟大战争》2 册,《论苏联对外政策》1 册,《思想方法论》2 册,《政治经济学论丛》3 册,《苏联一九四零年经济计划》1 册,《苏联红军是怎样组成的》1 册,《从旧世界到新世界的外蒙》2 册,《新民主主义论》3 册,《新哲学读本》7 册,《社会科学基础教程》4 册,《在苏共十八次大会上的演说》1 册,《德国的革命与反革命》1 册,《什么是人民之友以及他们如何攻击社会民主党人》1 册,《论列宁》1 册,《二十年的苏联》2 册,《费尔巴哈论》2 册,《论苏联宪法草案》2 册,《十月革命共产党策略》1 册,《马克思主义与民族问题》2 册,《列宁主义基础》1 册,《辩证唯物论与历史唯物论》1 册,《论新阶段》1 册,《论持久战》2 册,共计 30 种 75 册。在这么一个僻远小县城的商会里,竟有这样多的马列和毛泽东著作及革命读物,可见当时马克思主义在新疆传播之广。[15]

在文化宣传方面,中国共产党人掌握了《新疆日报》和反帝会刊物《反帝战线》的领导权,利用这些报刊进行抗日和革命宣传,转载毛泽东、朱德的论著,及时报道八路军、新四军的抗战功绩,报道苏联和世界反法西斯阵营的消息,很好地引导了新疆的舆论。在当时,虽然全国抗日民族统一战线没有提出共同的政治纲领和固定的组织形式,但在新疆,盛世才却在苏联帮助下提出了"反帝、亲苏、民平、清廉、和平、建设"的"六大政策",成为新疆抗日民族统一战线的共同纲领。[16]陈云指出,我党在新疆建立的是特殊的统一战线,"六大政策"与我们党最低纲领是一致的,我们帮助盛世才推行"六大政策",也就是贯彻我党的最低纲领。[17]

特别是在新疆日报社,一批共产党员和民主人士发挥着骨干作用。据统计,抗战时期在新疆日报社工作的中共党员有9人:副社长汪小川(化名汪啸春),编辑长李宗林(化名李啸平),制版科长王宪唐(化名王苇,后调任校对员、文艺版编辑),国内版编辑王谟(化名王谟行,曾任喀什分社社长),国际版编辑李何(原名洪履和,笔名小黎),文艺版编辑马殊(原名邝宗球,曾任和田分社社长),编辑陈清源(化名陈浩然,后调任阿克苏分社、喀什分社社长),编辑郭春则(化名郭慎先,后调任校对科长),文艺版编辑白大方(化名刘伯玶)。而社长则为先期从苏联过来的联共党员王宝乾(即赵实)。这些同志在进入新疆日报社前后,陈云、邓发和周恩来同志曾先后同他们谈话,嘱咐他们要贯彻执行党的抗日民族统一战线政策,帮助盛世才推行"六大政策",团结各族人民以及一切进步力量,把报纸办成党在新疆地区的一个新闻阵地。当年在新疆日报社工作的中共党员建立了秘密党小组,接受中央驻新疆代表的领导,报纸的许多重要社论、文章、消息,发表前都经中共驻新疆代表审阅、修改的。这时的《新疆日报》,名义上是省、督两署的机关报,实际上已经成为群众性组织反帝会的机关报，甚至被称为"新华日报姐妹版"。

《新疆日报》在宣传全民族团结抗日救国、宣传马克思主义、宣传苏联、宣传新思想新文化方面发挥了重要作用。报纸先后刊登了毛泽东的《论持久战》《关于目前国际形势与中国抗战的谈话》《新民主主义论》、朱德的《八路军抗战一周年》等重要文章和讲话，以大量版面揭露了日本帝国主义的侵略罪行，报道了全国军民特别是八路军、新四军英勇杀敌的事迹。1940年秋，八路军在华北取得"百团大战"的胜利。9月5日，《新疆日报》发表社论指出："华北出击大捷，提高了抗日根据地与游击队的地位，在全国人民的面前显示出它的伟大力量和作用，从而获得全国人民更大的拥护和援助。"

对于不利于抗战，破坏抗日民族统一战线的言行，《新疆日报》及时进行深刻揭露。1941年1月，国民党顽固派制造了令人痛心的皖南事变，新四军主力在转移途中遭到国民党顽固派袭击，损失惨重。经中共中央驻新疆代表和八路军驻新疆办事处负责人陈潭秋做工作，《新疆日报》及时刊登了中共中央军委重新组建新四军军部的命令、中共中央发言人的谈话、苏联塔斯社关于皖南事变的消息，发表了新四军将领声讨亲日派的通电、朱彭叶项抗议皖南包围新四军的通电，以及由陈潭秋拟稿、盛世才签发的以新疆各界人民的名义谴责皖南事变、呼吁团结抗战的电文，后又发表长篇报道《新四军皖南部队惨被围歼真相》，正确引导舆论。青年版画家戴彭荫为《新疆日报》制作了一幅《消息传来》的版画，画中一群愤怒的青年手举《新疆日报》疾呼"声讨！声讨！声讨！"

新疆日报社1938年翻印毛泽东《论持久战》《论新阶段》各8000册，1940年翻印毛泽东《新民主主义论》2万册，1941年翻印洛甫主编的《中国近代革命运动史》2万册。新疆文化协会下设的编译部的一项重要工作就是翻译介绍马列主义著作,张仲实翻译了恩格斯的《家庭、私有制和国家的起源》、罗森达尔的《辩证认识论》等著作,并公开出版。[18]为了扩大党对新疆舆论宣传的影响,新疆日报社从1939年至1941年还举办了3期训练班,招收各族学员150人,接受政治理论和新闻业务培训,这些学员成了当时新疆新闻事业的一支生力军。在中国共产党人的努力下,《新疆日报》从宣传内容到版面形式焕然一新,受到各族读者的欢迎,发行量由原先的每期三五千份逐渐增加到2.1万余份(1942年上半年统计,包括汉、维吾尔、哈萨克、俄罗斯4种文版),其中有631份发行到内地20个省和国外13个地区。同时,中共还派出了一些党员去和田、喀什、阿克苏等地任地方报社社长和编辑,这些地方报纸成了当时共产党宣传先进思想的阵地。[19]

中共还在各族人民群众中广泛开展文艺活动,宣传抗日救国。大唱革命歌曲首先是从"新兵营"开始的。"新兵营"继承我军开展文化活动的传统,一边进行紧张的学习,一边利用业余时间排练节目、唱革命歌曲。盛世才经常到"新兵营"参加活动,看到这里的文化活动搞得红红火火,就邀请"新兵营"的文化教员到督办公署为政府官员和军队领导教唱革命歌曲,盛世才还带着家属亲自参加。一时间,新疆的学生、军人、工人等都在高唱抗日爱国歌曲。在迪化,《义勇军进行曲》《大刀进行曲》《我们在太行山上》《游击队之歌》《流亡三部曲》《国共合作歌》《黄河大合唱》等抗战歌声,响彻全城。1938年11月21日,杜重远在《新华日报》上说,抗战歌曲,几乎家喻户晓。维吾尔族、蒙古族,也都各有新制的抗战歌曲。在街头随时都可以看见抗战宣传队,用话剧这一艺术形式宣传抗日,进行爱国主义教育。1938年5月,从延安来的同志在迪化"新兵

维吾尔族舞蹈家康巴尔汗在街头进行抗日募捐义演

营"驻地演出了《放下你的鞭子》《警号》等宣传抗日的话剧,引起了极大的反响。随后,他们又演出了《无名英雄》《血祭九一八》等话剧,影响越来越大。接着,林基路、李云扬、朱旦华等中共党员组织新疆学院、省立一中、女子中学师生排练话剧。1938 年 10 月,新疆省第三次代表大会召开期间,反帝会组织新疆学院演出话剧《死里求生》、女中演出《一个受伤的游击队员》、省立一中演出《牺牲》、师范学校演出《塞外狂涛》,哈萨克文化促进会演出《黑眼睛》,受到与会代表的热烈欢迎和好评。1938 年 11 月,在反帝会领导下,迪化市学生联合会举办了一次戏剧比赛评奖大会,新疆学院演出的由林基路编导的话剧《呼号》,获大中学组第一名;省立一中演出的《我们打冲锋》,女中演出的《电线杆子》并列第二;师范学校演出的《民族公敌》获第三名。参加这次戏剧评奖委员会的有共产党人黄火青、汪啸春、李啸平、于村、林基路、李云扬、朱旦华等。《新疆日报》为此次比赛连续出了专刊,并邀请文化界知名人士杜重远、陈纪莹、萨空了等参加座谈讨论。通过这些活动和舆论宣传,话剧这一艺术形式从学校走向社会,逐渐为新疆人民所接受喜爱。每当新话剧公演时,市民便连夜排队购买戏票,踊跃观看,使旧戏院门庭冷落。[20] 进步电影工作者、电影演员赵丹、徐韬、朱今明、王为一等人到新疆后,推出了章珉的五幕话剧《战斗》。他们精湛的演出,轰动了迪化,上演 10 多天,场场爆满。1939 年 11 月,专业性的新疆文化协会实验剧团成立。在一年多时间里,上演了《战斗》《故乡》《新新疆万岁》《突击》(丁玲编剧)《前夜》(阳翰笙编剧)《古城的怒吼》等大型话剧;《小黑子》《两兄弟》《打日本》《血祭九一八》《顺民》《最后一计》《搜查》等独幕剧,把新疆的话剧活动推向高潮。迪化大中学校和机关成立的群众性业余话剧团的演出方兴未艾,同时

1939 年 9 月,著名演员赵丹在迪化演出抗战话剧《战斗》,鼓舞各族群众支援前线。

也带动了秦腔和新疆曲子的发展,并先后演出了富有时代精神的《郑成功抗日》《台儿庄》《抓汉奸》等新剧本。各少数民族的文化促进会也相继成立了本民族的演出队或剧团、歌舞团,排练了一批反映抗日和新文化的作品。这样,新疆人民在观看文艺节目中,就能受到抗日爱国教育和反帝反封建的新文化熏陶。[21]

共产党和进步人士支持下的新疆经济社会建设事业蓬勃发展

在盛世才"反帝、亲苏、民平(民族平等)、清廉、和平、建设"六大政策下,一大批苏联联共(布)党员、苏联专家、中共党员和民主进步人士进入新疆工作。他们做出的巨大奉献和卓有成效的工作,是抗日战争时期新疆经济社会建设事业取得明显成就和社会发展进步的决定性因素。这段时期的新疆经济社会发展被称为新疆历史上的"小阳春"。[22]

为援助、支持盛世才政权,苏联"提供了大量军事援助和经济援助。仅 1935 年 8 月,就一次性贷款 500 万金卢布。此外,斯大林还向新疆派遣政治、军事、财政等方面的顾问及专家 300 余人。"[23] 1935 年,俞秀松奉联共(布)中央和共产国际的指派,率领 20 余位

在苏联的中共党员前往新疆帮助盛世才搞建设。俞秀松到新疆后，先后出任、兼任新疆民众反帝联合会秘书长、新疆学院院长、省立第一中学校长、督办公署边防处副处长、航空学校政治教员、军官学校政治教员，后因任务太多兼顾不过来而拒任省教育厅厅长的委任。这些顾问、专家协助盛世才整编军队、设立政治保安机构、进行文化宣传出版工作、编制经济发展计划和财政预算、培训干部、指导经济建设，发挥了重大作用。

中国共产党的干部是 1937 年春批量进入新疆的，主要分三类。一类是从甘肃进入新疆的中国工农红军西路军左支队余部 400 余人。他们进入新疆后，名义上隶属盛世才的部队，对外称"新兵营"，实际上是中共驻新疆代表领导的。这些人在中共中央和驻新疆代表的安排下，分别进入盛世才的各种军事学校，学习特种技术。在盛世才邀请下，从中抽调部分人员进入新疆部队和政府团体工作。一类是从延安选调来的干部。还有一类是来往于延安和莫斯科之间的中共干部，到新疆时被留了下来。如，毛泽民先后出任新疆省财政厅副厅长、代厅长和民政厅厅长等职；林基路先后任新疆学院教务长、阿克苏专区教育局长、库车县县长、乌什县县长等职。

还有一大批爱国民主人士在中国共产党的抗日民族统一战线和盛世才"六大政策"影响下来到了新疆，参加新疆的经济建设和抗日救亡运动。

在经济建设方面，苏联为新疆提供了贷款，在苏联专家和中共党员干部的帮助下，新疆政府制订了第一、第二期三年建设计划（1936 年到 1939 年 6 月为新疆第一期三年建设计划时期，1939 年 7 月至 1942 年 6 月为新疆第二期三年建设计划时期。1942 年因盛世才反苏反共，第三期三年建设计划就中止了），改革整顿财政、金融和税收,增加了对农业、畜牧业、工矿、交通运输业的投资,使得新疆经济在全国经济因日本侵略而受到严重影响的情况下反而逆势发展。如,毛泽民担任财政厅厅长后,大刀阔斧地进行财政金融体制改革和税收整顿,落实新疆两期三年建设规划;改变混乱的财政局面,实行财政预决算制度,各单位本月的预决算不报清楚,下个月银行就不拨款;整顿税收,建立健全全疆税务机构和税务工作制度,统一税率,废除苛捐杂税和不合理的人民负担,加强税收工作,要求各地税收机构与地方政府脱钩,由省财政厅任命各地财政税务局长,税收全部交银行,一律由省财政厅计划安排;创立财政监察委员会,负责全疆财政收支的检察工作;进行币制改革,将封建垄断的官办银行改组为官商合办的商业银行,废除旧省票,发行新的大洋卷(即新币),统一全疆货币。当时,盛世才为解决财政赤字,拼命印刷钞票,造成“银钞一把,换烟一包”的后果(曾一度出现办婚、丧事要用马车拉票子买东西的现象),造成了严重的通货膨胀。加上当时新疆货币又不统一,除有省银票外,喀什还流行喀票,市场上还存在清朝的银洋。到后来,市场上竟出现了以物易物的情况。[24]为了制止通货膨胀,稳定物价,繁荣市场,毛泽民请求中共中央向新疆税务机关派遣干部,整顿和加强了税收。发行国防建设公债,原计划按当时新疆人口数,每人1元发行建设公债400万元法币,实际发行了665万元,超额完成了任务。[25]毛泽民还提出开源节流的理财思想,通过大力扶助生产来发展经济,开辟税源。由于加大了对农畜业、工矿业和交通运输业的投资,新疆的经济状况不断好转。在农业方面,1938年到1942年,新疆省政府对农业贷款共计339.3万元、贷籽种共计27.734万石。另外还贷出了大批牛、马耕畜。结果,新疆耕地面积逐年增加,从1937年的527万多亩增加到1942年的958万亩。从苏联购入拖拉机、播种机、收割机等农用机械,设立了一些机械化农场和农业试验场。到1942 年,新疆拥有各种农用机械、新式农具达 10.5 万台(架),而当时新疆人口还不足 400 万,平均每 40 人拥有一台(架)。在畜牧业方面,从苏联等国引进优良品种的牛、马、羊等种畜,采用人工授精的方法改良畜种,发展兽医兽药,培养畜牧兽医人员。1942 年全省共有兽医院、所 58 个,有畜牧兽医技术人员 5000 余人,牲畜头数达1501 万多头。1942 年,全省出产各种毛类 2163 万多斤、各种皮张270 余万张至 350 多万张。毛泽民还注意加强人才培养,在迪化创办财政专修学校,兼任校长并亲自授课,为新疆培养出了几百名财政金融专门人才。

新疆在工矿交通运输业方面也取得了空前的发展。在苏联专家帮助下,建设了独山子油矿、阿山金矿。1942 年独山子油矿每日可生产原油 110 吨。在苏联的帮助下,动员全疆力量参与到开通西北国际大通道的会战中,又于 1939 年掀起修筑地方公路高潮,先后兴修了额敏—塔城、迪化—阿克苏—喀什等重要公路。1942年全省有公路 3423 公里、各种公路桥梁 2439 座;公私汽车 1100 多辆;有线电报几乎覆盖了各主要城市,还有无线电电台 23 座、电话500 余部。[26]

在文化教育和社会事业方面,中国共产党人在新疆做出的贡献更加突出。

当时中共中央派往新疆的 100 多名干部中,大多数被盛世才安排在政府部门、教育文化系统和社会团体工作,还有一批民主进步人士也进入到文化教育系统,这为开展新疆的文化教育和社会事业提供了条件。如,黄火青先后任新疆民众反帝联合会秘书长、审判委员会委员长、公安管理处职员训练班教员、阿克苏区代理行政长等职;张东月(化名张东岳)先后任哈密区教育科长、哈密汉文会委员长等职；林基路（化名林为梁）先后任新疆学院教务长、阿克苏区教育局局长、库车县县长、乌什县县长等职；朱家农（化名朱旦华）先后任迪化女子中学教导主任、省政府政务委员、新疆妇女协会宣传部部长，等等。

林基路担任新疆学院教务长后，参照中国人民抗日军政大学的办学方针，以"团结、紧张、质朴、活泼"为校训，倡导理论联系实际的工作和学习作风，积极宣传中国共产党的抗日主张和方针政策，宣传"抗日救国十大纲领"，带领学生走出课堂，走向社会，广泛开展抗日爱国宣传活动，号召师生以实际行动支援抗战，极大地提高了广大师生的政治觉悟，提高了人们的抗日救国热情。1942 年 9 月，林基路被捕，1943 年初入狱。在狱中，林基路坚贞不屈，建立党的秘密组织，同敌人进行坚决斗争，用香灰头写下了著名的《囚徒歌》，表达了他对革命的忠贞和坚定的信念：

　　我噙泪低吟民族的史册，

　　一朝朝，一代代，

　　但见忧国伤时之士，

　　赍志含忿赴刑场。

　　血口獠牙的豺狼，

　　总是跋扈嚣张。

　　哦！民族，苦难的亲娘！

　　为你那五千年的高龄，

　　已屈死了无数的英烈。

　　为你那亿万年的伟业，

　　还要捐弃多少忠良！

　　铜墙，困死了报国的壮志，

　　黑暗，吞噬着有为的躯体，

镣链,锁折了自由的双翅,

这森严的铁门,囚禁着多少国士!

豆其相煎,便宜了民族仇敌。

无穷的罪恶,终要叫种恶果者自食,

难闻的血腥,用噬血者的血去洗。

囚徒,新的囚徒,坚定信念,贞守立场!

砍头枪毙,告老还乡;

严刑拷打,便饭家常。

囚徒,新的囚徒,坚定信念,贞守立场!

掷我们的头颅,奠筑自由的金字塔,

洒我们的鲜血,染成红旗,万载飘扬!

1943年9月27日,林基路英勇就义,为中国人民和新疆各族人民的解放事业献出了自己宝贵的生命,年仅27岁。

在民政方面,废除了自清代延续下来的农官乡约、千百户长、锡伯营、察哈尔营及盟旗王府等制度,提出并一度实行民主选举村长、区长,建立县以下的区、村行政建制。

教育事业有了较快发展。在中国共产党人和进步文化人士的帮助下,新疆在教育事业上采取了一系列改革举措,健全各级教育管理机构,建立健全规章制度;增加教育经费支出并动员社会力量办学;加强教师队伍建设,编译出版各种教材;创办社会教育、职业教育、技术教育、孤贫教育,以及各种形式的训练班和讲习会,大力培养人才。毛泽民担任财政厅长时主持制定的《新疆二期三年财政计划》,对发展教育事业给予很大倾斜,教育经费在总预算中的比例,由1938年的4.5%上升到1941年的11.5%。1940—1942年三年实拨教育经费1226.8万元,比计划数多支32.3万元。[27]1938年全省共有学校1757所,在校学生136490人。到1942年,学校发展到 2463 所,在校学生总数达到 271100 人。其中公立学校由 357 所增加到 580 所,公立学校学生由 36575 人增加到 91065 人;大中学校 8 所,学生 3787 人,比 1937 年增长了 27.5%。迪化的女子中学(1917 年成立)学生人数达 120 多人,内设高小、初中、高中等层次学历教育和教师培训、缝纫、毛织等职业班。省立师范学院迅速扩大,为全疆培养了大批小学师资。新疆学院为新疆培养出一批进步的干部和文化教育工作者,其中包括后来新疆三区革命领导人之一的阿不都克里木·阿马索夫。新疆还向苏联大量选派留学生,学习政治法律、畜牧兽医、农林水利、机械采矿、财政经济等新疆急需的专业,回国后大多成为新疆各级政府部门和经济建设事业中的骨干。[28]

　　1941 年 6 月 22 日,苏德战争爆发,11 月德军迫近莫斯科。12 月太平洋战争爆发,美国、英国和中国向日本宣战,美国开始大规模援助国民党。中国国内的抗日战争进入最艰苦的阶段,而蒋介石却掀起反共高潮。盛世才判断苏联和共产党靠不住了,于是转而投靠蒋介石。1942 年 7 月,盛世才与蒋介石派来的第八战区司令长官朱绍良、行政院秘书长兼经济部长翁文灏、空军总指挥毛邦初等人在迪化谈判,达成了由蒋介石向新疆增派军队,在新疆成立国民党省党部、停止中共人员工作并集中软禁的六项协定。8 月 29 日,宋美龄亲飞新疆,代表蒋介石任命盛世才为新疆边防督办,同时兼任新疆省政府主席、国民党中央监察委员、国民党新疆省党部主任委员、十九集团军副司令、第八战区副司令长官等党政军 9 个要职,要求盛世才肃清新疆的共产党。盛世才彻底投向了蒋介石的怀抱。

　　根据新疆政治形势的变化,中共中央驻新疆代表陈潭秋加紧对中共在疆干部进行整风学习,要求大家做好应变准备,把立足点放在准备坐牢上,并建立了由他本人为主任,张子意、徐梦秋、方志纯、马明方、谢良、吕黎平为委员的总学习委员会和四个分干事会,为狱中斗争做好组织准备。1942 年 9 月,盛世才以开会为名,突然下令逮捕了共产党员陈潭秋、毛泽民、林基路等 131 人。10 月,盛世才向苏联当局递交备忘录,要求苏联政府在 3 个月内撤走包括军事人员在内的所有非外交人员(全部专家、顾问和驻军)。在蒋介石和盛世才的共同压力下,苏联在新疆飞机制造厂、独山子油矿、航空站、接待站等机构的人员,及驻哈密的红八团,都先后撤离新疆。1943 年年初,盛世才将软禁的陈潭秋、毛泽民、孟一鸣、潘同、刘希平、徐梦秋、林基路、马殊等人分别投入监狱。9 月,陈潭秋、毛泽民、林路基等人被秘密处决。盛世才为了扫清投靠蒋介石的障碍,不仅逮捕杀害了一批共产党员,还亲自策划杀害了自己的胞弟盛世骐。盛世骐是国民党陆军中将、机械化旅旅长,思想进步,为人坦诚,与在新疆的中国共产党人保持了良好关系。盛世才冀以这份血腥的“厚礼”取得蒋介石的信任。

接着盛世才加入国民党,取消“六大政策”,六星旗也改为了青天白日旗,先后被蒋介石政府授予一系列要职,继续维持着其“新疆王”的独裁统治。从此,新疆局势走向恶化。

苏联对盛的表现极不甘心,决定要对其进行打击报复。从 1943 年,苏联支持新疆的革命组织起来反对盛世才的统治。1943 年 6 月,阿山乌斯满起兵反抗盛世才,哈萨克牧民击败阿山守军,北疆起乱。同时,由于内地兵荒天灾,大量难民向新疆迁徙。蒋介石以平叛和运输灾民为名,不断向新疆调兵。这时,盛世才感觉到蒋介石要对他下手,同时发现苏联已经取得了对德作战的决定性胜利,于是决定再次投靠莫斯科。1944 年,他亲自发电给斯大林,表示要“悔过自新”,请求再次加入苏联共产党,并将新疆划为苏联的一个加盟共和国。斯大林拒绝了盛世才的请求,并将其电报转给蒋介石。蒋介石以此为由,要求盛世才离开新疆到重庆任农林部部长。1944 年 9 月 11 日,盛世才不得不离开他统治了 11 年零 5 个月的新疆,赴重庆就职,并从此淡出政治舞台。1970 年 7 月 13 日,盛世才在台北病死。

---

[1] 共青团新疆维吾尔自治区委员会、八路军驻新疆办事处纪念馆:《新疆民众反帝联合会资料汇编》,新疆青少年出版社 1986 年版,第 65 页。

[2] 新疆维吾尔自治区党史委员会:《新民主主义革命时期中国共产党在新疆斗争纪事(1933—1949)》,解放军出版社 1985 年版,第 21 页。

[3] 中共新疆维吾尔自治区委员会党史研究室:《中共新疆地方史(1937—1966)》,中央党史出版社 2011 年版,第 45 页。

[4] 朱杨桂:《新疆各族人民在抗日战争中的贡献》,《新疆大学学报》,1985 年第 3 期。

[5] 《看! 新疆儿子娃娃咋抗战》,天山网 http://www. ts. cn/homepage/content/2014—07/08/content_10032776. htm

[6] 新疆维吾尔自治区档案局、中国社会科学院史地研究中心、《新疆通史》编撰委员会:《抗日战争时期新疆各族民众抗日募捐档案史料》,新疆人民出版社 2008 年版,第 140 页。

[7] 新疆维吾尔自治区档案局、中国社会科学院史地研究中心、《新疆通史》编撰委员会:《抗日战争时期新疆各族民众抗日募捐档案史料》,新疆人民出版社 2008 年版,第 107 页。

[8] 新疆维吾尔自治区档案局、中国社会科学院史地研究中心、《新疆通史》编撰委员会:《抗日战争时期新疆各族民众抗日募捐档案史料》,新疆人民出版社 2008 年版,第 174 页。

[9] 许新江、孙新刚:《不能忘却的记忆:档案里的故事》,新疆人民出版社 2007 年版,第 75 页。

[10] 新疆维吾尔自治区档案局、中国社会科学院史地研究中心、《新疆通史》编撰委员会:《抗日战争时期新疆各族民众抗日募捐档案史料》,新疆人民出版社 2008 年

版,第98页。

[11] 朱培民:《抗日战争在新疆》,《抗日战争研究》1996年第4期,第159页。

[12] 王新和:《抗日战争时期中国共产党人与先进文化在新疆的传播》,《新疆党史》授权中国共产党新闻网2013.2.20发布。

[13] 朱培民:《二十世纪新疆史研究》,新疆人民出版社2000年版,第123页。

[14] 中共中央党史研究室、中央档案馆:《中共党史资料》第25辑,中共党史出版社1988年版,第276页。

[15] 朱培民:《二十世纪新疆史研究》,新疆人民出版社2000年版,第124页。

[16] 任俊宏:《论抗战时期的〈新疆日报〉》,《党史文苑》2010年第12期。

[17] 中共新疆维吾尔自治区委员会党史研究室:《抗战中的新疆》,新疆人民出版社1995年版,第23页。

[18] 朱培民:《二十世纪新疆史研究》,新疆人民出版社2000年版,第123页。

[19] 邵强、易谦:《抗日号角震西陲——缅怀抗战前期战斗在新疆日报社的共产党人》,《新疆日报》2005年9月9日。

[20] 朱培民:《二十世纪新疆史研究》,新疆人民出版社2000年版,第126页。

[21] 朱培民:《二十世纪新疆史研究》,新疆人民出版社2000年版,第127页。

[22] 杜雪巍:《抗战时期的新疆"小阳春"》,天山网2014年8月14日。

[23] 凤凰周刊文丛《机密档——被遮蔽的历史》,中国发展出版社,2011年版,第468页。

[24] 任俊宏:《抗战时期毛泽民在新疆财经战线上的贡献》,《党史文苑》2007年第22期。

[25] 新疆社会科学院历史研究所:《新疆简史》第3册,新疆人民出版社1980年版,第284、262—263页。

[26] 吴福环:《抗日战争时期新疆的经济建设和社会发展》,《齐齐哈尔师范学院学报(哲学社会科学版)》1995年第5期。

[27] 朱培民:《二十世纪新疆史研究》,新疆人民出版社2000年版,第132页。

[28] 吴福环:《抗日战争时期新疆的经济建设和社会发展》,《齐齐哈尔师范学院学报(哲学社会科学版)》1995年第5期。

后 记

西北国际大通道起始于中国共产党人的战略构想和尝试,作为抗日战争时期特殊的"丝绸之路",在苏联、中国国民党、中国共产党、西北地方势力和各族人民的努力下,为中国人民抗日战争的胜利,发挥了不可替代的作用。从1937年10月到1941年苏德战争爆发,在将近4年的时间里,成为中国人民抗击日本帝国主义、接受国际援助的最主要的"生命线""输血线"。这么一条为中国人民抗日战争做出突出贡献的战争生命线,多年来却没有引起人们的更多关注,其原因是多方面的。70多年过去了,世界形势依然动荡,日本军国主义的阴魂不散,大国仍在博弈,但今日之中国已经不再是当年那个受人欺凌的旧中国,她正满怀自信地走在民族复兴的征途中。当我们在为"一带一路"的战略布局而努力的时候,回首当年的西北国际大通道,感觉历史与现实突然靠近了。

由于当时苏联对华援助是秘密进行的,这不同于抗战后期美国对华进行的公开援助,所以留下来的资料有限,甚至当时就没有想留下来,当事人的回忆也因历史久远记忆不清而变得逐渐模糊,各方面的数据资料也不一致。这导致有些数据至今在学术界也还存在争议,如苏联援华的详细数量、西北国际大通道上输送物资的具体数量、通过大通道的苏联人有多少、西北人民在开通西北国际大通道中的经济和人力付出明细、苏援武器在抗战中的具体作用、苏联对中国共产党的援助,等等。本书试图通过各种资料,对这些问题进行详细考证和揭示。尽管如此,书中提到事件、人物、时间、地点、因果、数据等,一定还会存在纰漏,有些对西北国际大通道有重要意义的事件、人物、数据可能没有引起相应的重视,在篇幅上展开不够,甚至没有进入书中。

本书参考了大量的历史研究资料和学界同仁的研究观点,有的在书中标注,有的未及一一标出。为了增强生动性,引用了一些图片。一并致谢! 由于本人研究能力所限,书中的观点、内容如有不妥,敬请读者和各位前辈、领导、专家提出批评指正,作者一定虚心接受。

国防大学军队建设与军队政治工作教研部领导、军队党史党建研究中心的同仁在成书过程中给予作者多方面的照顾帮助,提供了良好的学术环境和工作氛围。深表感谢!

欢迎有兴趣的读者与作者继续探讨研究相关问题。联系方式:010—66772940,电子邮箱:1185198101@qq.com。